愛の国

中山可穂

角川文庫
19548

目次

第一章　京都カワセミ同盟

香川の霊場

66 雲辺寺
67 大興寺
68 神恵院
69 観音寺
70 本山寺
71 弥谷寺
72 曼荼羅寺
73 出釈迦寺
74 甲山寺
75 善通寺
76 金倉寺
77 道隆寺
78 郷照寺
79 高照院（天皇寺）

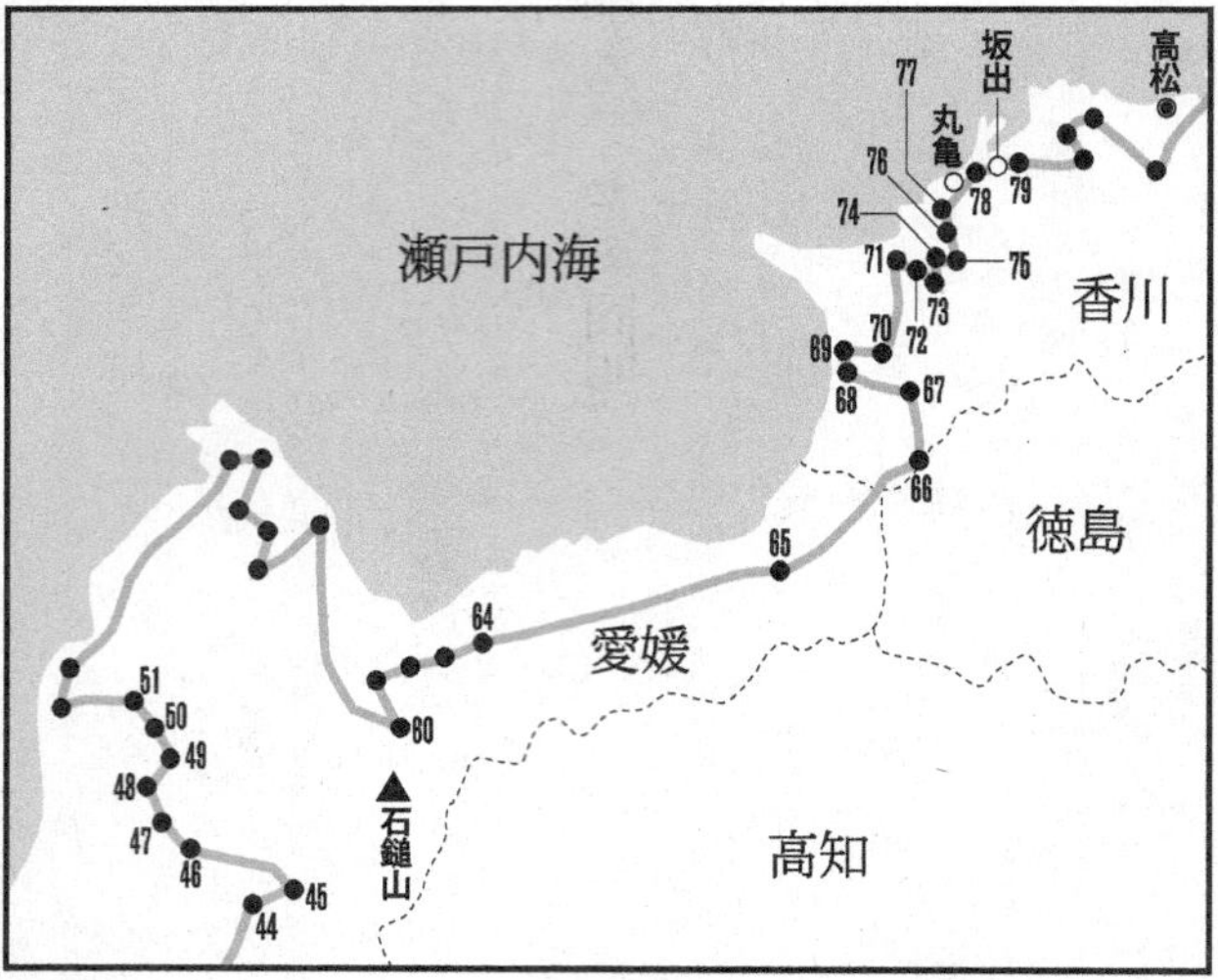

愛媛の霊場

44 大宝寺
45 岩屋寺
46 浄瑠璃寺
47 八坂寺
48 西林寺
49 浄土寺
50 繁多寺
51 石手寺
……
60 横峰寺
……
64 前神寺
65 三角寺

プロローグ

そのひとの姿を最初に目撃したのは、誰よりも早起きのカワセミであったかもしれない。

カワセミが巣のある高野川から餌場であるこの寺の池に飛んできて朝食のための餌取りをおこない、いつもの枝に留まって羽繕いをしながら休憩に入ったころ、カワセミの次に早起きの寺の人が朝の掃除のために池の裏手にある墓地に入ってきた。昨夜は春の嵐で、その名残りの風がまだ満開の桜を散らしていた。こういう日の掃除はいつもの倍以上手間がかかる。ここは尼寺だから掃除などの雑用を手伝っているのはまだ二十歳そこそこの若い女性だが、眠い目をこすりながら竹箒で落葉や枝をかき集め、墓地の奥へと進んでいくと、眠気が一気に吹き飛ぶような光景が視界に飛び込んできた。

お墓を抱きしめるような恰好で倒れている人がいる。墓石の上にも、その人の全身にも、満開の桜の花びらがはらはらと降りかかっている。生きているのか死んでいるのか、そして男なのか女なのかもわからないが、彼女はその光景のあまりの美しさに息を呑み、思わず見とれずにはいられなかった。くしゃくしゃに絡み合った短い栗色の髪にも、青白く透き通った小さな顔にも、細く折れそうな首すじにも、ネイビーブルーのコートの上にも、雨に濡れた淡いピンク色の花びらが付箋のようにびっしりと張り付き、それはまるで死者に手向けられた華やいだ供物のようだった。我が身ひとつにリボンをかけて死者に差し出す、渾身の、なりふりかまわぬ捧げもののようだった。

しばらく見とれてから彼女は我に返り、酔っ払いが寝ているだけかもしれないと、ためしに箒の柄でその人の体を突ついてみたが、びくとも動かない。直接触れてもいないのに、箒の柄を通じて、そのからだの重たさと冷たさと儚さがしんしんと伝わってきた。えらいこっちゃ、と反射的に箒を投げ捨て、ころげるように墓地を抜けて本堂へ取って返すと、朝の勤行をしている住職のもとに駆け込んで叫んだ。

「庵主さま、墓地に行き倒れのお方が——」

この洛北の小さな尼寺を守るのは静流尼《せいりゅうに》という四十代の庵主と、みっちゃん、よっちゃんという二十代の手伝いの女性二人だけである。庵主はお経を読む手を止めると、朝食の支度にかかっていたもう一人の女性も連れて墓地へと急いだ。

「まあ、なんときれいな……」

三人はやはり足を止め息を呑んで、一幅の絵のようなその光景に見とれずにはいられなかった。

「満開の桜の樹の下で……まるで西行さんやなあ」

「男の人やろか、女の人やろか」

「生きてはるんやろか、死んだはるんやろか」

庵主はその人の脈を取り、

「ああ、生きてはる……」

　と、安堵の息を漏らした。

「きれいなお顔してはること。男の子みたいやけど、たぶん女の人や」

　庵主が髪の毛や顔についた花びらを払ってやっていると、額がひどく熱っぽいことに気がついた。一体いつからここに倒れていたのだろう。コートも靴もぐしょ濡れで、全身が泥と花びらにまみれていたから、昨夜のうちに入り込み、朝まで風雨に打たれていたのだろうと思われた。バッグなどの所持品はなく、墓石の脇に黒縁の眼鏡と空の酒瓶が落ちていて、空になった薬のシートが大量に散らばっていた。

「みっちゃん、救急車や……いや、あかん、三嶋先生に電話して、大至急来てもらってな」

　その人を墓石から引き剥がして仰向けにし、庵主が両脇に腕を入れて持ち上げ、みっちゃんとよっちゃんが足を持って、ゆっくりと玄関脇の小部屋に運び入れた。懇意にしている医師を待つあいだ、濡れた服を脱がせ、熱い湯を沸かし、冷え切った体や泥の汚れをまめまめしく拭き取ってやる庵主を見て、みっちゃんが心配げに声をかけた。

「三嶋先生より救急車呼んだほうがええのと違いますか？」

　するとよっちゃんも、

「それより警察呼んだほうがええのと違いますやろか？」

と続けた。

「救急車呼んだら警察も来ます。なんや事情のあるお方みたいやし、何と言ってもこんなご時世や。きょうび警察にはうかつに通報なんかできしまへん」

と、庵主はきっぱりと言った。

そのひとの体がきれいになり、庵主が自分の作務衣を着せかけた頃、三嶋医師がやって来た。

「先生、すんまへんなあ、朝早うから」

「かまへん。どうせあと小一時間もしたらカワセミ撮りに来よう思うてたんや。行き倒れやて？　なんや、まだ若いやないか」

三嶋医師は患者の眼球を調べたり、聴診器で胸を診たりしていたが、かき集めた薬のシートと酒瓶を見せると、

「睡眠薬、抗うつ剤、向精神薬、風邪薬にアルコール……手当たり次第にオーバードースやな。胃洗浄せなあかんから、車でうちへ運ぶわ」

と言って、軽々と患者を抱き上げた。

「えらいお手間おかけして、すんまへん」

「あんたに頼まれたらしゃあない。惚れた弱みや」

三嶋医師はいつもの軽口を叩いたが、満更冗談でもなさそうなほど、静流尼は尼僧にしておくには惜しいような色香の持ち主だった。

「よろしくお頼みします。みっちゃん、付き添うてあげてな。私もあとから伺います」

この尼寺はカワセミの来る寺として一部の野鳥好きに知られている。近くを流れる高野川からこの池の豊富な餌を求めて毎日のように飛来してくるのである。その噂は野鳥撮影の愛好家たちのあいだでどこからともなく広まり、何人かの常連がカワセミを撮りにやって来る。三嶋医師も常連の一人で、それが縁で庵主の主治医にもなってもらっている。地元の開業医で、息子さんも大学病院に勤めている医者一家らしい。庵主とはカワセミを通じてもう十年来のつきあいなので、多少の無理はきいてもらえる。

今回のように本来なら救急車を呼ぶべきような場合でも、寺は駆け込み寺としての保護機能を持つべきだという庵主独自の哲学によって、あえてそうしないことがある。ことにここ数年の急激な社会変化による警察不信には目を瞑れないものがあり、寺の中で行き倒れた人を警察から隔離・保護するため、三嶋医師の力を借りたことが以前にもあった。尼僧にしては色っぽい肉体のせいばかりではなく、そういう宗教家としての毅然とした態度に惚れ込んでいる彼女のファンは多かった。

その日、午後に入っていた法要を済ませ、庵主が夕方から三嶋医院を訪ねようとしていたら、付き添っていたみっちゃんが寺に戻ってきた。胃洗浄はうまくいって命に別状はない、胃洗浄の最中に患者は一度意識を取り戻して激しく苦しんだが、今は点滴の管につながれて眠っているから、明日また様子を見に来るように、とのことだった。みっちゃんは夕食の席で、初めて見た胃洗浄の治療がどんなに過酷なものだったかを興奮気味に語った。

「いやあ、私も押さえつけるの手伝わされたんやけど、あれは地獄の苦しみですわ。あんなんさせられるくらいなら、死んだほうがましやと思いましたわ。バケツに三杯も胃の中のもん吐かはってな、そらもうすさまじい悲鳴をえんえんと上げはってな、ほんまにかわいそうやったあ」

翌日の夜、庵主がみっちゃんを伴って三嶋医院を訪れると、そのひとはもういなかった。息子さんの勤務先の大学病院へ転院させたという。

「自分の名前も年齢も現住所もわからんそうや。なんであの墓地で自殺しようとしたかも思い出せん。かわいそうに、記憶喪失やな」

「まあ、気の毒に。薬のせいでそないならはったんですか?」

「それはわからん。こうなるともう僕の手には負えんわ。他にも背中に気になる傷があったからね、息子の病院で精密検査してもらうようにしたから。せやなあ、かなり衰弱しとるようやし、高熱を出して肺炎も起こしかけとるし、頭の検査にも時間がかかるから、一週間くらいは入院になるやろな」

「そうですか……ありがとうございます」

「静流はん、あんた、えらいもん拾わはったなあ。あの子はかなりの訳ありやで。いらん面倒に巻き込まれんうちに警察に預けたほうがよろしいで」

「せやけど、縁あってうちに来られたお方ですから、できることはさせてもらいます」

「あんたはほんまに警察嫌いやなあ。ま、僕も今のろくでもない警察は嫌いやけどな。

息子に事情は話しておいたから、結果が出たらあっちの病院へ行ってくれるか」

「へえ、おおきに」

その頃、K大学病院の精神科病棟では身元不明の記憶喪失の患者を押し付けられた若い研修医が全身の外傷を調べているところだった。薬物の過剰摂取による自殺未遂直後ということで、念のためリストカットや虐待の痕跡などがないか調べておくようにとまわされてきたのだ。それらしき痕跡はなかったが、非常に目立つ興味深い傷が見つかった。心臓の真うら、肩甲骨のあたりに、翼をもぎ取られたような形の深い傷跡があったのだ。まるでかつてはここに翼が生えていたかのようだ、と彼は思った。翼が折れてこの地上に墜落し、頭を打って記憶をなくした、哀れな天使のようだった。彼がそんなふうに思ったのは、その患者が性別を感じさせないほど痩せこけており、見た目は無垢な少年そのものだったからだ。そして目が嬰児《みどりご》のように澄み切っていながら、底なし沼のような憂いと虚無を湛《たた》えていたからだ。

彼はその傷について（もちろん医療従事者にふさわしく天使や翼などといったロマンティックな言葉は用いずに、ごく客観的に）カルテに書き込み、次の一行を付け加えた。

［左太腿の内側に二センチ四方の刺青《タトゥー》あり。

他に目立つ外傷なし］

それでは天使の話をしよう。

1

だがひとたび検査の段になると、無垢な少年や天使といったイメージはことごとく覆され、彼女はさんざん人間に傷めつけられた野良猫のように扱いにくい患者になった。まるで手負いのけもののように、やすやすと人に触らせようともしなかった。せっかく死のうとしたのに勝手に胃洗浄なんかして命を助けたことへの怒りを全身から剝き出しにしていた。点滴の管をはずして暴れ回り、何度も鎮静剤を打たれなければならなかった。頭の中をいじられまくることにも理不尽きわまりないといった表情を浮かべて耐え、耐えきれなくなると癇癪を起こして泣き出した。

「あんたはまるで五歳の男の子みたいやなあ」

「記憶をなくして精神年齢が五歳で止まってるんと違うやろか」

看護師たちは手を焼いたが、付き添う家族もなく、見舞いに来る者もなく、自分が誰かもわからずに、ひとりぼっちで、おそらくはとてつもない闇の底で途方に暮れているであろう彼女に同情を寄せ、親切にしたがる看護師は多かった。癇癪を起こして泣き出すと、五歳の男の子をあやすようにその小さな頭を抱いて撫でてやらなければ彼女は泣き止まなかった。看護師の胸に顔を埋めて、その胸元を涙でぐしょ濡れにしながら泣き止んでいく彼女と、その背中を撫でさすりながら困ったような恍惚としたような表情を浮かべている看護師の姿を見ると、医師たちは見てはいけないものを見たように目を逸らし、落ち着かない気持ちになった。

「五歳の男の子にしてはエロティックな光景やなあ」

「先生、そんなこと思うなんていやらしいですよ」

「いや、ちょっと羨ましいだけやがな」

そうかと思えば、昆虫や野生動物が擬死を演じて外敵から身を守るように、虚無の深い穴に入り込んでかたく自分を閉ざしてしまうこともあった。感情を使うことも、呼吸することも瞬《まばた》きすることさえもぎりぎりまでやめてしまい、外界をシャットアウトして脆い殻のなかに閉じこもっていた。そういう状態になったときの彼女は本当に死んでいるように見えた。看護師が体に触れてみるとその冷たさにぎょっとするほどだった。

点滴の管がはずれるようになると、彼女はたびたび病室を脱け出した。病院の中庭をテリトリーにしている野良猫を手なずけてベッドに連れ込んでは看護師に叱られたり、待合室で見知らぬ老婦人と一緒にアイスクリームを食べていたりした。検査のとき担当医師の質問に答える以外、ほとんど誰とも口をきかなかったが、甘えさせてくれる人間をひと目で見抜く本能のようなものを身につけていて、そういう人間に全身で甘えかかることによってどうにか命をつないでいるようなところがあった。五歳児か野良猫と同等の、何をしても憎めない天然の可愛げがあるので看護師たちは彼女の行く末が心配でたまらず、尼寺に戻ったら住職の言うことを聞いておとなしく養生するようにこんこんと言い聞かせた。

一週間後、K大学病院から検査結果を知らせたいとの連絡を受け、とりあえずの身元引受人として静流尼は病院へ赴いた。説明には精神科の若い担当医師の他に三嶋医師の息子さんも同席してくれた。二人は医学部時代の同期だということだった。

「おそらく解離性健忘、いわゆる記憶喪失ですね。意味記憶はありますが、エピソード記憶が抜け落ちています。つまり、日常生活を送るのに必要な基本的な知識、たとえばリンゴを見てリンゴとわかる、電車の乗り方がわかる、ファクスの使い方がわかる、あるいは学校で習った知識は覚えている。意味記憶があるというのはそういうことです。エピソード記憶というのは簡単に言えば個人的な思い出のことですね。自分が誰で、どこに住んでいて、何をしていたのか、家族がいるのかどうかもわからない。なぜあの場所で死のうとしたのかもわからない。原因としては外傷性や薬剤性によるものとは考えにくく、おそらくは何らかの非常に強い心的外傷による心因性のものと思われます。人は極限まで追いつめられるような耐え難い体験をすると、自分を守るために、それまでの記憶を無意識に消去してしまうことがあります。本能的な自己防衛手段のようなものですね。まだ縫合跡も生々しい背中の傷ともあるいは何か関係があるのかもしれません。何かよほどのことがあって自殺を図り、その結果として記憶障害が起こったのか、あるいは何かよほどのことがあったショックで記憶を失い、それがつらくて自殺を図ったのか、まだわかりません。飲んだ薬の種類からして、そこらで手に入るものじゃないですから、最近まで何らかのPTSDの治療を受けていたことは考えられますね」

「はあ、それで、失った記憶はいつか戻るんでしょうか？」

「記憶はある日突然戻ったり、少しずつ戻ったりすることもあれば、何年も戻らないこともあります。何かの拍子に断片的に記憶がよみがえるフラッシュバックが起こることはありますが、つらい記憶を無理に思い出そうとすると反動で再び自我が崩壊することもありますから注意が必要です。治療法としては催眠療法や薬物療法などがあります。栄養失調でまだかなり衰弱してますから、本当はもう少し入院して点滴を続けて体力を恢復させたほうがいいんですが、病院は嫌いみたいで……。今日退院していただいてかまいませんが、今後は定期的に通院していただいて、ゆっくり時間をかけて信頼関係を築きながら治療にあたっていきたいと考えています。まあ、あくまでご本人が望めば、ということですが」

「本人は何と言ってるんですか？」

「必要最低限以外、ほとんど口をきいてくれないんですよ。胃洗浄がよっぽどつらかったのかもしれませんね。私がしたんじゃないんですが」

医師はそう言って苦笑しながら三嶋ジュニアを見やった。

「いや、あれはやむをえん処置やろ。逆恨みされても親父としても困ると思うわ」

「病院食にもほとんど手をつけないし、三日前なんか病院を脱走しようとしたんですよ。

幸い看護師が気づいて捕獲しましたが。ほんとに手の焼ける患者さんでした」

医師はにこにこして言っているのだが、庵主は恐縮して頭を下げた。

「それはどうも、すみませんでした」

「ご住職が謝ることじゃないでしょう。むしろこれから大変じゃありませんか？　縁もゆかりもない行き倒れなんですよね？　親父の言うように警察に届けたほうがいいと思いますけど」

「三嶋くんの言う通りです。もしあの患者さんにご家族がいれば、捜索願を出しているかもしれません。そこから身元が判明するケースも多いと聞きますからね」

それを聞いて、庵主ははっとした。

「なるほど……そうですね……それについては本人とも話してみます。とりあえず落ち着くまでのあいだ、しばらくはお寺のほうで預からせてもらおうと思ってます」

「まあ女性ですし、おとなしくて凶暴性は皆無ですから、それについては特に問題はないでしょう。あの人ね、ちょっと変わった人なんですけど、妙にうちの看護師たちに人気あるんですよね。病院食に手つけないからっておやつ差し入れたり、テレビ見ないからってゲーム機や本貸してあげたり。何かと世話を焼いてあげたくなるみたいです」

「まみちゃんなんか、着の身着のままでかわいそうやからって、お古の服まであげたんやて？」

「そうそう。それも上から下までね」

「何やろなあ。あのよるべない感じが、母性本能くすぐられるんかなあ」

「脱走事件のときもね、彼女が僕に怒られないように、みんなで結束してかばったりしてね。看護師たちにそこまでさせるなんて、不思議なひとだなあって思いましたよ」

やがて看護師に連れられてそのひとが部屋に入ってきた。送り出したときの作務衣ではなく、お洒落なTシャツとジーンズを着て、素足にクロックスを履いていた。目を開けて動いている彼女を庵主が見るのは初めてだった。目を閉じて倒れていたときの印象よりずっと魅力的だと思った。あのときより顔色はいくぶん良くなっていたが、とても健康な状態とは程遠いのはよくわかった。自分の置かれている立場をわきまえているらしく、庵主を見ると礼儀正しく会釈をし、かすかな微笑を口元に浮かべた。何か意味のある微笑ではなく、ここは便宜的に微笑を浮かべたほうがよいと本能が命じたから浮かべました、というような微笑だった。病院前のタクシー乗り場まで、五、六人の看護師さんたちが見送りに来た。

「まじめに通院するんだよ。待ってるから」

「お寺は脱走したらあかんよ」

「ごはんはちゃんと食べるのよ」

と、口々に声をかけられ、チョコレートをもらったり、ハグされたり、握手されたりしている。何ヵ月も長期入院していたのならともかく、たかだか一週間程度の入院でここまでされるのは確かに珍しいことかもしれない。名前がわからないのに、みんなこの

人のことを何て呼んでいたのだろう、と庵主はふと思った。タクシーに乗り込むとき、看護師さんたちに向かって手を振りながら、

「ばいばーい」

とハスキーな気怠い声で彼女が言った。庵主が彼女の声を聞いたのはそれが初めてだった。たった一言だが、さりげなく甘えかかるような、それでいてやさしく包み込むような、やけに耳に残る声だと思った。

「助けてくださって、ありがとうございます」

タクシーが走り出してしばらくすると、疲れを滲ませた声で、しかし礼儀正しく彼女が切り出した。さっきの、ばいばーい、とは打って変わってしっかりした口調だったので、庵主は少し意外に思った。

「私はただお医者様を呼んだだけ。なぜうちの寺に来たのか、何も思い出せないのよね？」

「すみません」

「ええのよ、無理に思い出さなくても。きっと何かわけがあるんでしょう。何か思い出すまで、うちから病院へかよったらよろしいわ。バス一本で行けますしね」

「でも、ご迷惑ではありませんか？」

「うちはお世辞にも裕福とは言えない小さな尼寺やけど、あなたひとりくらい増えてもどうってことありません。遠慮はいりません」

「もし警察に行ったほうがよければ……」

「あなた、警察へ行きたいの？」

「いいえ、できれば」

「なら、わざわざ行くことはないわ。今のご時世、政府や警察ほど頼りにならんとこはありません。かえって危険に身をさらすようなもんや。ただ、ご家族の方が捜索願を出してはるかもしれないから……」

「家族なら、たぶんいないと思います」

彼女は妙にきっぱりと言った。

「どうしてそう思うの？」

「なんとなく……」

「とにかく、まずはその体をゆっくり休めましょう。あなた、難民みたいに痩せてるわ。警察に頼らなくても身元を探す方法はきっとあるはずやから、体がよくなったら一緒に考えましょう」

「はい、お世話になります」

彼女はようやく安心したというように、素直に軽く頭を下げた。全面的に庇護されなければならない状況にありながら、まったく萎縮することなく堂々としているような物腰に庵主は好感を持った。気品ある端正な顔立ちに、生来の威厳が備わっている。庵主にはそんなふうに見えた。

「最近また一段とホームレスの青テントが増えましたなあ」

タクシーが鴨川べりの川端通りを走っているとき、タクシーの運転手さんが言った。

観光地・京都にあってはならない光景がこのところの深刻な不況で増殖しつつあった。鴨川に沿ってずらりと、川床の飲食店の前でもなりふりかまわずに青テントがひしめいている。

「ほんまにね。あれでは川床のお店の人らは商売上がったりやな」

「市がどれだけ強制排除してもイタチごっこですもんね。しかも今日びのホームレスは若いやつらばっかりやそうですな。会社がつぶれて社員寮追い出された連中やら、敷金礼金払われへんからやむなくホームレスになる連中やらね」

ホームレスたちの垂れ流す生活汚水で鴨川の水は汚染され、まず蛍が姿を消し、小魚がいなくなり、小魚を餌にしている水鳥がいなくなった。かつてあれほどたくさんいた鴨はホームレスたちが食肉業者に売り飛ばすため競い合うように捕獲してたちまち姿を消した。そして川の水だけではなく、街全体がつねにどんよりと薄汚れていた。浮浪者や浮浪児が街じゅうに溢れ、ヤクの売人もたやすく目についた。無許可の闇市がそこかしこに立ち、右翼や暴力団がそれを牛耳っていた。警察をあてにできない市民たちは自警団を組織して自分たちの商店街や学区を守らなければならなかった。新京極や先斗町の裏通りでは「臓器買います」の張り紙さえ見ることができた。

タクシーが白川通りと北大路通りの交差点にさしかかったとき、デモ隊が北大路通りから整然と行進してくるのにぶつかった。ああまたか、と庵主は毎度おなじみの光景に内心うんざりしながら、連中のアジテーションにいつもと変わったところはないかと目を光らせた。文言がいつもより過激になっていないか、目つきがいつもより熱を帯びていないか、注意深くチェックする習慣がいつのまにか身についていた。デモ隊はいつものように、

［同性愛者は国を滅ぼす］
［同性愛者を追放せよ］
［これ以上の少子化は国家の滅亡につながる］
［堕胎は重罪・神への冒瀆］

といったプラカードを掲げ、ビラをまきながら、シュプレヒコールを繰り返している。

［少子化を増長させる同性愛者はこの国から出て行け！］
［同性愛禁止法を国会で通過させよう！］
［子供を産まない女に厳罰を！］
［同性愛者の変態どもに厳罰を！］

デモ隊を取り囲むようにして制服警官が付き従い、耳にイヤホンを挿した公安警察があちらこちらに配置されているのもいつものことだった。本来ならデモ隊と市民との小競り合いを止めるための警官隊のはずだが、まるで警官隊がデモ隊を守っているように、もっと言えば先導しているように見えるのもいつもと変わらない。

「最近多いですなあ、あの手のデモ。今日一日だけで三回は見ましたわ」

とタクシーの運転手さんがまた言った。

「ほんまに物騒な世の中になって」

「愛国党になってから、もう二年ですか。えらいスピードで世の中変わりましたな。なんや若者がネオナチ化してるゆうて、テレビで言うとりましたわ」

「もう二年になりますか。早いわね」

「不況で仕事のない若者が多いらしいですね、デモやってるのは。日当めあてにさっきの青テントからデモにかよってくる若い連中ばっかりやそうですわ。政府が煽ってやらせてるっちゅう噂もありますな。同性愛なんか取り締まったところで少子化の問題がどうにもならんことくらい、タクシー運転手にもわかりますがな。大体、同性愛の人って世間にそんなにぎょうさんいてるんですかね。わし、一度もそういう人に会ったことおまへんわ」

「要するに弱い者いじめなんでしょう。自分より弱い立場の人を痛めつけたいだけなんでしょう」

「嫌やねえ、ほんまに陰湿な世の中や。そのうちに矛先がタクシー運転手に向くんやないかって、みんな冗談で言うてますわ。タクシー運転手は多すぎて国を滅ぼす、この国から出て行け、ってね。アッハッハ」

運転手さんは笑ったが、庵主は笑えなかった。愛国党が政権を取ってから、この国はどんどんおかしくなっている。経済は壊滅的に行き詰まり、国じゅうに失業者があふれ、閉塞した息苦しい空気がこの国の隅々までを覆い尽くしている。極端に右傾化した勢力が大きな影響力を持ち、超保守的で尖鋭的な危険思想がベストセラーになり、戦前の軍部復活待望論までが熱に浮かされたようにヒステリックな論調で高まりつつある。若者たちのあいだでは凶暴な無気力性とでもいうべきムードが支配的になり、抑圧から少しでも逃れようと自分より弱い立場の人間や社会的マイノリティをターゲットにした陰湿で執拗な攻撃がネット上や街頭デモで繰り返されている。

少子化という国家の存続に関わる危機を背景として、そしてそれを唯一絶対の盾としてふりかざすことで、同性愛者たちへの攻撃が特に苛烈を極めているのは最も特徴的な傾向だった。ゲイバーは襲撃され、同性愛をテーマとした文学や芸術は弾圧の対象となり、発表した者は「非国民」として暴力的な個人攻撃を受け、その映像が「公開処刑」と称してネット上で垂れ流された。性転換手術をした者も、それに関わった医師も同様の攻撃を受けた。迫害は次第にエスカレートしていき、堕胎手術を受けた女性やおこなった医師にまで及んだ。静流尼が以前助けたのはそんな女性の一人だった。集団でよってたかって女性に暴力をくわえているのを警察が見て見ぬふりをしていたのである。

政府や警察はそういう暴力的行為を放置・黙認して一切取り締まろうとしないどころか、背後で計画的に操作していると言われていた。深刻な失業によって未来を閉ざされ、先行きの見えない若者たちの苛立ちや恐怖心に巧妙につけ込んで破壊行動を煽り立て、情報操作しながら、すべては彼らの自由意思でおこなっているという錯覚を抱かせ、優越感すら感じさせる手腕に長けていた。そんな若者たちはネオナチの思想を標榜し、ユダヤ人のみならず同性愛者たちも収容所送りにしたナチスの悪夢の再来を予見させる勢いで増殖しつつあった。公安警察の内部には秘密警察という、ナチスのゲシュタポをそっくり真似た諜報機関が実在し、ひそかに活動をはじめているらしいという噂や、同性愛者たちを隔離するための限りなく収容所に近い施設が四国に実在しているというまことしやかな噂も流れていた。

そしてそれがただの噂でないことを、人々はうすうす感じ取っていた。ナチスの時代にドイツ全土に蔓延していた密告社会がゲシュタポを機能させていたのとまったく同じように、今のこの国は密告者で溢れかえっていた。別れた恋人に密告される同性愛者は後を絶たず、それどころか自分の身を守るため、つきあっている恋人に密告される者も珍しくなかった。同性愛者たちは自らの性的嗜好についてひた隠しにするようになり、隣に寝ている恋人が保身のためにいつか自分を裏切るのではないかと疑心暗鬼に怯えるようになった。

密告の対象は同性愛者や堕胎医や子供を作れるのに作ろうとしない夫婦だけではなく、反政府の危険分子、共産主義者、左翼など、愛国党の活動にとって邪魔になる勢力にもひろがっているところがナチス・ドイツに酷似していた。このままではこの国は大変なことになってしまう、何とかしなくてはいけないと静流尼はいつも焦燥感に駆られているが、尼僧一人の微力ではできることも限られるため、反政府運動の地下組織と秘密裏に連絡を取り合い、情報を収集し、協力するチャンスを窺っているのだ。

デモ隊のシュプレヒコールはまだ続いていた。

「やかましいわい、まったく。ガキどもが」

と運転手さんは苛立たしげにつぶやいた。隣の彼女はと見ると、ぼんやりとデモ隊を眺めている。その顔には何の表情も浮かんでいなかった。そういえば病院で会ったときからこの人の顔にはいかなる表情も浮かんでいないことに庵主は気づいて、彼女の抱える闇の深さを垣間見た気がした。

普段はほとんど物置としてしか使っていない、廊下の突き当たりにあるトイレ脇の四畳半の小部屋が、彼女のために片付けられ、与えられた。はじめのうち、彼女はトイレ以外この部屋から一歩も出ることなく、食事も摂らずに昏々と眠り続けた。あまりに深く眠り続けるので、死んでいるのではないかとか、眠り病にかかっているのではないかと、みっちゃんとよっちゃんが心配して何度も様子を見に行った。

「ほっときよし。いくらでも好きなだけ眠らせておあげなさい」

「せやかて、昨日も丸一日何も食べてはらへんし」

「おなかが空いたらそのうち起きてきはりますわ」

「今日はいっぺんもトイレに行ってないんや。死んでるのと違いますやろか」

「あんた、トイレの回数数えてるんかいな」

「だって心配やもん」

みっちゃんは三嶋医院での胃洗浄の様子を見ているから、瀕死の形相が焼きつけられているのだろう。だから三日目の朝、幽霊のような足取りでふらふらとみんなの朝食の席にあらわれた彼女を見て、誰よりも喜んだのはみっちゃんだった。お粥と梅干と沢庵というこの寺の質素な朝食を彼女はおいしそうに平らげた。特に作法を教えなくてもみんなを見習って食後の椀に白湯を入れて沢庵で洗い、それもきれいに飲み干した。この寺で生活するための適応能力は持ち合わせているようだと思い、庵主はとりあえずほっとした。

「これはあなたが倒れていたとき、身につけていたものです。見覚えありますか?」

食事が済むと、庵主は彼女のコートのポケットに入っていたものを並べて見せた。東京から京都への新幹線の切符の半券、財布、鍵、iPod とイヤホン。それに傍らに落ちていた黒縁の眼鏡。それが彼女の所持品のすべてだった。財布には五千円弱の現金と小銭が入っていたが、クレジットカードやポイントカードや運転免許証や診察券といった身元につながるものは何も入っていなかった。鍵は特殊なものではなく、どこにでもあるような平凡なものだった。大量の薬を別にすれば、まるで近所へちょっと買い物に出るような持ち物である。東京から京都まで新幹線に乗って来るにしては、バッグも持たず、携帯電話すら持っていないのはあまりにも不自然な感じがする。発作的に死のうと思って新幹線に飛び乗り、まっすぐここへ来たとしか思えない。

「いいえ。初めて見るものです」

「これはあなたがその時着ていたものです。汚れていたので洗濯しておきました。コートはクリーニングに出しました」

ネイビーブルーのコート、白いボタンダウンの長袖シャツ、いい具合に色落ちしているヴィンテージ風のデニムパンツ、茶色のベルト、こげ茶色のショートブーツ。どれもシンプルなデザインだが、素材のよさと仕立てのよさがひと目見ただけでよくわかる上質なものだった。彼女はひとつひとつを手に取って眺め、首を振って溜息をついた。

「見覚えありません。でもわたしは、東京から来たんですね。この鍵に合う鍵穴を見つけるしか、自分が誰かを知る手がかりはなさそうですね。そんなのきっと、無理ですよね」

彼女はイヤホンを挿して iPod のスイッチを押した。流れてくる音楽に耳を傾け、やはり首を振って溜息をついた。

「こういう音楽が好きだったんですね。でも、初めて聞く音楽です」

「手がかりはひとつだけ、ないこともありません」

彼女の顔があまりにも悲痛に歪んだので、庵主は言おうかどうしようか迷っていたことを言うことにした。そして彼女を墓地に案内して、あのお墓の前に立たせた。

「あなたは墓地に倒れていた、としかお医者さまにはお話ししてないのやけど……実を言うとね、このお墓の前で、このお墓を抱きしめるようにして倒れていたの」

「抱きしめていた？　お墓をですか？」

その墓石には［稲葉家代々の墓］としか刻まれていなかった。あまり大きくない、ところどころ苔むした、古い墓石だった。花や線香が頻繁に手向けられている形跡はなく、墓参りに訪れる人はほとんどいないようだった。

「稲葉さんというお名前に心当たりはありますか？」

「いいえ。わたしの知り合いだったのでしょうか？」

「たぶん、それ以上ね。たとえば恋人のような、とても深い関係にあった方ではないかと思います。まるで後追い自殺をしたようにしか見えませんでしたから」

彼女はその言葉の衝撃をじっと噛みしめているようだった。跪《ひざまず》いて墓石の稲葉という文字にそっと触れ、静かに撫でた。

「最近こちらに埋葬された稲葉家の方はいないんですか？」

「私もそう思って調べてみたんやけど、もう二年くらいいませんでした。ご当主とも連絡がつかなくて……確か、海外赴任中のビジネスマンの方やったと思います。めったに京都には帰られへんのでしょう。お母様が二年ほど前に亡くならはってから、ご実家の留守を守る方もいなくなったようですし。ご当主が京都に里帰りする機会を待つしかないでしょうね。ご当主さえつかまえることができれば、あなたにつながる稲葉家の人間が誰なのか、ひいてはあなたが何者なのかがきっとわかるでしょう」

彼女は黙って頷いた。それからの彼女は、iPod に入っている音楽に耳を傾けることと、このお墓の前に佇むことが日課になった。ちょっと姿が見えないな、と思って墓地へ行ってみると、このお墓の前に座り込んでじっとしている。まるで死者からの声なき声を聴きとろうとしているかのように。自分は一体誰なのか教えてくれと、死者に語りかけているかのように。匂いを嗅いだり、墓石を撫でさすっていることもあった。よほど思いつめたのだろう、一度だけ、墓を掘り起こそうとしたこともある。よっちゃんがそれを見て慌てて庵主に知らせると、庵主はスコップを持って墓地に向かった。

「お墓を掘り起こしても、骨しか出てこないわよ」

と庵主にやさしく言われて我に返り、彼女はその行為を思いとどまった。

「骨はどの仏さまもみんな同じ。白くて尊い、ただの骨や。それでもよければ、やってみる？　それであなたの気が済むんやったら、手伝うてあげます」

「ごめんなさい。もうしません。おゆるしください」

彼女は顔を真っ赤にして、しんから恥ずかしそうに頭を下げた。ほとんど泣きそうになっていた。

2

彼女は少しずつ健康を恢復しながら、寺での静かな生活に馴染んでいった。

食事の前には必ず偈文とお経を唱えることになっているのだが、略式の偈文ならすぐに覚えてしまったし、なるべく音をたてずに食事をするという作法も見よう見まねでできるようになった。境内や本堂の掃除も手伝うようになり、草をむしったり落ち葉を焼いたりすることも進んでやった。庵主が副業で教えている茶道と華道のお稽古のときには助手として雑用を手伝うこともあった。この寺では質素を旨とし、三食とも肉や魚は一切使わない厳格な精進料理しか出さないが、出されたものはどんなものでも残さず食べた。庵主は彼女に栄養をつけさせるため、みっちゃんとよっちゃんの三人で外へ焼肉を食べに行かせたり、鰻の出前を三人前だけ取って食べさせたりした。そんな日々の合間に、週に一度くらいの割合で彼女はひとりでバスに乗ってK大学病院へ治療にかよっていた。

「あなたのことを何て呼んだらええか、ずっと考えていたのやけど」

ある日、食事の席で庵主が切り出した。

「とりあえずお名前がわかるまで、ミロクさんと呼ばせてもらうことにしました」

「ミロクって……あっ、弥勒菩薩《みろくぼさつ》のことですか？」

とみっちゃんがすぐに気づいた。

「そうや。広隆寺の弥勒菩薩像のお顔によう似てはるから。かまわないかしら？」

「はい。それはどんなお顔の仏様でしょうか？」

「広隆寺の弥勒菩薩さまは、それはそれは美少年ですよ」

とよっちゃんが教えてくれる。

「でも、似てるかな？」

「ちょっと目を閉じて、指をこんなふうに曲げて頬杖をついてみてくれます？」

「そういえば、どことなく似てるような」

「うーん、そうかなあ。似てるかなあ？」

「角度によってはちょっと似てるかも」

みっちゃんとよっちゃんはあらゆる角度から真剣に見つめて、いや似てない、やっぱり似てる、と大騒ぎになった。

顔がうりふたつというのとは、少し違う。美の系統がそもそも違っている。だが庵主はあの桜の樹の下で倒れている彼女を見たときから、なぜかあの弥勒菩薩さまによく似ていると思ったのだ。雨と泥と花びらにまみれて瀕死の状態にあっても、微かに微笑み、清浄と平安を衆生にもたらすあの穏やかなお顔を連想せずにはいられなかったのである。

「今度一緒に見に行きましょう」

はじめのうちは心を閉ざし、無表情で、喜怒哀楽というものをほとんどあらわすことはなかったが、カワセミを見て彼女が目を輝かせるのを庵主は見逃さなかった。池のまわりにはつねにカワセミを撮りにくるアマチュアカメラマンが数人陣取っている。

「あのきれいな青い鳥、何ですか？」

「カワセミや。きれいやろ？　翡翠《ひすい》いうねんで」

常連のおっちゃんが一眼レフの液晶画面を拡大して、池に飛び込むカワセミのアップを見せてくれた。

「すごい……すごい……きれいですね……こんなきれいな鳥見たの初めてです」

「せやろ。みんなカワセミをひと目見たらイチコロになるんや。どんどん高いカメラやレンズに退職金つぎこんで、おかあちゃんに怒られる」

「そうそう、みんなそうや。これはもう病気やから、しゃあないな」

かよってくる常連は定年退職後の、暇とお金に余裕のある年金生活者がほとんどだった。みんな大砲のような望遠レンズと一眼レフと三脚を持って毎日のようにやって来る。朝九時の開門と同時に拝観料の四百円を払い、夕方五時の閉門まで粘っている。ここの池はそれほど大きくはないので、川で撮るのとは違い、至近距離でカワセミを狙えるのだ。カワセミが他の野鳥と違うのは、木の上から水中に飛び込んで魚を捕えるダイナミックな動きにある。水に飛び込み、魚を咥えて水から上がり、枝に留まって魚を叩きつけ、呑み込むという一連の動作は実に絵になり、カメラマンにとってはたまらない被写体なのだ。

庵主もカワセミは好きだが、写真ではなく趣味の絵画でその姿を写し取っていた。高価なカメラ一式を持っていないということもあるが、写真よりも絵のほうが好きなのである。時間のあるときには常連たちがカメラを構える中に混じってスケッチブックをひろげ、絵筆を走らせていた。いつしかその隣には彼女が寄り添うようになったが、彼女はカメラや絵筆を持つでもなく、ただカワセミを眺めるだけで満足しているようだった。

「よかったら、これお使いなさいな」

と庵主が絵具とスケッチブックを与えても、

「絵は描けないんです」

と、遠慮する。

「これ貸したろか。古いけどよう写るで」

そんな彼女を不憫に思ってか、常連のおっちゃんが古いカメラとレンズを持ってきて差し出すと、

「壊すといけないから」

と、やはり遠慮する。

「かまへんよ。もう使わへんから」

「使わしてもらったらええわ。このおっちゃん、金持ちやさかい、なんぼでもカメラ持ってはるからな」

「せや、ただ見とるだけではつまらんやろ」

「こんなに近くでカワセミを撮れる撮影ポイントはめったにないんやで。撮らなもったいないやんか」

みんなですすめると、ようやく彼女はその古いカメラを手に取った。おっちゃんは取

説とカードと充電器も貸してくれたので、その日からすぐに撮影をすることができた。
彼女はカワセミを撮ることがたいそう気に入ったらしく、暇があれば池に出向いて、常連たちにまじってファインダーをのぞくようになった。おっちゃんたちと会話を交わし、笑顔を見せることも多くなった。被写界深度や色温度という写真用語についておっちゃんたちにどんどん質問しては、知識を貪欲に吸収し、撮った写真をチェックしてもらい、見る見る腕を上げていった。熱中できる趣味を持つことは彼女にとってとても良いことだと庵主は喜んだ。

もちろんカワセミはいつでも撮れるわけではない。まったく姿を見せない日もあれば、午前中にしか来ない日もある。来ても木陰にじっと隠れていて撮影にならないときもある。緑の濃いこの季節には見事に背景にまぎれてしまうので、姿を見つけることがとりわけ困難になる。

「カワセミは保護色にまぎれるのがとてもうまいですね。いざとなれば、何時間でも気配を消してじっと息をひそめていることができる。でも餌を取ろうと決めたら迷うことなく、思いきりよく水に飛び込むんです。その静と動の対比というか、人間たちや天敵との駆け引きというか、見てて本当に楽しいです。一日中見てても飽きないですね」

彼女はしみじみと庵主に語った。

「カワセミのように生きられたらなあ。あのように賢く、勇気をもって、さりげなく保護色にまぎれて……わたしはカワセミになりたかったな」

その言葉はなぜかひどく庵主の胸に残った。

彼女はみんなからは「おねえちゃん」と呼ばれていたが、あるとき常連の一人から名前をきかれたことがあった。

「いや、名乗るほどの者では……。おねえちゃんでいいですよ」

と冗談めかしてお茶を濁すと、

「せやけど、呼ぶとき不便やないか。おねえちゃんて、喫茶店やスナックじゃあるまいし」

と突っ込んでくる。どうするかと庵主が見ていると、少し考えて、

「そうですね。いつも青い鳥を追いかけているから、チルチルとでも呼んでください」

と答えた。以後、おっちゃんたちは彼女のことをチルチルさんとかチルちゃんと呼び、寺の人はミロクさんと呼ぶようになった。

「これで名前が二つできましたね」

と庵主がからかうと、

「あちこちで呼び名が違うなんて、なんだか野良猫みたいですね」

と照れたように彼女が言った。

だが一見元気そうに立ち働いて笑顔を見せることがあっても、彼女がまだ深い闇の中にいてもがいていることを、庵主は幾度となく思い知らされることになった。

たとえば、寺の本堂に掛けてある女の幽霊画の掛け軸を、身じろぎもせずにいつまで

も眺めていることがあった。この掛け軸は所有者である檀家の人から祟りがあったので供養してほしいと頼まれて預かったいわくつきのもので、あばらの浮き出た、足のない女の幽霊が、背負った赤子に乳を含ませているこわい絵だった。これを見るとあまりの迫力とおそろしさに声をあげて早々に立ち去る拝観者が多いが、彼女は長いあいだ息を止めて吸い込まれるようにじっと凝視しているのだった。そんな後ろ姿を見ると庵主は胸が突かれる思いがした。

また、真夜中にトイレに起きたとき、洗面所で彼女が泣きじゃくっているのを見たこともある。嗚咽をこらえようともせず、声をあげて子供のように手放しで無防備に泣いていた。それは聞いているこちらの胸が張り裂けそうになるような泣き方だった。

「どうしたの？　何か思い出したの？」

「今日、催眠療法を受けているとき、フラッシュバックがあって……」

「何が見えたの？」

「血まみれの女の人が……わたしが殺したのかも……」

「どうしてそう思うの？」

「わたしの手も血にまみれていて……きっとわたしが殺したんです……わたしは人殺しかもしれません……」

「そんなわけないでしょう。落ち着いて」

彼女はさらに激しくふるえて泣きじゃくった。庵主はそれ以上かけるべき言葉を見つけられず、そっと近づいて背後から左手で肩を抱き、右手で髪を撫でてやった。両手で力いっぱい抱きしめてやりたい衝動に駆られたが、そんなことをしたらこちらまで感情のタガがはずれてしまいそうで、できなかった。しばらくそうしていると、彼女はゆっくりと泣き止んで、何も言わずに自室に引き上げた。庵主の左手には、彼女のふるえる肩のぬけがらが、楔《くさび》を打たれたようにいつまでも残った。

この尼寺は京都のガイドブックには載ってなく、由緒ある門跡寺院でもなく、見事な庭園も文化財級の宝物もないので、ほとんど観光客は来ない。一般の拝観も受け付けてはいるが、来るのはカワセミめあてのアマチュアカメラマンか、尼寺巡りの好きなごく少数の愛好家くらいのものである。観光寺院ではない気楽さから、庵主はのびのびと寺の運営をすることができた。庵主自身が絵画好きなこともあって、絵画展や写真展や音楽会といった文化的な催しも積極的におこなっている。京都は大学も多く、芸術家の卵も多いから、そうした催しに参加する者も手伝ってくれる者もそれなりにいて、普段は静かな尼寺も束の間の賑わいを見せることになる。

秋の絵画展には最も力を入れていて、庵主も毎年自分の絵を出している。

「今年はミロクさんの肖像画を描きたいと思ってるのやけど……モデルになってもらえますか？」

と申し出ると、彼女は照れながらも承諾してくれた。時間のあるとき、弥勒菩薩像と

同じ半跏思惟《はんかしい》のポーズを取ってもらって、少しずつスケッチをはじめた。それを見て、

「庵主さまが人を描かはるなんて、珍しいですね」

みっちゃんもよっちゃんも驚いている。確かにいつもはカワセミか花ばかり描いていたから無理もない。人を描きたいと思ったのはそれが初めてのことだった。彼女はただそこに立っているだけで絵心をそそる、凛とした雰囲気と存在感を持っているのだ。

でも、実を言えばそれだけではない。自分が人殺しではないかと怯える彼女の心の闇に触れてから、それを少しでも慰撫してやりたくて、二人きりで無言のまま心静かに向き合う時間を作りたかったこともある。瞑想と似たようなものだが、描いているこちらには相手の顔を見つめることができ、無心の中から浮かび上がってくるものを掬い取ることができないか、と考えたのだ。でも彼女のガードはかたく、考えていることをなかなか表にあらわさなかった。これほどガードのかたい人間に会ったのは初めてだった。

文化的な催しの一環として、寺では目の不自由な人のために本を朗読するボランティア活動もおこなっていた。それまではみっちゃんとよっちゃんが交替でやっていたのだが、ミロクさんと呼ばれることにもすっかり慣れた彼女は、それなら自分にもできるかもしれないと、自ら進んで朗読を引き受けてくれ、それがちょっとした評判になった。

「ええお声してはるなあ。それに朗読の上手なこと。まるで役者さんみたいやな」

「言うたらなんやけど、みっちゃんやよっちゃんとはレベルが違いすぎるわ。大したもんや」

「死んだらミロクさんにお経上げてほしいわ。あの声で送ってもらったら、気持ちよく極楽浄土へ行けそうや」

彼女に本を読んでもらった人は、みな感心して帰っていく。目の不自由な人や、目が悪くなってもう読書ができなくなってしまった年寄りを相手に読んでいたのが、付き添いで来ていた人にもせがまれるようになり、口コミで噂を聞きつけた人がわざわざ朗読を聴きに来るほどになった。庵主も聴いてみてその上手さに驚いた。セリフのところになると変幻自在に声音を変え、感情移入して表現豊かに読み上げるので、悲しいシーンでは涙を流す聴衆も少なくなかった。それは朗読というよりはほとんど一人芝居の域に達していた。ただ上手いというだけではなく、いざ読み始めると表情が別人のように生き生きと輝きはじめ、それがとても魅力的なので、目が離せなくなってしまうのだ。みっちゃんもよっちゃんも、そしてもちろん庵主も、ミロクさんの朗読の大ファンになった。

「ミロクさんの朗読はお金取ってもいいくらいですよ。あれはもう芸ですよ」

「ひょっとしてミロクさんはプロの役者さんだったのかも」

「確かにあの発声は素人離れしてますよ。ものすごくよく通りますもん」

「うちらが辞書引かな読めんような難しい漢字でも、さらさらっとつっかえずに読んでしまわはる。かなりのインテリやわ」

二カ月近く一緒に生活しながら彼女を見ているうちに、庵主は他にも少しずつ彼女のいろいろな面を知ることになった。
たとえば、外国人の拝観者にきれいな英語で応対しているのを何度か見かけた。相手がフランス人と見るや片言のフランス語を交えていたのを見たこともある。教える前から正しい作法でお茶を点《た》てることもできたし、音楽会用のアップライトピアノでショパンを弾いているのを見たこともある。オペラの楽曲や歌舞伎の演目に詳しく、古今東西の名作映画のあらすじをよく知っている。和歌や俳句の嗜《たしな》みがあり、時々イェイツやT・S・エリオットの詩句を口ずさむ。庭を掃きながら iPod の音楽にあわせてダンスのステップを踏んでいることもある。

　般若心経はすぐに諳《そら》んじてしまい、音楽性豊かに詠みあげることができ、その意味も的確に深く理解することができる。寺にはさまざまな来客があるが、禅宗の坊さんが来れば禅問答を楽しみ、天台宗の坊さんが来れば天台声明《しょうみょう》を生で聴きたいとせがみ、興味のあることには好奇心が強い。写経も瞑想も自ら進んでやりたがる。書庫にある仏教関係の本はあらかた読んでしまった。どう見ても一定水準以上の教育を受け、高い知性と教養を持ち合わせていることは疑いの余地がない。

　でも車の運転はできない。機械ものにも弱い。お金の計算もできない。致命的な方向音痴である。アイロンをうまくかけることも、自転車の空気を入れることもできない。裁縫は苦手で、ボタンひとつつけることができない。キャベツの千切りを細かく刻むことができない。政治や経済の話題にはまったく興味を示さない。来客におべんちゃらを言ったり、人に頭を下げることができない。

普段は物静かで礼儀正しいが、内側に何かとてつもないエネルギーを秘めているのを強く感じる。自分の力では制御できないほどの圧倒的なエネルギーだ。時折垣間見せる影の部分はそのやむをえぬ表出に過ぎない。たとえばお墓を抱きしめて死のうとしたり、お墓を掘り起こそうとしたりして、彼女は突然壊れる。突然ばらばらになる。まるで爆弾のような危うさがある。それは狂気に少し似ている。

そういう人は、一体どんな仕事をしていたのだろう。普通の会社員だったとはとても思えない。みんなが言うように本当に役者だったのかもしれない。立ち居振る舞いに独特の色気があり、何をするにも一つ一つの所作がとても優雅なのだ。ただ立っているだけで絵になるというのは、長い時間をかけて磨き上げてきた精進の賜物に他ならないだろう。あの声も生まれながらのものだけではなく、鍛錬の結果作り出されたものに違いない。そしてどこか人に見られることに慣れているようなところがある。

しかしそれでいながら、俗世の塵にまみれていない清らかさを感じさせるのが不思議なところだった。天然の巧まざる愛嬌があって、あまりにも無防備に生きているから、つい手を差し伸べたくなる。まるで天から降ってきた――この世ではいささか生きにくい、この世で生きていくには何かが決定的に足りないか、過剰に持ちすぎている――不器用な天使、いや、仏教で言うところの菩薩のようだ。やはりあのひとは、自分が子供の頃から恋してやまない、あの弥勒菩薩の化身なのかもしれない、と庵主は思った。

春が過ぎ、夏のはじめにさしかかったころ、二人でバスに乗って、太秦の広隆寺へ弥勒菩薩像に会いに行った。彼女はひと目見るなり涙をこぼし、それから静かに泣き出してしまった。三十分は泣きながら弥勒菩薩像を見つめていたと思う。

「どうして泣くの？」

「わかりません」

どうして泣くのか、きかなくても庵主にはわかっていた。初めて見たとき、自分もまったく同じだったからだ。この広大な穢れ多き世界にあって、これほど美しく、無垢で、至純なるものに出会えた奇跡への歓喜と感謝につつまれるとき、人はただ涙を流すほかはないのである。

3

夏に入ってしばらくすると、K大学病院の担当医師から寺に電話がかかってきた。このところミロクさんが治療に来ていないという。

「今日も病院へ行くと言ってバスに乗って出かけはりましたけど……行ってないんですか？」

「もう一ヵ月くらいいらしてませんね」

「ほんなら、どこへ行ってはるんやろ？　行くとこなんかないはずやのに」

医師は苦笑して、

「とにかく、ちゃんと通院するようにお伝えください。うちの看護師たちも心配していますし、途中でやめるとあまりよくないですからね」

と言って電話を切った。いつかのフラッシュバックがつらくて治療をやめてしまったのだろう、と庵主は思った。それなら無理に治療にかよう必要はない。思い出さないほうがいい過去もある。消してしまわなければ生きていられなかったほどつらい記憶など、わざわざ思い出す必要はないのではないか。庵主は今ではそんなふうに考えるようになっていた。それより、病院へ行っているはずの時間をどこでどうやって潰しているのか、それを思うと不憫になるのだった。

その頃、彼女は鴨川にかかる橋の上に腰を下ろして野良猫と戯れながら、あてもなく時間をやり過ごしていた。眼下にひろがる青テントの群れからは、ホームレスたちが煮炊きをする匂いが立ち込めている。売り飛ばしても大した値のつかない痩せた鴨を捌いて鴨鍋にする者がいる。浮浪児が数人、闇市で売ってわずかな小銭を稼ぐために雀や鳩を捕まえようとしている。珍味としてではなく、鶏肉が口に入らなくなった貧困層のために、雀や鳩を焼き鳥にして食わせる店があちこちに出現しているのだ。浮浪児たちはパチンコや弓矢を使って実に巧みに狩猟をおこなっていた。中でもリーダー格の子供の能力は他の子と比べても際立っていて、見ていて飽きなかった。彼女はその浮浪児にオペラ『魔笛』に出てくる鳥刺し男パパゲーノという仇名をつけた。

「うまいこと捕まえるね。きみは天才だよ」

と彼女がパパゲーノに思わず声をかけると、

「ほんまはヒヨドリが一番高く売れるんや。焼き鳥にするならヒヨドリが一番うまいんや」

と彼が得意そうに教えてくれた。

「ヒヨドリ、食べたことあるの？」

「うん、うまかったで。今度捕まえたらお兄ちゃんにも食べさしたるわ」

「お兄ちゃんとちゃう。お姉ちゃんや」

「嘘やろ。どっから見てもお兄ちゃんやんか」

「ねえ、きみはカワセミも撃ったことあるの？」

「カワセミははしっこくて無理や。昔は鴨川にもようおったらしいけど、最近はおらんようになってしまったし、雀や鳩と違ってほんまもんの野生やから、捕まえるのはまず無理や」

「カワセミをもし見かけても、撃たないでね」

「ぼくは食べられん鳥は撃たへんよ。無駄な殺生したらお父ちゃんに叱られるさかい」

小学五年生くらいだろうか、このパパゲーノも青テントの住人であり、親に仕込まれて鳥撃ちをしているのだという。子供にとっては遊び半分の狩猟だろうが、半分は一家の生活がかかっていて、子供ながら精悍な顔つきをしている浮浪児が多い。彼らの逞しさに触れるたび、記憶も何も一切合切を失った自分のような人間でも、もしかしたらまだどこかに生きるすべがあるのではないか、と彼女は思うのだった。

静かな寺の中にいるのとは違って、街の中にいると、実にさまざまな人たちが拡声器を通して何かを訴える声がひっきりなしに聞こえてくる。それらの声のなかに、自分ひとりに向けて発信された言葉がどこかにまぎれこんでいないかと彼女は注意深く耳を澄ませる。自分が誰なのかを解き明かすヒントがどこかに隠されていないかと縋るような思いで探している。公示されたばかりの市議会議員選挙の街頭演説、右翼の宣伝カー、廃品回収車のアナウンス、デモ隊のシュプレヒコールと、時おり混じる警官の注意アナウンス。でも、どれもこれも自分とは無関係の声たちに過ぎないように思える。

通りすがりの赤の他人に向かって、これほど多くの人びとがこれほど多くの言葉で語りかけずにはいられない世の中が彼女には不思議でたまらない。あのデモ隊だけはどうしても好きになれないな、と彼女は思う。同性愛者は国を滅ぼす、とヒステリックに訴えるあの連中の声にはぞっとするほど人間味がなくて、反射的に嫌悪感を抱かずにはいられない。そろそろ帰ろうかと立ち上がりかけたとき、橋のたもとに一台の自転車が止まって、彼女の真ん前にビールケースを降ろしたかと思うと、その上に乗っていきなりハンドマイクを片手に街頭演説をはじめた者がいた。三十代の若い女性で、「白鳥さやか」と書かれたたすきを掛けていた。

「新女性党支持の市議会議員候補、白鳥さやか、白鳥さやかでございます」

これ見よがしに席を立つのも気が引けて、彼女はそこに座り込んだままその演説に耳を傾けていた。これほど下手くそな演説は初めてだった。立ち止まって耳を傾ける人は一人もいなかった。誰もが顔をしかめてうるさそうに通り過ぎていった。ひとしきり演説が終わると白鳥さやかは彼女の前まで歩み寄って話しかけてきた。

「私の演説を最初から最後までちゃんと聴いてくれたの、あなたが初めてです。どうもありがとう」

聴こうと思って聴いていたわけではなかったが、彼女は成り行き上にっこりして差し出された手を握り返した。

「あなた、ずっと笑ってましたよね？　何がおかしかったのかしら？」

「いや、あんな話し方したら誰も聴いてくれないのも無理ないなあって思って」

「どこがいけないのかしら？」

「正直に言っていい？」

「ぜひお願いするわ」

「威圧的で、ヒステリックで、ただ怒鳴り散らしてる。通行人の足を止めさせるつかみがないんだよね。それに話し方以前の問題として、内容もひどすぎる。何が言いたいのか要点が全然わかんない。大事なのは胸に響く言葉だよ。ここに立って演説してるってことは、あのホームレスの人たちに向かって語りかけてるはずだけど、そういう視点が全然なかった。貧困問題について語るなら、もっと具体的にどうすれば解決できるかを訴えないと。ただ愛国党を非難してるだけじゃ説得力がないと思うよ。それにはもっとホームレスの人たちの生活の実態をよく見て、彼らの声に耳を傾けたほうがいいんじゃないかな。ここにいると他の候補の演説もよく聞こえてくるんだけど、たいていみんなあの青テントを鴨川からなくしてみせます、なんて言ってるわりにはホームレスの人たちのこと何も考えてないんだよね。収容施設を作るだけじゃ何も解決しないと思うよ。あと、それから、もっと人に見られることを意識したほうがいいんじゃない？　服装とか化粧とか姿勢とかね。せっかく美人なのに、もったいないよ」

白鳥さやかは改めて目の前の女をまじまじと眺めた。まるでナンパされてるような甘い声だった。関西弁のイントネーションはまったくない。よれよれのTシャツに半ズボン、素足にクロックス、麦わら帽子。半ズボンからすらりと伸びた細い足にはところどころかすり傷や虫刺されの跡がある。まるで夏休みの少年のような恰好をしていた。ショートカットの茶髪はボサボサで寝癖がついている。痛々しいほど痩せすぎている。黒縁の眼鏡越しに覗いている瞳には理知的な光が宿り、笑うと歯並びのよい白い歯が眩しく見えた。さやかが反発も警戒もしなかったのは、相手の佇まいからどことなく清潔感と品の良さが感じられ、微塵も悪意を感じなかったからだ。その腕に抱いている猫のようにのんびりとくつろいで陽だまりのなかにいて、一切の壁を設けていなかったからだ。野良猫の喉がはしたないほどゴロゴロと鳴っていたからだ。相手はそれだけ言うと、今度は猫に向かって、

「にゃあ、もったいないにゃあ？」

と同意を求めた。

「ごめんね。素人のくせに偉そうに」

「貴重なご意見をありがとう。あなた、お仕事は何してるの？」

「とりあえず今は失業中。もう行くね。さっき言ったこと、ちゃんとスタッフに伝えて直してもらうんだよ。じゃあね」

「ちょっと待って」

行きかけた背中を呼びとめたのは、言われたことがいちいちもっともなことだったからであり、自分の演説を見るに見かねて純粋な親切心から忠告してくれたのだということがまっすぐに伝わってきたからだった。そしてこの白鳥さやかという市議会議員候補には、自分にとって役に立つ人間を瞬時にして見抜く鋭い嗅覚が備わっていたからでもある。

「見ればわかると思うけど、私にそんなスタッフはいないわ。これが初めての立候補だし、一応新女性党の支持は取り付けているけど無所属でバックについてる組織もないし、街宣するのもまだ二日目だし……当選するわけないってまわりからは止められたけど、愛国党のやり方にはどうにも我慢できなくって」

「そうなんだ。おねえさんも一人で戦ってるんだ」

「あなた、演説について詳しいの？　演説草稿を書いたことある？　失業中で暇なら、ライターのアルバイトしない？」

「そういうのは書いたことないし、わたしには政策のことは何もわからないよ」

「政策を考えるのは私がやるから、つかみとか、胸に響く言葉とか、あなたがさっき指摘してくれたことについてアドバイスがほしいの。つまり大まかな演説内容は私が考えるから、それをわかりやすくリライトしてくれればいいのよ。それならできるでしょ？」

彼女は少し考えて、

「うん、それならできるかもしれない。いいよ」

と、あっさり言った。そろそろ働き口を探さなくてはならないと思っていたところだったので、渡りに船だった。

「あとはビラを作ったり、それを配ったり、事務所の電話番したり、雑用を手伝ってくれると助かるわ。そんなに難しい仕事じゃないから」

「でも、深い事情があって履歴書は出せないんだ。それでもよければ」

「投票日まであまり時間がないの。明日からすぐ働いてくれるんなら、履歴書はいらない」

「今日から働けるよ。今からすぐ。なんせ暇だから」

「オーケー、契約成立。今から事務所に来てもらって、夕方の街宣までに演説草稿書いてもらえる？　とりあえず名前を教えて」

「チルチル……じゃ駄目かな？　ミロクでもいいんだけど……どっちか好きなほう選んでよ」

「ふざけてるの？」

「ふざけてない。深い事情があって本名を言えない。あとでその深い事情はちゃんと話すから、とりあえず事務所に行こう」

　白鳥さやかはさすがに不安になったが、草稿を書かせてみて使えないようならその場でさよならすればいいと思い、彼女を事務所兼自宅へ連れて行った。演説の要旨を口頭で伝えると、訴えたい政策についてもっと詳しい説明を求められ、箇条書きにして整理していった。ライバル候補が訴えている政策も同様に箇条書きにしていった。その一時間後には、無駄のないシンプルな、しかし力強くわかりやすい言葉でテンポよく綴られた演説草稿が出来上がっていた。「つかみ」も「胸に響く言葉」も、そこにはちゃんとあった。白鳥さやかは舌を巻いた。

「あなたって、すごいわ……」

「内容はそれで大丈夫？」

「これよ、こういう草稿が欲しかったのよ！」

　その草稿を読んで白鳥さやかには何が自分に足りないのかがはっきりとわかった。言いたいことだけは溢れかえっているのだが、それを戦略的な言葉にして人に届ける技術が欠けていたのだ。商社勤務の一介の会社員に過ぎず、最近まで政治家を志すつもりはなかったから大学時代に弁論部に入っていたわけでもなく、議員の秘書として働いた経験もなく、演説のノウハウなど何も学んでこなかった。ぽっと出の、まったく無名の新人議員候補にとって必要なのは、人々に清聴してもらうことを前提とした論理的な演説草稿ではなく、通りすがりの人の足を思わず止めさせる、熱意と迫力に溢れたわかりやすいトークだったのだ。限られた時間のなかでだらだらと政策を訴えていてもそれは騒音でしかない。言葉は凝縮し、洗練して、効果的に用いなければならないのだということを、この草稿は一読しただけで教えてくれた。

「あなた、本当にこれまで演説草稿を書いたことなかったの？」

「うん。でも、あちこちで街頭演説聞かされてるとさ、いい演説と悪い演説って自然にわかるじゃない？　説得力のある言葉とそうでない言葉、うそ寒い言葉と真に溢れる言葉、そういうのはわかるから。で、いい演説を参考にしてまとめただけ」

「リズムがあって、テンポがよくて、とても話しやすそう。言葉をちょっと変えるだけですごくわかりやすくなるし、迫力が出るのね。ひょっとして言葉のプロなの？」

「さあ……」

「とにかくありがとう。助かったわ」

「まだ終わってない。これを暗記して、次は話し方ね」

「ええっ？」

「むしろそっちが大事だから」

驚くべきことに、彼女は話し方の特訓までしてくれた。姿勢と立ち姿からはじまって、声量の出る発声の仕方、人々を惹きつける身振りのつけ方、話している最中の視線の投げ方、ポイントとなる言葉を際立たせる口調、そして息継ぎのタイミングにいたるまで、事細かに手取り足取り指導してくれたのである。

「実際に外に出て練習してみようか。できるだけ人通りの少ない場所で」

原稿をひととおり頭に入れてから、ほとんどひと気のない近くの病院の裏手の駐車場に行ってビールケースの上に乗り、たすきはかけず、ハンドマイクのスイッチを切って、練習した。でもさすがにすぐにはうまくできない。彼女はしばらく黙って見ていたが、

「たとえばこんなふうにやったらどうかな」

と言ってマイクを取り、ビールケースの上に立った。

次の瞬間、彼女は豹変した。夏休みの少年のようにしか見えない、年齢も職業も性別すらもまったくわかりにくい摩訶不思議な女が、見るからに有能そうな議員候補になって、滔々と演説をはじめたのだ。マイクのスイッチを切っているのに駐車場の先の広場までよく通る艶のある声音、一語一語が明瞭に聞き取れるだけではなく、リズミカルに歌うような音楽的な語り口、真に迫った説得力のあるその言葉、身振り手振りを交えて真剣に国を憂い、政策を訴えるそのパッション。目にはそれまで見たことのないような輝きが宿り、生き生きとして魅力的な表情は、見る者を惹きつける吸引力を持っていた。それは痺れるようだった。

ひととおり語り終えると、病院の三階の窓が開いて、入院患者が顔を出した。うるさい、と怒鳴られるかと思いきや、

「おねえちゃん、あんた名前何て言うんや？　ええこと言うやんか。気に入ったで。名前教えてくれたら、わし、あんたに投票するわ」

と言ったのである。

「お騒がせしてすみません。白鳥さやかです。よろしくお願いしまーす」

と彼女はちゃっかり頭を下げた。

「がんばりやー」

他にも駐車場の先の広場で聞いていた人がいたらしく、わざわざ駆け寄ってきて握手を求め、

「よかったわあ。がんばってね」

と言いに来た。ありがとうございます、と満面の笑顔で握手を返す仕草も実に様になっている。だが彼女は、

「名前、もっと連呼したほうがいいね」

と、すぐさま原稿に手を入れた。

「すごい……あなたならきっと当選すると思うわ。いっそ政治家になったら？」

「わたしはただ演じてるだけ。こころざしがないから、本物の政治家にはなれない」

「こころざしのない政治家なんて、いくらでもいるのに」

「あなたにはそうなってほしくないな」

話し方の次は、服装と化粧に指導が入った。堅苦しい黒のリクルートスーツを脱がされ、クローゼットの中をひとわたり眺めてブルーのストライプシャツとベージュのチノパンに着替えるよう言われ、厚化粧を落としてナチュラルメイクにやり直しをさせられた。それだけで、頭でっかちの優等生タイプから親しみやすいお姉さんにがらりと雰囲気が変わった。

「ちょっと砕けすぎてない？」

「新人なんだからさ、若さと親近感を前面に押し出して、ひたすら一生懸命働きますって雰囲気を演出するほうがいいと思うよ。あとはその髪型を何とかしなくちゃね」

白鳥さやかは真っ黒のロングヘアーを束ねてポニーテールにしていたが、髪の量が多く髪質も太いため、普段から自分でも持て余していた。彼女が髪型を検討するべく自分の髪に触れると、さやかは少しどきどきした。ああでもない、こうでもないとただいじりまわしているだけなのに、愛撫されているような錯覚を覚えて、陶然としかけるほどだった。

「ばっさり切っちゃおう。そのほうが似合うと思うよ」

それから彼女はひょいとさやかの眼鏡を取り、まじまじと眺めて、

「うん、やっぱりかわいい。眼鏡はやめて、コンタクトにしよう」

と言った。

その瞬間から、彼女は白鳥さやかの演説ライター兼スタイリスト兼雑用係になった。

その日の夕方の街宣はまだうまくできなかったが、わざわざ足を止めて聞いてくれる人が何人かいて、終わったときにはぱらぱらと拍手が起こり、さやかは胸が熱くなるのを感じた。彼女は幟《のぼり》を持ってずっと見守ってくれていた。

「お客さんがいると、ノリが違うでしょう。大丈夫、明日はもっとうまくできるよ」

大丈夫、と彼女に言われて、さやかは不覚にも泣きそうになった。そして自分の嗅覚が間違っていなかったことを確信した。

その夜、美容院につきあってもらったあとでイタリアンをご馳走した。その席で彼女は自分が記憶喪失であること、今はお寺に世話になっていることを明かした。それはとても重い事実であり、衝撃の告白に違いないのに、彼女はとても淡々と語ったので、さやかもなるべく平静を装って聞いていたが、心の中では野性の勘が勝利の雄叫びを上げていた。何者でもないこの人は、これから何者にもなれる、私のスタッフにもなれる、神様からの贈り物なのだ、と。

「その尼寺なら、知ってる。元芸妓のきれいな尼僧さんがいらっしゃるでしょう」

「へえ、元芸妓さんだったとは知らなかった。あの方は尼さんにしておくにはもったいないくらい色っぽくて素敵な人だと思っていたけど、道理でね」

「でも、記憶喪失って……そんなにすごい境遇にいるようには見えなかったわ。あなたは強い人なのね」

「いや、鈍感なだけかも」

「いつまでもお寺に世話になるわけにもいかないでしょうね」

「そう。だから、アルバイトが見つかってよかった」

「安いギャラしか出せなくて申し訳ないんだけど……私にできることがあったら、なんでも言ってね」

「ありがとう。病気のせいで時々ぼんやりしちゃうことがあるかもしれないけど、そのときはごめんね。少しでも力になれるように雑用でも何でもやるから、こき使ってね」

「よろしくね、チルチルさん」

この人は一体どういう仕事をしていたのだろう、とさやかは思った。人をその気にさせるのがとてもうまい。文才もあるし、見せ方もよく知っている。そして何より、女心をつかむことに長けている。彼女が付き添って見ていてくれると思うだけで、憂鬱な街宣が楽しみになるほどだった。もっとうまくなって、彼女に褒められたい。万が一奇跡が起こって当選することができたら、ブレーンとしてずっと一緒に仕事を手伝ってもらいたい。白鳥さやかはそんなことまで夢想しはじめていた。

彼女が寺に戻ったのは夜の十時をまわった頃だった。

そんなに遅く帰ってきたのは初めてのことだったので、庵主は何か事故にでも巻き込まれたのではないかと気が気ではなかった。以前、K大学病院の医師から彼女の症状に

ついて説明を受けたとき、

「もし、もう何年も記憶のない状態で生活しているとして、その状態が固定されてしまっているとしたら、昔の記憶が一気に出てきたとき、今の記憶は上書き保存で消えてしまうかもしれません。そういうことがないとは限りません」

と聞かされたことがある。もしそういうことが起こって、突然昔の記憶を思い出し、ここでの記憶が消えてしまったとしたら……彼女はもうここへは戻ってこないかもしれない。そのときのために、彼女が一人で外へ出かけるときには、東京までの新幹線の切符と自宅までの切符が買えるように、二万円を余分に持たせるようにしていた。それはいつ起こるとも限らないのだ。庵主はそれを最もおそれていた。彼女を病院へ送り出すとき、その可能性がいつも頭をよぎってしまう。

だから無事に帰ってきた彼女の顔を見た途端、庵主はほっとするあまり玄関先に座り込んでしまった。

「ただいま戻りました。遅くなってすみません」

「ああ、よかった。もう帰ってきいひんかと思った。帰ってきてくれて、ほんまによかった」

「帰ってきますよ。他にわたしの帰るところはありませんから」

「昔のこと思い出して、ここのこと忘れてしまわはったかと……」

「忘れるなんて……わたしにはここの記憶しかないのに……ここで生まれたようなもの

なのに……わたしにはあなたしかいないのに、絶対に忘れるわけはありません」

仄暗い玄関先で、孤独と絶望のために透きとおった蒼い瞳を光らせて、彼女は庵主を見つめていた。こんなにも悲しげな顔で見つめられるのは初めてだった。庵主はその言葉と視線に胸を突かれてうろたえながら、彼女の手を取って中へ招き入れた。夏なのに、ひどく冷たい手をしていた。氷嚢《ひょうのう》に触れたかと思ったほどだった。

「早よお入り。おなか空いてるやろ？　今日はミロクさんの好きなかぼちゃの煮物と賀茂茄子の田楽がありますよ」

彼女はイタリアンを食べすぎておなかが苦しいくらいだったが、

「はい、ぺこぺこです」

と言って微笑んだ。もうみっちゃんとよっちゃんは休んでいるので、庵主が手ずからおかずとおつゆを温め直し、冷えたご飯をおむすびにして出してくれた。

「あ……今日は絵のモデルになる約束だったのに……ごめんなさい」

「絵は明日にしましょう」

「すみません、明日も出かけなくては」

「ほんなら、あさってに」

「あさっても、しあさっても出かけます。これから毎日遅くなります。実はアルバイトが見つかりました」

「まあ、どんな？」

「選挙事務所の雑用などを」

「そう。それはよかったわね」

気まずい沈黙が食卓を流れた。彼女はさっきからわざと庵主と目を合わせないようにしている。必要以上に早くごはんを食べている。

「お寺の仕事をお手伝いできなくて、すみません」

「ええのよ。生きていくにはお金が必要なんだもの」

「もう体もすっかり良くなりましたし、いつまでもここに置いていただくわけにもいきませんから、できるだけ早く自立したいと思っています」

「わかりました……でも、絵が出来上がるまでは、いてくださいね」

はい、と微笑んで顔を上げた彼女を見て、庵主は胸がつぶれそうになった。その目には涙が溜まっていたからだ。こぼれる寸前の、懸命に耐えて瞳の中にとどまっている涙は、蒼く美しい宝石のようだった。あふれる寸前の、懸命に耐えて腹の中にとどまっている愛の言葉と同じように。

「ごちそうさまでした。おやすみなさい」

と言って、彼女が立ちあがった。

「お粗末さまでした。おやすみなさい」

と庵主は答えた。

4

翌日、白鳥さやか事務所に出勤すると、彼女はさやかを青テントへ連れて行った。

「えっ？　ホームレスの人たちと接触するの？」

「こないだ現職市議がパフォーマンスのためにテレビカメラの前であそこを歩いたけど、あなたはそんなことのためにするんじゃない。貧困対策をまじめに考えるためにするんだよ。一人でも多くのホームレスと話をして、生きた演説の言葉をつかむために」

迷っているさやかの手を取って、彼女は先に立って歩き出した。

「ほら、行こう。一緒に行ってあげるから」

「わ、わかったわ」

橋の下に降りただけで、強烈な異臭が鼻を突いた。パパゲーノが近づいてきて、

「お父ちゃんがヒヨドリ捕まえてきたんや、焼き鳥食べさしたるわ。うちのテントにおいで、お兄ちゃん」

と彼女に声をかけた。

「お兄ちゃんとちゃう。お姉ちゃんや」

「どっから見てもお兄ちゃんやんか」

「このお姉ちゃんも一緒にいい？」

「ちょうどよかった。話を聞かせてもらうチャンスだよ」

「ええよ」

パパゲーノの案内で歩いて行くと、青テントの中は圧倒的に二十代や三十代の若者ばかりだった。女性も多かった。誰もがみな荒んだ目つきをして、市議会議員候補のたすきを掛けたさやかを睨みつけていた。パパゲーノのテントに着いて中に入ろうとしたとき、テント村全体に激震が走った。

「警察の強制排除やッ！　逃げろッ！」

その声とともに大量の警官隊がなだれ込んできて、テントを畳む間もなく、そこにいた全員が留置場に送られてしまった。

一晩か二晩ホームレスたちを留置場に放り込んでいるあいだに鴨川沿いの青テントを一掃してしまうのが、市と警察のやり方だった。段ボールハウスは解体され、彼らの生活用品はゴミ処理場に運ばれた。京都に皇族や国賓が来るときには一週間くらい留置場から出されないこともあった。しかし何度一斉清掃をおこなってもまたホームレスたちは鴨川に戻ってきて段ボールの家を建て、ブルーシートで覆い、家財道具を拾ってきて生活をはじめた。

白鳥さやかは市議会議員候補のたすきを掛けていたせいで留置を免れたが、彼女はホームレスと間違われて一晩留置場で過ごす羽目になった。十人ほどの女のホームレスた

ちと相部屋にさせられてふるえている彼女に、

「おねえさん、こういうとこは初めてかい？」

と、この中では一番年嵩の四十代のホームレスが声をかけてきた。

「そんなにふるえなくても、何も取って食ったりはしないよ」

女がそう言うと、みんなが笑った。だが彼女はホームレスたちがこわくてふるえているのではなかった。拘束されたときに接触した警察官がこわくてふるえていたのだった。ひとえに彼女が痩せているからなのだが、肩を摑まれたとき、骨に食い込んでくるような摑み方をされた。まるでこちらの柔らかな心を素手で直接摑みかかられるような乱暴で粘着質な触り方だった。反射的に逃げようとすると、警棒で骨の髄が痺れるほど打ち据えられた。躾の悪い犬に罰を与えるような殴り方だった。その眼には何の感情もこもっていないように見えた。あの目つき、あの腕力、あの声音には彼女の不安をかき立てて、恐怖のどん底に突き落とすものが含まれていた。自分は昔、警察にひどい目にあわされたことがあったのだろうか、と彼女は思わずにはいられなかった。

「そんなに心配しなくても、明日かあさってには出られるさ。こんなことしょっちゅうなんだ」

弁当が配られても、彼女は手をつけようともしなかった。壁にもたれてじっと目を閉じていた。

「食べないんなら、貰っていいかい？」

「どうぞ」

「あんた、ホームレスじゃないだろ？　たまたまあそこにいて捕まっちまっただけなんだろ？」

「家はないから、ホームレスと同じだよ」

さっきからねっとりと絡みつくような視線を送りながら何かと話しかけてくる女に、彼女は面倒臭そうに答えた。

「行くとこないなら、段ボールハウス世話してやろうか？」

彼女は何も言わなかった。みんなは弁当を食べ終わると横になり、寝る態勢に入った。狭いところに十人も入っているので隣の人間とくっつくのは避けられない。すぐに消灯になったので彼女も女も横になった。

「仕事はあるのかい？」

女の息が顔にかかりそうなほど近い。彼女は何も言わず早く眠ってしまおうとした。すでにいびきをかいている者もいる。

「仕事もないなら、世話してやるよ。おねえさんなら、金になるいい仕事があるよ」

「どんな仕事？」

女は光る眼で彼女を舐め回し、手を伸ばして彼女の頬を撫でた。ああ、そういうことなのか。彼女は不快感をあらわにしてその手を払いのけた。

「金になる仕事ってのは危険な仕事と相場が決まってるんだ。今の世の中で一番危険なのは同性相手の売春だ。あんたなら相当稼げるよ」

彼女は自分のセクシュアリティを疑った。女に色目を使われ、女に体を売ることを勧められている。一体自分は何者なのだ？　女にフェロモンを発散しているつもりなどないのに、なぜそんなことをされたり言われたりしなければならないのだろう？　自分はもしかしたら同性愛者なのだろうか？

「そんなことしたら売るほうも買うほうも、衆人環視のなかでネオナチに処刑されかねない。そんな商売が成立するわけない」

ゲイの売春は最も重い罪としてネオナチに激しく攻撃されていた。先月も少年を買った男が性器を切り落とされた姿で四条大橋のたもとに磔にされている映像が動画サイトで流され、猟奇事件としてテレビニュースでも取り上げられたばかりだった。警察はその死体をすぐにでも撤去できたのにわざわざ数時間放置して人目に触れさせ、全国の同性愛者に警告を与えるための道具として利用したと言われていた。

「それが結構いるんだよ、買う側の人間が。同性愛者は密告につぐ密告でパートナーをなくして、みんな相手に飢えているからね。禁止されれば余計にやりたくなるのが人間の性《さが》ってもんだろ？　あんたはとびきりの上物だ。とっておきの上客を世話してやるよ」

「なんでわたしに？　わたしって、そんなふうに見えるの？」

「そんな顔して、女にもてないとは言わせないよ。タチでもネコでもどっちでもいけそうだね。経験くらいあるんだろ？　さんざん女泣かしてきたんじゃないのかい？」

「体を売る気はないから」

「おや、男のほうがよけりゃ、それでもいいよ。あんたみたいなボーイッシュな女が好きな男だってたくさんいるんだ」

「男にも女にも、体は売らない」

「ああ、そうかい。お高くとまってるんだね。この時代に家もなくて仕事もない女が、体のほかに何か売れるもんがあるのかい？」

女はぴったりと体をくっつけて、彼女の太腿に指を這わせてきた。彼女はその手首をつかんで捻り上げ、刺すように睨みつけた。

「やめないと、看守を呼ぶ」

殺気を感じて女はそそくさと体を離した。

「わかったよ。おっかないねえ。ふん、ホントは女が好きなくせに。隠したってわかるんだよ、こっちには」

「なぜそんなことがわかる？」

「あんた、まさか本当に自分で気づいてないのかい？　その目、その声、その体、たまらなくそそられるよ。自分が性的な人間だってことをもっと自覚したほうがいいね」

「性的な人間って？」

「良くも悪くも性に支配される人間ってことだよ。それはあんたの人生を助けもするし、地獄へも突き落とす。あんたが好むと好まざるとにかかわらず、あんたには女を引き寄せて惚れられる業《ごう》のようなものがあるんだよ。せいぜい気をつけな。あんたの顔には女に殺される相が出ているよ」

彼女はその言葉に衝撃を受けた。女に殺されかけても抵抗しないでそのまま黙って死んでいく自分の姿が見えるようだった。

「そういうことをちゃんと自覚していないとね、あんたなんかさしずめどこかの女にベッドで刺されて、全裸死体で発見されるのがおちだろうよ」

女はくつくつと下卑た忍び笑いを漏らしていたが、やがて眠りに落ちたらしく、軽いいびきをかきはじめた。彼女は一睡もできなかった。

翌朝、留置場から出されると、彼女はその足で白鳥さやか事務所に出勤した。

「来てくれてよかった。名前がわかったらもっと早く出してあげられたんだけど。いくら警察にうちのスタッフだと言っても、名前がわからないから相手にされなくて。ごめんね」

「いいよ別に。シャワーと電話を借りていい？　お寺に連絡しないと心配するから」

「お寺にはゆうべ連絡しといたよ」

「ありがとう。庵主さまは何か仰っていた？」

「とても心配しておられたわ。まるでお母さんかと思うくらいに。チルチルさん、大事にされてるのね」

　シャワーを浴びると、早速仕事がはじまった。その日から彼女は演説草稿を書くことのほか、掃除をしたり、街宣につきあったり、電話番をしたり、こまごまとした雑用を一手に引き受けて精力的に働いた。

　ブログの下書きやホームページの更新を手伝ったり、ツイッターの文章にもこまかくアドバイスするようになると、アクセスは少しずつ伸びていった。日に五～八回の街宣にもすべて付き添い、こまかくダメ出しをし、聴衆の反応を分析して原稿に手を入れた。昼食の手配や水分の補給も彼女の役目だった。車がないので移動は自転車を二台連ねておこなった。ビールケースを荷台にくくりつけ、ハンドマイクを前かごに入れたささやかの自転車が前を行き、ビラの入った段ボール箱を荷台にくくりつけ、幟と水筒とタオルとビデオカメラを前かごに入れた彼女の自転車が後に続いた。真夏の京都でそんなことをしたら、熱中症で命を落としかねない。そんな無謀なことをする候補者はいないからかえって珍しがられ、選挙の取材に来た地元放送局の目にとまり、夕方のニュースで自転車行脚の様子が紹介されたくらいである。

「汗で化粧がすぐに流れてしまいますから、ノーメークです。Tシャツは一日に五回着替えます。タオルは十枚くらいですね。ダイエットになっていいですよ！　はい、もう四キロ痩せました。あっ、私汗臭いですから、あんまり近づかないでくださいね！」

　と爽やかにインタビューに答えるささやかの姿は、結果として最も効果的な宣伝になった。それでなくても汗だくになって自転車を漕いでいると、冷たい飲み物や栄養ドリンクを差し入れてくれる商店街のおばさんやおじさんが後を絶たなかった。

「がんばってるなあ。これでも飲んで、熱中症にならんように気ぃつけや」

「おねえちゃんら、車もないんか？　この炎天下に、死んでまうで。塩飴持っておゆき」

白鳥さやかの街宣はじりじりと右肩上がりに聴衆が増えていき、演説を聞いた学生ボランティアが数人、ビラ配りを手伝ってくれるようになった。あの学生たちがボランティアをしてくれるのは演説の内容に共鳴したからではなく、さやかと握手してにっこり微笑みかけられたからだということを、彼女はよくわかっていた。

「やっぱりその髪型にしてよかったね。あなたはもともと美人なんだから、女の武器を使わない手はないよ。握手するときは、どんなに疲れていても、必ず相手の目をまっすぐ見て笑いかけるようにね。あなたと握手すればみんなやられちゃうんだから」

不思議なもので、彼女から毎日のようにきれいだの美人だのとおだてられ、街宣の出来を褒められ、服の着こなしや支持者への笑顔を褒められ、朝から晩までぴったりと密着してすべてを見つめられているうちに、さやかの意識に刷り込みがおこなわれたかのような変化があらわれた。実際にきれいになっていき、本当に街宣がうまくなっていったのだ。もちろんさやかにはもともとの資質があったのだろう。彼女がいち早くそれを見抜き、褒めれば伸びるという性質を見抜いて、たきつけていったのである。たとえ失敗したときでも、彼女は決して否定的な言葉は口にしなかった。

「大丈夫。今度はもっとうまくできるよ」

「大丈夫。わたしがついているからね」

やさしい微笑とともに彼女が口にする大丈夫という言葉に、さやかはどれほど救われ、励まされ、勇気づけられたかわからない。そして日を追うごとに全幅の信頼を寄せるようになり、彼女なしではまったく何もできないと思えるほど急速に依存の度合いを深めていった。

「もうバスないんじゃない？　明日も早いし、今夜はここに泊まっていけば？」

ある夜、彼女がブログの更新作業をしていてうっかり夜の十一時をまわってしまい、最終バスを逃してしまったことがある。お寺には彼女が自由に使えるパソコンがないから、ブログやホームページの更新は事務所でやるしかないのだが、街宣に出る回数が増えてからそれもままならず、だんだん帰る時間が遅くなっていった。

「いいよ。チャリで帰るから」

「一時間はかかるでしょう。ただでさえ毎日炎天下をチャリで駆けずり回ってへとへとに疲れてるんだから、遠慮しないで。今チルチルさんに倒れられたら、私本当に困るもの。投票日までもうずっと泊り込んでもらっていいから」

さやかの言う通りだった。体力は限界に近づいており、一日に何回かはめまいに襲われていた。泊めてもらえばあと二時間は仕事ができる。それは願ってもない申し出だった。投票日までにやるべきことは山ほどあり、お寺への往復の時間も惜しいほどだった。

「じゃあ遠慮なくそうさせてもらおうかな」

言うなり彼女はソファに倒れ込んで目を閉じた。めまいと頭痛で体の芯からくたくただった。

「ソファじゃ疲れが取れないわ。ベッドを使って」

「誰かの隣で寝るのは慣れてないから、ここでいい」

「私がソファを使うから」

「自分だって声ガラガラだし、そろそろ限界のくせに」

「私、こう見えても体育会系で体力だけは馬並みにあるの」

「さやかにはちゃんと睡眠を取ってもらわないと。倒れられたら、それこそ困る」

彼女に名前で、しかも呼び捨てにされたのは初めてで、さやかは胸がざわざわした。

「今、さやかって、言った？」

「あ、ごめんね、つい。さやかさん……さやかちゃん……さやか先生……どれがいいかな？」

「いいの。嬉しかったの。さやかって呼んで」

「じゃあ、さやか。わたしは一時間仮眠したらまた仕事に戻るから、ソファでいいよ。おやすみ」

「そんなにがんばらないで。どうしてそんなにのめり込んで仕事するの？　すごく有難いし嬉しいけど、あなたの体が心配なのよ。いつか壊れてしまいそうで……。どうして私のためにそこまでしてくれるの？」

「たぶんわたしは……磨けば光る珠《たま》を見たら、磨かずにはいられない性分みたい」

それは嘘ではなかったが、彼女はさやかのためだけにやっているのではなかった。仕事にのめり込んで忙しくしていると、余計なことを考えずに済んで、気がまぎれるからだった。血まみれの女のフラッシュバックはあれから何度かあらわれた。いつも同じ女のように思えるが、顔が血だらけでよく見えなかった。さやかの街宣の最中に、なぜか自分が熱に憑かれたような激しさで演説しているフラッシュバックを見たこともあった。自分は一体何者なのだ？あの女を殺して血まみれにしたのは自分なのか？ふとした隙間にその問いが頭の中を占領して、離れなくなってしまう。彼女はそれがこわかった。自分の正体を知りたいと切望しながらも、知ってしまうことがこわくてたまらなかった。だからその問いから逃げ続けるために、目の前にあるやるべきことになりふりかまわず集中するしかなかったのだ。

「それと、もうひとつ。わたしもあなたと同じように、愛国党には我慢がならない。小さな小石でも何かを変えられるかもしれない。つまりわたしたちは同志ってこと」

「ねえ、寝たままでいいから、聞いて。私、これまでの人生で、こんなに一生懸命何かに熱中して取り組んだことってなかった。受験も就職も、大して努力しなくても入れるところしか選ばなかったし、こんな不況だから何事においても高望みしない癖がついちやってて、そこそこ満足できればそれでよかったの。勝たなくてもいいからせめて負けない人生っていうか、身の程をわきまえるっていうか、そういう安易な道ばかり選んでた。でも今回まわりにさんざん無謀だって言われながら立候補して、身の程もわきまえずに必死に勝とうとしてる。それがね、意外なくらい、すごく楽しいの。これもみんなあなたのおかげね。私一人だったら、こんなに楽しめなかったと思う。こんなに楽しい思いをさせてくれて、あなたには感謝してる。どうもありがとう」

「なに甘いこと言ってんの？　選挙は青春の思い出作りじゃないんだよ。やるからにはどんなことしても勝とうと思わなくてどうするの？」

ひんやりとした棘のある声が返ってきたので、さやかは思わず身をかたくした。彼女の言う通りだと素直に思い、彼女がどれほど親身になってくれているか、その本気度に打ちのめされた。しかもこの人は記憶喪失という病気を抱えながら、そんなことを微塵も感じさせずに、献身的に尽くしてくれているのだ。さやかは恥ずかしくて泣きそうになった。

「そうよね……ごめんなさい……」

でも次の瞬間には、いつもの甘く包み込むようなセクシーな声に戻って、

「大丈夫。さやかにはわたしがついてるから」

と彼女は言った。そしてそのまま眠ってしまった。

ああ、まったくこの人はなんて悪い人なのだろう、とさやかは思った。こんなことを

されたら、女はめろめろになってしまう。この人はそれをわかってやっているのだろうか？　それとも女心を操る手管ではなく、無意識にこういうことができてしまうのか？　だとしたらこの人は、天性の女たらしではないか。

さやかはそこに立ったまま、しばらくのあいだ彼女の寝顔を眺めていた。かわいそうなほどたよりない、子供のような寝顔だと思った。それなのに、あんな大風呂敷をひろげるなんて。あんなに大見得を切って、わたしたちは同志だ、なんて。まったくこの人は、なんて罪な人なのだろう。そして自分のことがわからなくなった。女の人の声を聞いてセクシーだと思うなんて、一体自分はどうしてしまったのだろうか、と。


白鳥さやかの選挙区における最大勢力は与党・愛国党公認の現職市議で、すでに二期目を務め、三期目の当選を確実視されている男だった。二番手もやはり愛国党推薦の行政書士で、その他にも連立を組む自民党推薦の団体役員、公明党公認の現職市議など、定数9の椅子に対して18人の候補者が林立する激戦区である。政党の公認も推薦も受けていない無所属の新人候補はさやかも含め二人いたが、もう一人は抜群の知名度を誇る大学教授で、強力な支持者層を持っていたから、文字通りさやかだけが孤立無援の新人ということになる。

18人の候補のうち女性は5人で、32歳と一番若く、客観的に見てルックスが一番いいのはさやかだった。百戦錬磨の他の候補に比べると街宣の押しの強さや支持基盤の厚さではどうしても勝ち目はないが、ひたむきな熱意とフレッシュな瑞々しさでは負けてなく、若い無党派層を取り込み、愛国党にアレルギーを持つ人々をうまく取り込むことができれば、つけ入る隙はあるかもしれないと彼女は考えていた。街宣では愛国党への集中攻撃に的を絞り、毎日ニュースや新聞に隅々まで目を通して、愛国党がおこなっている非道な政策やふるまいを糾弾する草稿やブログを書き続けた。記憶喪失の彼女にとって、それは何よりもこの国の現状を把握することに役立ち、現実社会に目を開かれるきっかけになった。愛国党は叩けばいくらでも埃の出る政党だった。調べれば調べるほど、彼女はこんな政党が第一党に就いているこの国のあらましが空恐ろしくなってくるのだった。

たとえば先の国会で可決された結婚資金貸付法という法律がある。三百万円を上限として、これから結婚しようという男女は無利子で政府から金を借りることができ、子供を一人産むごとに貸付金の25％が返済免除になるという法律である。四人産めばチャラになり、さらに子供を持つ家庭は所得税の減税という恩恵を受けることもできる。一方で、独身者や子供のいない夫婦は増税になるという、とんでもない悪法である。これはそのままナチス・ドイツがおこなっていた政策のパクリなのだ。

警察法も改正され、警察の持つ権限もひそかにじわじわと拡大していた。公安警察が治安上必要と認めた場合、市民に対して予防拘束をおこなう権限を有するという改正案が可決されたのは、デモ隊同士の衝突事件がきっかけだった。ささいな衝突事件をさも重大事件のように大げさに騒ぎ立てて、かなり強引に通してしまった。予防拘束の権限などがまかり通れば、何の罪もない市民をいくらでも引っ張ることができ、警察による恐怖社会が出現してしまう。これもまたゲシュタポが実際におこなっていたことであり、ナチス得意の手法なのである。

さらに政府は、労働組合法を改正して組合活動を制限しようと躍起になっていた。愛国党に自民党・公明党・民主党が連立する形ではじまったこの政権は、連立政党から愛国党にどんどん党員が流れていき、今や野党が共産党と新女性党のみであるという限りなく一党独裁に近い状況が着々と整えられている。当初、急進的な弱小政党に過ぎなかった愛国党が自民党に付随する形で連立にくわわり、やがて勢力を劇的に逆転させて政権をつかんだという図式もまた、ナチス・ドイツがのし上がっていった図式に似ている。

第一次世界大戦に敗北して民族の誇りを失い、世界恐慌でどん底の不況を経験して人間としての自尊心までも失っていた当時のドイツ人にナチスが熱狂的に受け入れられたのと酷似した社会背景が、この国で実際にひろがりつつあった。絶対につぶれるはずはないと国民の誰もが思っていた大手都市銀行と大企業が相次いで経営破たんした年がその打ち上げ花火のようなものだった。企業は生き残るために非正規雇用者しか使わなくなり、若者は仕事にありつけず、ありつけたとしても信じられないほど低すぎる年収に甘んじなければならない。失業保険と生活保護費は年々支給額が減らされ、今やシステムそのものがパンクしかかっている。自殺率が二十年前の二倍に急増する一方で、出生率は30％減少している。GNPも株価も下落の一途をたどり、史上例のない円安によって日本人のプライドは傷つき、日本経済への信用不安は年々国際社会で深刻化していく。ファシズムの種子が湿った地下でひそやかに芽吹き、人々の失望と閉塞感を栄養源として育っていくのはまさにこういうときなのだ。

愛国党党首の鼠鳴《ねずなき》愛一郎がナチスを手本とし、ファシズム政権を目指しているのは疑いの余地がない。闇の中で注意深く目を凝らして耳を澄ませば、はるか彼方からナチどもの軍靴の響きが聞こえてくる。背中をぞろぞろと千匹の蛆虫が這いまわっているような不快感と、理不尽なほどの怒りがこみあげてくる。それは彼女自身にもわけのわからないほどの凄まじい怒りだ。自分のなかにこれほど激しい怒りが蓄えられていたことに驚きを禁じ得ない。小さな小石でも何かを変えられるかもしれないとしたら、投げる勇気を持たなくてはならない。

＊　＊　＊

「ファシズムとは人間の顔を何度も何度も靴で踏みつけるものであると、ジョージ・オーウェルは言っています」

という書き出しで翌日の演説草稿を書きはじめたとき、自分はなぜこんな言葉を知っているのだろう、と彼女は思った。かつて自分はどんな本を読んでいたのだろう。どんな仕事をしていたのだろう。どんな食べ物が好きだったのだろう。何のために、何を信じて、どのように生きていたのだろう。でもひとつだけ、知りたくないことがある。それはどんな恋をしていたのだろう、ということだ。

自分は人殺しで、それも大切な人を殺したのではないか、という疑念は日々膨らむばかりだった。あのフラッシュバックは少しずつ細部が立ちあらわれるようになった。血の海のなかに自分と女がいて、とても愛おしそうに女を抱きしめている。女は自分の名前を呼んでいるのだが、血の塊が耳の中に入って聞こえない。腕の中にいる女がどうしようもなく愛しいという感覚と、身を引き裂くような罪の意識に苛まれて、だんだん息ができなくなっていく。それをもう一人の男が眺めている、という像があらわれたのは、つい最近のことだった。男の目は涙と憎悪に濡れている。男が自分に向かって、人殺し、と言っているのがはっきりと聞こえる。

自分は心中の生き残りではないのか？　恋人をこの手で殺して、自分だけ死にきれなかったのではないか？　だから後を追おうとしたのではないのか？　そんなふうに思うようになったのは、その男の像があらわれるようになってからだった。三角関係のもつれで、という可能性に思い至ったとき、恋人がその男ではなく、女のほうであることに改めて気づいて彼女は青ざめ愕然とした。

あのホームレスの女に言われたように、自分はやはり同性愛者なのだろうか？　もしそうだとしたら、あのデモ隊におぞましい嫌悪感を抱く理由も、愛国党に激しい憎しみを抱く理由も説明がつく。静流尼にせつない思慕を抱くわけも。あの方のおそばにいるのが苦しくて、なぜ逃げるようにお寺を出ようとしていたのかも、これでわかった。自分は好きになってはいけない人を好きにならずにはいられない人種だからだ。今や国家によって禁じられ、弾圧され、投獄すらされかねない危険な性的嗜好の持ち主だからだ。あらかじめ希望は閉ざされてあり、決して幸福にはなれない、呪われた忌まわしい血が流れているからだ。自分は間違ってこの星に生まれてきた、異星人の孤児だったのだ。

＊　＊　＊

彼女は泣きながら目を覚ました。いやな汗をかいていた。草稿を書きながら眠ってしまったらしい。夢の中でもフラッシュバックは容赦なく追いかけてくる。その映像をさらに夢の中で分析しているという夢だった。このところそんな夢ばかり見る。彼女は汗を流すためシャワーに入り、左足の太腿の内側に刻まれている刺青をいつものように眺めた。K・I。これは恋人のイニシァルだろうか。稲葉家の墓を抱きしめて死のうとしていたということは、Iは稲葉を指すのだろうか。K・Iが誰かさえわかれば、自分が誰なのかがわかるだろう。

たとえ自分が心中の生き残りであっても、同性愛者であっても、自分が誰なのかが知りたい、と彼女は突き上げるように思った。シャワーに打たれながら、嗚咽が漏れないように手の甲を噛んで泣いた。たとえこの世の果てに追いやられることになっても、K・Iとのあいだに起こったことのすべてを知りたい、知らなければならないと思って泣いた。そこへシャワールームの扉が開いて、さやかが入ってきた。さやかは全裸で、強い力で抱きついてきた。キスしようとして近づいてきた唇を、彼女は慌てて止めた。

「やめて……さやか……駄目だよ……」

「あなたがうなされる声が聞こえて、心配で見に来たら泣いてるんだもの……どうしたらいいかわかんないじゃない」

「だからって、こんなこと……どうかしてるよ。あなたは女が好きなの？」

「女なんか別に好きじゃない。私はあなたが好きなの。私は同性愛者じゃない、と思う。でもわかんなくなっちゃった。あなたとキスしたいと思うことって、同性愛ってことなの？　それのどこがいけないことなの？」

「そんなことしたって、この国では幸せになれないんだよ。よくわかってるくせに」

さやかはシャワーを止め、彼女の痩せた体を抱きしめた。濡れた肌と肌が吸いつきあって、頭の芯が痺れて、体が溶けてしまいそうになった。心臓と心臓を重ね合わせると、乳房と乳房が弾けあって触れあい、乳首と乳首がともにかたくそそり立った。彼女は抵抗する気力をなくし、さやかに体を預けて、泣き止んでいった。

「泣いてる人を泣き止ませることは、ちっともいけないことじゃないわ。そうでしょ？」

再び近づいてきた唇を、今度はよけずに受け入れた。唇と唇を重ね合わせ、舌と舌が触れあい、おずおずと吸いあうと、脳みそが溶けそうになった。狭いバスルームに立ち尽くしたまま、何度も何度も舌を吸いあった。さやかはとうとう痺れを切らして、彼女をバスタオルでくるむと、手を引いてベッドまで連れて行った。

「セックスの仕方は覚えてる？」

「わからない」

「キスの仕方は覚えてたでしょ。してみたら思い出すかもよ」

「そうかな。でも、ちゃんとできるか自信がないよ」

「私、女の人とするの初めてなの」

「わたしだって初めてかもしれないよ」

「じゃあお互い処女を捧げあうってことで」

バスタオルを剝ぎ取ると、それからあとは考える必要はなかった。体に自動的にスイッチが入り、まるでそんなことはこれまで百万回もしてきたというような自然さで、指も舌も腰も勝手に動いた。こういうことってごはんを食べるのと同じなんだ、いつまでも忘れないんだ、と彼女は思った。そして自分はやはり同性愛者であることを確認しないわけにはいかなかった。明らかにさやかより経験値が上で、さまざまなやり方で快楽を与えることができた。体のどこに触れれば相手が歓ぶか、どんな触れ方をすればより歓ばせることができるか、そしてどうすれば絶頂へ導くことができるかを熟知していた。

「さやか、そんなに大きな声を出さないで」

「だって、あんまり気持ちよくって……」

「もうかなり嗄れてるんだから、そんなに声を出したら明日の街宣で声が出なくなっちゃうよ。セーブして」

さやかは嗄れた声で笑いころげた。

「何が処女よ。大嘘つきね」

「ちゃんとできて、よかった」

何度目かの絶頂に誘われたあとで、疲れて眠りかけている彼女の体を撫でているときに、さやかはその傷と刺青に気づいた。

「この背中の傷、どうしたの？」

「わからない。覚えてなくて」

「まだ痛むの？」

「時々。雨の降る日なんかに」

「この刺青は？　Ｋ・Ｉって何のこと？」

「それもわからない」

「あなたって本当に一体何者だったのかしら」

「現世のことはわからないけど、前世は女郎だったんじゃないかって思うことがあるよ」

女郎、という言葉が、ひどくさびしい暗がりから聞こえた気がして、さやかは彼女の左手を握りしめた。噛んで痣になっている手の甲を慰撫するように何度もさすった。

「じゃあ、現世は？　稀代の女たらしとか？」

「人殺しかも」

「あなたは人を殺すよりは殺される側の人だと思うわ。女に食べられまくって殺されそうな人よ」

「さやかもわたしを食べたいの？」

「うん。食べてもいい？」

「いいけど、一度だけだよ。筋肉痛になって明日の街宣に響くから」

「はいはい、先生」

たった今初めて女に抱かれたばかりで、女の抱き方は知らなかったが、してもらったことの返礼をすればいいのだと思い、さやかは夢中で彼女を抱いた。この体の中に一体どれほどの愛の記憶が詰まっているかと思うと、すべてをしゃぶり尽くしたい衝動に駆られるのだった。これまで男とつきあったことは二度ほどあるが、こんな気持ちになったことは一度もなかった。彼女のかすれた喘ぎ声を聞いているだけで何度も達しそうになった。突然、彼女が、快楽の波をおそれるようにさやかの体を突き放した。

「ごめん、今の痛かった？」

「ううん、ちょっとフラッシュバックがきただけ……」

「何が見えたの？」

「ほんの一瞬のことだから……ごめんね、もう大丈夫」

誰かとセックスしているフラッシュバックが一瞬強く立ちあらわれ、彼女は混乱した。その映像の中で見えた女の顔は、いつもの血まみれの女ではないようだった。初めて見る別の女から、骨がばらばらになりそうなほどの快楽を与えられて啜り泣いている自分の姿が見えた。やはり自分は女郎の生まれ変わりに違いない、淫乱な血のために人生を滅ぼした死にぞこないに違いないと彼女は思い、目の前が真っ暗になって、奈落の底へ落ちていった。

その日から彼女は寺には帰らず、事務所に泊まりこんだ。昼と夜とでは彼女の顔はまったく違って見えた。昼のあいだはともに戦う同志であり、いつも冷静沈着なスタッフに徹して必要以上に親密な顔は見せないが、いったん夜にまぎれこむと、その削り取られたような薄い背中と痩せてふるえているような白い腕は、ゴージャスな毛皮のようにさやかを暖め、どんなときでも必ず天国へと連れて行ってくれた。

小さな小石をファシストどもに向かって投げつければ、巨大な石つぶてとなって投げ返されるということを、さやかたちはすぐに思い知らされることになった。

白鳥さやかの支持者がほとんどいなかった当初の頃には黙殺されていたブログや街宣での愛国党への攻撃文句は、少しずつ支持者が増えていくのが目に見えるようになると、看過できない障害として認識され、排除すべき敵として報復行動を受けることになったのである。ブログは中傷され、街宣では公職選挙法違反すれすれのきわどい妨害を受けるようになった。ライバルたちからのネット上におけるネガティブキャンペーンもはじまったが、ずぶの新人でこれまで何の実績もないさやかにはそもそも批判されるべき種すらなく、ただ政治経験のなさと市政に対する見通しの甘さが繰り返し指摘されるばかりで、それはほとんど説得力を持たなかった。

陰湿きわまりない嫌がらせも相次いだ。自転車のタイヤは朝になると必ずパンクしているようになり、ブレーキが壊されていたこともあったので、マンションの駐輪場ではなく家の中に運んでおかなければならなかった。事務所の窓ガラスを割られたり、玄関先に生ゴミをぶちまかれたり、街宣中に自転車のサドルに使用済みのコンドームを置かれたり、前かごにネズミの死骸を入れられたりといったことが毎日おこなわれた。

警察に被害届を出したところで何もしてくれないことはわかりきっていた。警察はもはや市民の味方ではなく、愛国党の犬でしかないというのが市民の共通認識であり、下手に文句でも言おうものなら予防拘束という名目で引っ張られかねなかった。だがそんな嫌がらせを受ければ受けるほど、敵が自分たちに対して脅威を感じていることに他ならず、自分たちの支持者が増えていることが逆にわかって、戦闘のモチベーションは上がっていった。何をされてもめげないさやかを彼女はとても頼もしく思った。

さやかが弱音を吐いて泣いたのは、事務所の郵便受けに百匹の生きたゴキブリが入ったビニール袋を入れられたときのただ一回だけだった。だがさやかはそのゴキブリの写真をブログで公開して、愛国党陣営の陰険な嫌がらせを糾弾してみせた。ぬらぬらと蠢くゴキブリをファシストどもの姿に見立てて、ユーモアさえ感じさせる見事なアジテーションをしてみせたのだ。この切り返しには多くの支持が集まり、街宣の聴衆は目に見えて増えた。

「さやかって見かけによらず打たれ強いんだね。見直したよ」

「惚れ直したと言ってほしいわ、同志」

「あなたはやっぱり政治家になるべくして生まれてきた人なのかもしれないね」

選挙戦終盤になると、さやかはしっかりとした自分の言葉で支持者たちに向かって語りかけていた。ライターが書いた演説草稿を丸暗記して読み上げるだけの情けないさやかはもはやどこにもいなかった。人々が愛国党政治に対してどれほど深い怒りと失望を溜め込んでいるか、その捌け口をどれほど強く求めているかをひしひしと痛感させられながら、さやかと彼女は二人三脚で残り少ない選挙戦を走り続けた。

5

静流尼のところに稲葉家の当主から連絡が入ったのは、投票日を二日後に控えた日のことだった。

何度も自宅の留守電に連絡を乞うメッセージを吹き込んでいたのだが、赴任先の海外から夏休みで一時帰国したらしく、ようやく電話がかかってきたのだ。庵主はかいつまんで事情を話し、最近亡くなった一族の方はいないか訊ねてみた。稲葉和彦はしばらく黙りこみ、深いため息を吐いたあとで、

「妹です」

と悲痛な声を絞り出した。

「去年の春になりますが、妹の久美子が亡くなりました」

「まあ、そうでしたか……けど、こちらのお墓には埋葬されてないようですが……？」

「実は、先祖代々の墓に入れるわけにはいかない死に方をいたしまして……まだ埋葬はしておりません。葬式も出しませんでした。妹の骨は、しばらく私が手元に置いて、いずれどこかに散骨でもすることになるかと思います」

「お葬式も出さず、埋葬もしてあげないとは……仏様が大変お気の毒です。妹さんは一体どんな死に方をなさったのでしょう？」

「お恥ずかしい話ですが、心中事件を起こしましてね。妹は東京の劇団で女優をしていたもんですから、新聞沙汰になってしまって……いや女優といってもテレビに出るような女優じゃなくて、アングラ劇団ですけどね。もともと私も両親も妹が女優なんかするのは大反対だったんです。パリでパントマイムと芝居の勉強をすると言って家出同然で出て行って、もう十年以上音信不通だったんですよ。やっとパリから帰ってきたと思っ

たら今度は東京でわけのわからないアングラ劇団をはじめて……父が死んだときはパリにいて連絡が取れなくて、母が死んだときは東京で芝居の公演中でやっぱり帰って来れなくて……久美子のことはもうみんな諦めていたというか、長いあいだ断絶状態だったんです。そのうえ最後にあんなことしでかして……しかも相手が相手ですからね」

「と、仰いますと？」

稲葉和彦は吐き捨てるように、

「女ですわ」

と言った。

「妹はよりにもよって、女と心中しよったんですわ」

ああやっぱり……と、庵主はすべてが腑に落ちる思いがした。

「こんな時代ですからね、ネットでさんざん中傷されて、妹の写真だけじゃなくうちの実家の写真まで流れて、これでもかというくらい嫌がらせを受けました。あいつら死者にまで鞭打つんですわ。海外赴任中でなかったら、うちの家族にも実質的な被害が及んでいたと思います。私の妻や子供はまだこわがってて、今回の一時帰国は私一人だけです。両親が亡くなっててほんまによかったと思いましたよ」

「お気持ちはお察しいたします」

「とにかくそういうわけで、葬式を出すことも憚《はばか》られ、うちの墓にも入れるわけにはいかなかったんですわ。かわいそうですけど、稲葉の家は格式や世間体を重んじる旧い家ですから、父や母が生きていたとしても同じことをしたと思います」

「ご事情はよくわかりました。それでお伺いしたいのはですね……相手の方も亡くなられたんですか？」

「相手は一命を取りとめたと聞いております。……ああ、つまり、うちの墓の前で自殺を図った女がその相手かどうかを、庵主さまはお知りになりたいんですね？」

「ご事情を考えると心苦しいのですが、なんといってもその人は記憶喪失にかかっておりまして、身元の手がかりが他にないものですから」

「まさか、私にその女に会ってくれと？」

「いえ、そこまでは……たとえば遠くから姿を見ていただくことはできませんか？」

「しかし私は相手の女に会ったこともありませんし、舞台を見たこともないんですよ。それより、妹の名前でインターネットを検索すれば、その女の写真も出てきますよ。うんざりするほどたくさんの汚い罵詈雑言と一緒にね」

「なるほど、ではそうさせていただきます。舞台を見たことはないと仰いましたが、そうすると相手の方も女優さんですか？」

「ええ、同じ劇団の主宰者です。女優というより、劇作家というか演出家というか、そういう立場の人間のようです。今は YouTube で多少その劇団の動画が見られますから、それで確認なさってください」

「はい、ありがとうございます。それにしても、久美子さんのお骨が埋葬されてるわけでもないのに、なぜその人はここに来たんでしょうね？」

稲葉和彦は少し考えてから、

「もしかしたら、姫野くんかな」

と言った。

「同じ劇団に姫野くんという男優がいまして、久美子とつきあっていて、いずれ結婚することになっていました。私が京都に帰っていたときに一度ひとりで挨拶に来てくれたことがありましてね。そのとき母はもうかなり弱っていたんですが、見舞ってくれて、私と母の目の前で久美子をくださいと頭を下げてくれたんですよ。とてもいい青年でね、彼のおかげで母も安心して旅立てたんじゃないかと思います。そのあとで父の墓参りもしてくれましたので、彼ならうちの墓のことは知っているはずです。彼がその女に教えたのかもしれません」

「なるほど……でも、婚約者がいたのに女の人と心中をしたとは……」

「その女が姫野くんから奪っていったんでしょう。動画を見ればわかりますが、見るからに女たらしの、そういうとんでもない女なんですよ。だから余計にね、はらわたが煮えくりかえるというか……姫野くんの気持ちを思うと、本当に申し訳なくて……だって死んでしまった久美子より、生き残ってしまったその女より、一番つらいのは姫野くんじゃないですか。ふつう立ち直れないですよね。よほどショックだったのでしょう、彼の行方は今もわからないままです」

庵主が手厚く礼を述べると、お盆には両親の墓参りに伺うと言って、稲葉和彦は電話を切った。妹を殺した相手をよほど忌み嫌っているのだろう、稲葉和彦の口からその人の名前を聞くことはとうとうなかったが、ネットで「稲葉久美子」と入れて検索すると、その人の名前と顔はすぐにわかった。あのミロクさんに間違いなかった。

「王寺ミチル。

劇作家。演出家。役者。

劇団カイロプラクティック主宰。

自ら戯曲を書き、演出をし、小劇場の舞台に立つ。

舞台では少年の役しか演じないことで知られている。その少年役は本物の少年よりも少年らしいと定評があり、独特の美学と中性的な魅力で熱狂的なファンを持つ。

甘いマスクとは裏腹に、ネオナチからの度重なる妨害や警察からの中止勧告に屈することなく、最後まで上演を決行した信念と反骨の人として知られる。

相手役女優とのラブシーンの美しさは語り草になっており、特に稲葉久美子とのコンビは最強のゴールデンコンビと言われた。

公演中の落下事故で瀕死の重傷を負ってからの足取りは途絶えたままであるが、稀有なカリスマ性を持つ表現者・役者として王寺ミチルの三度目の復活を熱望するファンは多い」

チルチルとミチルの不思議な符合に、庵主は思わず微笑んでいた。劇団の舞台写真や断片的な動画もいくつか見ることができた。俗世から離れて御仏に仕える身である自分のような者から見ても、舞台上の王寺ミチルの姿は惚れ惚れするほど魅力的だった。素顔もきれいだが、それとはまったく別物の、現実には決していそうにない、虚構の世界にしか存在しない夢のような美少年が、時を止め、永遠の命を吹き込まれてそこにいた。動画ではさらに水もしたたるような美少年ぶりが際立っていた。これでは熱狂的なファンがいるのも当然だろう、と庵主は思った。

よく調べてみると、彼女の劇団カイロプラクティックは前期と後期とに分かれて活動していたらしい。そのあいだには五年間のブランクがあり、後期にあたる時期に稲葉久美子の加入があったことがわかる。

「稲葉久美子。

劇団カイロプラクティックの主演女優。

パリでフランソワ・デュポンらとともに演劇活動をしていたが、デュポンの死去に伴いカンパニーは解散。帰国後、王寺ミチルが再結成した劇団カイロプラクティックに参加。

以後、すべての公演において主演をつとめた。

パリ時代に培われたパントマイムの腕前はプロ級で、それを生かした透明感のある演技が絶賛されていた。

三十五歳のとき、公演中に舞台上の宙吊りから王寺とともに落下して重傷を負い、死亡。

落下の原因については事故ではなく王寺との心中だったと劇団が公式発表する一方、警察は事故との見解を出しており、現在でも真偽のほどはわかっていない。

王寺ミチルも瀕死の重傷を負ったが、一命を取りとめた。

これにより劇団は解散に追い込まれた」

稲葉久美子の凜とした清楚な美しさにも庵主は胸を打たれた。王寺ミチルとふたりで並ぶと神が拵えた一対の完璧な創造物のようだった。ふたりでタンゴを踊っている動画は思わず何度も何度もリプレイボタンを押さずにはいられないほど麻薬的な魅力があった。その先に待っている悲劇的な最期を知っているからこそなおさら胸をしめつけた。

さらに探すと、稲葉和彦が「姫野くん」と呼んでいた男優の情報にもたどり着くことができた。

「姫野トオル。

劇団カイロプラクティックの中心俳優兼制作担当。

大学時代に王寺ミチルとともに劇団カイロプラクティックを旗揚げ、以後彼女の右腕として劇団を支える。創立メンバーで最後まで残っていたのは彼と王寺のみであり、劇団が一度解散してから五年後に再結成したときも姫野が中心になって動いたと言われる。

端正な二枚目俳優だが、王寺ミチルの少年役の圧倒的な存在感のもとでは常に二番手に甘んじ、俳優としてよりも制作として才能を発揮した」

この劇団について調べると、必ず王寺ミチル・稲葉久美子・姫野トオルの三人の名前が三位一体となって出てきた。それぞれの個人名で検索してもあとの二人の名前がセットのようについてまわる。この三人が切っても切り離せない強い絆で結びついていたのを庵主は感じないわけにはいかなかった。

劇団の解散につながった公演中の落下事故は、マスコミが心中事件として報道し、ネット上でも事故ではなく心中と見なされているのが主流のようだった。だがそれも推測の域を出ておらず、何の根拠もない薄っぺらな情報に過ぎない。稲葉久美子と姫野トオルが結婚の約束をしていたという情報は一切どこにも書かれていなかった。圧倒的に多くを占めるのは王寺ミチルと稲葉久美子が恋愛関係にあって、その結果心中事件を起こしたということへの轟々たる非難だった。「非国民」たる二人への夥しい中傷が読むに堪えない下品な言葉で、異常なしつこさで、えんえんとネット上に撒き散らされていた。人間はこれほどまでに醜く下劣な生き物に成り下がれるのかという見本を見せつけられるようだった。死んでしまった稲葉久美子への罵詈雑言もすさまじいが、生き残ってしまった王寺ミチルへの攻撃はさらに過激さを増して驚くべきことに現在進行形で続いていた。

「自分だけ生き残った変態王子に制裁を！」
「行方不明の変態王子を探し出して血祭にあげよ」
「非国民の変態王子さまの潜伏情報を求む」

「こいつは歩くフェロモンである。こいつをただちに処刑しなければ、我が国に同性愛菌がばら撒かれる一方である」

「最優先処刑対象・王寺ミチルの顔写真」

「王寺はあのときのケガで半身不随になっているという噂あり。全国の病院に勤務する活動員は入院患者をくまなく探すべし」

「あのときのケガで顔がグチャグチャにつぶれたという噂もあるぞ。整形外科医からの情報を求む」

「札幌での目撃・潜伏情報はガセだったもよう。海外に高飛びしてもう国内にはいないんじゃないのか？」

「早くレズ女を処刑場に引っ張り出せ！」

「殺せ！　殺せ！　殺せ！　殺せ！」

庵主はそれ以上読むのに耐えられずパソコンを閉じた。憎悪の火は消えることなく高まり続けており、今こうしているあいだにも、ミロクさんに、いや、王寺ミチルさんに危険が迫っているのだ。彼女とその劇団の知名度は全国区というわけではないようだが、ネットで見るかぎり知る人ぞ知る劇団だったようだ。高い評価を寄せている劇評もあちこちで見つけることができる。愛国党の飼い犬である秘密警察どもに恰好の標的として利用されかねない存在感がある。

庵主は稲葉和彦の密告が急に心配になってきた。彼がもし王寺ミチルの居所を警察に密告してしまったら、警察が予防拘束に動く可能性がきわめて高い。もしそうなれば、「収容所」と噂されている同性愛者専用の矯正施設へ送られてしまうことは避けられないだろう。その施設のことを聞いたのは庵主がひそかに協力している反政府運動の地下組織からだった。彼らの話によれば、それは同性愛を病気とみなして心理療法を受けさせる医療施設という名目だが、それは表向きのことであり、実質的には同性愛者たちを社会から隔離し、監禁しておくための収容所であるという。政府の目的は処刑や虐殺ではなく、ある意味ではもっとたちの悪いことに、囚人を巧妙に自殺や発狂へと追い詰めていくことだという話だった。

庵主はいてもたってもいられなくなって、みっちゃんを呼んだ。

「あんた、今すぐ白鳥さやか事務所行ってな、ミロクさん連れて帰るんや。身元がわかった、言うてな」

「えっ、身元がわかったんですか？」

「早よ行き。タクシー使ってええから、大急ぎや！」

いつも穏やかな庵主がこんなに声を荒げることは珍しく、みっちゃんは慌ててすっ飛んでいった。

だが、みっちゃんはなかなか戻ってこなかった。

選挙事務所には誰もいなかった。二人は自転車行脚による街宣に出ていて、区内のすみずみを駆けずり回っていたのだ。白鳥さやかのホームページを見ればその日の街宣の場所と時間が載っているから追いかけることができたのだが、みっちゃんにはそこまで思い至らず、じりじりと事務所の前で待ち続けることしかできなかった。

　庵主は再びパソコンを開き、王寺ミチルの検索ページを読み始めた。劇団カイロプラクティックについて書かれた劇評を拾っていくうち、とても親身になって書かれている劇評がいくつか目に留まった。それはすべて木内雅野という演劇ジャーナリストが書いている署名記事で、たとえば五年前に書かれた劇評はこんな具合に王寺ミチルを絶賛していた。

「稲葉久美子を得てからの王寺ミチルの芝居は、明らかに以前とは質が変わった。ナルシシズムのみをエネルギー源として舞台を作り上げていたかのようなかつてのユニークな作劇法とは打って変わって、彼女を輝かせるためだけにすべてのセリフとト書きが書かれ、演出プランが作られているのは一目瞭然である。かつて小劇場に燦然と光り輝いて君臨していた幻の王子はもういない。かわりに稲葉久美子という新しい女王にひれ伏し、黒子に徹しきって作り上げた、捧げものとしての芝居がここにある。王寺ミチルの復帰を心から待ちわび、あの永遠の少年にもう一度恋したいと願うファンにとってはいささか物足りないかもしれない。しかし、どんな形であれあの芝居をもう一度見られるのなら、文句を言える筋合いではない。稲葉久美子が王寺ミチルを劇場に連れ戻してくれたことに疑いの余地はない以上、わたしたちは稲葉久美子に感謝しなければならないだろう。王寺ミチルにしか紡ぐことのできない絢爛たる毒性と美学は少しも衰えてはいない。どころか、さらに凄みを増している。猥雑さにエレガントさが、エロスに気品が、狂熱に静謐さがくわわって、作品の奥行と完成度は以前より確実に高まった。まるで舞台の上に死に場所を探しているようだった破滅的な作風はなりをひそめ、薔薇を育てる喜びに目覚めたかのような真摯なつつましい生命力に溢れてさえいる。劇場から姿を消していた五年間に彼女に何があったのかは知るべくもないが、永遠の少年は彼にとっての永遠の薔薇を見つけたのだろう。王寺ミチルが自身の肉体を切り刻むようにして表現していたあまりにせつない甘美な毒は、今後すべてこの薔薇に注がれることになりそうだ。わたしたちはもはやその照射を愛でるしかないとしても、やはり彼女の芝居は唯一無二の代替不可のものであり、王寺ミチルがまさしく稀有なオンリーワンのアーティストであることを再確認させられて、無条件に虜になるしかないのである」

どうやらこの木内雅野という人は、この劇団の芝居を初期の頃からずっと見続けているようだ。文面からは王寺ミチルの才能に心酔し、なんとかして世間にその凄さを広めたいという熱意が読み取れる。と同時に、彼女を応援せずにはいられないという友情のようなものさえ感じられる。ひょっとしたら単に芝居を見て劇評を書くというだけの関係ではなく、個人的な知り合いではないだろうか、と庵主は直感的に思った。

この人に問い合わせれば、彼女の東京での住所がわかるのではないか。わからないとしても、劇団カイロプラクティックの事務所はわかるだろう。それがすでに閉鎖されているとしても、劇団員の誰かの連絡先がわかるかもしれない。彼女のことを探しているであろう、彼女にとっての大切な人のことが、家族や友人のことが、とりわけ姫野トオルのことがわかるかもしれない。そこに一縷の望みをかけて、庵主はこのウェブサイトの問い合わせ先メールの欄から木内雅野にあてたメールを送信してみた。彼女を元いた世界に戻してやるために、なんでもいいから情報が欲しかった。

「庵主さま、門の前でなんや目つきの悪い人がさっきからうろうろしてるんですけど」

よっちゃんが声を潜めて庵主にそんなことを耳打ちしにきた。そっと様子を窺うと、どう見ても公安の、それも秘密警察の匂いがする男が二人張り込んでいるのが見えた。稲葉和彦はもう密告をしたのだろうか。電話を切ってからまだ二時間もたっていないのに、秘密警察の動きはなんと素早いのだろう。

「あの人らが入ってきたらな、私は留守やと言うんやで。ミロクさんのこと訊かれても、そんなお方はおりまへん言うて何もしゃべったらあかん。玄関から先へは絶対に入れたらあかん。よろしいな」

「へえ、わかりました」

結局、みっちゃんが白鳥さやか事務所からミロクさんを連れて戻ったのは、夜の九時をまわった頃だった。さやかと彼女は街宣が認められている八時まで一度も事務所に戻らず、最後の追い込みに走り回っていたから、事務所に帰り着いたのは八時半になっていたのだ。マンションの前で五時間も待ちぼうけを食わされ、ぐったりと疲れて座り込

んでいたみっちゃんは跳ね起きて、

「すぐにお寺に戻ってください。身元がわかったそうです」

と彼女の腕をつかんだ。彼女は絶句してさやかの顔を見た。選挙戦最終日を翌日に控え、こんな大事なときに持ち場を離れることに後ろめたさを感じたのだ。だがさやかは、

「早く行って。私はもう一人でも大丈夫だから」

と気丈に彼女を送り出した。

庵主から携帯で指示されたように、寺からバス停二つ分ほど手前の地点でタクシーを降りると、そこによっちゃんが待っていた。

「わけあって正門から入られへんから、裏道を通って墓地からお寺に入ってもらいます。私が道案内します」

「なんや、探偵ごっこみたいやなあ」

みっちゃんは無邪気に笑ったが、彼女は緊張のために重苦しく沈黙していた。足がふるえてうまく歩けなかった。大通りから狭い路地に入り、さらに細いけもの道をたどっていき、えっこんなところを、というような藪を抜けると、そこがお寺の裏手の墓地につながっていた。

「こんな道、知らんかったわ」

とみっちゃんも驚くような裏道だ。藪蚊の猛攻を受けながら、夜の蟬の突き刺すようにするどい鳴き声を頭上に浴びながら、夏の闇の深さにつまずきながら墓地を抜けて、

三人はお寺の裏口にたどり着いた。淡い月光に照らされて穏やかに微笑みながら、そこで庵主が待っていた。

「おかえりなさい。おなか空いたやろ。早よお入り」


食事が済むと庵主は彼女を自室に招き入れ、身元が判明した経緯を詳しく話した。彼女は身じろぎもせず、相槌も打たずにじっと耳を傾けていた。

「ご遺族が久美子さんのお骨をあのお墓に埋葬しなかったので寺の納骨簿に記録がなく、それであなたの身元の判明に時間がかかってしまいました」

「はい」

「この人があなたで間違いないと思います」

庵主はパソコンの検索画面を見せて、

「あなたはチルチルさんやのうて、ミチルさんやったのね」

と言った。

王寺ミチルは自分について書かれたページを食い入るように読み続けた。自分が何者であるかをパソコンに教えてもらうのは、さぞかし奇妙な気持ちのするものだろうと思いながら、庵主は彼女を眺めていた。数日ぶりに見る彼女は、またひとまわり痩せて少し日焼けしているようだった。こんな華奢な体にとんでもなく重たい業を背負っているのだと思うと、庵主はなんとかしてその荷物を少しでも軽くしてやりたいと願わずにはいられなかった。

「わたしの体には、Ｋ・Ｉという刺青があります。稲葉久美子さんのことだったんですね。やっぱりわたしは人殺しだったんですね」

「警察発表では事故ということになっているようです。万が一ここに書かれているように心中だったとしても、それは人殺しではありません」

「これからわたしはどうすればいいのでしょうか？……久美子さんのご遺族にどう償いをすればいいのか……」

ミチルは途方に暮れて頭を抱えた。

「事故なんですから、償う必要はないと思いますよ」

「それにこれからどうやって生きていけばいいのか……劇団はつぶれているようですし、東京の住所もわからないし、こんなひどいことしでかして、世間ではひどく憎まれているようですし……。これを読むと、なんだかみんながわたしを殺したがっているみたいです」

「実は、そのことで緊急にお話ししておかなくてはならないことがあります。デモ隊よりもネオナチよりもこわいのは、それを裏で操っている政府と警察です」

庵主は彼女の身の上に降りかかっている新たな困難について——この国の悪い病のような密告社会について、門の前で張っている秘密警察について、拘束されたらどうなるかについて——できるだけ誇張せずに、わかりやすく話して聞かせた。王寺ミチルの顔はさらに血の気を失って青ざめていった。

「とりあえず、今すぐ安全な場所に逃げなくてはなりません。これだけは確かです。そのあとの人生をどう生きるかについては、命の安全を確保してから考えればええと思います」

命の安全、という言葉が事の重大さを物語っていて、一刻の猶予もならない状況であることがミチルにストレートに伝わった。

「でも、わたしには頼れる友だちもいません。安全な場所なんてどこにあるのか……」

「私が心から尊敬しているお師匠様が、四国の山寺にいらっしゃいます。私を仏の道に導いてくださった恩人です。この国でまだ唯一、反骨の精神を持ち続けて政府の不正と闘っておられる立派なお方です。正しい舵取りを失って混迷を極めているこの国の最後の良心ともいうべき尊いお方です。隈井《くまい》静慧《せいけい》さまとおっしゃる方ですが、お名前を聞いたことはありますか？」

「あ……お名前は存じています。ノーベル平和賞に最も近い日本人として新聞に載っていたような……国連にも大きな影響力をお持ちの方ですよね？」

隈井静慧尼の名前なら、たいていの日本人が知っているだろう。僧侶としてよりも人権活動家として国際的にその名を知られた人物で、NPO活動も積極的におこなっていることで有名だった。仏教にとどまらず、キリスト教やイスラム教の団体とも交流を深め、国連でも一目置かれている人物だった。仏教の世界の常識や因習に囚われない、僧侶としては型破りな面を持ち、広い視野と博学からくる叡智、行動力、深い慈悲の心を兼ね備えた傑出した宗教家として国内外から尊敬を集めている。概して男僧より地位が低いとされる尼僧にしては異色の存在である。彼女の名が一躍世間に知れ渡ったのは、インドの空港で国際的テロリストが立てこもり事件を起こしたとき、たまたま人質の一人としてその場に居合わせた彼女が武器も持たずに単身立ち上がって主犯格の男に説得を試み、投降させたことがきっかけだった。あたりに散乱する死体に囲まれ、テロリストに銃を突き付けられながら少しも怯まず、十時間にわたって根気よく英語で説得を続けているニュース映像を、ミチルもぼんやりと覚えていた。

「はい。静慧様はこの社会で迫害されている方々のために、お寺を避難所として、駆け込み寺として開放しておられます。愛媛の深い山の中にあって、車一台通れない細い山道を七時間登り、けもの道を通ってしかたどり着けません。それは本物のけもの道です。いくつもの複雑な分かれ道があり、深い藪があり、急峻な崖が隠されてあり、道なき道をほとんど這うようにして進まなくてはなりませんから、案内人なしでは決してたどり着けないようなところです。そのような地形的なこともちろんですが、静慧様の社会的地位が考慮されて、警察がうかつに介入できない事実上の聖域になっています。そこに行けば、安全に匿ってもらえるでしょう。四国八十八ヶ所の札所ではありませんし、番外霊場でもありませんが、途中まではうまく遍路道と重なっています。警察の目を欺くためにお遍路の恰好をして、お遍路をしながら、お寺にたどり着いてください。カワセミが保護色にまぎれて天敵から身を守るように、うまくお遍路さんにまぎれて、生き延びて」

庵主は乱れ箱に入れた用具一式を差し出した。白衣《びゃくえ》、菅笠、金剛杖が入っていた。どれも使い込まれたもので、杖は先端がすり減って短くなっていた。

「これは昔、私がお遍路をしたときに使ったものです。本来は輪袈裟《わげさ》や念珠も持ちますが、とりあえずこの三点セットがあれば誰でもいっぱしのお遍路さんに見えます。杖は山道を歩くのに大変便利なだけやのうて、お遍路の世界ではお大師様の分身とされています。きっとあなたを守ってくださるでしょう」

続いて庵主は赤いリュックサックとトレッキングシューズを差し出した。これもよく使い込まれてはいるが丁寧にメンテナンスをされていることがよくわかるものだった。

「ザックには当面必要なものを入れておきました。この登山靴も私が使っていたものやけど、足のサイズは同じじゃやね？」

彼女が促されて厚手の靴下を履いてから足を入れてみると、本当にぴったりだった。

ザックの中には遍路道の地図のほかにレインウエア上下、着替え、洗面用具、手ぬぐい、絆創膏《ばんそうこう》などが入っていて、庵主のやさしい心遣いが伝わってきた。その中に白い封筒があり、二十万円ほどの現金が入っていた。

「これはいただけません」

「お遍路にはお金がかかります。お寺にたどり着くまでに何日かかるかわかりませんし、女の身で野宿をするわけにもいかへんでしょう。道中には一泊六千円ほどで泊まれる遍路宿がありますから、そういうところに泊まりながら節約してお寺をめざしてください」

「でも、いつお返しできるかわかりません」

「お遍路には伝統的にお接待という美しい風習があります。お遍路さんに施しをすることで功徳を積んで自分のためになるという考え方です。お遍路さんはこれを断ってはいけないとされています」

「お接待にしては額が多すぎます」

「あなたはここでボランティアとして働いてくれました。その謝礼も入っています」

「なぜそんなに親切にしてくださるんですか？　心中の生き残りの、記憶もなくした、何も持っていない、こんなわたしなんかに」

「衆生本来仏なりという言葉があります。きっと私のお師匠様でも、いえお釈迦様でも、同じことをなさったと思いますよ。最も弱い者は最も仏に近い尊い存在であるという考え方を、私は師匠から教わりました。それに……」

庵主は言葉を切って、含羞を込めた微笑を浮かべた。

「広隆寺の弥勒菩薩さまは、私の永遠のアイドルなんですよ。せやからミロクさんのことは、どうあってもお守りしなくては、ね」

その言葉を聞いた途端、こらえにこらえていた涙がミチルの目から滝のようにどーっとこぼれ落ちた。庵主はその涙を手のひらで拭ってやった。その手のやさしさに涙はさらに勢いを増して、畳の上にぽたぽたと流れ落ちた。庵主も涙ぐんでいた。

「ミロクさんやのうて、ミチルさんやったわね」

庵主は自分の涙を拭い、ミチルの手を握りしめた。

「そこでは三十人ほどの尼僧たちが畑で野菜を作り、田んぼを耕して米を作り、森できのこや山菜を採って、完全に自給自足の生活を送っています。電気も水道もありませんが、険しい高地にあっても土地は肥沃で、いたるところに小川や沢が流れる理想的なところです。男子禁制で厳しい戒律を守りながら、仏への祈りに生涯を捧げた、一種の自治国家がそこにあります。ミチルさん、よう聞いてください。こんな世の中はいつまでもは続きません。この国の政府や警察がおこなっていることを、国連も、世界中の人権団体も黙ってはいません。反政府運動も少しずつ高まってきています。今しばらくの辛抱やと思うて、山の上のお寺でじっと息を潜めていてください。そして、晴れて山から下りる時が来るのを待っていてください」

ミチルは力強く頷いて、庵主の手を握り返した。

「ただ、ひとつ注意せなあかんのは、例の収容所もおそらく四国にあるということです。具体的な場所はわかりません。政府はその存在をひた隠しにしていますが、反政府運動の地下組織が実在を確認しています。四国ではお遍路さんはとても大切にされますが、警察の犬もあちこちにまぎれこんでいるので、お寺に着くまでは気を抜かんといてくださいね。駅や停留所は危険やから、電車やバスに乗ってはいけません。車のお接待も絶対に受けてはいけません。ひたすら歩き遍路のふりをして、歩きながら進むことです」

「京都からずっと、ですか?」

「いいえ、四国のある地点までは同志たちが車で送り届けますから、ご心配なく」

同志、という言葉をここでも聞くとは思わなかった。同志、とミチルは声に出してつぶやき、いい言葉ですね、と言った。

「そう、あなたには味方がいます。ナチスの時代にレジスタンスの闘士たちがいたように、四国全土に、そして日本全国に反政府運動のレジスタンスたちが散らばっています。彼らがひそかにあなたの力になって、何人かでリレーをつないで、お寺まで運んでくれる手助けをしてくれるでしょう」

最後に庵主は一枚の紙切れをミチルに手渡した。それは木内雅野の劇評のコピーだった。

「この劇評を書いた人に連絡を取って、あなたのことを問い合わせています。住所や、家族や、友人のことが何かわかったら、なんらかの方法であなたにお伝えします」

「これはまた、すごい劇評ですね……これを読むと、こんなわたしにもまだ少しは生きている価値があるのかという気がしてきます」

「もちろん、ありますとも」

庵主は両手をひろげてミチルの頭をつつみ込んだ。そして祈りの言葉を唱えるように、

「いつかこの困難を乗り越えて、記憶が戻ったら、あなたがあなたのいるべき世界でもう一度本分を全うできますように」

と言った。

6

翌朝、明け方の五時に、ミチルは出発した。

部屋を出るとき、廊下の先に庵主の描きかけのカンバスがイーゼルに載って置かれているのが見えた。それは弥勒菩薩像と同じ半跏思惟のポーズを取った自分の肖像画で、まだ半分しか出来上がっていなかった。

「完成するまではここにいると約束したのに……ごめんなさい」

「あなたの姿はしっかりと心の眼に灼きつけたから、いなくても描けます」

「いつか見に戻ってきてもいいですか？」

「いつでも、よろこんで」

ミチルは庵主に別れの言葉を言うことがどうしてもできなかった。さようなら、のかわりに、行ってきます、と言って、裏口から外に出た。外はまだ薄暗く、ヒグラシがあちこちで鳴いていた。早起きのカワセミがまるで別れの挨拶をするように一瞬するどく、チィ、と鳴いた。昨夜と同じように、みっちゃんとよっちゃんの案内で墓地の裏手から藪を抜け、細い小道を縫って大通りに出ると、そこに豆腐屋チェーン店の名前が車体に入った車が停まっていた。みっちゃんが合図をすると、運転手がドアを開けてくれた。その顔には見覚えがあった。

「あっ、武市さん」

カワセミ撮影の常連仲間の武市さんだった。武市さんはウインクをして、リュックと杖と菅笠を荷物入れに入れてくれた。

「どうして武市さんが？」

「京都カワセミ同盟や」

武市さんはそれだけ言うと、みっちゃんとよっちゃんに別れを告げる暇もなく車を発車させた。どうやらすでに王寺ミチルを四国へ送り届けるためのレジスタンスのリレーははじまっているようだった。みっちゃんとよっちゃんが手を振っているのが、バックミラー越しに見えた。ミチルは窓を開けて大きく手を振り返した。

「すみません、ここで少しだけ待ってもらえますか」

白鳥さやか事務所の前を通りかかると、ミチルは武市さんに頼んで車を停めてもらい、五分だけ時間をくれるよう頼んだ。事務所から連絡用にと支給されている携帯で昨夜さやかに電話をかけ、事情を話すと、さやかはすべてを呑みこんでくれて、これまでのアルバイト代を渡したいから出発前に立ち寄ってほしいと言った。さやかは起きていてコーヒーを飲みながらミチルを待っていた。

「ごめんね、こんな大事なときに一緒にいてあげられなくて」

「身元がわかって本当によかったわ。やっぱり言葉のプロだったのね。女たらしっていうのも当たってた。あなたのお芝居、見てみたかったな。これ、アルバイト代。今まで本当にお疲れさまでした」

「ありがとう。携帯、返すね」

「それは持ってて。いくら四国の山の上でも携帯くらいつながるでしょ。たまには連絡がほしいから」

「うん、じゃあ借りとく」

「もしいつか無事に戻ってこれて、そのとき失業中だったら、また私と一緒に働いてくれる？　落選しても、私また必ず挑戦するから」

「わたしは勝利を確信しているよ、同志」

「同志より恋人になりたかった」

「わたしのことは忘れて、男と結婚しなさい。そして愛国党に小さな石を投げ続けてほしい。いつか国政に出ても、勇気を持って投げ続けてほしい」

「小石は投げる。でも、あなたのことは忘れない」

さやかはミチルの背中の傷のあたりにそっと触れて、別れのキスをした。

「泣いちゃ駄目だよ。目が腫れて、最後の街宣に響くから」

さよなら、と言ってミチルが出て行くと、さやかはやはり少し泣いた。でも五分以上は泣かなかった。心ゆくまで泣くのは選挙戦が終わる今夜の八時以降にしようと思った。一晩中泣いても、明日は投票日だ。勝っても、負けても、目が腫れているのを誰も気にしないだろう。

「チルチルさん、起きてんか、ほれ、チルチルさん」

と武市さんに揺り起こされてミチルは目を覚ました。いつのまにか眠り込んでしまったらしい。

「もう四国に着いたんですか？」

「まだ大阪や。わしはここまで。ここでメンバー交代するから、降りてくれるか？」

車を降りると、路肩にミニバンが横付けされていた。遠くに大阪城がきらきらと輝いて見えた。別れ際に武市さんはお守りだと言ってカワセミをかたどったキーホルダーをリュックにくくりつけてくれた。

「これな、笛にもなるんや。山の中で遭難したら、使うとええわ」

「あ、ありがとうござ……」

礼をみなまで言い終わらないうちに武市さんは片手を挙げて颯爽と姿を消し、かわりにミニバンのドライバーがドアを開けてくれた。

「あなたもレジスタンスの人ですか？」

「大阪城バード同盟、略してOBAや」

野鳥好きの人は正義感の強い人が多いのだろうか、と思いながらミチルはミニバンに乗り込んだ。運転手は一言も口をきかなかった。一時間ほど走ると高速舞子に着き、ここでまた車を乗り換えるよう言われた。だが次に乗る車はまだ来ていないようだ。

「ちょっと早かったか。もうじき次のトラックが来るから。ほな、気ぃつけて」

「あっ、トラックって一体どういう？」

うっかり警察の犬につかまらないよう細心の注意を払うように、という庵主のアドバイスを思い出してミチルは用心深く訊ねた。レジスタンスのリレーにおいては前もって取り決めた合言葉があるから、引き継ぎの際には必ずそれを教えてもらって照合をしてから次の人についていくように、と言われていたのである。

「高知のカツオを東京に運んどる保冷トラックでな、ちょうどこの時間に東京から帰ってくる便がここを通るから、途中まで乗せてもらうんや。コテコテのすごいトラックやから、すぐわかると思うわ。一応合言葉はな、『おとこ龍馬の心意気』と『ギンギラギンのトラック野郎』や。覚えたか？」

「は、はい」

ミニバンのおじさんもこれはお守りだと言ってルリビタキのシールをリュックに貼り付けてくれた。これは蛍光塗料で加工してあるから、夜道や暗いトンネルを歩くとき光って目印になり、車に轢かれにくい効果があるということだった。

「道中の無事を祈る。ほな！」

「どうもありが……」

またしても礼の言葉を最後まで聞かずに行ってしまった。無駄口は一切叩かず、お礼を言わせる暇も与えない。仕事は的確で迅速、やるべきことをやったら風のように去っていく。名前すら名乗らず、自分の属しているグループ名を誇らしげに名乗るのみ。レジスタンスとはなんとかっこいい人たちなのだろう、とミチルは感動した。

そこへ大音量の演歌を響かせながら、「大漁」の旗をなびかせ、色とりどりの電飾を車体につけられるだけつけてギラギラと輝きまくる大型トラックが入ってきた。わざわざ確認するまでもなかったが、ミチルは窓をトントンと叩き、

「おとこ龍馬の心意気」

と言ってみた。するとすかさず、

「ギンギラギンの〜トラック野郎〜イェーイ」

と節まわしをつけて返ってきたので、安心してトラックに乗り込んだ。運転手はまだ二十代くらいの若い男だった。

「すま×のう、ねえ××、待××かい?」

「いえ、たった今着いたところです」

「これから徳島の×三好××まで××乗せ××き」

演歌がガンガンかかっているので、何を言っているのか半分も聞き取れない。運転席は子供の写真で埋め尽くされていた。若くてもずいぶん子だくさんの男のようだ。四人、

いや五人はいる。彼は前の二人とは違って話し好きらしく、子供の話を大声でしているが、北島三郎や石川さゆりに遮られて内容がさっぱりわからない。ミチルは適当に相槌を打つのにも疲れ、再び眠気に襲われて眠り込んでいた。

「ねえさん、起きてくれ、ねえさん」

トラック野郎に揺り起こされて目覚めると、演歌がいつのまにか止んでいた。

「あ……もう三好に着いたんですか？」

「いや、計画変更ちや。ねえさん、見かけによらず大物なが？　さっき仲間から無線で連絡が入って、ゲシュどものやつらがおまさんのこと、特Aクラス扱いで緊急手配しちゅうそうだ」

ゲシュども＝ゲシュタポ＝秘密警察か、とミチルは納得した。

「そう言われても昔の記憶がないもんで、なんで秘密警察に追われて逃げなきゃいけないのか、正直よくわからないんですよ」

「俺もこれまでいろんな人逃がす手助けしてきたがやけど、特Aクラスは初めてちや。特Aいうがは、政治家やら文化人やら芸能人やら、社会的に影響力のある人らのことちや。捕まったら見せしめにされるゆう話やき、なんとしたち撒かんにゃあ」

「三好へは行かないんですか？」

「高速の出口はそろそろ危ないき、次の土成インターで早めに一般道に降りる。三好インターで次のもんにおまさんを引き継ぎするはずじゃったけど、俺がこのまま松山まで連れて行こうと思っちゅう。ちょっと時間はかかるけんど、安全第一やき」

「すみません、お手数おかけします」

「なあに、気にしな。俺は使命を果たしちゅうまでよ」

ミチルは自分の置かれている立場がますますわからなくなった。社会的に影響力のある文化人？　自分がそんな大それた人物であったとは思えない。もしかしたら自分は同性愛者であることを隠そうともせず、自ら進んでカミングアウトをしていたのだろうか？　だとしたら目をつけられて見せしめにされるのも無理はない。こんな時代にそんなことをするなんて、まるで自殺行為ではないか。それともこんな時代になるずっと前から、カミングアウトをしていたのか？　世間に向かって八つ裂きにしてくれと言わんばかりのそんな破滅的な生き方しか自分はできなかったのか？　演出家のくせに一体何が悲しくて自分の大切な主演女優と心中なんか図ったのか？　誰でもいい、過去の自分を知っている人間に会って自分のことをきいてみたい、とミチルは強く思った。

トラックは土成インターで徳島自動車道を降りると国道318号線に入った。まだ午前十時だが、朝食を抜いて出てきたので腹が鳴ってしまった。お兄さんはさりげなく、

「せっかくやき、徳島ラーメンでも食べようやか」

と言って、国道沿いにあるラーメン屋をいくつか素通りしてから一軒の店に車を停めた。「準備中」の札がかかっていたが、お兄さんは当たり前のようにドアを開け、店主と何やら目配せを交わして席についた。そして何も注文していないのにラーメンが出て

きた。すべてがきびきびと無言のうちにおこなわれた。

「お兄さんたちのグループはどんな名前なんですか？」

「龍馬よさこい団ちや」

「この店の人もレジスタンスなんですか？」

「おう、阿波踊り連盟ちや。ぱっとしやせんラーメン屋のように見えて、実は四国支部のリーダーをつとめちゅう」

ラーメンを食べ終わるとさっと丼が下げられ、店主が席について地図をひろげた。ミチルが静流尼に持たされた四国遍路地図と同じものだった。前置きも時候の挨拶もなく、店主はいきなり話しはじめた。

「松山市街まで送り届けたら、我々はあなたを遍路道に放ちます。松山駅の近くにある51番石手寺から50番繁多寺、49番浄土寺、48番西林寺、47番八坂寺、46番浄瑠璃寺、44番大宝寺を通って45番岩屋寺、と逆打ちでお遍路をしながら進んでください。51番から46番まではわずか13キロのあいだに6つの札所が密集しているうえ、このあたりは市街地で楽に歩けます。が、そのあとがきつい。46番から三坂峠を越え、久万高原を抜けて44番。44番から再び久万高原の山道に入って45番へと至る道は胸突き八丁の急坂があり、剣のような険しい奇岩が立ち並ぶ古岩屋があって、楽ではありません。しかし本当に大変なのはそこから先です。45番から先は遍路道を離れて歩くことになります。遍路道を離れればもう目印の立札もなく、さらに山道に入れば道らしい道もない。けもの道に分け入り、崖のような山肌を尾根伝いに這い登っていくしかない。45番と60番横峰寺を直線距離で結んだちょうど中間あたり、霊峰石鎚山を望む深い山の中に、あなたがめざす駆け込み寺の瑞香院はあります。地図を見ればわかると思いますが、このへんは見渡す限り山、山、山、まさに山しかありません。愛媛の山の深さの底知れなさを思い知ることになるでしょう。遍路道においても、遍路道を離れても、我々の仲間があなたをできるかぎりサポートしますが、レジスタンスを装って警察の犬が接触してくるかもしれないので、充分用心してください。我々の仲間は必ず野鳥に関するものを身に着けていますから、それを目印にするといいでしょう。もちろん、何の思惑もない善意の市民が声をかけてくる可能性もあります。愛媛は四国の中でも特にお接待の風習が篤い地域ですからね。もし万が一、敵にあなたの動きが漏れてしまったとわかった場合は、途中で遍路計画を変更します。我々からの連絡のサインを見逃さないよう気をつけていてください。ここまでで何か質問はありますか？」

ラーメン屋のおやじというよりは大学の先生みたいだった。レジスタンスのグループがしっかりと組織化され、それぞれのやるべきことが細分化されて、各メンバーが高い意識と使命感を持って連携しながら動いている見事さにはあらためて敬服の念を抱かずにはいられなかった。こういう人たちがいる限り、この国はまだまだ捨てたものじゃないのかもしれない、とミチルは思った。

「あの、わたしは筋金入りの方向音痴なんですけど、遍路道からはぐれてしまったら、どうすればいいのでしょうか？」

「遍路道には道順を示す案内の立札が作られています。それにこの地図もありますから、たとえ途中で迷っても元に戻れるでしょう。ただあなたの場合は逆打ちになるので、立札がいくぶん見つけにくいかもしれませんね。逆打ちはそういう意味でも難易度が高いのですが、そのぶん順打ちに比べてご利益が増すと考えられています。ま、余計な講釈ですが。もし正しい道がわからなくなったら、そのへんの人に訊けば誰でも親切に教えてくれると思いますよ」

「遍路道を離れたあとの道はどうやって探せばいいんですか？」

「それは我々の同志がご案内しますから、ご心配なく」

「お遍路の作法は守ったほうがいいんですよね？」

「もちろんです。ゲシュどもの犬たちに怪しまれないように、完璧なお遍路に見える必要があります。札所に着いたら般若心経を読み上げて、納経所で納経をしてもらってください。お寺の人と言葉を交わす機会はほとんど納経のときしかありません。納経所には我々の仲間がまぎれこんでいて、あなたにメッセージを送ることがあるかもしれません」

「わかりました」

「質問はもうよろしいですか？」

「はい、ありがとうござ……」

みなまで言い終わらないうちに店主は立ち上がって握手の手を差し出した。

「道中の無事を祈ります。お四国へようこそ」

とうとう店主はラーメンの代金を受け取らなかった。慌ただしくトラックに乗り込むと、松山までの長い道のりがはじまった。

だが、走り出して十分もしないうちに緊急の無線が入って、トラックはラーメン屋に呼び戻されることになった。店主は鉛筆で何やら書き込みながら遍路地図を睨み付けていた。

「どうしたんですか？」

「仲間がゲシュどもの無線を傍受したところ、松山周辺はすでに厳重配備が敷かれていて危険だそうです。あなたが瑞香院へ駆け込むと踏んで、そうきたのでしょう。空港にもJRの駅にも高速の出口にもゲシュどもが散らばっていて、とても近づける状態ではありません。計画変更するしかないですね」

「すごいですね、秘密警察の無線を傍受したんですか？」

「我々レジスタンスのグループにはさまざまな職能のプロがおるきね、無線傍受くらいなんちゃーないわ。そりゃあはやたまげるようなプロが揃っちゅう。それがみんな一流の腕を持っちゅうんやき。偽造パスポートのプロ、密出国のプロ、整形のプロまでおるちや」

「すごい……」

この人たちは国外脱出までさせているのだろうか、とミチルは驚いた。そうさせざるをえないこの国の状況にもあらためて暗澹たる思いがした。まったく何でもありの世の中ではないか。どこか遠い異国の、たとえば中東かどこかの、テロや紛争や戦争が日常茶飯事のように身近な国の出来事のようだ。そうでなければ、映画の中にでもいるようだ。自分が記憶を失っているあいだに、一体この国はどうなってしまったのだろうか。

「松山を避けてここから瑞香院をめざすには、徳島から香川県に入り、瀬戸内海側の札所を迂回して新居浜と西条を抜け、60番に至るルートを取るしかないでしょう。このルートで一番きついのは最大の遍路ころがしと言われている66番雲辺寺ですね。標高が920メートルある、まさに雲の上にあるような札所です。ロープウエイはありますが、できるだけ歩いてください。65番からは愛媛県に入ります。65番から64番までは50キロ近くありますが途中に札所がひとつもなく、移動だけで丸二日かかります。そしてなんといっても60番横峰寺、これは本格的な登山になりますから覚悟しておいてください。60番から先は遍路道を離れて山道に入ります。このルートでいくか、さもなければ……」

店主はトラック野郎と顔を見つめあい、ため息をついて、頷きあった。

「事態は思いのほか深刻なようです。松山だけでなく、厳重配備は四国全土に及んでいるかもしれません。より安全にあなたを逃がすためにひとつ提案をしたいのですが……いっそ整形のプロに頼んで顔を変えてもらいませんか？」

「俺もそのほうがええと思う」

「ブラックジャックと呼ばれている天才整形外科医です。腕は確かです。保証します」

ミチルは腰を抜かしそうになった。冗談で言っているのかと思ったが、二人の男は真剣そのものといった顔つきでミチルの返事を待っていた。

「いやしかし……」

絶句すると、二人はなおも畳み掛けてきた。

「ゲシュどもは本人確認に最先端の技術を搭載した顔認証センサーを使っています。ただの変装では突破は無理です。目や鼻の形をほんの少し変えるだけでやつらの網を突破できるんです。これまで何人もその方法で逃げ延びてきたんです」

「ブラックジャックは一度も失敗したことはないき、心配はいらん。むしろ前よりきれえになったと喜ばれちゅうくらいやき」

「特Aクラスが捕まれば収容所行きは免れません。収容所に入れられれば、まともな状態で生きて出られる保証はないんですよ。発狂するか自殺するか、どっちかしかないと言われているんですよ」

「顔と命と、どっちが大事なが？」

ミチルは少し考えてから、

「いやです。この顔は変えたくない」

と、一歩も引かぬ構えで力強く言った。美人だとは思わないが、ミチルは自分の顔が好きだった。それに、もし昔の自分を知っている人に会ったとき、顔が変わっていたら見つけてもらえないではないか。この顔だけが過去の自分につながる目印であり、手がかりである以上、顔を変えるわけにはいかない。何より、役者にとって顔は代替不能なアイデンティティに他ならないのだ。

二人の男はミチルの顔をまじまじと見つめて、同時に、

「まあ、そうだわな」

と、しみじみと言った。

「その顔じゃあねえ」

「変えたくないいろうね」

「わがまま言ってすみません」

「それでは香川県の瀬戸内海迂回ルートで行きましょう」

二人の男が意外にあっさり引き下がってくれたので、ミチルは心からほっとした。店主はお守りだといって、山で蛇に咬まれたときのための解毒キットをくれた。瓶に入った溶液と注射器がセットになって入っていた。

「毒蛇に咬まれたらすぐ医療機関へ行って血清を打ってもらったほうがいいんですが、山の中は携帯も圏外ですからね。咬まれたらすぐに毒を口で吸いだして、この液を注射器で垂らしてください。柿のタンニンでできていて、ほとんどのタンパク系の毒を中和してくれます。蛇のほかサソリやブヨ、クラゲにも有効です。まあ、あくまで応急処置

ですから、処置したらできるだけ急いで街に下りて病院へ行ってくださいね」

ミチルは泣きそうになって青ざめた。

「あの……蛇がいるんですか？」

「遍路道には普通によくいますよ」

「毒蛇も？」

「さあ、どうかな。でも蛇に咬まれて死んだお遍路さんの話は聞いたことないから、ま、大丈夫でしょう！」

店主は明るく笑ったが、ミチルは恐怖でひきつっていた。蛇に遭遇するくらいならゲシュどもに遭遇するほうがまだましだと思えるほど、ミチルは蛇がこわいのだった。

再び車に乗り込むと、トラックは国道３１８号線から11号線へと経路を変え、さぬき市を経て高松市を通過し、坂出市に入った。

「あこに見えるのが79番高照院ちや。後々の遍路ころがしのためにも、このあたりから歩いて足慣らしをしておいとおせ」

と言われて、ミチルはトラックを降ろされた。79番高照院からスタートして、60番横峰寺までの逆打ち遍路がここからはじまる。

「60番へは早ければ一週間、遅くても十日くらいで着くろう」

トラック野郎はお守りだといって、キビタキをかたどってデザインされたかわいらしい熊よけの鈴をくれた。

「あの……熊も出るんですか？」

「60番から先の遍路道を離れた山道に入ったら、何が出てもおかしくはないろう」

「はあ」

「まっこと暑いき、熱中症にはくれぐれも気をつけとおせ」

「はい」

「宿は坂出の駅前にこじゃんとあるきね。ほんなら！」

トラック野郎は礼を言う暇も与えず、演歌をフルボリュームで鳴らして去って行った。

急にひとりになったミチルは心細さにふるえて立ち尽くした。これまでのこと、そしてこれからのことを思うと、あまりにも拠りどころがなさすぎて、自分があてもなく漂う風塵になったような気がして、足の裏の地面がぐらぐらと揺れているように思えるのだった。これからは一歩一歩、自分の足で歩いていかなくてはならない。でも心中の生き残りである自分が「命の安全」にこだわり、生に向かって歩いていく資格が果たしてあるのだろうか？

それについて考え出すと、一歩も前へ進めなくなりそうだった。今こうして路上で途方にくれて立ち尽くしている自分を、警察の犬がどこかから見ているかもしれない。過去の自分のことはわからない。が、自分を生かそうとして多くの人が動いてくれているという事実が今の自分にとっては一番重いものであり、その思いを無にするわけにはいかない、とミチルは思った。

とりあえず今夜の宿を探さなくてはならない。この心細さには身に覚えがあるような気がしたが、定かではない。記憶があろうとなかろうと、誰かに追われていようといまいと、生きていくのはいつだってこんなふうに心細いものなのだろう。ミチルは重たいリュックを背負い、駅前の繁華街に向かって歩きはじめた。

7

白衣を着て菅笠を被り、金剛杖を持って歩きはじめた瞬間から、ミチルはひとりのお遍路になった。

札所に着くと般若心経を唱え、納経所で三百円を支払い、納経帳に納経をしてもらう。静流尼は経本も新しい納経帳もちゃんとリュックに入れてくれていた。お経はお寺にいたときに慣れていたので、臆さず大きな声で読み上げることができた。それが終わると次の札所へ向かう。奇妙だったのは、すれ違うお遍路さんがまったくいないことだった。

納経所の人にそのことを言うと、

「こんな真夏に歩かれる方はそがいなにおりません」

とのことだった。

「あなたは色が白いけど、じき真っ黒になりますよ」

79番高照院から78番郷照寺へ進むと、丸亀市に入った。昨夜はビジネスホテルに泊まったので朝食がつかず、セルフの店でさぬきうどんを食べたばかりなのに、行く先々にうどん屋があって、二時間もするとまたふらりと入ってしまう。どんな店でもはずれがなく、しかも安い。うどん好きのお遍路にとっては天国のようなところだろう。

「こん暑いのに歩いとるの？　偉いねえ。お接待させてね」

と、うどん屋さんがアセロラジュースを出してくれた。あ、お接待って本当にあるんだ、とミチルは感動した。自分はニセモノ遍路だから受け取る資格はないと思ったが、断るのはマナーに反するので有り難く頂戴した。

「今日は統一地方選挙の投票日です。投票に行きましょう」

と、投票を呼び掛ける市の広報車が通り過ぎていくのを見て、さやかのことを思い出し、あやうく道を間違えそうになった。

丸亀を抜けて多度津の街に入り、77番道隆寺をめざす。暑さを別にすれば、ひたすらただ歩くのは楽しかった。体はきついが、心はからっぽになっていく。時々iPodで音楽を聴きながらリズムをつけて歩く。道隆寺では初めて自分以外の歩き遍路に会った。定年退職したサラリーマンだという。

「逆打ちですか！　それはすごい」

と感心され、ミチルのお経を聞いて、

「いやあ、板についてますね。私なんか恥ずかしくていまだに大きな声が出せません」

と褒められた。一体何巡目ですかときかれ、今日が初日とは言えずに笑ってごまかした。

「順打ち同士だと途中で何度もすれ違って抜きつ抜かれつしますけど、逆打ちの人とはもう二度と会うこともないんですよね」

おじさんは名残惜しそうにそう言って、逆方向へ歩いて行った。夏遍路は人が少なくて孤独だから、話し相手に飢えていたのだろう。

午後になるとリュックの重さが肩に食い込み、足が痛くなってきた。さらに灼熱の太陽が追い打ちをかける。菅笠は日差しを遮ってくれるが、汗が滝のように流れて目の中に入り込んでくる。白衣も、その下に着ているTシャツも、下着も、汗でびしょびしょになっている。手ぬぐいはもう絞れるほどだ。白衣を脱ぎ、リュックに引っかけて乾かしながら76番金倉寺に向けて歩いていると、一台の車がすーっとミチルの脇に停まった。

「お遍路さん、ご苦労さんです。こん暑いのに大変ですのう。よかったら乗っていきませんか？」

思わず満面の笑みで、ありがとうございます、と言って乗ってしまいたいほど暑く、足も肩も痛かったが、もちろんそんなことをするわけにはいかなかった。相手は警察の犬かもしれないのだ。

「ありがとうございます。せっかくですが、歩くのを修行にしておりますので、お気持ちだけ頂戴いたします」

こういうセリフが、何も考えなくてもすっと口をついて出てくる。自分はお遍路さんを演じている役者であり、役割期待に応じたセリフを臨機応変に喋っているに過ぎないのだとミチルは思う。

「ごじゃしたら熱中症になりますよ。遠慮せんで乗りなさい」

「いいえ、歩くと決めていますので」

ミチルは一礼し、かまわず歩を進めた。車はなおも追ってきて、ぴたりと隣に停まった。しつこいな、いよいよ警察の犬かな、と思い、人のいる方向へ走って逃げようとまわりに視線を走らせたとき、窓が開いて都こんぶが差し出された。

「水分だけじゃなくての、塩分もあんじょう補給しまいよ」

都こんぶを受け取ると、車はすぐに走り去った。ああ警察の犬なんかじゃなかった。ただの親切な人だった。情けをかけてくれたのに、疑ったりして悪かった。本当に悪かった。こんな自分がいやでたまらない。いやでいやでたまらない。ミチルは異常なほどの自己嫌悪に苛まれて涙ぐみ、小さくなっていく車に向かって頭を下げた。

75番善通寺は弘法大師空海生誕の地だけあって、とても立派な大寺院だった。ここではバスでまわっている団体遍路というものを初めて見た。案内役の僧侶を筆頭に三十人ほどのお遍路さんたちが一斉にお経を上げるのでうるさくてかなわず、ミチルは早々に退散した。納経所でもミチルが納経帳を差し出そうとすると、団体さんを世話している旅行会社の人が素早く自分たちの分を大量に差し出したので、自分の番がまわってくるまでずいぶん待たなくてはならなかった。時間をつぶすため境内を散策しているときにふと、誰かにつけられているような気配を感じた。だが先ほどのことがあったのでミチルはただの気のせいだと思うことにした。

「戒壇《かいだん》めぐり」の文字を見つけたのはそんなときだった。御影堂の地下に百メートルにわたって回廊が設けられていて、闇の中を南無大師遍照金剛と唱えながら進むと、これまで積み重ねてきた罪が消えるという。まさかそんな都合のいい話を信じたわけではなかったが、ミチルはなぜか気になって、体験してみることにした。

「修験道の胎内くぐりと似たようなものですね。闇の中から出るときは母親の胎内から出るように新たに生まれ変わっていると考えられております。また、悪行のある者は出ることができないとも言われております」

と、寺の人は言った。それなら自分は出られるだろうかと試してみたい気持ちもあった。別料金の五百円を支払い、靴を脱いで、地下に下りた。

いきなり足が竦《すく》んだ。現代ではまずお目にかかれない、真の闇がひろがっていた。一寸先も見えない、まことの闇だ。こんな闇は一度も見たことがないと思った。前にも後ろにも誰もいない。外の暑さが嘘のようにひんやりとした冷気につつまれている。左手で壁をつたい、南無大師遍照金剛、と心の中で唱えながらへっぴり腰で進んでいく。下手をすればパニックになりそうなほどのおそろしさだ。自然と五感が研ぎ澄まされていくのがわかる。おのれのなかに残っている野性をかき集め、かき集められる野性がまだ

残っていることに安堵する。意外と長い。なかなか終わらない。出口はまだか、と思ったそのとき、

「ミチルさん」

と闇の中で呼びかけられて、ミチルは心臓がでんぐり返りそうになった。聞き覚えのない男の声だった。心なしか懐かしそうに自分の名前を呼んでいる。相手の姿は輪郭さえ見えない。全身から冷や汗がどっと噴き出す。後ろから誰かが来ていたことにまったく気づかなかった。なぜこの人は自分の名前を知っているのだろう？　さっきからつけていたのだろうか？　とすると、あれは錯覚ではなかったのだろうか？　秘密警察が早くもあらわれたのだろうか？

ミチルは返事ができなかった。恐怖のあまり声が出ないのだ。心臓が激しく鐘を打ち鳴らしている。落ち着け、とミチルは必死に言い聞かせた。向こうにも何も見えないはずなのだから、自分の姿が見えているはずはない。互いの距離感はつかめないはずだ。このまま出口に向かって一目散に、全速力で逃げるしかない。そう思うのに、足が竦んで一歩も動けない。せめてほんのわずかでも光があったら。ミチルは金縛りにあったように動けなくなり、呼吸さえできなくなって、とうとうその場に蹲《うずくま》ってしまった。

そのとき後ろから誰かが自分を通り越していく気配を感じた。もし警察の犬なら顔を確かめなければならない。ミチルは三回続けて深呼吸し、やっとのことでよろめきながら立ち上がった。たとえ出口のところで待ち伏せしているとしても、いつまでもこんな

漆黒の闇の中にいることはできないし、入り口に向かって逆行することもできない。南無大師遍照金剛、とつぶやきながら進んでいくと、ようやく出口の淡い光が見えた。これほど光の有り難さを痛感したことはない。たとえそこに魔物がいるとわかっていても、人は闇の中にいるよりは光のほうへ出て行くことを選ぶだろう。

だがそこには誰もいなかった。猫一匹の気配すら、生きた者の気配はない。あれは恐怖心がもたらした空耳だったのだろうか。いや、ミチルは確かにあの声を聞いた。心なしか懐かしそうに自分の名前を呼んでいた。もし返事をしていたら、その先には何が起こっていたのだろう？　過去の自分にまつわる昔語りがはじまっていたろうか？　悪行を咎められ、おまえはここから出る資格はないのだと糾弾されていたろうか？　あの声の主は弘法大師空海そのひとだったのか？

そんなロマンティックな空想を打ち破るように、団体遍路のけたたましいおしゃべりが聞こえてきた。あの人たちと一緒に戒壇めぐりをすることにならなくてよかった、と思いながらミチルは御影堂を後にした。

その夜は善通寺の近くに宿を取った。

宿泊客はミチルひとりだけだった。風呂のあと宿に備え付けの洗濯機に着ていたものをすべて放り込み、食事になった。食堂のテレビで選挙のニュースをやっていて、さやかの結果が気になったが、洗濯ものを取り込み、部屋にロープを吊るして干し、横になった途端にことんと眠ってしまった。よほど疲れていたのだろう、一度も目を覚まさなかった。さやかからのメールに気がついたのは翌朝だった。電報みたいにわざとカタカナで短く打たれていた。逆に万感がこもっているように思え、ミチルも同じスタイルで返信をした。

「サクラサク。タビノブジヲイノル。サヤカ」

「オメデトウ。ゴカツヤクヲイノル。チルチル」


二日目も快晴で、33度の猛暑だった。

だがこの日はやたらと道に迷う日になった。75番から74番甲山寺に向かっているときも、左に曲がるべきところを右に曲がったり、その逆をしたりして、さんざん無駄歩きをしてしまった。73番出釈迦寺、72番曼荼羅寺を打ち終えて71番弥谷寺へ向かっているとき、さっぱり道がわからなくなってしまった。人に訊こうにも誰ひとり通りかからない。日陰を探して三十分ほど待っているとようやくスクーターに乗ったおばさんが通りかかったので道を訊き、正しい道に戻ることができた。

70番本山寺へ向かっている途中で、道沿いの民家から声がかかった。

「おーい、そこの旅の人、お茶でも飲んでいかんかね」

何とものどかな誘い方だと思い、笑みが漏れる。声のするほうを見ると、おばあさんがニコニコと手招きをしていた。ちょうどペットボトルの水が切れかかっていたところで、ひどく喉が渇いていた。知らない人間の家に上がり込むのは危険だが、まさかこんなおばあさんがゲシュどもの犬とは考えにくく、ミチルはつい気をゆるして家の中に入ってしまった。どうぞ奥へ、と勧められるままリビングに上がり込むと、冷たいおしぼりと麦茶が出され、お茶菓子が出された。どうやらおばあさんは一人暮らしらしい。

はじめは真夏の歩き遍路をねぎらうようなことを言っていたのだが、だんだん様相が変わってきた。離れて暮らしている嫁の悪口を言いはじめたのである。これはかなわないと思い、急いで麦茶と菓子を平らげて辞去しようとすると、おばあさんはようやくつかまえた愚痴の捌け口を逃がしてなるものかと今度はスイカを切って持ってきた。そのあいだも弾丸のように嫁の悪口は続いている。このおばあさんは道行くお遍路さんを見つけるとこうして家の中に連れ込んでは嫁の悪口を言い続けてきたのだろう。ストレス発散にはさまざまな方法があるものだ。スイカを食べ終わると、今度は昼を食べてゆけと言い出した。これからうどんを茹でるから、一緒に食べようと言う。

「先を急ぎますので」

と慌てて立ち上がってリュックを背負うと、お接待にと大きな甘夏を二個くれた。礼を言ってころげるようにその家を出た。甘夏は重くて、リュックはさらに肩に食い込んでくる。これじゃ「お接待」じゃなくて「お節介」だ。ミチルは悪いと思いながらも、道端のお地蔵さまに甘夏を一個お供えしていくことにした。

コンビニでトイレを借り、川べりであんパンと牛乳の昼食を取り、住宅地を抜け、田んぼや畑の脇を通って、ひたすら歩く。水が張られ、田植えを終えて稲刈りを待っている青々しい稲穂が整然と並んでいる田んぼや、土の中から野菜たちが等間隔に緑いろの豊かな葉を突き出して収穫を待っている畑を見て、ミチルはしみじみ美しいと思った。田んぼや畑がこんなにも美しいと思ったことが以前の自分にもあっただろうか、とふと思い、今の自分にはただ欠落しかない、この頭の中はがらんどうだ、思い出の積み重ねが一個の人格を形成していくならば自分はもはや人間ですらない、と思えるのだった。

69番観音寺、68番神恵院を打ったあと、67番大興寺へ向かう途中の橋の上で、すれ違った老婆の二人連れからそれぞれ百円と百五十円のお接待を受けた。

「お遍路さん、これで冷たいものでも飲んで」

「あんた、百円じゃ今どきジュースも買えんよ」

「ああ、そうじゃったの」

連れのおばあさんに言われて、おばあさんは百円玉をもう一枚ミチルの手のひらに載せてくれた。ミチルは思わず合掌してそれを受け取った。二人の老婆はまるで路傍のお地蔵さまを拝むようにミチルを拝み、満足そうな顔で遠ざかって行った。

翌日は朝から雨だった。

最大の難所と言われる66番雲辺寺を控えて、昨夜は雲辺寺の5キロ手前の民宿に宿を取っていた。夜中に目が覚めたとき、雨の音がしたので嫌な予感がしたのだが、朝になると本降りになっていた。よりにもよって遍路ころがしに当たる日に雨に降られるなんて、ついていない。レインウエア上下を着込み、ザックカバーをつけ、菅笠にもビニールのカバーをつけて、歩きはじめた。

雨脚は次第に強くなり、遠くから雷の音も聞こえてきた。雨具はゴアテックスだったが、風が強いので横殴りの雨が首回りから侵入して、一時間も歩くと下着までぐっしょりと濡れてきた。靴はもちろん、レインパンツの裾まわりももう泥だらけだ。麓《ふもと》までタクシーで行ってロープウエイに乗ってしまおうか、とミチルは思った。どうせ自分はニセモノ遍路ではないか。こんな日にまで歩きにこだわるのは馬鹿げている。歩いていてもタクシーに乗ってもロープウエイに乗っても、ゲシュどもの犬に見つかるときは見つかるだろう。

そもそも、なんでわざわざお遍路に身をやつして、律儀に歩き続けなければならないのだ。ミチルはだんだん腹が立ってきた。瑞香院へ一直線に行かせるのではなく、なぜ大回りして遍路道を歩かせるのか。安全のため、というのはわかるが、ここまでしなくてはならない理由がわからない。こんな人ひとり通りかからない山の中にまで警察の犬が追ってくるというのだろうか。

結局のところミチルが雨の中を歩き続けたのは、タクシーが通りかからなかったからであり、ロープウエイ乗り場は遍路道から離れすぎていたからだった。もう一時間も歩いてしまっている以上、また民宿まで戻る時間のロスを考えると、このまま先へ進むほうが早いからだった。静流尼が貸してくれた雨具は仄かにお香の匂いがして、あのひとに守られているように思えたからだった。あのひとが歩けと言うのなら、どこまでも歩いてやろうじゃないか、とミチルは半ばやけのようになって歩いた。ここまで歩き通してきたのだから、今さら文明の利器に頼るのも癪にさわる。こんな雨の中をむきになって歩いたことなど、これまできっと一度もなかったに違いない。そしてたぶんこれからも、きっと一度もないだろう。ほとんど馬鹿みたいだ。おかしくて泣けてくる。雨なのか涙なのかわからないものが頰を伝った。自分はこの自然の中の石ころや泥に過ぎない、と思うと、いっそ爽快感がこみ上げてくる。

やがて雷鳴が近づいてきた。雨は土砂降りになっている。雷をやり過ごすため、岩陰に身を屈めてしばらく休んだ。ぬかるんだ岩肌に足を取られて何度も転んだので、もう全身泥まみれだった。稲妻が光り、ごく近いところで落雷の音が轟いた。そのとき背中の傷が、翼をもがれた跡のような形をしたあの傷が、魂の深いところに向かって語りかけてくるようにずきずきと痛んだ。と同時に、稲妻の眩しい光のなかで一瞬鮮烈なフラッシュバックが立ちあらわれて、ミチルはその場に崩れ落ちた。

「久美子……」

それは舞台の上だった。あの血まみれの女に向かって、ミチルはそう呼びかけていた。稲妻の閃光に酷似した強烈なライトが全身を灼き尽くす感覚のなかで、彼女を見つめて微笑みながら、彼女と一緒に、ミチルはゆっくりと墜落していった。激突の瞬間はいつまでも訪れず、ただ浮遊にも似た長い落下の感覚だけが、永遠のように果てしなく続いていた。痛みも恐怖もなく、愛しさにあふれ、痺れるような幸福感につつまれていた。……久美子。稲葉久美子。あなたはわたしの恋人だったのか？　今見えたのは、わたしとあなたの最期の瞬間なのか？　舞台の上で、観客の前で、手に手を取って死へのジャンプをしたというのか？

ミチルは何度も虚空に向かって問いかけた。もう一度今の映像が見たかった。でもフラッシュバックはリプレイできない。ほんの一瞬からだの中を突き抜けていった痺れるような幸福感を何度も何度も呼び戻しては嚙みしめるように味わった。たったひとつの信じられる過去の思い出に縋りつくように。

「大丈夫ですか？　しっかりしてください。気分が悪いんですか？」

誰かが自分に呼びかける声でミチルは意識を取り戻した。強烈なフラッシュバックがきたあとはいつも少しだけ意識が飛んでしまう。顔を上げると、自分と同じように雨具に身を包んでずぶ濡れになった若者遍路が心配そうにミチルの顔を覗き込んでいた。

「あ……大丈夫です」

「ああ、よかった。雷に打たれたかと思った」

「お遍路さん……ですよね？」

「こんな雨の日にこんなとこ登ってるのは、お遍路しかいませんよ」

きかなくても菅笠と金剛杖を見ればわかる。まだ二十代だろうか、繊細そうな顔立ちがこちらの無事を確認してゆるやかに破顔してゆく。

「すごい雨ですね。小降りになるまで僕も少しここで休もうかな」

「どこから来たんですか？」

「横浜です」

「そうじゃなくて、方角」

「ああ。あっちから」

　青年はミチルが来た方角を指差した。

「じゃあ、あなたも逆打ち？」

「どうせやるなら難易度が高いほうがいいかと思って」

「逆打ちの人に会ったの、初めて。ちょっと嬉しいな」

「僕は何人か会いましたよ。もう二十回以上まわってるおじいさんとか。順打ちはもう飽きたんだって。家財道具を全部乳母車に載せてえんえんとまわってる凄い人もいたな。僕なんかとは全然次元が違うっていうか、うかがい知れない世界に住んでる仙人みたいだった」

「そんな人いるんだ、すごいね」

「もうお四国に住んでるって感じ？　きっとあの人は死ぬまでまわり続けるんだろうな」

「すごい旅費がかかりそう。お金持ちじゃないとできないよね」

「いや、ああいう人たちは野宿するんですよ。ほとんどお接待だけで生きているんじゃないかな。でもお遍路って本来そういうものだったんですよね。死に装束を着て、卒塔婆がわりの杖持って歩いて、いつ死んでもいいっていうか、むしろ死ぬために歩く、みたいな。家も捨てて、家族も捨てて、仕事も捨てて、ほんの少しの荷物だけ持って……ある意味かっこいいけど、普通はなかなかできるものじゃないですよね。一歩間違えば乞食なわけだし、四国じゃなかったらただのホームレスだし」

気がつくと、たった今会ったばかりの青年と雨宿りしながら話し込んでいた。針生くんという二十九歳の青年で、グラフィックデザイナーの仕事をしていたが、うつ病にかかり、今は休職中だという。

「お遍路って、うつ病にはいいみたいです。規則正しい生活になるし、こうして人と喋ったりするし、歩くと疲れてよく眠れるし、腹が減るからごはんもよく食べる」

「確かに思考が単純明快になるよね」

「そう、余計なこと考えないし、こまかいことが気にならなくなる。毎日歩くだけで必死で、死にたいとか思ってる暇ないもんな」

「四国の人はやさしいしね」

「そうなんですよ。なんで僕なんかにお接待してくれるんだろうって思っちゃう。うつ病の人はみんな歩いてお遍路をすればいいんだ。お四国病院って言葉、知ってますか。歩いてお遍路してると病気が治るそうですよ。まあもっとも、お遍路が終わって家に帰ったらまた元に戻っちゃうのかもしれないけど」

「今のこの社会に生きてたら、うつ病にならないほうがおかしいんだよ。きみがまともで、他の人たちが病気なんだと思うよ」

いつのまにか雨脚が弱くなっていた。雷の音ももうしない。ミチルは雲辺寺まで針生くんと連れ掛けすることにした。誰かと話しながら歩くのも悪くない。一人ならへこたれそうなきつい登り坂も、誰かと一緒だと見栄を張ってがんばれる。このやさしすぎる青年は、ミチルの歩行速度にあわせてずいぶんゆっくり歩いてくれた。濡れた岩で滑らないよう、つねに声をかけながら歩いてくれた。三十センチもある巨大なミミズをこわがるミチルのために、杖の先で蹴散らしながら歩いてくれた。昼食の用意をしてこなかったミチルにおむすびを半分分けてくれた。記憶をなくしたミチルの話を、ただ黙って、涙を浮かべて聞いていた。この青年の心は、この世の中で生きていくには、いささか柔らかすぎるのだ、とミチルは思った。

雲辺寺を打ち終えてから、針生くんと別れた。

「これでさぬきの国も打ち止めか。香川県よ、おいしいうどんをありがとう！　次はいよいよ伊予の国、なんちゃって」

「わたし、昔の友だちのこと何も覚えていないから、針生くんが最初の友だちのように思えるよ。一緒に歩けて楽しかった」

「僕もミチルさんに会えてよかったです。せめて次の札所まで一緒に歩きませんか？」

「自分のペースを保って歩いたほうがいいよ。たとえ孤独でも。わたしは後からゆっくり歩いていくから」

「……そうですね。じゃあ、ここで。いつかまた、どこかで会いましょう」

針生くんは何度か振り返りながらミチルの先を歩いて行った。いつかまたどこかですれ違うことはもう二度とないだろうことを、二人ともよくわかっていた。遍路も人生も一期一会、出会ったときが別れのときだ。針生くんの姿はすぐに見えなくなった。青年の足は速い。一足ごとに踏みしめる大地から励まされるように、まだ見ぬ景色に向かって駆け抜けてゆく。


佐野の町に一泊してから県境を越えて愛媛県に入る。

65番三角寺に向けて歩いているとき、ミチルはそのおじいさんに会った。お遍路用の休憩所の前にテントと寝袋と生活道具一式を詰め込んだ乳母車を置いて、ポータブルコンロでインスタントラーメンを作っていた。乳母車の手押しの部分にはポリ袋がいくつもぶら下がっていた。鍋も、傘も、箒《ほうき》もあった。目があうとおじいさんはミチルに人懐こい笑顔を向けた。前歯は二本しかなかった。ミチルは自販機でペットボトルのお茶を二本買って、一本をおじいさんに差し出した。

「よかったら、どうぞ」

「すまんねえ。ねえさんは逆打ちだね？」

「はい。まだ四日目ですが」

「わしゃ十六年目になるな。何巡目かもう忘れたよ」

「体はつらくないですか？」

「歩いておれば、病気にはならん」

「山道なんかはどうしているんですか？」

「車道を歩く。石段や坂ではこいつを置いて、歩いてお参りする」

「いつも野宿を？」

「バス停とか道の駅とか、こういう休憩所で寝させてもらってるよ」

「十六年もまわり続けて、飽きませんか？」

「遍路というのはね、ループなんだよ。8という数字は無限大をあらわしている。だから88という数字は永遠であり、無限であるということだ。88の札所にははじまりもなければ終わりもない。循環しているのだよ。だからまわってもまわっても、歩いても歩いても、そこには終わりというものがない。わしはただ、この永久運動の中で生かされておるだけだ」

　ミチルは深呼吸してその言葉を咀嚼しようとした。でも完全に咀嚼するには少し時間がかかりそうな重くてかたい言葉だった。おじいさんは飄々としていて、確かに仙人みたいな風貌をしていた。ラーメンが煮えたらしく、おじいさんは火を止め、鍋から直接おいしそうに食べはじめた。食事の邪魔をするわけにはいかない。ミチルは挨拶をして、その先へ再び歩き出した。

「生きていればよい」

と、ミチルの背中に向かっておじいさんが言った。いや、あるいはただの独り言だったのかもしれない。

「死ぬまで生きるのが、にんげんの仕事だ」

ミチルが立ち止まって振り向くと、おじいさんは仙人の顔から童子のような顔に戻って幸せそうにラーメンを啜っていた。このかけがえのない食事のひとときを邪魔してくれるな、と言われているようで、ミチルは何も言わずにそのままおじいさんと別れた。

65番三角寺を打ち終えると、しばらく札所はなく、二日間が丸々移動日になった。新居浜と伊予三島の町を抜けて西条の町に入ったとき、歩きはじめてからちょうど一週間が過ぎていた。64番前神寺は石鎚山の麓に建つ札所で、ミチルにとっての遍路最終目的地である60番横峰寺が近いことを示していた。西条の町には前神寺をはじめとして四つの札所が連続してあり、そのあとに60番が控えている。あと二日くらいでお遍路も終わると思うと、ほっとするような、少し寂しいような妙な気持になった。いつかこの国から秘密警察がいなくなり、命の安全を気にせずにお遍路ができる日がきたら、1番から88番まで通して歩いてみたいとミチルは思うようになっていた。

「お遍路さん、落としましたよ」

前神寺の本堂前で経本を開いてこのお寺のご詠歌に目を通しているときだった。背後から声をかけられ、振り向くと、二人の男にいきなり左右から肩と両腕を摑まれた。息が止まるほどの有無を言わせぬ強い力で、骨に食い込んでくるような摑み方だった。

「王寺ミチルだな。公安警察だ。これより同性愛矯正施設へ連行する」

菅笠に遮られて顔は見えなかった。経本が石畳に落ち、金剛杖が乾いた音を立てて石段を転げ落ちていった。「前は神うしろは仏極楽のよろずの罪をくだくいしづち」というご詠歌の、「前は神、うしろは仏」というフレーズだけが、真っ白になった頭の中で呪文のようにぐるぐると駆け巡っていた。

第二章　タンゴレッスン

1

その建物は、海を見下ろす高い崖の上にへばりつくように建っていた。

連れ込まれた車には内側から外が見えないように目隠しシートが張られており、運転席とのあいだにも分厚い仕切りがあったから、前神寺のある愛媛県西条市からどこをどのように走ったのかはわからない。車を降ろされたとき、海が見えたが、波の感じや海面の色合いがこれまで見てきた瀬戸内海の穏やかさとはまったく違って荒々しく感じられたので、おそらく太平洋に面した高知県のどこかだろうとミチルは思った。建物のプレートには医療センターという文字が見えた。公安警察の男たちに両脇を摑まれて裏口から中に連れ込まれたとき、白衣を着た人間が書類にサインするのを見て、ここは病院で、自分の記憶喪失を治療するために連れて来られたのではないかと思ったが、そうでないことはすぐにわかった。普通の病院になら当たり前のように流れている、患者への思いやりというべき空気がここでは一切感知できなかったからである。かわりにここにあるのはいかなる感情も入り込む余地のない冷徹なシステムそのものであり、その裏側に患者への敵意や憎悪が含まれているのをミチルはここに足を踏み入れた瞬間から敏感に感じ取っていた。

公安警察はミチルを裏口で引き渡すとそのまま去って行った。車の中でもずっと両脇を摑まれていたので、肩と腕がまだ痺れるように痛かった。中の小部屋に入るとすぐに事務員風の男に所持品を没収され、着ているものを脱いで病院服に着替えるようにとパジャマのような白い衣服を渡された。人間から尊厳を剝ぎ取るにはうってつけの、情けないペラペラの衣類だった。ナチスが同性愛者の囚人服につけたと言われるピンク色の逆三角形のしるしは今のところはまだついていないようだ。それを着たところで白衣の男があらわれた。

「同性愛は治癒可能な人格障害であるという我が国の統一見解に基づいて、政府は同性愛者を保護拘束し、健全な社会復帰をめざすべく治療・矯正・再教育をおこなう場を提供している。すなわちここは、同性しか愛せない歪んだ病気を矯正し、神の定めた自然の摂理に従って異性を愛し子供をもうけ、国家の維持に奉仕できる真人間として生まれ変われるようにするための慈善施設である。ここでは専門医がチームを組んで同性愛者たちに心理療法、薬物療法、催眠療法、場合によっては電気ショック療法もおこなっている。完治が認められるまでここから出ることはできない。当院の規則をよく守り、スタッフに逆らうことなく治療に励むように」

白衣を着た男はここの院長だと自己紹介したうえで、まるでマニュアルを読み上げるようにそんな説明をした。ミチルは思わず自虐的な笑いを漏らして、

「同性愛が治癒可能な病気だなんて、一体いつからこの国ではそういうことになってるんですか？」

と嚙みついていた。

「おまえが記憶を失うずっと前からだ、王寺ミチル」

「あんたにおまえ呼ばわりと呼び捨てにされる覚えはないね。それにその欺瞞に満ちた言葉遣いには我慢がならないよ。保護拘束じゃなくて逮捕、医療施設じゃなくて収容所だとはっきり言えばいいでしょ？」

「聞きしに勝る反抗的な態度だな。生まれつきそういう性格なのかね？　それとも演劇人に特有の自意識過剰のなせるわざかね？　口のきき方に気をつけたまえ。ここでおまえたちに与えられるのは刑罰ではなく治療であり教育なのだ。しかもその費用は国民の血税で賄われる。ここに保護されていれば過激なネオナチどもに襲われる心配もない。感謝してもらいたいね」

「そんな治療はナンセンスだって知らないの？　同性愛者を異性愛者に変えるのは、異性愛者を同性愛者に変えるのと同じくらい無理なことだよ。それは血液型と同じで、変えられるわけがない」

「それはおまえが変えたくないと思っているだけだ。我々の実験では充分に治癒可能であるという結果が出ている。たとえわずかな確率でも、このまま野放しにしておくよりはずっといい。うつは心の風邪であり、ゲイは心の癌なのだ。手術で癌細胞を摘出するようにゲイ細胞を摘出することができればさらに治癒率は上がるんだがね」

「あんたたちは人体実験をしたわけ？　同性愛者であることを変えたくないと思ってい

る人間に無理やりにそんな治療をするのは人道上問題があるんじゃないの？」

「人道だとか人権だとか、そんな偉そうなことを口にする権利がおまえたち同性愛者にあるとでも思っているのかね？　そんな御託は子孫を残して人間としての務めを果たしてから言うことだな。もしおまえが本気で同性愛者であることを変えたくないと思っているのなら、そんな人間はこの国には無用の存在であることを思い知ることだ。共同体生活不適と見なされた者、すなわち危険な常習犯罪者、麻薬常習者、重度の精神病患者、ホームレスなどと同類と見なして、社会から抹殺しなければならない。治癒の可能性がない同性愛者も同様だ」

「生きるに値しない生命として処分するわけだ……ナチスだね、まるっきり」

ミチルは目の前にいる男と話すのが耐え難く苦痛になってきた。この男と話せば話すほど、同じ空間の空気を吸えば吸うほど、千匹の蛆虫が体じゅうを這い回る不快感が増してゆき、胃の腑からするどい吐き気がこみ上げてきた。これほど醜い顔をした男に会うのは初めてだった。たっぷりと皮脂が浮かんだ土気色の肌はでこぼこにたるみきり、爬虫類を思わせるどろりと黄色く濁った目は斜視気味に離れている。分厚く膨れ上がった唇からは言葉を発するたびにチロチロと干からびた舌がのぞき、痛ましいほどいびつな形に歪んだ耳と鼻からは密集した耳毛と鼻毛がだらしなく伸び、禿げ上がった額にわずかに残った髪の毛が後生大事にポマードで撫でつけられている。顔は全身の均衡を破るほど大きすぎ、腹は出すぎていて、よく肥えたぶよぶよの体を短足とがに股が支えている。手はアトピーでぼろぼろで、指のあいだからも密集した剛毛が生えていた。この男が口を開くたびきつい口臭が室内に充満した。一体何を食べればこれほどまでに息が臭くなるのだろうか。一体どんな生き方をすれば人はこれほどまでに醜い顔になれるのだろうか。白衣を着れば誰でも多少はましな人間に見えるものだが、白衣を着ても容貌の醜さが少しもごまかされないどころか、かえって胡散臭さが増す人間というのも珍しい。

「おまえがナチスを憎むのは、一種の近親憎悪ではないのか？」

「何それ、どういう意味？」

「おまえは昔、舞台でヒトラーの少年時代を演じたことがあるだろう」

「あいにく昔のことは覚えてないんでね」

「あるんだよ。前期カイロプラクティックの最終公演でな」

ミチルの胸にきりきりと差し込むような痛みが走った。いつだったかさやかの街宣の最中に、自分が熱に憑かれたような激しさで演説しているフラッシュバックを見たことがあったが、それは舞台でヒトラーを演じたときのものだったのか？　それが一体どんな芝居だったのか、思い出せないことが歯痒くて情けなくていたたまれなかった。こんな切羽詰まった状況のなかで、自分とは最も遠いところにいる人間の口から過去の自分の芝居について教えられることの屈辱にミチルはおののいた。

「何であんたがそんなこと知ってるの？」

「特Aクラスの経歴については徹底的に調査してある。おまえは劇団の独裁者だった。ヒトラーという人物に共感と親近感を抱いていたからこそ、あんな芝居をつくったんじゃないのかね？」

「馬鹿馬鹿しい。いかなる意味でもそれはありえないと、記憶がなくても断言できるよ。それにわたしは少年しか演じなかったはず。大人になったヒトラーには何の興味もなかったはずだよ」

「確かにあの芝居は画家になりそこねた孤独な少年アドルフと、後にテロリストとなってヒトラーの命をつけ狙うようになる親友ロベルトとの交流がメインテーマだった。そこには限りなくホモセクシュアルに近い友情が描かれていた。大人になったヒトラーがいつかロベルトに暗殺されることを心の奥底で夢見ながら生きていたという設定はいささかロマンティックすぎるにせよ、なかなか興味深いものだった。しかしいくら無垢な少年愛をテーマとして描いたつもりでも、そこには必ずヒトラーを肯定する気持ちが含まれているはずなのだ。つまり……」

「ちょっと待って。あんたはその芝居を観たの？」

ミチルは激しく混乱し、ほとんど泣きそうになっていた。問いかける声がどうしようもなくふるえてしまう。

「ああ。生で観たわけではないが、ビデオ映像でな」

「どうしてそんなビデオが存在するの？」

「劇団の記録用に撮影したものを、関係者から入手した……どうした？　何をそんなに動揺している？　まったく何て顔をしてるんだ。三十六歳の女の顔とも思えんな」

そう言われて初めてミチルは自分がおそろしく青ざめていることに気づいた。そしてこの醜い男に教えられて、自分の年齢が三十六歳であることを初めて知った。

「そのビデオを見せてほしい」

「何のために？」

「自分について知るために」

「知ったところで絶望が深まるだけだ」

「それでもいい。それでも知りたい」

「あれほどの体験をしてせっかく記憶喪失になったのに、わざわざ思い出す必要がどこにある？　我々の治療にとって記憶がないことはむしろ好都合だ。まったく新しい人間としてやり直せるチャンスなんだぞ」

「記憶をなくしても、この身にしみついた性癖は変わらない。男とは寝ない主義なの。たとえどんな治療をされても、わたしは女の人を愛するレズビアンであり続けると思う」

「ということは、つまり、おまえは記憶をなくしたあとでも女に欲情し、女とまぐわったのか？」

「そんな下品な質問に答える義務はない」

「筋金入りのいかれたレズビアンめ！」

「筋金入りのゲス野郎のホモフォビアめ！」

ミチルと院長はテーブルをはさんで睨み合っていた。やがて院長は視線をはずして不敵に笑いはじめた。

「よかろう。治療に有効だと思えば、おまえにビデオを見せてやろう。おまえのような女を転ばせることなどたやすいことだ。いずれこの私がおまえに男の味を教えてやろう」

「そんなことしたら殺してやる」

「じつに萌えるよ」

「殺してやる！」

突然、誰かに向かってまったく同じ口調で「殺してやる！」と叫んでいるフラッシュバックがあらわれて、ミチルはその渦に抗うすべもなく呑み込まれていった。頭を抱えたままゆっくりと気を失って倒れ込むミチルを、さっと入ってきた誰かが抱きかかえた。

「連れて行け。予定通り、例のダンサーと同室に」

「はい、院長」


気がつくとミチルは薄暗い部屋に寝かされていて、遠くから潮騒の音が聞こえて、すぐ近くで人の気配がした。

ひどく天井の低い、窓のない部屋だった。広さは六畳くらいだろうか。誰かがそこで黙々と腕立て伏せをしている。そのひたむきな様子には単に日々の習慣をこなすというだけではない意志と熱意のようなものが感じられる。その姿を眺めているうちに、ミチルはだんだんと現実感を取り戻す。どうやら自分が入れられているのは独房ではないようだ。とすると、あれが同房者ということになるのだろうか。起き上がって声をかけようと思うのに、頭が割れるように痛んで起き上がることができない。

「あ、気がついた？」

「誰？」

男だとわかった途端につい身構えて、尖った声を出してしまった。男女を同じ房に入れる不自然さに違和感を覚えずにはいられない。

「普通は新入りから先に名乗るもんでしょ」

「王寺です」

「ここがどこだかわかる？」

「海辺のリゾートホテルの一室じゃないことはわかるよ」

「まあ考えようによっちゃ、海辺のリゾートホテルの一室だと言えないこともないけどね。無理にでもそう思い込めば、多少は耐えやすくなるかも」

「あなたは男の人ですよね？　看守なの？」

「まさか、相棒よ。ここではゲイとレズビアンが一組で同じ部屋に入れられるの。世界で唯一、男女同房の牢獄なの。ゲイ同士、ビアン同士だとすぐくっついちゃって危険だから、この組み合わせが一番害がないと思われてるのよ。というより、何か間違いが起こって愛が芽生え、子供ができるのを期待されてるってわけ。連中の想像力にはつくづく笑っちゃうわよね」

「確かにそれは笑える」

「あたしは朱雀《すざく》哲太郎。哲子って呼んでちょうだい」

彼のオネエ言葉はとても板についていて、あまりにも自然に、彼の人となりの一部のように感じられたので、ミチルはまったく違和感を覚えなかった。考えてみれば厚化粧をしていないすっぴんの男性がオネエ言葉を話しているのを見るのは初めてかもしれない。若く見えるが三十代、おそらく自分と同じくらいの年恰好だろうと思いながら、ミチルは差し出された手を握った。

「さっき看守があんたをここに運んできたときから思ってたんだけど、あんたって本当に女なの？　どこから見ても本物の男の子にしか見えないわ。本当に肝心なモノはついてないんでしょうね？」

「ついてないよ」

「もったいないわねえ」

「男と間違えて、欲情しないでね」

「おあいにくさま。あたしのタイプじゃないわよ。あたしはあんたみたいな少年風より、がっちりした男臭い男がタイプなの」

「ああ、よかった」

「名前、もいっかいフルネームで言ってみて」

「王寺ミチル」

　哲太郎は近くに寄ってきてミチルの顔をまじまじと見つめ、目を輝かせた。

「うそ！　まじ？　あの劇団カイロプラクティックの？」

「わたしのこと知ってるの？」

「あんたの芝居は観たことないけど、あたしもゲイのダンサーだからさ、たらしの王子様の噂くらいは聞いたことあるわ。警察に中止勧告されても、ネオナチどもにすごい脅迫受けても、負けずに芝居を上演したんでしょ？　この時代に女同士のラブシーンを堂々と演じるなんて、すごい勇気よね。確か去年の春だっけ。もうあの頃には二丁目のゲイバーは軒並みネオナチどもに襲撃されてどこも営業してなかったし、ゲイが売り物のタレントはみんな海外へ逃げちゃってたし、あの舞台のことは結構みんな関心持ってて、どうなるんだろう、本当にやるのかって気にしてたもんよ。王寺ミチルと劇団カイロはもうこの国で見られる最後のゲイカルチャーになるだろうから、滅びる前に見ておいたほうがいいってあちこちで言われたわ。検閲が入ってラブシーンはカットされるんじゃないかって言われてたけど、ちゃんとやったのよね。あんたマジですごいわ。でも千秋楽の舞台で女優と心中するなんて、それはちょっとやりすぎじゃない？」

　哲太郎は夢中でまくしたてたが、ミチルの肩がかすかにふるえ、ミチルの顔が生気を失って歪んでいるのに気づいて言葉を呑み込んだ。

「ごめん、言い過ぎたわ。マスコミは心中だって言ったけど本当は事故だったのかもしれないし、相手の女優さんは亡くなったのよね。あんなことがなかったとしても、終演後に二人は劇場を取り囲んでいたネオナチの暴徒どもに袋叩きにあっただろうってみんな言ってた。どのみち無傷では終わらなかっただろうって。あんたは文字通り命がけで芝居を上演したのよね」

　哲太郎の言葉を聞きながら、ミチルはなぜ自分が特Aクラスに位置付けられて当局からことさらに警戒されているのかが少しわかった気がした。自分が向う見ずな血の気の多い人間であることも、さっきの院長との会話でわかってきた。命がけで芝居を上演するなんて馬鹿げている。あげくの果てに大切な女優を死に至らしめるなんて、正気の沙汰とは思えない。院長の言うように、自分はいかれたレズビアンなのかもしれない。

「何とか言いなさいよ」

「何も覚えてないんだよ……記憶をなくして……自分の名前さえつい最近までわからなかった。自分の年も、さっき院長から教えてもらって初めて知った。どんな芝居をしていたのかも、まるきり何もわからない」

「あのときの、事故だか心中だか知らないけど、宙吊りから落ちたせいで？」

「わからない。一体いつから記憶がないのか。わたしの脳みそは、まるで穴だらけのチーズの塊みたい。頭の中にいるネズミがチーズをどんどん食べちゃって、スカスカの残りかすでしかないみたい」

「かわいそうに。生きてるほうが不思議なくらいの大事故だったみたいだしね。でも王寺ミチルはあのとき顔がグチャグチャに潰れたらしいって噂だったけど、その顔が無事でよかったじゃない。って、あんまり慰めになってないか」

「もし知ってたら教えてほしいんだけど……稲葉久美子さんって、どんな人だったんだろう？」

「だからあたしはカイロの芝居観たことないんだってば。でも観に行った友達の話では、ゲイの男から見ても素敵な女優さんだったみたいね。ダンスがすごく上手いって聞いたことあるわ。彼女が入ったことでカイロは飛躍的に人気劇団になったのよ、たしか。ねえ、あんたは彼女の顔も覚えてないの？」

「顔はインターネットで見た。とてもきれいな人だった。一緒にタンゴを踊ってた」

「あんた、タンゴを踊れるの？」

「もどきなら。わたしの iPod にはタンゴの曲がたくさん入っていたよ。たぶんとても好きだったんだと思う。そういえば哲子ちゃんはダンサーなんだっけ？」

「まったくもう、いつきいてくれるかと思えば、やっときいてくれたじゃない。これでもプロのタンゴダンサーだったのよ」

「ああ、だから……鍛えてる体だと思った」

「iPod は没収されたんでしょ？」

「うん、さっき」

「ああ、その前に少しでも聴きたかったわ。どんなに長いこと音楽を聴いてないことか」

「ここはもう長いの？」

「七カ月と三日め」

哲太郎が深いため息をつくと同時に、房内の明かりが消えて真っ暗になった。

「消灯だ」

と、ドアの覗き窓から看守が言った。ミチルはそのとき初めて、自分たちがつねに看守の監視下に置かれていることに気がついた。哲太郎は声をひそめて、

「ここは九時に消灯なの。トイレはその前に済ませておくほうがいいわね」

と言った。部屋の片隅にむき出しの便器が置かれている。仕切りはなく、蓋もついていなかった。それは前衛アートのオブジェでも何でもなく、実用品のトイレなのだ。その悪い冗談のような光景と物言わぬ看守の存在は、どんなに医療センターなどという名前でごまかしていても、ここがまぎれもなく監獄か収容所であることを物語っていた。

「お風呂はないの？　わたしさっきまでお遍路してて汗かいたから、シャワーを浴びたいんだけど」

「入浴は週一回だけ。ちなみにここにはエアコンも扇風機もないから」

「窓もないのに、熱中症で死んじゃうよ」

「暑さを感じないようにイメージトレーニングするしかないわね。あたしはだいぶできるようになった。トイレが臭っても、臭いを感じないように。おなかが空いても、空腹を感じないように。つらくて叫びたくても、何も感じないように。それがここで生き延びるこつよ」

「そういえば、おなかが空いたよ」

「朝食は六時、昼食は十二時、夕食は六時。おやつはなし。あんたは食事時間を過ぎてから到着したから、我慢するしかないわね」

昼に前神寺のベンチでカレーパンと牛乳を食べて以来、ミチルは何も食べていなかった。通りかかった小さなパン屋で買ったものだが、あれはずいぶんおいしいカレーパンだった。店主はお接待だと言ってコッペパンをひとつおまけしてくれた。歩くのに体が重くなりすぎないよう、お遍路中の昼食はパン一個と牛乳だけで済ませることが多かった。あのコッペパンがまだリュックに入っているはずだ、とミチルは思い、探そうとしたが、リュックはすでに取り上げられていたのだった。

「洗濯なんかはどうするの？」

「そこの洗面台で手洗いして、中に干すのよ。固形石鹸は月に一個しか支給されないから、大事に使ってね。その一個の石鹸で手洗いから洗濯から入浴からすべて賄わなくちゃならないんだから」

「面会とか、手紙を出したりはできるの？」

「できるわけないでしょ。政府はここの存在をひた隠しにしてるんだから。もうみんなうすうす知ってるけどね、建前上はここは存在しないことになってるの。だから外部との接触は一切禁止。刑務所よりひどいわよね」

「じゃあ、ここにいる人も存在しないことになってるの？」

「まあそういうことになるんじゃない」

「殺されてもわかんないね」

「殺しはしないのよ。さすがに虐殺までする度胸はないみたい。自殺するように、もしくは発狂するように、連中は巧妙に仕向けるの。で、ここで人が死んだら腎臓と膵臓と眼球を摘出して中国に高値で売りつけるらしいわ」

「なんで腎臓と膵臓と眼球なの？」

「心停止後の死体から取り出した臓器で移植に使えるのってそれくらいなんだって。ラッキーなことに脳死になれば心臓や肺も使えるらしいけど」

「じゃあ、政府がここを作った本当の目的は臓器売買？」

「かもね」

「そうだとしたら、いずれ虐殺がはじまるね」

「かもね。ナチスの時代より臓器移植の技術は格段に進歩してるわけだしね。だから連中は、なろうと思えばナチスよりはるかに残虐になれるってこと。発狂者をうまく脳死にするために、低酸素脳症にさせるための拷問を考える医療チームがあるって話よ」

「これまで自殺も発狂もしないで外に出た人はいないの？」

「異性愛に目覚めて同性愛が完治したとみなされれば、出ることはできるわ。そういう人は何人かいた」

「そんなことどうやって証明するの？」

「妊娠すればいいのよ。結局、連中の欲しいのは子供だけなんだから」

ミチルは絶望のあまりもうそれ以上質問する気になれなかった。すぐに哲太郎の寝息が聞こえてきた。男と同じ部屋で寝ているなんて、まったく居心地が悪くて落ち着かない。だが哲太郎のオネエ言葉と落ち着いた声音のおかげで、彼のことをあまり男として意識せずにすむのは有り難いことだった。それにダンサーと同房になったのは不幸中の幸いかもしれない。ビアンの役者にとってゲイのダンサーは、最も友だちになれる可能性が高い人種にちがいないとミチルは思っていた。

その夜、ミチルはおそろしい夢を見た。生きたまま手術台に縛りつけられて、麻酔もされずに臓器を摘出される夢だった。

「おまえのような何の役にも立たない人間にもたったひとつだけ価値あるものがある。それは臓器だ。今からそれを取り出して世の中の役に立つ人間の体に移し替えるのだ」

と院長が言っていた。

「しかし院長、同性愛者の心臓や肝臓を健常者に移植したらゲイ細胞まで一緒に移植されてしまいませんかね?」

と副院長が疑問を差し挟んだ。

「ノープロブレム、ゲイ細胞は脳にあるからな。脳移植さえしなければゲイ細胞が伝染することはない。さあ、生きのいいうちに心臓、肺、肝臓、小腸を取り出してしまおう。靭帯も骨も血液もすべていただくぞ。まことに人体とは牛と同じで、無駄なところはまったくないものだな」

「やめて……やめて……やめてーッ!」

「子供も作れない同性愛者が国家に貢献できるのは臓器しかないのだ。観念しろ」

やがて胸がメスで切り裂かれ、すさまじい痛みとともに院長がミチルのまだひくひくと動いている心臓を手摑みで引っ張り出す光景が見えて、ミチルは絶叫しながら目を覚ました。暗くて狭い獄のなかにいて、遠くで潮騒と車の音が聞こえ、すぐ近くで哲太郎の軽い鼾《いびき》が聞こえた。人の鼾を聞いてこれほど安心したのは初めてだった。ミチルは心臓がまだ自分の体の中にあることを確認して、再び目を閉じた。だがあの生々しい夢を見たあとでは、もう眠りは訪れなかった。

2

そこでの生活は、治療の時間、労働の時間、内省の時間に分かれていた。

治療の時間では治療室に連れて行かれ、医師と一対一になってまずカウンセリングがおこなわれた。そこで患者は自らの同性愛の度合いを測られ、軽度から重度に分類される。軽度から中度と見なされた患者に対しては比較的ソフトな心理療法が施されるが、重度の患者に対しては嫌悪療法といういささか荒っぽい心理療法の一種が用いられた。これはかつてアメリカで実際におこなわれていた治療法のひとつで、同性の裸の写真を見せてから、そのあとで電気ショックや催吐剤を与えるというものである。カウンセリングで毎回重度の結果が出るミチルには徹底的にこの療法ばかりが繰り返された。

拘束具と電極をつけられて頭の中に電流が流されるたび、ミチルは少しずつ、だが確実に、自分が人間らしさを失っていくような気がした。頭の中にいるネズミが肥大化して自分自身を食いつくし、自分がネズミになって生体実験を受けているのだと思った。一度電流を流されると、頭の芯に重く痺れるような痛みがその日一日じゅう続いて、激しい倦怠感と無力感と吐き気に苛まれた。こんなことをずっと続けられたら確かに自殺するか発狂するしかないところにまで追いつめられるのも無理はないと思った。房に戻っても、電流を流されたあとには何も食べることができなかった。うまく眠ることもできなかった。ただぼんやりと蹲《うずくま》っていることしかできないミチルを哲太郎はじれったそうに眺めていた。

「あんた見てると苛々するわ。もう少し利口に立ち回ってうまくやればいいじゃない。カウンセリングのとき正直に話しすぎるのよ。いくらでもごまかせるでしょ？　電気ショックだけはうまく避けないとやばいわよ」

「ごまかし方なんてわからないよ。どう答えてもわたしが筋金入りのビアンだってことはあの院長にはお見通しなんだから」

「せめて食べなきゃ駄目。体力つけとかないと、ここでは生き残れないのよ」

「ここの食事は口にあわない。ローマ時代の奴隷だって残すと思う」

「そりゃあ奴隷どころか死にかけた馬だって残すほどまずいとあたしも思うけど、味覚なんかどうこう言ってられないでしょうよ。栄養失調になったらすぐやられちゃうんだから」

「ここの食事に栄養があるとは思えない」

「あのね、食べないとどんどん胃が小さくなって、そのうち便が出なくなるのよ。そうなったら本当にやばいんだから。栄養があろうがあるまいが、無理やりにでも食べなきゃ」

ここでは、どこかの給食センターから運んできた残飯のような食事しか出なかった。肉片は脂身の多い薄い切れ端のみ、魚といえばアラの部分のみ、米はわけのわからない雑穀入り、パンはふすまか粘土のようだった。量は成人がやっと餓死しない程度のものしかなく、味付けは化学調味料しか使っていないひどい代物だった。しかもすべてのものが少しずつ鮮度の落ちた、腐りかけたものばかりだった。わざわざ賞味期限切れの食材ばかり選んで安く買い叩き、この暑いさなかに冷房もないところで調理され、衛生状態の悪い場所にそのまま放置していたものを出しているのではないかと思われるほどだった。食べると必ず腹を壊して下痢をした。房内にその臭いが立ち込めるのがミチルには恥ずかしくてならなかった。

「気にしないでいいわよ。お互い様なんだから」

と哲太郎は言ってくれるが、そこまで図太い神経は持ち合わせていない。下痢でなければ便秘が続き、ものを食べるのも排泄するのもすっかり嫌になってしまった。

「食事とトイレに慣れることがここでの第一関門ね。そのうちそんなこと気にもならなくなるわよ。人間ってホントたくましいんだから」

入浴はシャワーのみの週一回で、入浴時間は十分間と決められていた。同性の裸を見せないようにするため、個別での入浴しか認められず、入浴中はつねに看守がガラス窓越しに監視していた。入浴時の看守は異性愛者の同性が受け持つルールだった。入浴を終えて次の入浴者と交代するとき、廊下ですれ違う一瞬のあいだにも視線を交わすことのないよう厳しく監視された。ミチルのほうにその気がなくても、向こうからウインクや色目を投げかけられることはしょっちゅうで、そんなときは連帯責任になってミチルにまで警棒が振り下ろされた。

「わたし、相手を見てもいないよ」

と看守に抗議しても、

「おまえは体全体で女を誘ってる。でなきゃみんながみんな、あんなに物欲しそうにおまえを見つめるわけがない。少しは慎め」

と言われて殴られた。ミチルにしてみればこれほど理不尽なことはなかった。入浴日のたびに殴られるので、ミチルはすっかり入浴そのものが嫌になってしまうほどだった。なかには当の看守自身がノン気であるにもかかわらず、監視中にミチルの裸体に見とれてしまうこともあった。看守の仕事に就く者は筋金入りのホモフォビアばかりではなく、この不況でやむをえず選択した職業に過ぎないごく普通の人間もいる。彼女たちはまずミチルの背中の傷に目を奪われ、性別を感じさせない裸体の美しさに心を奪われるのだ。わずか十分間のあいだに髪や体を洗いながら、ミチルは看守のそんな視線を感じるとそれとなく流し目を送って、味方につける努力をするのを忘れなかった。いったん味方につければ殴られるさいに手加減されたり、殴られずに済むことも多かったのである。

電気ショックを受けたあとで入浴日があったときには、シャワーを浴びながら強いフラッシュバックがきて、ミチルは何度も浴室で倒れた。

「おい、大丈夫か。しっかりしろ」

浴室で倒れているミチルを抱き起こし、濡れた体を拭いてやり、服を着せてやっているうちに、看守はどんどんミチルにほだされてしまうことになる。

「頭が痛いの？　医務室へ行く？」

「こうして手を当てていてくれたら大丈夫」

「私は看守よ。甘えないで」

看守は女でも男言葉で話すことを義務付けられており、囚人に対してこのような言葉遣いをすることは禁じられているのだが、ミチルに甘えかかられるとどんな鉄仮面でもつい女に戻ってしまうのだ。

「あと二分だからね」

制限時間ぎりぎりまでミチルの額に手を当てていてくれる看守にミチルはとろけるような縋りつくような視線を送る。それはここでできるだけ殴られないようにするための知恵であり、ミチルに本能的に備わった女たらしの習性に他ならない。


労働の時間では、建物の外に出され、隣の敷地に建設中の別棟の施設工事に従事させられた。何の説明もなかったが、哲太郎の話によれば、それは政治犯や重度の精神病患者や治る見込みのない遺伝性疾患の患者を収監する施設だということだった。いわゆる「生きるに値しない生命」と見なされた者たちの最終目的地であり、彼らを緩やかに抹殺していくための場であり、そこに入れば二度と出られないと言われていた。

「ここに入れられる人たちに比べたら、あたしたちはまだましなほうかもね」

「そんな差別化に何の意味があるの？　同じだよ。治癒しない同性愛者はいずれここに入れられる」

哲太郎以外の他の囚人の姿を見る機会は、入浴日に廊下ですれ違うときをのぞけば、この労働の時間のときだけだった。男女あわせて三十人から五十人くらいの囚人たちが日によって人数を変えながら働いていた。つねに看守に見張られていて囚人同士が言葉を交わすことは禁じられていたが、看守の目を盗んで話しかけてきたり、露骨に色仕掛けをしてくる者もいた。男の看守に見咎められればひどい暴力を振るわれることは避けられないので、ミチルは慎重に避けていた。重労働だったが、少なくとも海の見える屋外で風を感じながら体を動かすのは、あの陰鬱な治療に比べたらはるかにましだと思えるのだった。だが自分たちが今まさに建設している建物の使用用途がわかってしまうと、自らの意志でないとはいえ国家の悪事に加担させられているように思えて、罪悪感を覚えずにはいられなかった。

内省の時間ではやはり別室に連れて行かれ、これまでの人生で感じたすべての性的衝動について反省文を書かせられ、懺悔を求められた。まったくのひとりになれるのはこの時間だけだった。この時間を担当するのは副院長で、院長に比べるといくぶん話しやすい、まだ四十代くらいの細面の男だった。他の医師たちと同様、ほとんど感情を見せることなく無表情だったが、いつも白紙で提出するミチルを頭から恫喝したりはせず、穏やかに話すように努め、根気よく応対しようとする態度を見せるだけでも良心的なほうだと言えた。院長がムチならこの副院長はさしずめアメの役割を担っているのだろうとミチルは思った。

「また白紙か。きみもタフだね」

「自らの内なる性的衝動について、他人に打ち明ける義務もなければ、まして反省することなんて何もないから」

「我々はきみの役に立ちたいだけなんだよ。今日も嫌悪療法を受けたそうじゃないか。電気ショックもあまり受けすぎると、脳に深刻なダメージが残ってしまうおそれがある。きみが少しでも反省する素振りを見せれば、僕から院長に電気ショック療法をやめるよう勧告してあげられるんだよ」

「どうせわたしの脳はスカスカのチーズの塊だから」

「きみの抱えている記憶障害についても、できれば力になりたいと思っている」

「だったらわたしの芝居のビデオを見せてよ」

「それはまだ院長から許可が下りていない。あのビデオはかなり刺激的なんだ。女同士のキスシーンどころか、いかがわしいダンスや背中のヌードもある。前期カイロプラクティックの芝居はある意味ではアダルトビデオよりはるかに危険だ。後期ではその過激さが薄まって、芸術性が増しているけどね。つまりきみも成熟したんだな」

「ということは、後期のビデオも持っているわけだ」

「カイロの芝居なら前後期すべて、全作品のビデオがここには保管されている。悪しきゲイカルチャーの見本として、頽廃芸術のサンプルとして、パンドラの箱に入れるにはうってつけの素材だからね」

「ここにはそういう素材がごっそり集められていて、それをつくった人間ごとパンドラの箱に入れられて蓋《ふた》をされるというわけ？」

「そのとおり。だが中には人類の遺産となりうるものも混じっているから、そこが悩みの種だね。同性愛者の中には時々、すぐれた才能の持ち主がいることは認めなければならない。実にもったいないことだと思うよ。たとえばきみもそのひとりだ。なぜ女のくせに少年を演じなければならなかったのかな？　しかも劇団には他に男優がいるのにだよ。これまでの鑑定の結果では、きみは性同一性障害ではないということになっているが、それなのになぜ少年の役しか演じなかったのかがわからない」

「そんなことをきかれても、わたしにもわからない」

「きみの芝居があれほど扇情的でなく、きみが女優として舞台に立って男優とラブシーンを演じていれば何の問題もなかったのに。もしきみがそのことを反省して懺悔し、今後は女優として舞台に立つことを約束してくれるなら、きみを助けてあげられるかもしれない」

院長に同じことを言われたら唾を吐きかけていただろうが、この副院長の声音にはいくらか誠実そうなぬくもりのようなものが感じられた。でもそれは、連日の電気ショックのせいで正常な判断力が麻痺しているせいなのかもしれないとミチルは思った。あの電気ショックを受けずに済むのならどんな嘘でもついてしまいそうで、そんな自分の弱さがこわかった。

「ねえ、あなたはここのスタッフの中では比較的まともな感覚の持ち主だと思うから訊くけど、本当に同性愛を治癒できると信じてるの？　同性愛は精神障害だなんて、本気で思ってる？」

　副院長は慎重に返答を保留して、イエスともノーとも言わなかった。答えるかわりに腕組みをして思慮深い顔つきでミチルを眺めていた。

「あなたほどのインテリなら、ちょっと考えればわかるでしょ？　日本では古来から同性愛が文化として成立していたんだよ。武家社会においては衆道は男の嗜みだったし、僧侶も武士も公家も例外なく愛する稚児を持っていた。そういう日本人特有の豊かな精神性を完全否定するのは野蛮なことじゃないかな」

「きみの言いたいことはわかるよ。日本だけじゃなく、ヨーロッパでも同性愛は文化として伝統的に続いてきた。ダ・ヴィンチのモナリザのモデルは女ではなく彼の愛した少年だと言われているし、キリスト教は同性愛を禁じておきながらバチカンの少年愛が決してなくなることはない。この国の少子化がこれほどまでに深刻でなかったら、同性愛はひとつの文化として受け容れられただろう。なぜ日本女性は子供を産まなくなったと思う？　産んでも満足に育てられるだけの経済基盤がないからさ。アジアやアフリカのように、国が貧しくてもボコボコ子供をこしらえるようなタフさを日本人は持ち合わせていないんだ。アジアやアフリカの国々に比べて、日本は住宅にも教育にも金がかかりすぎる。世界最高の経済力を一度でも身につけてその味を知ってしまったら、もうレベルは落とせないんだ」

「話をすり替えないで。同性愛と少子化は関係ない」

「いや、関係ある。かつて日本人がこれほど病んで荒んだ若者を持った時代はなかった。就職も結婚もろくにできない若者たちは政府の想像をはるかに超えて暴徒化している。国民の絶対数を増やさなければこの国はやがて破たんする。少子化に拍車をかける同性愛のプロパガンダ活動は国家への破壊活動にもはや直結してしまうんだよ」

「それは乱暴すぎる論理でしょ。プロパガンダなんかしないでひっそりと生きてる同性愛者のほうが多いのに」

「国をひとつにまとめ上げて危機を乗り越えるには、わかりやすい標的が必要なんだ」

「ナチスがユダヤ人を標的にしたように？」

「だが我々は虐殺はしない」

「国家が手を汚さないかわりに、自分たちで勝手に滅びてくれと？」

ミチルの目からはらはらと涙が落ちてきた。副院長はそっとハンカチを差し出した。

「きみのような豊かな感受性と才能の持ち主を僕は助けたいんだよ。きみが自ら同性愛者であることを悔い改めて世間に向かって転向を表明すれば、それは全国の同性愛者たちに大きな影響を与えることになるだろう。きみのような人が男と結婚して子供をつくれば、全国の子供を産まない女性たちに大きな影響を与えるだろう」

「わたしだって、できることなら子供をつくりたいよ。愛する女性とのあいだに、もし子供ができるものなら……そんなことがもしできるなら……神様がそんな魔法を授けてくれたら……」

　ミチルは肩をふるわせて泣きじゃくった。泣きながら、同じような言葉をいつかどこかで言い募ったようなフラッシュバックがほんの一瞬脳裏をかすめてよぎったが、それは電気ショックによる脳の疲労のせいかもしれなかった。電気ショックにはミチルの埋もれた記憶を少しずつ引き出す思わぬ効能もあったようで、ここに来てからフラッシュバックは以前にも増して頻繁にあらわれるようになっていたのである。

「わたしにはわかるよ。あなたたちはいつか必ず虐殺をはじめる。手当たり次第に同性愛者たちを脳死にさせて、あるいは生きたまま、新鮮な臓器を盗んで売りつけるために」

「今日はここまでにしよう。泣かせて悪かったね。お詫びにおいしい紅茶とお菓子をご馳走するよ。四カ月待ちのバウムクーヘンが手に入ったんだ。きみは甘いものに目がなかったよね」

　ミチルが静かに泣き止むころ、ウェッジウッドの茶器に入った香り高いアールグレイとバウムクーヘンが運ばれてきた。汚いやり方だと思ったが、その香りを嗅いでしまったら抵抗を示すことは不可能だった。

「他の患者には内緒だよ。これはきみだけの特別サービスだからね」

　と副院長は言ってウインクした。

房に戻ると、哲太郎がいつものように腹筋と腕立て伏せをしているところだった。

この男は毎日二百回ずつの腹筋と腕立て伏せを欠かさない。そんなことしたら余計におなかが空くだろうと言っても、止めようとはしない。まるで習慣だけがここでの苦痛に耐える唯一のすべであるかのように、決まりきった手順を踏んで五十回ずつの腹筋と腕立て伏せを四セット繰り返す。

「はい、おみやげ」

ミチルは哲太郎のためにこっそりポケットの中に隠してくすねてきたバウムクーヘンを差し出した。

「副院長にもらったのね。四ヵ月待ちっていうふれこみの」

「なんだ、わたしだけじゃなかったのか」

「あいつのいつもの手口なの。いいから自分でお食べ」

「哲子ちゃんに食べさせようと思って隠して持ってきたのに。甘いもの嫌いなの？」

「大好きよ。でもあたしは今、ダイエット中だから」

ダイエットなどする必要もないほど、彼のからだも痩せこけていた。ここの囚人は誰もが例外なく痩せている。もともと美意識が高くて体型に気を遣うゲイとレズビアンばかりだからというわけではなく、ここの劣悪な食事とストレスのせいだろう。彼はミチルに少しでも食べさせたくて遠慮しているのだ。

「さっき副院長と話してわかったんだけど、ここにはわたしの劇団のビデオが全部揃っているみたい。それを見ることができれば、わたしがここに連れて来られた意味も少しはあるかもしれない」

「そんなに昔のことが知りたいの？　あたしなんか思い出したくない過去がいっぱいあって、いっそ記憶喪失になりたいくらいなのに」

「自分のことが知りたいの。どんな芝居をつくっていたのか。稲葉久美子と何があったのか。あれは心中だったのか事故だったのか。それを知らなければ、これからどうやって生きていったらいいのかわからない」

「でも、もう二度と芝居なんかできないのよ」

「たとえそうだとしても、あなたも本物の記憶喪失になればわかるよ。どんなことしても自分が誰なのかを知りたいってことが」

「そう……。なら、あんたにとってはそのビデオがたったひとつの希望ってわけね」

「うん。たとえ絶望につながる希望だとしても、そこに希望があるかぎり、人はそれに縋りついてしか生きていけない」

「あんたがここで希望について語ったのは初めてね。あたしもなんだか希望について語りたくなっちゃった。看守に聞かれるとまずいから、もっとそばに寄ってちょうだい」

　手招きされてミチルが隣に座ると、哲太郎はひそひそ声で話し始めた。

「あたしの希望はね、ここから脱走すること」

「えっ、まさか、そんなことできるの？」

「しーっ！　あいつら耳がいいんだから、息の声で話して。労働の時間で外に出るとき、それが唯一のチャンスよ」

「でも見張りがいるよ。それにどこへ逃げるっていうの？」

敷地内にはぐるりと低い塀が築かれていて、その脇を走っている国道をはさんで右側は山、左側は海だった。どこまでもえんえんと右側に山が、左側に海が続く単調な景色がひろがっているのを低い塀越しからも見わたすことができた。

「見張りの目を盗んで塀を飛び越えることはできる。問題はそのあとね。脱走に気づかれると、警報が鳴る。山側に逃げ込んだ場合、猟銃を持った地元の猟師たちが捜索に出て、見つかり次第射殺されることになっている。熊や猪と間違えて撃ち殺されることになってるの。海側に逃げ込んだ場合は、もっと悲惨なことになる。断崖はざっと80メートルの高さがあるから、飛び降りたら頭蓋骨が割れてグシャグシャになるか、浮かび上がって岸に打ちつけられ、岩のあいだに挟まったまま腐ってゆくか、まあそんなところね」

「じゃあいずれにしろ、助かる見込みはないじゃない」

「山へ逃げた場合は、猟師に見つからなければいい。海へ逃げた場合は、飛び降りずに海岸線まで崖をつたってクライムダウンをすればいい。ものすごく運がよければ、生き延びられる」

「哲子ちゃんはどっちへ逃げるつもりなの？」

「海かな。これでもクライミングは趣味で、ちょっとばかし自信あるから」

「ロープもハーケンもハンマーもないのに、身ひとつでクライミングするっていうの？無茶すぎるよ」

「あたし、中学・高校と水泳部で、高飛び込みの選手だったのよ。万一のときには海面に飛び込むわ。岩場に激突しないようにできるだけ遠くに飛べば、助かる可能性はある」

「これまで脱走して成功した人はいるの？」

「あたしの知るかぎりでは三人が脱走を試みたけど、成功した人はまだいないみたい。一人が山へ逃げ込んで猟師に心臓を撃たれて死んだ。このへんの猟師は選りすぐりの精鋭ばかりでね、たった一発で心臓に命中させたのよ。もう一人は海に飛び込んで頭がぱっくり割れて死んだ。血の海のなかに脳味噌が飛び散ってたそうよ。最後の一人は山側へ行くために国道を渡ろうとして、トラックに轢かれて死んだ。すぐに警報が鳴って看守たちが追いかけてきたから慌ててたのね。ここの連中の悪趣味なところは、見せしめのために彼らの死体写真を浴室に貼り出したことよ」

「やめて。脱走なんて絶対やめて。入浴日のたびに哲子ちゃんの死体の写真を見たくないよ」

「でもそれだけがあたしの希望なの。たとえ絶望につながる希望だとしても、そこに希望があるかぎり、人はそれに縋りついてしか生きていけない。たった今、あんたが言った言葉よ」

「そんなのは希望じゃない。希望のふりをしたただの絶望だよ」

「こんなところで自殺か発狂して自分の臓器を略奪されるくらいなら、せめて抵抗して死にたいの。おかまでも一応男の子だからさ、あたし」

これまでいつも自分を励まし、一見しっかりしているように見えた哲太郎がどれほどぎりぎりの状態でいたのか、ミチルは初めて彼の危うさに触れた気がした。そしてあのストイックなトレーニングを思うと、本気で脱走を考えていることがわかって、彼の意志の強さが伝わってきた。

「ねえ聞いて、哲子ちゃん。愛国党政権はいつまでも続かない。いつか必ず政権交代が起こって、わたしたちはここから解放される。それまでの辛抱だよ。あえて危険を冒して脱走なんかしなくても、胸を張ってここからシャバに出られる日が必ず来るから」

「いつかって、いつ？　そんなの何もあてにならない。愛国党を倒せる勢力がこの国の一体どこにあるっていうの？　ここにいると世の中のことは何もわからないと思うだろうけど、ひとつだけわかることがあるわ。送り込まれてくる人間が少しずつ増えてるの。ファシズムの力は弱まるどころかどんどん強くなってるのよ」

「でもこの塀の外に、四国全土に、日本全国に、レジスタンスの闘士がいる。わたしはここに来るまでに何人も見てきた。しっかりと組織を作って、高いこころざしを持って、ファシズムと闘ってる人たちがいるんだよ。今この瞬間も反政府運動は続いていて、国際社会に愛国党の不正を訴え続けてる」

「じゃああんたはそれを信じてここで待ってればいいわ。あたしはそろそろ限界なの。ここに入ってしまったらレジスタンスの手は届かない。自力で脱出しなきゃ、誰も助けてくれないのよ」

「万が一、死なずに済んだとしても、あんな崖から飛び降りれば大怪我は避けられない。足が折れるかもしれない。あなたダンサーでしょ。二度と踊れなくなってもいいの？」

「ここにいたってどうせダンスは踊れない。踊れなきゃ生きてる意味もない」

「生きていれば踊れるよ。ここでだって踊れるよ。わたしと踊ろうよ。わたしにタンゴを教えてよ」

哲太郎は一瞬、眩しいものを見るようにミチルを見つめた。あるかなきかの微かな希望のかたちを見るように。地獄の淵に咲いた一輪の花のかおりを嗅ぐように。そこに縋りつけば生きてゆけるたったひとつの光のゆくえをなぞるように。哲太郎は微笑もうとした。だがすぐに毒舌家のおかまに戻っていつものように悪態をついた。

「ふん、あんたバカじゃないの？　音楽もなしにどうやってダンスを踊れるっていうのよ」

「音楽なら頭の中で鳴らせばいいよ」

「二人で同時に頭の中でまったく同じ旋律を鳴らせるわけないでしょ。ちょっとでも音がずれたら動きが合わせられないのよ。まったくもうこれだから素人は困るわ」

「じゃあ一緒に口ずさみながら踊ればいい」

「あんたがどれだけ口ずさめるほどタンゴを知ってるっていうのよ？」

「まったくおかまは口が悪いね。いいからちょっと黙ってて。まずはラ・クンパルシータで試してみようよ」

「ラ・クンパルシータといっても、テンポが速いのとか遅いのとか、いろいろバージョンがあるでしょうが」

「一番スタンダードな、ちょっと速めのテンポで。二分半くらいで終わるやつでやってみよう」

「振りはどうすんのよ」

「わたしは基本ステップのサリダくらいはできるから、その次のステップを教えてよ」

「へーえ、サリダができるんだ？　じゃあとりあえずそれだけでラ・クンパルシータ一曲踊ってみるわよ」

「そうこなくちゃ。行くよ」

二人は立ち上がって右手と左手をそれぞれ相手の手と肩に置き、ラ・クンパルシータの旋律を口ずさみながらゆっくりと動きはじめた。それはおずおずと相手に触れあい、互いの孤独が骨にしみとおるようなタンゴだった。

「遅い！」

「ちょっと待って。テンポが速すぎる。もっとゆっくりじゃないと動けないよ」

「じゃ倍速で遅くするわよ。ラッタッタッタッ、タラララーラ、ラッタッタッタッ、タラララーラ……これならどう?」

「なんとかついていけそう」

「そうよ、その調子!」

「あっ、トイレにぶつかる! ターンして!」

「あーら、結構やるじゃない。さすがはたらしの王子様ね」

「しかしここ狭いね」

「サリダだけじゃつまんなーい」

「そう言われても、これしかできないもん」

「今度はもう少しテンポ上げるわよ」

「オーケー、先生」

「ラッタッタッタッ、タラララーラ、ラッタッタッタッ、タラララーラ……左足もつれてるわよ!」

「まだちょっと速すぎるんだってば!」

「これより遅くしたらかったるくて寝ちゃうわよ」

「だんだん息があってきたね」

「ミチル、背中曲がってる! 背中伸ばしておへそに力入れて! タンゴは姿勢が命なのよ」

「はーい、先生」

哲太郎と踊りながら、ミチルのなかで何かがゆっくりとほどけていくような気がした。こみあげてくる熱いものを噛みしめながら誰かとタンゴを踊っているフラッシュバックが立ちあらわれ、その誰かは久美子に違いなかった。かつてこの腕の中に久美子を抱いて、音楽に乗って体を揺らしながら、永遠のなかへ吸い込まれていくような無限運動に身を浸す歓びにつつまれていたことをはっきりと実感することができた。危険な外界から逃れて二人だけの世界に閉じこもり、二人にしかつうじない言葉で語り合うかのように、ミチルは久美子とタンゴを踊っていた。しかしそれは幸福感だけではなくどこかもの悲しさを伴う感覚だった。しっかりと密着しているのに体温を感じられないような、ターンした瞬間にこの腕からするりと逃げていくような、ステップを踏むたびに足元の大地が削り取られていくような心許なさがつねに付きまとっていた。

そのとき、消灯だ、の声とともに明かりが消えた。夢から覚めたように二人は暗がりのなかに立ち尽くした。

「意外と楽しかったわ」

「明日もまたやろうよ。これから毎日、わたしにタンゴを教えてよ」

「調子に乗るんじゃないわよ。これでもあたしはプロで、レッスンはお金取ってたんだからね。まさかただでこの朱雀哲太郎のレッスン受けるつもりじゃないでしょうね」

「お金は払えないよ。どうすればいい？」

「ギブアンドテイクよ。あたしのレッスン受けるかわりに、あんたは何を教えてくれるの？」

「ごめん、教えられるものは何もないや。役者なんて何の役にも立たない、無芸大食の見本みたいなものだから」

「でもあんた、劇作家でもあったんでしょ。それならお話を聞かせてよ。あんたが書いたお芝居を演じて見せて」

「だからそれは覚えてないから」

「あ、そっか。じゃあ今からつくってよ」

「芝居を？」

「そうよ。記憶はなくしても、才能はなくしてないはずよ。これから新しい芝居をつくればいいんだわ」

ミチルは麗しい音楽を聴くように哲太郎の言葉を聞いた。砂漠の果てで風のささやきを聴くように。網膜をかすめていった流れ星の一瞬の軌跡を灼きつけるように。ばらばらに砕けて散った希望のかけらを拾い集める切実さで。でもすべてを失ったミチルが縋りつくには、その言葉はあまりにも美しすぎた。

「無理だよ。役者がいないと書けないよ」

「あて書きしかできないってこと？」

「だって戯曲っていうのは、役者に向けたラブレターみたいなものだから。目の前の役者に惚れ込んで、その人をどうすれば最大限輝かせることができるか、それだけを考えて考えて考え続けた結果として、ひとつの芝居が出来上がるんだよ。シェイクスピアだってチェーホフだって、きっとそうやって書いていたはずだよ」

「まったくもう、つまんない女ね。表現者のくせに、獄中の暇を潰せる芸のひとつもなくてどうすんのよ。ここでは何か気の利いた暇つぶしの方法を見つけないと、余計なこと考えすぎて気が変になっちゃうんだから」

「ごめん、能無しで」

「おかまの毒舌をいちいち真に受けないでよ。そうねえ、じゃあ、こうしない？　あたしのこと役者だと思って、あたしにあて書きして、タンゴダンサーのお話を書いてよ。それなら書けるでしょ？」

「なるほど。うん、それなら書けるかも」

「ほんとに？」

「おかまのタンゴダンサーってだけでそそられるし、哲子ちゃんは面白そうだから。でも少し時間がかかるかも」

「時間ならたっぷりあるわ。これで決まりね。あたしはあんたにタンゴを教える。あんたはタンゴダンサーの芝居を書く。約束よ」

指切りげんまんをすると、哲太郎はおやすみと言って寝てしまった。これで彼の脱走を思いとどまらせるための口実ができた、とミチルは思った。たったひとりの友だちの頭が割れた写真を見ないですむためなら、何だってしてやる。上演の見込みのない芝居を書いてやる。毎晩疲れて眠ってしまうまでタンゴを踊り続けてやる。タンゴ、タンゴ、久美子と踊ったはずのタンゴにまみれていれば、死の恐怖も、発狂へのおそれも、このからっぽの頭に詰まっている虚無も絶望も、しんしんと降り積もってゆく雪のような孤独も、何もかもを忘れられるかもしれない。そしていつか思い出すかもしれない。久美子につながる決定的な真実を。久美子と見ていた愛の情景を。二人で辿った地獄への道行きを。音楽と舞踏のなかにしか真の美は存在しない。それならば、深い洞窟のなかに潜り込むように音楽と舞踏のなかに潜り込んで、そこから見えてくるものに目を凝らし、そこから聞こえてくるものに真摯に耳を傾け続けよう、とミチルは考えていた。

その夜、ミチルが見た夢は、哲太郎と踊りながらほどけていったものが反転し、過去の記憶の一部としてあらわれた情景のようだった。そこにあるのは久美子の圧倒的なまでの不在であり、おそろしい喪失の感覚だった。久美子がもうこの世にはいないことをいやというほど頭と体に叩きこまれて、言葉も感情も失うほどの絶望に打ちのめされて、鉛色に荒れる昏《くら》い海の中へ入っていく自分の姿が見えた。海には吹雪が舞っていた。海水は身を切るように冷たく、うまく溺死できなかったとしても凍死はできるだろうというこ とに一縷の望みを抱きながら、ミチルは久美子の元へと急いでいた。海水に首まで浸かると、心臓が急速冷凍されていくような痛みが走り、降り注ぐ雪のかたまりが頬を突き刺すようだった。目や鼻の中に入り込んでくる雪が邪魔で、ミチルは顔を洗うように頭から海の中へ沈んでいった。

「ちょっと、しっかりしなさいよ。あんた、大丈夫?」

誰かに髪の毛を引っ張り上げられる感触と背中にするどい痛みを感じて目覚めると、哲太郎がミチルを揺り起こして声をかけていた。

「すごく大きな声でうなされていたわよ。それで目が覚めちゃって、見たらあんたが眠りながら泣いてるじゃない。なんかもう見ていられなくって。すごい泣き方なんだもの」

「起こしちゃってごめんね」

「時々眠りながら泣いてるのは知ってたけど、今日のは特にすごかったわ」

「踊ってるときにフラッシュバックがあって、久美子を見たから、それで変な夢を見たみたい。夢というか、記憶の一部を」

「確かに昔の記憶の一部だったの?」

「たぶん、そうだと思う」

「そんなにつらい思いをするんなら、もう踊るのやめたほうがいいんじゃない?」

「やめたくない。どんなつらい記憶でも思い出したい。たとえフラッシュバックでも久美子に会いたいよ……」

ミチルは哲太郎の胸で泣きじゃくった。哲太郎はミチルが泣き止んで眠りにつくまでずっと髪の毛を撫でていてくれた。

3

その日は午前中から三十八度に達する猛暑日だったにもかかわらず、全員総出での労働日に充てられていた。

このところ労働日ばかりが続いているのは、医師たちが夏季休暇に入ったため治療が休みになっていることと、別棟の施設完成が急がれている事情があるらしいということだった。

「九月になったら大量にここの囚人が送り込まれてくるという話だね」

時おり看守の目を盗んで声をかけてくる女の囚人がミチルに耳打ちした。かなり大柄でスポーツ刈りにしており、男言葉でしゃべるうえに他の囚人からはアニキとか貞吉さんとか呼ばれていたので、ミチルははじめこの人を男の人だと思い込んでいたが、絵にかいたようなバリタチさんであることがわかってきた。重たいセメント袋を運ぶときなど、さりげなくミチルの分から一袋抜いて自分の台車に入れてくれたり、水を切らしたときに自分の飲み水を分けてくれたりして何かと親切にしてくれるので、ミチルは彼女に対して自然な好意を抱いていた。本名は貞子さんというのだが、確かにアニキと呼びたくなるようなきっぷのよさと、貞吉さんと呼びたくなるような男っぽさがこの人にはあった。

「このクソ暑いのに、ホントいい迷惑だよな」

「でも、海が見えるから、電気ショックよりはましだよ」

「あんた、記憶喪失なんだってね。記憶がないって、どんな気分？　きっとおそろしく不安なものなんだろうね」

「記憶がたくさんあると、逆に不安にならない？」

「まあ、確かにそうかもな。財産がたくさんあると逆に不安になるようなもんか」

普段なら三言以上話すと看守の叱声が飛んできてそれ以上のおしゃべりはできないのだが、今日は看守も夏休みに入っているのか、人数が少ないようだ。ざっと数えてみたところ、普段の半分しかいない。そのうえ熱中症対策でいつもより休憩時間が多く取られていた。こういう日は脱走にはうってつけであるはずで、ミチルは哲太郎が実行に移しはしないかと気が気でなかった。遠くからそれとなく様子を窺っていると、彼は作業の合間に海のほうばかり見ているように思われて、生きた心地がしなかった。

「ねえ、脱走を考えたことある？」

と、ミチルは貞子さんに訊いてみた。ちょうどセメントの粉を袋から出して水に混ぜる作業をしているところだったので、看守の目は届きにくかった。

「あるよ。ここに長くいたら誰でも一度は考えるんじゃないか」

「山に逃げても海に逃げても、どのみち助からないんでしょ」

「脱走したいのか？」

「相棒がね。なんとかそれを止めたい」

「あんたの相棒はおかまの哲子だっけ？」

「哲子ちゃんを知ってるの？」

「ちょうど同じ頃にここに入れられて、一時期相部屋だったことがある」

「へえ、そうなんだ。どうして部屋を替えられたの？」

「カップルになる見込みがないと判断されればどんどん替えられるんだよ。まるで生体実験のネズミだよ。自分は今の相棒でもう五人目だ。哲子も自分も筋金入りだからさ」

「それはひどい」

「あいつはその頃から真剣に脱走を考えてた。今でも百回ずつ腕立て伏せと腹筋やってるだろ？」

「今は二百回ずつやってる」

「それはいよいよマジだな。でも、気持ちはわからんでもない。哲子にしてみたら、無理もないんだ」

「どういうこと？」

「あいつ、恋人をネオナチどもに殴り殺されたらしいんだ。ここへ来たばかりの頃はかなり自暴自棄でさ、手の焼ける相棒だった。それが部屋替えになってしばらくするとだんだん落ち着いてきて、元気になってきた。彼を元気にしたのは労働時間に知り合った他の囚人でね、つまり新しい恋人ができたんだな。といってもここじゃ完全にプラトニックだ。触れあうことも、ろくに会話することもできないのに、労働しながらたまに顔を合わせるだけで幸せそうだった。ああいうところが哲子のいじらしいところなんだよな」

「相手も彼のこと好きだったの？」

「そりゃそうだろう。二人はよく遠くから見つめあって、微笑みあっていたからな」

「どの人？　いや、当ててみようかな」

「無理だよ。その人はもういない」

「ここから出て行ったの？」

「脱走を図って、海に飛び込んで死んだ」

ミチルの胸に小さい綻《ほころ》びの火がぱっとついて、それが次第に全身にひろがっていった。視界が滲んで、セメントを掻き混ぜる手先が見えなくなった。あんなに淡々と話していたのに、あれは自分の恋人のことだったのか。いとしい男の頭が割れた写真を、彼は見たのか。彼が海へ飛び込もうとしているのは、恋人がそこで呼んでいるからなのか？

「おい、大丈夫か？」

「彼は海へ逃げようとしてるんだ。助かる見込みなんかないのに」

「そうだなあ。もし自分が脱走するなら、海も山も選ばないな」

「他にどこへ逃げるっていうの？」

「国道だよ」

「車がひっきりなしにバンバン走ってるよ？」

「だからその車に乗せてもらって逃げるんだよ」

　ミチルは虚を突かれて貞子さんを見つめた。それは一見意表を突いた発想のようでありながら、実は最も手堅いやり方ではないかと思えてきた。

「問題は交通量が多すぎることだよね。手を挙げて停まってもらおうとしても、難しいんじゃない？」

「急には無理だろうね。でも国道をひたすら歩いてヒッチハイクをすれば、いつか誰かが停まってくれる」

「その前に捕まっちゃうよ。このあたりは見通しが良すぎるし、白い囚人服は目立ちすぎる」

「だからこの計画の成功のポイントは、看守に見つからずにいかに国道に出るかだ」

「無理だよ。塀の外にも門番がいる。しかも正門、西門、裏門と三ヵ所も」

「逆に言えば、その三ヵ所の門番にさえ見つからなきゃいいってことだ」

「そんなうまい具合に死角があるかな？」

「ひとつだけないこともない」

「おいそこっ、私語は禁止だ！」

　看守がミチルたちのおしゃべりに気づいて叱声を飛ばした。貞子さんは、わかった、というように片手を挙げて看守に合図した。

「またあとでな。脱走の話は他の囚人に聞かれないように気をつけろ。ここには囚人の中にも密告者がいるからな」

「うん、わかった。ありがとう」

昼少し前に、囚人のひとりが熱中症で倒れた。だがここでは救急車を呼んだりはしない。医務室に運ばれて応急処置され、それでおしまいだ。万が一そのまま亡くなるようなことがあったとしても、この建物の中で起こったことに警察が介入することはない。この中で誰がどんな死に方をしようと、その死因について誰にも説明されることはなく、その死は決して公にはされない。遺族がその死を知るのは何年もたってからだ。遺体は病死・自殺・事故死・薬物中毒死いずれの場合も解剖されてめぼしい臓器が摘出されたのち、その日のうちに施設内の焼却炉で火葬にされる。臓器は中国向けに高値で売買されているという噂だった。葬儀が営まれることも、僧侶や神父が呼ばれることもない。すべてが極秘のうちに処理される。

午後になると、ミチルはまたセメントを攪拌する係にまわされ、貞子さんとの会話のチャンスが巡ってきた。

「で、その死角っていうのは？」

「西門と裏門のあいだ、ちょうど時計台の真裏のあたりだ。うまい具合に塀がカーブになっているんだ。夕方になると時計台の影が伸びて、カーブのあたりが暗くなる。西門から見ると逆光になり、裏門から見ると暗がりになるというわけさ。時計台の影が最大限に伸びる時刻を見計らって、看守に気づかれることなくあの塀の下に滑り落ちれば、両方の門番に見つからずに国道に出ることができる」

「なるほど。でもそれには時間制限があるよね？」

「そうだ。逆光と暗がりが続いているあいだしか使えない。たぶん十分やそこらしか時間はないだろうな。その十分間に国道を走る車を停めないといけない。運悪く一台の車も停まってくれなかったら、それでアウトだ」

「すごいね、貞子さん。虎視眈々とそんな計画を練ってたんだ？」

ミチルは尊敬の眼差しで貞子を見上げた。着眼点といい、確実性といい、哲太郎の脱走計画とは比べものにならない。

「貞子は恥ずかしいから、貞吉って呼んでくれ」

「じゃあ、貞吉さん。もしも、もしもだよ、その計画を実行したとして、失敗したら、どうなると思う？」

「さすがに国道沿いで猟師たちに射殺はさせないだろう。たぶん、懲罰房行きだろうな」

「懲罰房って？」

「まだ知らないのか。知らなくて何より。真っ暗闇の独房だよ」

「独房に入れられるくらいで済むのなら、一度試してみる価値はあるかもね」

「懲罰房なんて、できればずっと知らないままのほうがいい。レベル１の懲罰房でさえ、電気ショックを百回受けるよりつらいぞ」

「でも貞吉さんの計画は完璧じゃない？　どうして今まで実行しなかったの？」

「いざとなると度胸がなくてね。本当に車が停まってくれるか確信がなかったし、この囚人服を怪しまれて通報でもされないかとこわかったんだ。これを着てるとまずまともな人間には見えないだろ？　菅笠でもありゃ、お遍路さんに間違えられる可能性もあるんだけどな」

「今、なんて言った？」

「いや、遠目から見たらお遍路さんの白装束に見えないかと思って……」

「お遍路さんがこの道を通るの？」

ミチルは息せき切って訊ねた。興奮して声が大きくなり、看守がちらりとこちらを見たような気がして、慌てて声を落とした。

「このへんでお遍路さんを見たことあるの？」

「ああ、何度か見たよ。たぶんこの近くに札所があるんだろう」

ミチルは頭の中で必死に四国遍路地図を思い浮かべてみた。お遍路中、眠れない夜に、静流尼に語りかけるような気持ちで何度もあの地図を眺めていたおかげで、鮮やかに四国のかたちとそこに点在する札所の位置が蘇ってきた。高知県の海沿いにある札所はたしか、38番金剛福寺、36番青龍寺、34番種間寺、32番禅師峰寺、25番津照寺、24番最御崎寺といったあたりのはずだ。ひとつかふたつ見落としがあるかもしれないが、38番が足摺岬に、24番が室戸岬にあって、その二つの岬を結ぶ長い長い海沿いの道にぽつりぽつりと点在する札所をめざしてお遍路さんはひたすら歩き続けるはずだった。途中で出会った順打ちのおじさんも、高知ではえんえんと右手に山、左手に海が続く景色のなかを歩き続けるのだと言っていた。その単調さに耐えることこそが修行であり、だからこそ土佐の国は修行の道場と言われるのだと。

ミチルのからだのなかに希望がたちこめてくるのがわかった。遍路道には必ずレジスタンスがいる。遠くから静流尼が、たくさんのレジスタンスの闘士たちが、手を差し伸べてくれているのをはっきりと感じることができた。まだ諦めるなと声なき声で言われているようだった。

「お遍路さんがどうかしたのか？」

「お遍路さんがよく通るなら、車は停まってくれやすいと思う。お接待といってね、歩いているお遍路さんを車に乗せてあげる人がたまにいるんだよ。確かにこの囚人服はお遍路さんの白装束によく似ている。背中に梵字を書けば完璧だ。菅笠がなくても、杖があればなおさらいい」

「お遍路さんに詳しいんだな」

「わたしもちょっと歩いたことあるから」

「そりゃすごい。見かけによらないな」

「この建物が札所の近くにあるのなら、希望はある。遍路道にはレジスタンスが散らばっているんだよ。レジスタンスは必死でこの建物を探してるはずなんだ。彼らはとても優秀な人たちだから、もし彼らにこの建物が収容所だってことをなんらかの方法で知らせるサインを送ることができたら、必ずキャッチして助けてくれると思う」

「そうか、SOSのサインをあらかじめ送っておけば、いざ脱走したときに車を停められる確率はかなり高くなるというわけだ」

「いちかばちかの賭けだけど、彼らを信じてサインを送ってみる価値はあると思うよ」

「でも、どうやって？　外部との接触はまず不可能だ。ここから外に向かってどうやってサインを送るんだ？」

「うーん……レインボーフラッグでも掲げれば一発でわかるんだけどな」

二人は同時に顔を見合わせ、それだ、と叫んだ。看守がその声に反応してゆっくりとこちらに近づいてきたので、二人はいったん離れて作業に集中した。この思いつきはミチルを舞い上がらせ、わくわくさせた。旗を掲げることは無理でも、同性愛者のシンボルである虹のマークを外に向かって発信することができれば。ここのありかを血眼になって探しているであろうレジスタンスにこのサインを気づかせることができれば。だが次の瞬間、看守が警棒で貞子さんを打ち据える鈍い音がして、ミチルは過酷な現実に引き戻された。

「よう、貞吉つぁんよう、さっきから何を熱心にひそひそ話してるんだ？　こういう坊やもおめえのタイプなのかよ？　まったく守備範囲の広い変態野郎だぜ。白昼堂々、女が女を口説いてんじゃねえぞ。おめえらレズは気持ち悪いんだよ！」

もう一発、貞子さんの肩に警棒が打ち据えられた。貞子さんは無言でその仕打ちに耐えていた。看守のなかにはネオナチ上がりの若者も多いと聞く。そういう連中はむやみに暴言を吐いたり暴力を振るうことが多く、若い看守には特に気をつけるようにと哲太郎から言われていた。

「おまえもだ。患者同士の会話は禁止だ。次の警告では警棒が飛ぶぞ」

ミチルが精一杯の抗議をこめて睨みつけると、その若い看守は一瞬怯んだような表情を浮かべたが、その鬱憤を晴らすかのようにもう一発貞子さんの腰に向かって警棒を振り下ろした。ミチルはさすがに我慢ができなくなって、気がついたらその若者の胸倉をつかんでいた。

「自分の母親ほどの年の、無抵抗の女性を殴るなんて、恥を知れ！」

「な、なんだと？」

「やめろ、手を出すな、我慢するんだ」

と貞子さんが抑えた声で言ったが、もう遅かった。ミチルは平手で看守の頬を打っていた。若い看守は何が起こったのかというようにぽかんとしてから、やがて火がついたように顔を赤くして、ミチルに殴る蹴るの暴行をくわえはじめた。その騒ぎを聞きつけてまわりの囚人と看守たちが集まってきた。ミチルは一発だけそいつの股間を蹴り返すことができたと思う。そのとき、囚人たちから拍手と歓声が起こったところまでは覚えている。そのなかに哲太郎がいて、泣きそうな顔でミチルを見ていたことも。懲罰房だ、と年を取った看守に言われたところで、急速に意識がなくなった。


やあ、ミチルさん。

やっと来たね。

懲罰房へようこそ。

……誰かが自分に向かって語りかける声が聞こえる。心なしか懐かしそうに自分の名前を呼んでいる。いや、自分は夢を見ているのだ、とミチルは思う。そろそろ目を覚まさなくては。眠ってる場合じゃないんだ。外に向かってレインボーフラッグを発信する方法を考えなければならないし、哲太郎に海側への脱走を思いとどまらせなくてはならない。そしてもっと確実な国道への脱走計画を一緒に練り上げなくてはならないのだ。だから早く目を覚まそう。

……ミチルさん、ミチルさん。

誰だ。誰がわたしの名前を呼んでいるのだ。

なぜそんなに懐かしそうにわたしを呼ぶのだ？

頭の中のネズミがしゃべっているのか？

いや、わたしはもう目を覚ましている。ここが暗すぎて、区別がつかなかっただけだ。こう暗くては部屋の広さもわからない。扉についているはずの覗き窓すらここにはないのだろうか。

「ねえ、そこに誰かいるの？」

扉がどこにあるのかもわからなかったが、ミチルは声に出して問いかけてみた。

「何か用か」

と、返事があった。ということは、すぐ近くに看守が控えているのだろう。

「トイレに行きたいんだけど、真っ暗で何も見えないよ」

「懲罰房にはトイレはない。バケツがあるからそこで済ませるように」

「どこにバケツがあるのかわかんないよ」

「手さぐりで探すんだな。ここはレベル1だから、闇の深さは87％だ。次第に目が慣れてくればバケツくらいは探し当てられるだろう」

「レベルは全部でいくつあるわけ？」

「レベル3まである。レベルが上がるごとに闇がだんだん濃くなっていく。レベル2は92％の闇、レベル3は100％の闇プラス完全無音の世界だ。レベル3の懲罰房に入ればほとんど目が見えなくなり、やがて発狂すると言われている。せいぜい気をつけたまえ」

よくもまあそんな手のこんだ独房を考えつくものだ、とミチルは胸の内で悪態をついた。

「こんなに暗くちゃ食事もできないよ」

「懲罰房では食事は出ない。水だけだ。水差しが置いてあるからバケツと間違えないように」

「布団はどこらへんにあるの？」

「布団はない。床で寝るんだな」

レベル1でも充分発狂しそうだ、とミチルは思った。ここに比べたらこれまでいたところは天国のように思われた。やがて呼びかけても、何の返事も返ってこなくなった。必要な情報を与えたら看守は去って行ったらしい。ここに何日入っていればよいのかを訊いておくべきだった。いや、どうせ時計はないのだから、耐えるべき時間の残りがわかっても無意味だろう。

闇に目が慣れるまで、じっとしていた。バケツと水差しがようやく見分けられるようになると、用を足すことにした。もはや一刻の猶予もならなかった。だがトイレットペーパーが見当たらない。床を這いつくばって探したが、見つからない。このようなやり方で人間の尊厳を奪ってゆくことを、一体誰が考えつくのだろう。ミチルはさすがに泣けてきた。ひとしきり泣いて泣き止むと、インド方式で用を足すことを思いついた。インドでは用を足したあとに紙を使わず、空き缶に汲んである水を左手で掬って洗い流すという。水差しの水は飲料用だが、背に腹は代えられない。このやり方に慣れることができたらインド旅行もこわくないぞ、と自分に言い聞かせてバケツにまたがった。

「やればできるじゃない」

左手で洗い流すところまでちゃんとできると、声に出して自分を褒めてやった。インド人は右手でカレーを掬って食べ、左手でウンチを洗い流すのだ。ここをインドだと思えばいいのだ。言葉も常識もつうじない、不衛生な異国を旅していると思えばいいのだ。旅は永遠には続かない。いつか終わる。そうだ、これは旅なのだ。旅の途上では停電や断水にあうこともある。レストランを見つけられずに食事を摂りそこねることもある。あくどいインド人に騙されても、たぶん命までは取られない。

ミチルは床の上に寝転んで目を閉じた。固い床の上に横になると殴られた痛みのために体じゅうの骨がぎしぎしと悲鳴を上げた。泥のような眠りのなかで、インドの路上に腰を下ろし、たかる蠅を追い払いながら右手でカレーを掬って食べている夢を見た。

四十八時間後、ミチルは懲罰房から元の房に戻された。

たった二日間いただけなのに、外に出ると光が眩しくて涙が出てきた。足がふるえてまっすぐ歩くことができなかった。哲太郎はいつものように腹筋をしていたが、ミチルがよろめきながら入ってくると起き上がって手を貸そうと駆け寄ってきた。

「わたし臭いから、近づかないで」

「別に臭くないわよ」

「インドから戻ったばかりで、とても臭い」

「お風呂に入りたいでしょ。でも入浴日まであと三日はあるわね。体を拭いてあげるから、服を脱いで」

「いいよ。自分で拭くから、あっち向いてて」

「あっそ。じゃ手助けが必要になったら、言ってね」

哲太郎が腹筋に戻ると、ミチルは石鹸で手と顔を洗い、着ていた下着を洗った。タオルを濡らして絞ろうとしたところで、めまいを起こして倒れ込んだ。

「だから言わんこっちゃない。こういうときは黙って甘えりゃいいのよ」

哲太郎はミチルの服を脱がせてタオルで体を拭いてくれた。せめてお湯が出ればね、と言いながら何度もタオルを洗って絞り、丁寧に体じゅうを、腋の下や足の指のあいだまで拭いてくれた。普段はミチルにトイレットペーパーを使い過ぎるだの、石鹸を使い過ぎるだのと口うるさく文句ばかり言っているのに、弱っているときには滅法やさしくしてくれる。これがおかまの海より深いと言われる母性愛だろうか、とミチルは思った。

「すごい傷跡……あの事故のときの？」

背中を拭いているとき、哲太郎が痛ましそうに顔をしかめた。

「片翼がもげたようにしか見えないわね。王寺ミチルってやっぱり堕天使だったんだ」

太腿の刺青を見つけたときには、せつなそうにため息をついた。

「それにこんな刺青までして。うわ、なんかすごいもの見ちゃった……なんかこれって……なんかまるで……」

「まるで、何？」

「この二つのものは、あんたの体に刻まれた愛の遺跡みたい。記憶がなくなっても、相手が死んでも、あんたが生きているかぎりはいつまでも消えずに残っている。あんたと久美子さんって、常軌を逸するほど愛し合ってたのね、きっと」

ミチルはその言葉に打ちのめされた。

「もしそうなら、ひとりだけ生き残るはずがない。わたしを置き去りにしていくわけがない」

「ごめん、つまんないこと言っちゃった。忘れて。ほら、すっかりきれいになったわ」

「ありがとう」

「せっかくの顔が試合のあとのロッキーみたくなってるわよ。氷があればいいんだけど、濡れタオルで冷やしましょ」

殴られた顔の傷が腫れあがって、目がよく見えなくなっていた。鎖骨と肋骨のあたりにも痣ができていて、尾骶骨にも激しい痛みがあった。

「看守を殴りつけるなんて、どこまでバカなの。ほんと血の気が多いわね。インド旅行二泊くらいで済んでよかったわよ。あいつは一番たちの悪い看守で、女でも年寄りでも見境なく殴るの。他の看守たちからも良く思われてないから温情をかけられてこの程度で済んだけど、いきなりレベル2に三泊分入れられても不思議じゃなかったのよ」

「哲子ちゃんが脱走を希望という意味がわかったよ。わたしも逃げたい。ここから逃げたい。もうインドへは行きたくない。もう電気ショックも受けたくないよ」

「劇団のビデオは見なくていいの？」

「そのために院長と取引の真似をするくらいなら、見なくていい。それにわたしはもうこれ以上、理不尽に殴られたくない」

「えらい変わりようだこと。きっとあんたは親にも殴られたことないんだろうから、無理もないか。貞吉と何話してたの？」

「国道へ逃げる方法」

「ああ、その話はあたしも前に聞かされたことあるわ。死角を発見したところまではいいアイデアだと思うけど、そのあと車をつかまえるのには無理があるわよ」

「お遍路の通り道にはレジスタンスが絶対いるから、ＳＯＳのサインを送っておけば彼らがきっとキャッチして助けてくれる」

ミチルは憑かれたようにレインボーフラッグの話をした。哲太郎は冷笑を浮かべて聞いていたが、でこぼこに腫れ上がって半分しか開かない目をそれでもきらきらと輝かせて話し続けるミチルを見ているうちに、いつしか自分でも虹のマークのことを考えていた。日本中からレインボーフラッグが消えた今、同性愛者の誇りと尊厳をあらわす象徴をまさにここに掲げることができたら、それはどんなに素敵なことだろう。無残に死んでいった仲間たちも、天国からそのしるしを見たらどんなに拍手喝采してくれることだろう。哲太郎はとりわけ二人の大切な男にそのしるしを捧げたいと思った。どんなに虐げられても俺たちは誇りを失ってはいないぞと、国家にも警察にも誰にも決して俺たちの尊厳を奪うことはできないんだぞと、ささやかでもいい、世の中に向かって表明したかった。

「赤、オレンジ、黄色、緑、青、紫。これだけの色をどこかで調達して、外から見えるところにわかりやすく掲げる方法を一緒に考えて」

「収容所には最も縁のないカラフルな色たちよね。でもそういうの考えるのってちょっと楽しそう」

「赤と青と黄色の絵の具さえあれば、どんな色でも作れるんだけどな。赤と青を混ぜれば紫が、青と黄色を混ぜれば緑が、黄色と赤を混ぜればオレンジができるから、全部作れる」

「なるほどね。でも絵の具なんてここにあるかしら」

「カウンセラーの机の上には青ペンと赤ペンは必ずある。問題は黄色」

「工事の資材置き場で黄色いペンキ、見たことあるわよ」

「インクとペンキじゃ成分が違うから、うまく混ざってくれるかなあ」

「他にないんだから、やってみるしかないじゃない」

「じゃあそれを試してみるとして、あとは外に出す方法だけど」

「時計台が一番目立つから、タオルにレインボーフラッグを描き込んで、くくりつけるのはどう？」

「どうやって時計台に登るの？」

「うーん……無理だわね」

「懲罰房でさんざん考えたんだけど、この建物の中まで入ってくる外部の車って、工事資材を運ぶ業者のトラックだけだよね。あのトラックのナンバープレートにくりつけるのはどうかな」

「そんなの意味ないじゃない。トラックは出たり入ったりするのよ。ここに入ってくるときと出るときの一瞬しか、外にいるレジスタンスに見せるチャンスはないわ」

「でも、たぶんいつも同じトラックだよ。ナンバープレートって運転してる本人はあまり気がつかないけど、他の人から見たら結構目立つでしょ」

「そうねえ。他にいいアイデアも浮かばないし、駄目もとでやってみる?」

やがて夕食の時間になり、食事が運ばれてきた。その日のメニューはカレーだった。

「さぞおなか空いたでしょ? あたしの分、半分食べていいわよ」

「いらないよ。哲子ちゃんの好物でしょ」

ここのカレーはほとんど具の入っていないビショビショの液体のような薄いカレーだった。ミチルは空腹でめまいがしそうだったが、かきこむ前にタオルをカレーに浸してみた。

「何やってんのよ。ただでさえ少ないカレーをタオルに食べさせてどうすんのよ。おなか空きすぎて頭おかしくなっちゃったんじゃないの?」

「こうすれば黄色の色素が取れないかと思って。ペンキよりはマジックと混ぜやすいんじゃないかと……」

「あーあ、もったいない。まったくもう、あんたって子は没入すると何も見えなくなっちゃうのね。バカなのか天才なのかわかんないわ。あんたがどんなふうに芝居をつくってたのか、目に見えるようだわ」

食事が済んでも、ミチルはまだカレー色に染まったタオルを見つめてレインボーフラッグのことばかり思いつめているようだった。哲太郎はそんなミチルを見るのが痛ましくて、タンゴレッスンをしようと誘った。ミチルはようやく憑かれたような顔つきから解放されて、嬉しそうに顔を上げた。

「今日はサリダと組み合わせてオーチョをやってみましょう。オーチョはスペイン語で8という意味。8の字の形で回転する動きよ。サリダとオーチョは基本中の基本だから、これさえ押さえておけばあとは無限のバリエーションでかなり踊れるようになるわ」

「今日はどんな音楽にする？」

「バイア・ブランカ知ってる？　カルロス・ディ・サルリの超名曲よ」

「口ずさんでみて」

哲太郎がゆっくりめのテンポで口ずさむと、あ、それ知ってる、とミチルが言った。まず二人でテンポを決めて最後まで口ずさんでから、動きに入った。まず前進のオーチョ、次に後退のオーチョの動きがつけられた。

「中心は左右にぶれない！」

「足は後ろから出す！　上体も一緒にスライドさせて！」

「膝は伸ばしたまま！」

「はい、軸に乗ってピボット！」

「だんだんきれいになってきた」

「いいわよ、サマになってる」

「もう一回。シンコ（5）、セーイス（6）、シエーテ（7）、オーチョ（8）！」

踊っていると体の痛みを忘れることができた。もっと夢中になって踊っていると心の痛みも吹き飛んでいった。久美子と踊っているフラッシュバックが何度も立ちあらわれては消え、ミチルは気が遠くなりそうになりながらタンゴレッスンに没頭した。

「ぼこぼこのロッキーみたいな顔してても、あんたはタンゴを踊るととってもエレガント。素敵よ」

「バイア・ブランカってどういう意味なの？」

「町の名前よ。ディ・サルリがそこの出身だったの」

「アルゼンチンへ行ったことある？」

「ブエノスアイレスに一年間、タンゴ留学してたわ。ああ、できることならもう一度、ブエノスアイレスへ行ってみたかった」

「楽しかった？」

「まあね。でも、タンゴって男女で踊るのが鉄則で、男同士で踊るのはタブーなのね。

あたしは男だけど、男にリードされたいわけ。女をリードするなんてまっぴらなの。これって人生最大の不条理よ。タンゴで食べていこうと思ったら、女をリードし続けなくちゃいけない。男とは決して踊れないんだもの」

「それでも哲子ちゃんはタンゴダンサーになったんだね」

「あたしにはタンゴでなくちゃ駄目だったのよね。他の踊りじゃ駄目だったの。だけどね、さすがブエノスアイレスはタンゴの町だけあって、ゲイ・ミロンガがあったのよ。週に一回だけだったけど、男同士や女同士で踊れるミロンガが開かれていて、それだけが唯一の楽しみだった。もう一度、もう一度だけあそこでいい男と踊れたら、死んでもいいわ」

「男同士のタンゴもいいと思うけどな。たとえば『ブエノスアイレス』っていう映画の中でトニー・レオンとレスリー・チャンが場末のアパートの汚い台所で踊ったタンゴ、あれはほんとうに美しかった」

「あの映画はあたしも大好き。あの二人はあんまりタンゴがうまくなかったけどね。女同士のタンゴも悪くないのがあるわ。コンチネンタルタンゴだけど、『インドシナ』って映画でカトリーヌ・ドヌーヴがベトナム人の養女と踊るタンゴはよかった」

「うん、あれはよかった。二人の関係はフランス男を挟んだちょっと複雑な三角関係で、恋愛絡みじゃないのに、妙にエロティックだったたね」

「あれはドヌーヴが徹底的にエロいのよ。あんなにエロスが全開になってるドヌーヴは他の映画ではちょっと見られないんじゃない？」

「そうそう、あのときのドヌーヴは五十歳くらいだったと思うけど、滲み出る品格が半端なくて、凄絶にきれいだったよね」

二人で踊りながらしみじみとそんな話をしていると、この世界にはまだまだ美しいものがたくさんあり、見るべき映画が無数にあって、心をとかす景色で溢れかえっているのだと思えてくるのだった。この先もう二度と映画を見られないとしても、あの二本の映画を忘れなくてよかった、あの二つのタンゴを覚えていられて幸せだった、とミチルは思った。

「久美子さんと踊ったときは、あんたが男役のほうを踊ったんでしょ？」

「たぶんね。次からはわたしが男役になってリードしてもいい？」

「あんたにこのあたしがリードできるものならね。タンゴは男のほうが三倍難しいのよ」

「哲子ちゃんをリードしてあげたいから、がんばるよ」

「泣かせること言うじゃない。おかまをたらしこんでどうするのよ」

「いつか一緒に国道から逃げよう。海へなんか飛ばせない。生き残って、もう一度ブエノスアイレスへ行ってよ。ゲイ・ミロンガでいい男とタンゴを踊ってよ」

哲太郎は目から溢れ出るものを隠すために激しくターンした。汗なのか涙なのかわからないものが床に飛び散った。消灯時間まで二人はバイア・ブランカを口ずさみながら一心不乱にタンゴを踊り続けた。添えられた手のぬくもりと、風を切るターンの動き、伝わる鼓動、蝶の飛翔のような足さばき。まるでそれだけがじかにこの手で触れられる、だからこそ無条件に信じられる、たったひとつの希望のあかしであるかのように。

看守の目には、二人は仲のいい恋人同士になりつつあるようにしか見えなかった。看守は報告書に二人の関係について「良好」と記し、特記事項として次の一文を付け加えた。

「朱雀が王寺の裸体を拭いてやる。その後、また親密にタンゴを踊る。まだ性交渉は確認できないが、カップル成立間近と思われる」

4

その少し前、世間では春遠《はるど》ひかり拘束の衝撃的なニュースが駆け巡り、社会に激震を与えていた。

春遠ひかりは愛国党の唯一の反対勢力である新女性党の女性党首である。共闘体制を取っていた共産党が腰砕け状態となって脱落して以降、孤立無援の状態にありながら果敢にも愛国党にノーを突きつけてきたのだが、愛国党は彼女に対して違法献金疑惑をでっち上げ、さらには女性秘書と同性愛関係にあるとの噂を流してじりじりと政治家生命を絶つべく追い詰めていった。思惑通り春遠ひかりはとうとう公安警察に拘束され、これでいよいよ愛国党は事実上の一党独裁政権を掌中にしつつあった。

ちょうどその頃、京都では静流尼が木内雅野の訪問を受けているところだった。

静流尼から王寺ミチルのことを問い合わせるメールを貰ったとき、雅野は海外取材のため日本を留守にしており、そのメールを読んだのは一週間もあとのことだった。そのお寺にミチルが滞在していることを知り、雅野は取るものもとりあえず新幹線に飛び乗って慌てて飛んできたのである。だがすでに王寺ミチルは四国へ旅立ってしまったあとだった。

「せっかくおいでいただきましたのに、すれ違いになってしまいましたね」

庵主は雅野を客間に通して冷たい麦茶を出した。

「そうですか、四国に……では、その瑞香院とやらの場所をお教えくださいませんか。もうずいぶん探し続けて、やっと見つかったんです。私は劇評を書く仕事をしていますが、彼女とは個人的にも親しくしております。私にとっては大切な友人です。あんな生死の境をさまようような大怪我をして、彼女自身亡くなっていても不思議ではありませんでした。一命を取りとめたのは本当に奇跡のようなものでした。意識不明の重体がずっと長く続いていて、やっと危険な状態を脱したときには、まだ記憶はあったんです。久美子さんの死を彼女が知ったのはあの事故から半年以上もたった頃で、よほどショックが大きかったのか、病院からいなくなってしまいました。まだまだ入院が必要な状態だったのに……」

「じゃあ木内さんは、そのときから王寺さんを探してはったんですか？」

「はい。彼女が記憶をなくしたのは、おそらくその行方不明になっているあいだのことではないかと思います」

「あの方がうちのお寺で倒れていたのが四月ですから、そうすると半年近く行方知れずだったんですね？」

「そうですね。体の傷と心の傷を抱えて、秘密警察やネオナチにも追われていて、半年間も一体どこでどうしていたのかと思うと、もう本当に心配で心配で……まさか記憶喪失になっていたなんて……」

庵主は瑞香院の住所と簡単な地図をかいて雅野に渡した。案内人を務めてくれそうなレジスタンスの携帯番号も書き添えた。

「ありがとうございます。隈井静慧さまのことはかねがねご尊敬申し上げておりまして、一度お目にかかりたいと思っていたんです」

「ただし、簡単に行けるところではありません。くれぐれも登山の装備を忘れずに、案内人は必ずつけてくだささい。夜明けとともに出発して明るいうちに着くようにしてください。王寺さんはお遍路をしながらですから、いつたどり着くかわかりませんし、途中で警察につかまってしまうおそれもあります。警察は私たちが思っていたよりずっと厳重な包囲網を敷いているようですから」

「でも、お遍路ができるほど元気になったんですね。それを伺って少し安心しました」

「王寺さんにはご家族はいらっしゃらないのですか？」

「家族の話を聞いたことはありませんね。たぶん、いなかったんじゃないでしょうか。死にかけていたときでさえ、誰も見舞いには来ませんでしたから。姫野くんだけが彼女のことを学生時代から知っている、唯一の家族みたいなものでした」

「姫野トオルさん、ですか？」

「ええ。彼は一度劇団をやめたんですけど、やっぱり彼女の芝居を忘れられなかったようで、ミチルがフランスから稲葉久美子さんを連れて帰ってきたとき、三人でもう一度劇団を旗揚げし直したんですね。彼女が三十歳のときにその三人でつくった後期カイロプラクティックの芝居は本当にすばらしいものでした。まさに珠玉のような芝居でした。ミチルがフランスで久美子さんと出会ったのは、運命だったんですね。それを姫野くんが献身的に支えて、人気劇団にしていった。でも、あまりにも時代が悪すぎた。三十五歳のときあんな悲劇があって、わずか五年間しか続きませんでしたが……」

「あれは事故だったんでしょうか？　それとも心中だったんでしょうか？」

「私は事故だったと確信しています。演出家で劇団の責任者である彼女が、公演中に大切な女優と心中なんかするはずはありません。どんなにネオナチから酷い脅迫や嫌がらせを受けていても、警察から圧力がかかっていても、信念を貫いて芝居を上演した人ですからね。初日のカーテンコールで客席にまぎれこんでいたネオナチから塩酸入りのペットボトルを投げつけられても怯まずに公演を続行した人なんです。あそこまで追いつめられていたからこそあのような結末を選んだなどと書きたてたマスコミもいましたが、とんでもないことです」

「久美子さんのお兄様のお話では、久美子さんと姫野さんは婚約されていたそうですが、ご存じでしたか？」

「そうなんですか、それは知りませんでした。あの三人の関係はちょっと特別で、第三者にはよくわからないような強い結びつきがあったようなんです。あの芝居の密度の濃さを見ればなんとなく想像はできるのですが、家族のようでもあり、三角関係のようでもあって、実際どうだったのかは誰にもわからないんじゃないでしょうか」

「姫野さんはその後、どうなったんですか？」

「ミチルが入院中は私と一緒に付き添っていたんですが、姿を消してからは彼もまた行方不明になってしまって……たぶん彼も必死にミチルのことを探していると思いますよ。あの二人は切っても切れない不思議な糸で結びついているんですよ」

「ここのお墓のことを王寺さんに教えたのは姫野さんだと、久美子さんのお兄様は言うてはりましたが……それなら王寺さんがここに来ることは彼にはわかっていたのと違いますやろか？」

「ああ、確かにそうですね。それなのに姿を見せないということは……うーん、一体どういうことになっているんでしょうね」

「私はね、姫野さんという人のことが、何だかとても気になって仕方ないの。二人のあいだにはよほど複雑な事情があるようですね」

二人はそれぞれの思いに沈み込み、黙り込んだ。庵主は客人に新しいお茶を淹れ、雅野は庭を眺めやった。

「静かで、よいお寺ですね」

「おおきに」

「彼女はここに三ヵ月もいたんですね。どんな様子だったんでしょうか？」

「お寺の仕事をよう手伝うてくれはって、馴染んでくれてはりました。ここの池にはカワセミが来るんですが、えらい気に入らはって、毎日のように写真撮ってはりました。そうや、こないだ王寺さんが撮った写真をプリントしてみたんです」

庵主はプリントしたカワセミの写真を雅野に見せた。雅野は感慨深そうに写真に見入り、涙を浮かべた。

「彼女がカワセミの写真を……想像もできませんね。そういうことするような人じゃなかったんですよ」

「これなんかよう撮れてますやろ。もし瑞香院で王寺さんに会えたら、これ渡してやってくれませんか？」

「はい、確かに」

「もうひとつ、お願いがあります」

庵主はミチルが持っていた鍵を雅野に差し出した。

「あのひとは私物をいくつかここに残していきました。冬物のコートのポケットにこの鍵が入っていました」

「家の鍵でしょうか」

「木内さんはあのひとの家をご存じですか？」

「ええ、何度も行きましたから」

「王寺さんにはおそらく、近いうちにパスポートが必要になると思います。現在のこの国の状況ではとてもあのひとをこの国に置いておくわけにはいかないと、静慧さまは判断されるでしょう。安全に海外へ逃がすことをお考えになるはずです」

「つまりこの鍵を使って、彼女の部屋からパスポートを取ってこいと？」

「こんなことをお願いするのは僧侶としては気がひけますが、しかし、人の命がかかっていることですから、いささかも良心は痛みません」

「そんなことをするのはジャーナリストとしては抵抗ありますが、友だちの命を救うためならもちろん喜んでやらせていただきます」

　雅野は鍵を受け取り、カワセミの写真とともにバッグにしまった。

「春遠ひかりさんのことはショックでした。政治家の中ではたったひとりで愛国党と闘っておられた勇気ある方だったのに。春遠さんが例の収容所に送られでもしたら、もういよいよこの国も末期的です」

「ええ、ほんまに。レジスタンスの友人たちは血眼になって収容所の場所を探しまわっているんやけど、四国のどこかにあるらしい、というところから高知県のどこかにあるらしい、というところまでは絞り込めたものの、具体的な場所がまだわからへんのです」

「庵主さまはレジスタンス活動に関わっておられるのですね。私にも何かお手伝いさせてくださいませんか？」

「木内さんには何よりも、王寺ミチルさんにパスポートを届けていただきたいのです。そして彼女に話してあげてください。彼女がどんなお芝居をつくっていたのかを。さっきあなたが私に話してくれたように、どんなにすばらしい珠玉のようなお芝居だったかを。それだけが彼女に生きる力を与えてくれるでしょう。あのひとは今にも消えてしまいそうに儚くて、あんな華奢な体で自分が誰かもわからず警察の影に怯えながら遍路道を歩いていると思うと、心が痛みます」

「はい。これから東京に戻ってパスポートを取ってから、すぐに四国の瑞香院へ向かうつもりです」

雅野は礼を言って客間を辞した。廊下に出たとき、突き当たりに立てかけてあるイーゼルの絵に目を奪われた。右足を左膝に載せて組み、右手をそっと頰に当てている仏像が描かれているが、その顔はまぎれもなく懐かしい友のものだった。

「この仏様は……もしかして？」

「はい、弥勒菩薩半跏思惟像の姿を借りて、王寺さんの肖像画を描かせてもらいました。

ゆうべやっと完成して、乾かしているところです」

雅野はカンバスに駆け寄って絵を眺めた。それは雅野が知っているミチルの顔とはまったく印象が違って見えた。全身にぎらぎらと殺気のような気迫を漲らせて瞳に怜悧なナイフを宿していたひとは、絵の中では穏やかな仏像のような顔つきになって、口元には淡い微笑を浮かべてさえいた。こんなにやさしい顔をして微笑むひとだっただろうか、と雅野は驚きを隠さずにその絵を凝視した。尼僧の目を通して描くとあの激しいひとがこのような顔になるのだろうか。それとも記憶をなくして自分が誰かを忘れてしまったミチルは、激しく荒ぶる魂が削ぎ落とされて、このような顔つきになってしまったのだろうか。最も印象的だったのは、瞳に一粒の涙が浮かんでいることだった。零《こぼ》れるか零れぬかのぎりぎりのところで、蒼い宝石のような涙が生き物のように揺らめいていた。

「なぜ瞳の中に涙を描かれたのですか？」

「私にとっては、このお顔があの方の永遠の姿なのです」

雅野はその言葉の真意をはかりかねた。それは仏教で言うところの慈悲の心なのか、それとも――。

「庵主さま、武市さんが緊急のご用でお見えになりました」

そのとき、みっちゃんが庵主を呼びにきたので、雅野はそのことについて訊きそびれてしまった。庵主は座をはずし、しばらくしてから戻ってくると、顔つきがはっきりと曇っていた。

「よくないお知らせがあります。王寺さんが秘密警察につかまったそうです」

「えっ、そんな……」

「お遍路にまぎれて彼女に追いついたレジスタンスの仲間が、愛媛県の前神寺で彼女の持ち物だった杖と経本が落ちているのを見つけたそうです。両方とも私が貸したもので、名前が書いてあるので間違いありません。お遍路さんがその二つのものを忘れることはまずありませんから、おそらくそこで拉致されたのでしょう」

庵主と雅野はカンバスの中のミチルを見つめながら、悄然として立ち尽くした。

「前神寺まで行っていたなら、瑞香院まではあと一息やったのに……。レジスタンスの話では、彼女と言葉を交わしたお遍路の老人が警察の犬で、その男が密告をしたんやないかということでした。あれほど気をつけろと言うたのに……」

「ミチルは収容所に入れられてしまったのでしょうか？」

「おそらくは」

「救い出す方法はないんですか？」

「考えましょう。きっと何か手があるはずです。あらゆる手段を講じて、あのひとを救い出しましょう」

そう言った横顔を見て、この尼僧さまには慈悲の心だけではなく、烈しい意志の力も備わっている、と雅野は思った。きっと烈しい恋をしたことがあるに違いない。そしてこの方の僧衣の奥に隠された烈しさをミチルは本能的に感じ取っていて、きっと強く惹かれていたに違いない、と。このような人に命を助けられたことを、雅野はミチルのために感謝した。と同時に、彼女が何度死にかけても死にきれずに生き残ってしまうことには何か意味があるのだろうと思わずにはいられなかった。きっと芝居の神様が死ぬことをお許しにならないのだ、と雅野はミチルに言ってやりたかった。子供に言い含めるようにこんこんと、骨の髄からわかるまで何度でも、今度こそあの死にたがる友人に言ってやろうと思っていた。


「おかえり。懲罰房はどうだった？」

二日ぶりに労働に出ると、貞子さんがそっとミチルに声をかけてきた。

「これでインドに行っても大丈夫そうだよ」

「しかしひどい顔だな。男前が台無しになっちまって、責任感じてるんだ」

「貞吉さんのせいじゃないよ。それに懲罰房にいるあいだにレインボーフラッグについて考えがまとまった」

ミチルは看守に注意深く目を配りながら、材料の調達から実行にいたる綿密な計画を打ち明けた。

「それはなかなかいい考えだと思うよ。ただ、ペンキもカレー粉も無理があるな。それじゃインクとうまく混ざらないだろう」

「絵の具さえあればね」

貞子さんは素早くミチルのポケットに何かを落とし込んで、ウインクをした。それは赤、青、黄色の絵の具と絵筆だった。

「どうしたの、これ？」

「医務室のドクターは趣味で絵を描くんだ。昨日熱中症で倒れたふりをして医務室に運ばれて、机の中からくすねてきてやった」

「すごい……すごいよ、貞吉さん！」

またしても貞子さんの頭の回転の速さと行動力にミチルは度胆を抜かれた。この人はやっぱりただ者ではない。

「ケガをさせちまったお詫びと、あいつを殴ってくれたお礼のしるしだ。みんな胸がすかっとしたって喜んでた」

「ありがとう。で、時計台に吊るすのはやっぱり無理だよね？」

「愛国党の党旗とすり替えるのはどうだい？」

「また大胆不敵なことを……」

時計台と並行して建てられているポールには、国旗と一緒にナチスのハーケンクロイツをもじったようなデザインの愛国党党旗がつねに掲げられている。あの忌ま忌ましい党旗を引きずり降ろしてレインボーフラッグを掲げることができたらこれほど溜飲の下がることはないが、さすがにそれは無理だろう。

「それが一番痛快なんだが、ま、無理だろうな」

「となると、やっぱり業者のトラックかな」

「あんまり効果的とは思えんが、やらないよりはましか」

トラックは今日も二台、資材置き場の前に横付けされていた。車種も色も車体に書かれた社名もいつもと同じものだった。ミチルはナンバープレートのナンバーをしっかりと頭に叩き込んだ。

「そういえば昨日、大物が入ってきたんだ。院長も副院長も夏休みを切り上げて出勤してる。しばらくは二人とも彼女につきっきりで集中攻撃だな」

「それはまたすごい大物なんだね」

「鳴り物入りだ。マスコミにここの場所を嗅ぎつけられないように、四国を何周もして連れてきたって噂だよ」

「芸能人か何か？」

貞子さんは手招きして場所を変え、治療棟の一階の窓を指差した。ちょうどそこからは院長のいるカウンセリングルームが見えた。院長と向かい合って座っている五十代の女性にはミチルにも見覚えがあった。

「あれは……新女性党の春遠ひかりじゃない？」

「とっておきのＶＩＰだろ？　彼女もとうとうつかまった」

なんてことだ、とミチルは唇を噛んだ。愛国党に正々堂々と刃向かっている議員は彼女だけだったのに。さやかは彼女のことをとても尊敬していて、彼女に触発されて政治の道を志したと言っていたのに。またひとつ、この国の良心が汚い手で踏みにじられていく。

「政治犯としてつかまったのかな？　それとも同性愛者の予防拘束で？」

「政府にとっちゃどちらでもよかったんだろう。いま建設中の別棟が完成したらあっちに移されるみたいだ。そしたらもう二度と出られないだろうな」

「秘書とできてたっていうのは本当なのかな？　彼女、ノン気に見えなくもないけど」

「つぶすためのデマだろう。自分も彼女はヘテロだと思う」

「いずれにしても絶対に助からないね。別棟が完成する前に逃がさないと」

「あきれたやつだな。いや、見上げたやつというべきか。人のこと心配してる場合かよ」

「彼女を殺したら我々の未来もなくなるんだよ」

「あんたにはまったく参ったね。あの口の悪い哲子が首ったけになるのがよくわかったよ」

「おかまに首ったけになられても……ねえ？」

午後になると気温は四十度近くに跳ね上がった。熱中症で二人が倒れ、作業効率を上げるため特別にスポーツドリンクが配られた。汗だくになりながら台車でセメントを運んでいるときだった。一匹の白い猫が工事現場をうろうろしているのが目についた。

「あんなところに猫が……野良猫がまぎれこんだのかな？」

「ああ、あれは門番が餌付けしてる近所の野良だ。味をしめてしょっちゅう中に入ってくるんだ」

「ここと外を自由に出入りしているの？」

　ミチルはその猫に釘付けになった。その目がらんらんと輝いていくのを見て、貞子さんは彼女の思考回路が手に取るようにわかってしまった。

「おいおい、まさか、あの猫にレインボーフラッグをペインティングしようなんて思ってないよな？」

「ピンポーン。お誂え向きに真っ白だしね。伝書鳩ならぬ伝書猫だよ」

「相手は猫だぜ。じっとなんかしてるもんか」

「わたしは猫をたらし込むことにかけてはいささか自信がある。たいていの猫はふにゃふにゃにできるよ。この才能がこんなところで役に立つとは」

「猫じゃなくて、女をたらし込む天才なんだろ？　大体どこでペインティングするんだよ。部屋には連れ込めないぞ」

「資材室でやればいい」

「どっちが大胆不敵だよ」

「押さえ込むのにもう一人人手がいる。協力してくれる？」

「暴れて引っ掻かれるのがおちだよ。鳴き声で看守にバレちまう」

「ドリルを使っているときにやれば多少騒がれても大丈夫」

工事は追い込みに入っていて、あちこちでドリルやトンカチの音が響きまくっていたし、その日は看守も大部分がそちらにかかりきりになっていた。やるにはこれ以上ないタイミングと言えた。いざとなると決断力と行動力はミチルも貞子さんに負けていなかった。ミチルは猫なで声を出して猫を近くに呼び寄せると、するりとその胸に猫を抱き込んだ。少し喉を撫でただけで猫はたちまちゴロゴロと言いはじめた。

「すげえ……本当に猫たらしだ」

「今だ、行くよ」

セメント袋を取りに行くふりをして二人は資材室に駆け込んだ。運のよいことに資材室には誰もいなかった。

「猫をつかまえてるから、絵の具を出して混ぜてくれる？」

「よっしゃ、まかせろ」

貞子さんは自分の腕をパレットに見立てて三色の絵の具をチューブから出し、色を混ぜていった。

「赤、オレンジ、黄色、緑、青、紫の順番で背中一面に塗っていこう」

「そんなに大胆に？」

「ごめんよベイビー、虐待するわけじゃないけど、やむをえぬ事情があってさ、ちょっとおまえの背中をカンバスにさせてね。よしよし、いい子だね。なんておまえはいい子なんだ」

猫はすっかりミチルに気をゆるし、抵抗するそぶりも見せず、いっそうけたたましく喉を鳴らしている。抱き方と撫で方にこつがあるので、ミチルが猫をおとなしくさせる係になり、貞子さんが塗るほうを担当した。

「なかなかうまくいかないな」

「ペンキ用の刷毛で塗ってみたらどうかな」

「うん、こっちのほうが塗りやすい」

「いい感じになってきた。おまえは歩くレインボーフラッグだ。レジスタンスの同志たちにメッセージを伝えておくれ」

最後の紫を半分ほど塗りかかったとき、資材室の扉が開いて看守が中に入ってきた。

「おい、おまえら、そこで何してる！」

猫はびっくりしてフギャッ、と叫んだかと思うとミチルの腕をすり抜け、ドアをすり抜けて脱兎の勢いで逃げて行った。だから猫の背中に描かれたペインティングの意味を看守に知られずに済んだのは幸いだった。そのとき入ってきた看守が比較的穏健な性格の老人であったことはさらに幸いなことだった。

「作業をさぼってこんなところで猫に落書きかね。あれは門番の吉田さんがかわいがってるエリザベスじゃないか。自分たちが虐待されてるからって動物に当たるのはよくないな。すまんが規則なんでね、ちょっと殴らせてもらうよ」

二人に二回ずつ控えめに警棒が振り下ろされ、そのまま懲罰房行きとなった。貞子さんはレベル1に24時間、ミチルは立て続けの規則破りということで、レベル2に48時間入れられることになった。それでもあの猫の背中に描かれたペインティングの意味を外の心ある誰かが気づいてくれたら、これくらいの懲罰は安いものだと二人は思っていた。

ミチルさん、ミチルさん。

誰かが自分に向かって語りかける声が聞こえる。

心なしか懐かしそうに自分の名前を呼んでいる。

なぜ懲罰房に来るたびにこの声が聞こえるのだろう。

いや、きっと頭の中のネズミがしゃべっているだけなのだろう。

「誰かそこにいるの？」

看守からの応答はない。レベル2の闇はレベル1よりも5％増しということだが、体感的にはもっと深いように思われる。バケツと水差しの置いてある場所がわかるまでにかなりの時間がかかる。バケツを探し当てる前にミチルは嘔吐してしまう。たぶん限界に近い暑さとストレスのせいだろう。房内にたちまち異臭が立ち込める。吐いたあとが見えないのはとても困る。うっかりその上に寝てしまったら、目も当てられない。

壁をつたって、くぐもった闇の向こうから、誰かの啜り泣く声が聞こえてきた気がした。空耳かと思ったが、そうではないらしい。どうやらすぐ近くで、おそらくは隣の独房で、誰かが泣いているのだ。隣も懲罰房なのだろうか。ひょっとしたら貞子さんが泣いているのだろうか。いや、貞子さんの声にしては高すぎる。この声は貞子さんではない。壁に耳をつけると、鳴き声はもっと明瞭になった。意外と壁は薄いらしい。話しかけたら聞こえるのではないか、とミチルは思った。

「もしもし……大丈夫ですか？」

相手がぎょっとして泣くのをやめ、身構える気配がつたわってきた。闇の中にいると五感がおのずと研ぎ澄まされていく。

「そちらも懲罰房ですか？」

ええ、と答える声が聞こえた。女性の声だった。

「こちらはレベル2。そちらは？」

「こちらもレベル2」

「懲罰房は初めて？」

「ええ」

「あのね、ここをインドだと思えばいいんですよ。インド人みたいに紙がなくても水差しの水でお尻を洗えばいいんです」

「ああ……なるほど。思いつきませんでした」

やがて何の声もしなくなった。だが壁を隔てたすぐ隣に人がいると思うだけで、闇の恐怖がいくぶんは耐えやすくなるような気がした。ミチルは壁に頭をもたせかけたまま眠りに落ち、遍路道を歩いている夢を見た。夕景のなか、美しい田んぼや畑を見ながら歩いている夢だった。蝉が鳴き、蛙が鳴き、トンボが飛び交い、風が渡って、稲穂が揺れて、ただそれだけで胸がしめつけられるほど幸せだった。近所のおばあさんが、お遍路さあん、と言いながら走ってきて、ふかしたばかりのさつまいもをお接待してくれた。

しばらくしてミチルは泣きながら目を覚ました。また隣から啜り泣きの声が聞こえていた。壁に耳をつけると、さっきよりも激しく泣いているようだった。自分も相手も泣いているどん底のときに、一体どんな言葉をかければいいというのだろう。こんなときは言葉など力を持たない。何かシンプルでわかりやすい、美しいものがあればいい。ミチルは今しがた見た夢の水田の風景を思い浮かべているうちに、思わずこんな歌を口ずさんでいた。

「卯《う》の花のにおう垣根に
ほととぎす早も来啼きて
忍び音もらす
夏は来ぬ」

それはミチルの好きな「夏は来ぬ」という唱歌だった。心をあらわれるような日本語の美しさと明るく開かれていくようなメロディで、隣人を、いや自分自身をも、なんとか少しでも励ましたかった。

「さみだれのそそぐ山田に
早乙女が裳裾《もすそ》ぬらして

玉苗植うる
夏は来ぬ」
すると三番から一緒に唱和する声が隣の壁越しに聞こえてきた。
「橘《たちばな》のかおる軒端《のきば》の
窓ちかく蛍とびかい
おこたり諫《いさ》むる
夏は来ぬ」
ミチルは心を強くし、さらに大きな声で歌い続けた。歌詞が少し難しいので四番以降はところどころうろ覚えだったが、向こうが完璧にリードしてくれた。
「楝《おうち》散る川辺の宿の
門遠く水鶏《くいな》声して
夕月涼しき
夏は来ぬ」
最後の五番は、二人で声を張り上げていた。
「五月やみ　蛍とびかい
水鶏鳴き　卯の花咲きて
早苗植えわたす
夏は来ぬ」

歌い終えると、息を吐く一瞬の間があって、

「ありがとう」

という言葉が聞こえた。

「一緒に歌えてよかったわ。大好きな歌なんです」

「結構難しい歌詞なのに、よく御存じですね」

「高校で古典の教師をしていましたから」

「特に四番が難しくて。楝ってどういう意味なんですか?」

「センダンの古名です。初夏に薄紫色の花をつけます。万葉集にもいくつかこの花を詠み込んだ歌がありますよ」

「さすがは古典の先生だ」

「あなたこそ、よく御存じね。この歌を五番まで通して歌える人に会ったのは初めてです」

「まだお会いしていませんよ」

「そうでしたね」

ミチルは闇の中で、高校生たちに古典を教える女教師の面影を想像してみた。この歌を愛してやまない人なら、きっと素敵な先生に違いない。黒板に源氏物語の一節を書いているときの乾いたチョークの音や、万葉集を詠みあげる声が昼下がりの教室を音楽のように流れていく様子や、そんな先生にひそかに想いを寄せる女生徒の眼差しまでも、

ありありと思い浮かべることができた。

「先生がいなくなったら、古典好きの生徒が困るでしょうね」

「古典好きの生徒はあまりいません。それに、教師をしていたのは昔のことで、今は転職して別の仕事をしています」

「古典が好きだから古典の先生になったのでしょう？　なぜお辞めになったんですか？」

「やる気のない高校生に古典を教えるより、もっと自分がやるべき天職を見つけたからです。古典は好きですが、今は好きなことよりやるべきことをやらなくては」

「今はどんなお仕事をされてるんですか？」

「政治の仕事です」

あっ、と思ってミチルは息を呑んだ。

「もしかしてあなたは、春遠ひかりさんではありませんか？」

「はい」

彼女が高校教師出身の異色の議員だということは知っていたが、古典の教師だったとは知らなかった。

「壁がなければ握手をしたいところです」

「あなたのお名前は？」

「王寺ミチルといいます」

「もしかして劇団をやっていらした？」

「ご存じなんですか？」

「お名前だけは。政府の圧力に屈することなくお芝居を上演したそうですね。こちらこそ、壁がなければ握手させていただきたいわ」

「握手しましょう。いま、右手を壁につけました」

「じゃあ私も。右手を壁に」

二人は漆黒の闇の中でそれぞれに右手を壁につけ、目に見えない同志の気配を感じていた。

「感じますよ、あなたの手の感触を」

「私も感じるわ。これまで何万回も支持者の方と握手をしてきましたが、こんな素敵な握手は初めてです。ありがとう」

「春遠さんのことは応援していました。こんなところで会うなんて、残念です」

「実は京都の市議会議員の方からお手紙をいただいて、あなたのために力を貸してほしいと相談されていた矢先のことでした。でももうすでにここに入れられていたんですね。まさか自分までここに入ってしまうなんて」

「それは白鳥さやかさんのことでしょうか？」

「ええ、そう。白鳥さんです。あなたのことを大変心配しておられましたよ」

ミチルの胸に熱いものがよぎっていった。当選のメール以降何の連絡もなくこちらからも連絡しなかったが、彼女はずっと自分のことを気にかけてくれていたのだ。

「春遠さんは昨日こちらに到着したばかりではありませんか？　それなのにいきなり懲罰房とは、あんまりですね」

「ここを出たら工事を手伝わされて、工事が完成したら政治犯専用の独房に入れられるでしょう。レベル3の懲罰房と同じだそうです。なんだか自分の棺《ひつぎ》を自分の手で作らされるみたいで、あまりにも残酷で……」

「まだ諦めないでください。レジスタンスが必ずここを突き止めて、手を差し伸べてくれるでしょう」

「ああ、レジスタンス……彼らだけが、この国の唯一の希望の光です」

「あなたもです。生きてここから出て行ってください。それまではどんなに苦しくても、美しいものを思い浮かべて、時々歌を歌いながら、闇のおそろしさに耐えぬいてください」

「美しいものなんて、もうこの国には……」

「たくさんありますよ。意志の力で見ることができます。卯の花に、蛍、早乙女、稲穂の揺れる水田、花火、それにカワセミ……ここにいるとすべてが美しく愛おしいものだらけのように思えます」

「王寺さん、もう一度あの歌を一緒に歌ってくれませんか？」

「もちろん、何度でも」

うーのはなーのにおうかきねに、ほーととぎーすはやもきなきて、と二人は再び歌いはじめた。何も見えない地獄の淵に青く輝く水田が立ちあらわれ、薫風が吹き渡り、ほととぎすや水鶏が鳴いて、蛍が飛び交うのが見えた。ミチルは春遠ひかりの手をしっかりと握りしめていた。彼女のふるえるからだを抱きしめ、髪の毛を撫でさすりながら、ささやくように小さな声で何度も同じ歌を唱和しつづけた。

5

二日後にミチルが房に戻ると、哲太郎はヒステリーを爆発させてミチルに説教をはじめた。

いくらなんでも無茶のしすぎだ、懲罰房に続けて入るとどんどん神経がやられていくのがわからないのか、猫にレインボーフラッグを描いても意味ないのに、そんなことのために懲罰房に入るなんて大馬鹿だ、自分の命をもっと大事にしろ、と本気で怒っていた。ミチルがしょんぼりしていると、言いたいことを言ってすっきりしたのか、急にやさしくなってタンゴレッスンがはじまった。

「今夜はヒーロをやるわよ。ヒーロは回転のこと。これぞまさにタンゴの真髄ね」

「今日の音楽は？」

「ピアソラのタンゴ・アパシオナードで踊りたいわ。『ブエノスアイレス』で使われてた曲だから、もちろん知ってるわよね」

「じゃあ哲子ちゃんがレスリーで、わたしがトニー・レオンね」

「行くわよ。シンコ、セーイス、シエーテ、オーチョ！」

基本的なステップを教えてもらい、サリダとオーチョとヒーロを組み合わせて踊れるようになったころ、哲太郎が踊りながら急に涙ぐんでしまった。

「どうしたの？」

「何でもないの。レスリーになりきってるだけ」

「そんなシーンあったっけ？」

「ねえミチル、お願いだからあたしをひとりにしないでよ」

「何いじらしいこと言ってるの」

「あんたが懲罰房に入るとあたしひとりぼっちなの。ひとりになるとタンゴも踊れないし、考えたくないこと考えちゃうし」

「考えたくないことって、脱走のこと？」

「あんたが今度懲罰房に入ったら、海へ逃げそうで自分がこわいの」

「だけどね哲子ちゃん、どうしても先に逃がさなきゃならない人がいるんだよ。たとえレベル3の懲罰房に入れられても」

「春遠ひかりのこと？　あんた何もわかってないのね。レベル3は死の世界なのよ。あそこに入ってまともに出てきた人はいないのよ。彼女のために自分は発狂してもいいっていうの？」

「少なくともわたしよりは彼女のほうが世の中の役に立つ。わたしなんか発狂したって誰も困らないけど、彼女が死ねばここにいるみんなが困る。わたしはろくでもない心中の生き残りだけど、彼女にはこの国の未来がかかってる。わたしなんかより彼女の命のほうがはるかに値打ちがあるんだよ」

　哲太郎がミチルの頰を打つ乾いた音が房内に響いた。ばかなこと言わないで、と言って哲太郎は泣き崩れた。おかまというのは女のように泣くのだな、と思いながらミチルはその肩を抱きしめた。

「あたし、これまでもこれからも、女なんかに何の興味もなかったけど、あんたとなら結婚してあげてもいいわ。ねえ、カップルになってここから出て行きましょうよ。あたしたち、きっとうまくやっていけるわ。だって生き延びるためだもの。あたしとあんたが無傷でここから出るには、それしか方法がないんだもの」

「お互い筋金入りだってこと、忘れちゃったの？　セックスして子供を作らなければカップルとは認められないんだよ。哲子ちゃんはそんなことができるの？」

「でも子供ができない夫婦だっているわよ。その可能性も踏まえて、結婚してここを出たら三年間の監視がつけられる。三年後に離婚してなければ晴れて自由の身になれるのよ。そのときに別れたっていいじゃない」

「ここを出るために偽装結婚しろっていうの？　しかも三年間も夫婦のふりをしろ

と？」

「あたし、あんたのこと好きよ。本物の夫婦になってもいいわ。あんたとなら子供だって作れるかもしれないし、きっといい家族を作れると思う」

「哲子ちゃんは今ちょっと弱気になってるだけだよ。本気でそんなこと思ってるわけないよ」

「本気よ。ミチルのことが好きなの」

哲太郎の顔はこれまで見たことがないほど真剣そのものだった。いつものおかまの顔ではなく、男の顔をしてミチルを見つめていた。そのとき、まったく同じ表情をしてミチルを見つめ、ミチルに愛を乞う男のフラッシュバックが見えた。血まみれの久美子を抱きしめる傍らで、ミチルに向かって人殺し、と言っていた男だ。トオル、とミチルはその男の名前を胸の内でつぶやいた。姫野トオル。そうだ、あの男は姫野トオルだ、わたしの片腕だった男だ、わたしの最も近くにいたかけがえのない男だった、とミチルはすとんと腑に落ちた。哲太郎の思いがけない求愛の表情が、その男のことを鮮やかに思い出させた。

「ごめん。わたしは男とは寝ない主義なの。節を曲げてまで生き延びたいとは思わない。他を当たってくれる？」

ミチルはわざと冷たく言って、哲太郎のからだを離した。タンゴの組み手を、搦まる足を、重なる鼓動を、するするとほどいて元の孤独の殻に閉じこもった。哲太郎はそれ以上何も言わなかった。

ミチルより一日早く懲罰房を出た貞子さんは、作業現場ですっかりやつれたミチルを見ると心配でたまらないというように駆け寄ってきた。

「さすがにこたえてるようだな。かわいそうに、げっそりやつれちゃって……ゆうべはちゃんと食べたり眠ったりできたのか？」

「それどころかタンゴを踊れるくらい元気だよ。懲罰房はダイエットにもってこいだね」

「無理するな。今日はおとなしくしているんだぞ。レインボーフラッグを描いたタオル、昨日トラックのナンバープレートにくくりつけておいたから」

「さすが貞吉さんは仕事が早いね。あれから猫は見た？」

「見てないな。今日は春遠ひかりまで労働に駆り出されてるぞ。ほら、あそこ」

コンクリートブロックを運ばされている春遠ひかりと目があうと、ミチルは軽く会釈を送った。向こうではミチルの顔を知らないから、一緒に歌を歌った相手だとはわからないだろう。彼女は儀礼的に会釈を返した。他の囚人と接触しないよう、彼女のまわりには看守が多めにつけられていた。

「春遠ひかりの顔を拝めるのも今のうちか。別棟完成まであと三日くらいらしい」

「あと三日……」

「別棟落成イベントがあるみたいだ。なんと鼠鳴総理が視察を兼ねてテープカットに来るんだと。というのは名目で、本当の目的は政敵を葬る墓場を自分の目で見届けるためだろう。鼠鳴愛一郎ってやつはそういう病的な偏執狂なんだ。つぶすと決めたら徹底的にやらないと気が済まないんだな。さらに悪趣味なことに、別棟には鼠鳴メモリアルホールというおぞましい名前がつけられるという話だ。ぞっとするぜ」

「総理が来るなら報道が入るんじゃない？　ここが公にされるってこと？」

「それはないだろう。あくまで極秘にするはずだよ。あいつが来るときに愛国党党旗をレインボーフラッグにすり替えて掲げることができたら最高なんだがなあ。あの野郎、たまげて憤死するかもな。見てみたいなあ」

「それができたらどんなにか胸がすっとするだろうけど、そんなことしたら全員懲罰房行きは免れないよ」

看守が近づいてきたので二人はさっと離れて作業に集中した。ミチルはすっかり要注意人物になっており、前よりもマークが厳しくなっていた。とはいえ、全体的に見れば看守そのものの数はむしろ減っていた。総理の視察は急遽決まったことらしく、なんとしても工事を間に合わせるために看守までも動員して工事を手伝わせていたからである。連日の猛暑により熱中症で倒れる囚人が後を絶たず、作業は遅れに遅れていたから、外から入ってくる専門の建設作業員も倍に増やしていた。資材置き場の前に横付けされているトラックは四台になっていた。

ミチルは何度も資材置き場を往復させられるうち、あることに気がついた。一台だけ、トラックの車種がこれまでのものと違い大型なのだ。他のトラックが高知ナンバーなのに対し、このトラックだけ愛媛ナンバーになっていた。新しい業者が入ったためだろうと思っていたが、そのトラックの車体に入っている社名の脇にカワセミの絵が描かれていることに気づいてミチルは思わず声を上げそうになった。

「総合ごみ処理の（株）エコバード商会」

それが車体に入った社名だった。さらによく見てみると、運転席のフロントガラスにはオオルリのマスコット人形がぶら下がっているではないか。

「我々の仲間は必ず野鳥に関するものを身に着けています」

と、徳島のラーメン屋のリーダーが言っていたのを思い出して、ミチルの心臓はどきどきと早打ちをはじめた。このエコバード商会というのは工事現場で出るごみの収集・運搬・処理をおこなう業者のようで、今もひっきりなしに作業員がコンテナに集められた大量のごみをトラックに積み込んでいるところだった。その作業員がかぶっている帽子にジョウビタキのピンバッジがつけられているのを見て、ミチルは彼らがレジスタンスであることを確信した。彼らはきっと、ここから出て行ったあの猫をこの近くで見たか、別のトラックのナンバープレートにくくりつけられたタオルを見たのだ。そしてレインボーフラッグのマークに託したメッセージを読み取って、ここまで来てくれたに違いない。なんという仕事の早さだろう。ごくわずかのサインも見逃さない集中力、正しくメッセージを解読する洞察力、危険を顧みず敵の懐に潜入する勇気と行動力、それを可能にする組織力にミチルは心底から胸を打たれた。そしてその思いを無駄にすることなく生かさなければならないと痛感した。

「お疲れ様です。わたしもカワセミは大好きなんですよ。京都ではカワセミの写真ばかり撮っていました」

ミチルは車体のカワセミの絵に触れながら、どうか気づいてくれと念を送りながら、作業員をじっと見つめて言った。作業員はコンテナを運ぶ手を休めずにさりげなくミチルのそばに寄ってくると、チルチルさんですね、と低い声で言った。ミチルは黙って頷いた。

「猫に落書きをしたのはあなたですね」

「見てくれてよかった」

「昼休憩のときにいったんゴミを搬出します。このコンテナに入ってもらってあなたを外に連れ出します。あなたは小さいのでぎりぎり入るでしょう。私が合図をしたらコンテナに入ってください。いいですね？」

「待ってください。わたしより、春遠ひかりさんを運んでください。彼女にはもう時間がありません」

「彼女には監視の目が多くつきすぎている。看守をごまかしきれるかどうか」

「何とか看守に見つからないように彼女をここに連れてきます。彼女もわたしくらい小さい人なので、コンテナに入ると思います」

「しかし、この手は一度しか使えません。あなたの救出が我々の任務です」

「もしうまくいったら、夕方に西門と裏門のあいだから塀を飛び越えて国道へ脱出を図ります。時計台の影が一番長く伸びる時刻です。そこがちょうど死角になっているんです。その時間にそこで車を停めて待っていてくれませんか?」

「わかりました。それは仲間に伝えます」

「もう一人か二人、連れて行くことになると思います」

「それは大胆すぎる。春遠さんがいなくなれば大騒ぎになります。看守の目はいっそう厳しくなるでしょう」

「では日にちをずらします。工事が終わってしまえばチャンスはなくなるので、明日かあさってに決行します」

「わかりました。車は毎日控えていますから、くれぐれも無理のないように」

ミチルはまず貞子さんに計画を打ち明け、指示を出したのち春遠ひかりに近づき、そばで作業しながら声をかける機会を窺った。だが看守がべったりと張り付いていてうっかり話しかけることもできない。春遠は暑さと重労働で疲労困憊し、ミチルが目線を送っても気づく気配もない。一計を案じ、ミチルはあの歌を歌ってみることにした。

「うーのはなーのにおうかわやの、まーどちかーくまちびとありて」

「垣根」を「かわや」に、「蛍とびかい」を「待ち人ありて」と言い換えて歌い、「トイレで待っている人がいる」という意を伝えようとした。春遠は手を止めてミチルを見た。ミチルは一瞬ウインクを送ってから、そ知らぬ顔でもう一度、もう少し大きな声で同じフレーズを繰り返した。

「こら、作業中に歌なんか歌うな」

と看守がミチルに注意をすると、春遠ひかりが手を挙げてトイレに行きたいと申し出た。どうやら意図は伝わったようだ。作業中のトイレは屋外に設けられた仮設トイレを使うことになっていて、その前まで看守がついてくることになっている。春遠ひかりがトイレの中に入ると、トイレの裏に隠れていた貞子さんがミチルからの伝言を伝えた。

「合図をしたら資材室の前のコンテナへ走れ。わかったら壁をトントンと二回叩け」

春遠はすぐにトントン、とトイレの壁を叩いて返事をした。ミチルはトイレの前で張っていた看守の前にふらふらと歩み寄ったかと思うと、熱中症で倒れたふりを装って大げさに倒れ込んだ。それは一世一代の名演技だった。看守が慌ててミチルを抱き起し、脈を取ったり頰を叩いたり濡れタオルを当てたりしている隙に、貞子さんから合図があり、春遠はトイレを出てコンテナへ向かって全速力で駆け出した。入れ替わりに貞子さんがトイレの中に入った。看守はミチルの介抱に夢中で、まったく気づかれた気配はなかった。春遠ひかりが走ってくるのを認めると、レジスタンスは用意していたコンテナの中へ彼女を押し込んだ。その上にごみを詰めて姿を隠してから、コンテナをトラックに運び入れた。

「あと三十分でトラックを動かして外に出ます。それまでじっとしていてください」

「はい。あなたはレジスタンスですか?」

「松山坊ちゃん同盟です」

ミチルは担架で医務室へ運ばれ、看守は春遠がまだトイレの中にいると思い込んで待機を続けた。無事にトラックが門の外へ出て行くまでの三十分間は、ミチルも貞子さんも生きた心地がしなかった。二十分が過ぎた頃、さすがに遅いと思った看守がトイレのドアをノックすると、内側から貞子さんがノックを返して、わざと大げさな呻き声を上げた。

「おい、どうした、大丈夫か?」

「ううー、うううー」

「なんだ、腹壊してるのか。気の毒にな」

これでは時間がかかるだろうと踏んだ看守はいったん持ち場を離れて一服しに行った。その隙に貞子さんは外に出て作業に戻り、トラックが無事に門を出て行くのを見届けた。

春遠ひかりが消えたことが発覚したのは、さらに一時間が過ぎた頃のことである。四十五分たってもまだトイレから出てこないことをさすがに不審に思った看守は、ノックの返答がないため中で倒れていると思い込み、鍵を壊してドアを開けようとしたが、鍵はかかっていなかった。そこには誰の姿もなく、看守たちは手分けして工事現場の隅々まで春遠を探し回った。工事現場のどこにもいないことがわかると、捜索範囲を敷地内の全体にひろげ、院長以下総出で血眼になって探し回った。

「春遠ひかり、脱走か」

との結論に至ったのは、午後二時をまわった頃であった。春遠ひかりを積み込んだトラックは瑞香院へ向かうべく国道を制限速度ぎりぎりのスピードで突っ走っていた。


エコバードのトラックは敵に怪しまれないよう、午後から代替車を差し向けたが、外部からの車の進入はすべてストップされて中に入れなかった。四人には全員に聞き取り調査がおこなわれた。春遠ひかりを見失った当の看守は、そのきっかけをつくった王寺ミチルが怪しいと言い出し、ミチルは医務室のベッドから力ずくで診療室の椅子に連行された。それは電気ショックを施されるときにいつも座らされる椅子で、ミチルには馴染み深いものだった。拘束具をつけられ、こめかみに電極をつけられただけで吐きそうになった。椅子の前には白衣の袖を肘までまくり上げた院長と副院長が立っていた。

「おまえが春遠ひかりの脱走に手を貸したのは疑いの余地がない。どういう手段を使ったのか、すべて話してもらおうか」

「何のことだか。あの人、脱走したんですか。さすがだな」

「正直に話せば悪いようにはしない。懲罰房も勘弁してやる。四日間も入って、衰弱がかなりひどいようだな。もう二度とあそこには入りたくないだろう？　すべて話してくれるなら、特別に栄養食を用意してやろう。ビーフステーキでも寿司でもうな重でも、なんでも好きなものを食べさせてやろう。デザートにアイスクリームとコーヒーもつけてやるぞ。シャワーも浴びてさっぱりしたいだろう。さあ、話してくれないか」

「あいにくダイエット中なんだよね」

「話してくれないなら仕方ない」

マウスピースを咬ませられると、麻酔もかけられずにいきなり電流が流された。脳が焦げそうなほどの衝撃だった。突然、これまでにない鮮明さで強烈なフラッシュバックが立ちあらわれた。久美子と二人で宙に浮かんで、タンゴを踊っている映像だった。これまでのフラッシュバックがモノクロの古いサイレント映画だとするなら、いきなりオールカラーのフルハイビジョン映像になったかのようだった。久美子の顔も、頭上から降り注ぐ照明の光も、はるか彼方に霞む客席も、何もかもがくっきりと見えた。そのとき感じていた圧倒的な多幸感さえ手で触れられそうなほどのリアリティだった。マウスピースをはずされるとミチルの口元から涎が垂れていった。続いて胃の中のものを全部きれいに嘔吐した。吐瀉物が喉に詰まって窒息死するのを防ぐため、何度もうがいをさせられた。背中の傷が痺れるように痛んだ。

「いつもは百ボルトだが、話さないなら少しずつ電圧を上げていく。麻酔なしだとかなりつらいぞ」

「これって拷問じゃない。よくもこんなことを……」

「どうやって春遠ひかりを逃がしたのかね？　出入りの建設業者の中にレジスタンスが

まぎれ込んでいたようだが、どんな手を使っておびき寄せたんだ？」

「何も知らないし、何も話すつもりはない」

「できればこんなことはしたくないんだよ」

「本当に何も知らないったら」

再び舌を噛まないようにするためのマウスピースが咬まされ、さっきよりも強い電流が流された。脳を熱い火箸で掻き回されているような激しい衝撃が走り、今度は聞こえてくる音がより明瞭になった。それまでのモノラル録音のレコードのようなかすれかすれの音ではなく、ドルビーサラウンドシステムのシネマコンプレックスで聴いているような迫力と臨場感あふれるサウンドでタンゴが鳴り響き、ミチルの肌に突き刺さってきた。あの曲はタンゴ・ロクサーヌだ。天空に宙吊りにされながら、ミチルは久美子とタンゴ・ロクサーヌを踊っていた。その口元が、あ、い、し、て、る、という形に動いて、それから——。命綱のはずれるカチリ、という金属的な音が背中から聞こえて、それから——。またマウスピースが引き抜かれた。ミチルの耳と鼻から血が流れ、目からは涙が、口元からは涎が流れ落ちた。そしてまた抉《えぐ》られるように背中の傷が痛んだ。

「話したほうがいい。麻酔をかけずに生がけすると、胸を圧迫骨折したり、呼吸停止になることもある。記憶障害も起こる。これ以上電圧を上げれば死亡することだってないとは言えないんだよ」

と副院長がミチルの血と涎を拭きながら言った。

「おまえひとり死んだところで何の問題もない。このままでは総理に顔向けできんのだよ。よくも院長たる私の立場をつぶしてくれたな。ただで済むと思ったら大間違いだぞ」

「殺してくれるとはありがたい。自分で死ぬ手間がはぶけるよ」

「おまえが吐かないのなら相棒の朱雀を問い詰めるまでだ。ずいぶん仲良しになって毎晩一緒にタンゴを踊ってるそうじゃないか。おかまにはケツにも電流を流してやる。かわいい哲子ちゃんにそんなことしてもいいのか？　それとも本気で死にたいのかね？」

「殺せばいい。殺してほしい。久美子のところに行きたいんだ。早く殺してお願いだから」

「なんてしぶとい女だ」

さらに激しい電流が流され、全身を切り裂かれるような激痛とともにミチルは決定的な映像を見た。命綱がはずれるのを知覚しつつ、タンゴを踊りながらふたりで跳んでいた。久美子の首筋にくちびるをつけ、うなじの香りを吸い込みながら。しっかりと抱きしめ、マントでくるんで。上半身を隙間なくぴたりと密着させ、離れがたい下半身をステップを踏むためにやむをえず一足ずつ引き剝がしながら。ふたりは微笑みあって、真紅の薔薇の花びらが敷き詰められた褥《しとね》のなかへ墜ちてゆく。その映像がストップモーションのようにゆっくりとミチルのからだを浸していった。それが赤い薔薇の褥ではなく血の海だということに気づいたとき、電極を当てているこめかみから煙が出て、ミチルはとうとう気を失った。

「水をぶっかけて正気に戻せ。続けるんだ」

と院長が命じると、副院長が
「彼女は心臓に持病がある。これ以上やれば本当に死にます。今日はこのへんで」

と言って止めた。

「じゃあ朱雀を連れてこい。こいつはレベル3の懲罰房へ一週間放り込め」

「いえ、三日が限度でしょう。発狂すれば情報を吐かせることはできなくなります。利用価値のある情報源は有効活用しなくては」

「そうだな。三日入れて様子を見ておけ」

「了解しました」


ミチルさん、ミチルさん、と呼びかける声はもう聞こえない。

ここでは何の音も聞こえない。波の音も車の音も、隣で誰かが泣いている声も。自分の心臓の鼓動すら、まだ鳴っているのかどうか定かではない。

頭の中のネズミは死んでしまったようだ。電気を流されて焼き殺されたのだろう。

そして自分の手のひらも見えない完璧な闇が広がっている。

そうか、自分はとうとう死の世界と呼ばれるレベル3の懲罰房に入れられたのか。

ミチルは手探りで壁を探し、もたれかかって膝を抱く格好で蹲った。もう痛みも暑さも空腹も絶望も感じなかった。自分がまだ生きていることを確かめるために膝に鼻をこすりつけて膝頭の匂いを嗅いだ。目が見えなくなり、発狂してしまえば楽になれるだろうと思った。最後に見たあのフラッシュバックで久美子に会えてよかった。まぎれもない愛の実感を感じることができてよかった。いつか哲太郎に言われたように、自分と久美子は常軌を逸するほど愛し合っていたのだと確信することができてよかった。このまここで視力と正気を失っても、あの面影だけを永遠に覚えていられればいい。これからはあの久美子に向かってのみ語りかけ、他の誰とも話をしなくていい。これでやっと安らかな気持ちになれると思い、ミチルは背中の傷に手を当てて、久美子と話をするためにあの映像を反芻しようと目を閉じた。

どれくらいの時間がたったのかわからない。五分か、一時間か、いや一日は過ぎたかもしれない。

ミチルは光を渇望していた。空から燦々と降り注ぐ太陽の光ではない。小さな劇場の小さな舞台の上の、小さな自分の頭上にのみ煌々と照り注がれる照明の光だ。漆黒の舞台に白い帯のように降りてくるスポットライトの光、あるいは七色の虹のように交錯する色とりどりの光の洪水、あるいはホリゾントの幕を透かして浮かび上がる幻想的な淡い光、そして目の潰れそうな圧倒的な光量で役者の肌と観客の胸を灼き焦がしこの世にはない神秘を現出させるクライマックスの極みの閃光。音も光も奪われたこの部屋でミチルが夢想し続けたのは、そんな安っぽい虚ろで人工的な光だった。

「ミチルさん」

と呼ぶ声が聞こえたような気がした。とうとう幻聴が聞こえたのだと思った。なんとなく聞き覚えのある声だ。そのうち幻覚もあらわれるだろう。どうか少しでも苦しみが少なくて済むように、そうでなければ痛覚だけで自分自身が満たされて、悲しみを感じる余地もないほどのすさまじい苦しみであるように、とミチルは祈った。

「ミチルさん」

と呼びかける幻聴がまた聞こえた。男の声だ。どうせなら久美子の幻聴が聴きたかった。

「悪いことは言わないから、院長に頼んでここから出してもらったほうがいい。春遠ひかりのことを話して今すぐここから出たほうがいい」

これは自分の生命力の最後のあがきが聴かせる声なのか？　うるさい、もう静かに眠らせてくれ。

「もうかなり衰弱してる。人相が変わるほど瘦せこけて、すっかり骨と皮じゃないか。このままだと発狂する前に栄養失調で死ぬだろう。こんなところで死んでもいいのか？」

「余計なお世話だ」

ミチルは声に出して言った。

「あんなゲス野郎に頭を下げて取引をするくらいなら、ここで死ぬほうがましだよ」

「駄目だ。死ぬならもっと明るいところで死ぬんだ。きれいな死に顔を見せてやるんだ。発狂も自殺もしてはいけない。これでは犬死にだ。脱走して死ぬほうがまだましだ。誇り高く抵抗して、美しく負けるんだ。あなたらしく」

「まるでわたしのことを知ってるみたいな口ぶりだね」

「よく知っているとも。昔、あなたの芝居をよく見ていた。あなたの芝居のファンだったんだ」

これが幻聴ではないことに気づいたのはそのときだった。ミチルは誰かと会話をしているのだ。

「あなたは誰？ なぜ無音の部屋であなたの声が聞こえるの？」

「私は懲罰房専任の看守だ。特殊なマイクを使って話しかけてる」

「なんのために？」

「みすみす見殺しにするのは忍びなくてね。あなたはもう丸二日間もこのレベル3に入っている。意識のあるうちに話したい」

「説得したいなら無駄だよ」

「それでもいい。少し話をしよう。話していれば意識はもつし、気が変わるかもしれない」

「わたしの芝居を見てくれたって？」

「大ファンだった」

「それはどうもありがとう。でも、それなのにここの看守をしてるのは矛盾してない？」

「世の中には職業を選べない人間もいる」

「わたしのことを知っているんなら、教えてほしい。わたしはどうしてこんな目にあっているのかな？　そんなにひどいことをしたのかな？　そんなにくだらない、何の価値もない芝居をつくっていたのかな？　わたしは一体何の罰で、こんなところで死んでいかなきゃならないの？　女優と心中して自分だけ生き残ったから？　彼女を殺してしまったから？」

「ちがう。気が狂うような美しい芝居をつくったからだ。美という名の猛毒を撒き散らして、平和にまっとうに生きていた凡人たちを麻痺させ、悪い夢を見させ、悪い道に引きずり込んだからだ。女のくせに女を抱いて、男たちを楽園から追放したからだ。女のくせに男に抱かれず、子供をもうけなかったからだ。神の摂理を冒瀆し、人間の営みに反旗を翻して、けもののみちを歩いたからだ。普通の人間が一度も見たことのない愛の深淵を、何度も何度も覗き見たからだ。蜜の味を知りすぎた者は、いつか神様に舌を抜かれる。舞台で魔法を使い過ぎた者は、現実の人生で復讐されるんだ」

「本当によくわたしのことを知っているんだね。ただのファンとは思えない。もしかして個人的な知り合いだったんじゃないの？」

「あるいはそうかもしれない」

「じゃあ教えてほしい。わたしは幸せだったのかな？」

「いつも極北の荒野にいるようだった。ひとりぼっちで」

「恋人はいたのかな？」

「寝るだけの相手ならとてもたくさんいたよ。でも誰とも長続きしなかった」

「友だちはいた？」

「友だちなんかそもそも必要としていなかった。あなたは人間が大嫌いだったんだ」

「じゃあなぜ芝居なんかやってたんだろう？」

「たぶん人間を好きになりたかったんじゃないかな」

その言葉を聞いた途端、ぽろぽろと涙がこぼれてきた。ミチルは悲しくて泣いているのではなかった。死の間際に、悔いと悔いとでこの身を引きちぎられるほどの人生だったことを、他人の口から教えられたことがただただ哀れで泣いたのだ。いや、他でもないこの男の口から教えられたことの残酷さに泣いたのだと思う。

「その声には聞き覚えがあると思ったら、いま思い出したよ。善通寺の戒壇めぐりの中で声をかけてきたのはあなたでしょ？」

「ずいぶん耳がいいんだな」

「一度聞いた人の声は忘れない」

「そう。あなたは昔から耳がよかった。役者のセリフの微妙な言い回しをすぐに聞き分けて、体調を言い当てた」

「わたしを捕まえるために追っていたの？　なぜあのとき捕まえなかったの？」

「あのときは……ただ……」

「トオルでしょ？」

と、ミチルは闇に向かって問いかけた。

「姫野トオル。そうだよね？」

彼は沈黙した。

6

「俺のことを覚えているのか？」

少しの沈黙のあとで、彼が言った。

「わたしの人生にはかけがえのない人が二人いて、あなたがその一人だった」

と、ミチルは言った。

「もう一人のことも覚えているか？」

「久美子。稲葉久美子」

「三人でつくった芝居のことは？」

「断片的にしか思い出せない」

「あなたが久美子の死を知って病院からいなくなったとき、久美子の墓へ行くか、秘密警察につかまるか、その二つしか見つける方法はないと思った。まさか記憶喪失になっていたとはね。自分がつくった芝居のことまで忘れるなんて、あなたはずるいんだよミチルさん」

「電気ショックのおかげでずいぶん思い出したよ。もっと電気ショックをしてもらえれば、一気にいろんなことが思い出せそうだよ」

「あれは拷問だ。あれ以上やれば死ぬ。懲罰房を出たらまた拷問をされて、また懲罰房に入れられて、その繰り返しだ。そんなに死にたいのか？」

「副院長は記憶障害になると言ったけど、わたしの場合は逆に記憶障害が元に戻るのかもしれないね。すべてが思い出せるのなら、それでもかまわない」

「あなたはいつも死にたがる。それが昔からの悪い癖だ。でも死にきれなくて、生き残ってしまうんだ。死神から愛されてないんだよ。生きる力がとても強いんだろう」

「劇団のビデオをここの連中に渡したのはあなただったんだね。わたしに復讐するために看守になったの？」

「なぜそう思うんだ？」

「わたしが久美子を殺したから？　あなたも久美子を愛していたからじゃない？」

「もちろん俺は久美子を愛していた。久美子は死神にさえ愛される」

「じゃあ、さぞかし憎いだろうね。わたしのことが」

「八つ裂きにしたいくらいだよ。あなたは久美子を殺しただけじゃない。二人殺したんだ」

「どういう意味？」

「わからないのか？　そこまでは思い出せないのか？」

「わからない。もう一人って誰のこと？　わたしは誰を殺したの？　お願い教えて」

「久美子のおなかには子供がいた。俺の子供だ。あなたは俺から妻と子供を奪っていったんだ。生涯、あなたを許さない」

ミチルは闇の中で凍りついた。体じゅうの血液が逆流して心臓に向かってなだれ込み、その冷たさで心臓が壊死するのではないかと思われた。手と足が小刻みにふるえ出し、やがて息ができなくなった。だがやっとのことで声を絞り出し、

「あなたと久美子は結婚していたの？」

とミチルは訊いた。

「結婚するはずだった。一緒に暮らしてた。あの公演を最後に久美子は女優をやめるはずだった。本当はあの公演も中止するべきだったんだ。あなたは覚えてないだろうけど、ネオナチからどれだけ脅迫を受けていたか、あの状況であの芝居を上演することがどんなに危険だったか……。でもスタッフがどんなに止めても、あなたはきかなかった。久美子もきかなかった。二人がどうしてもやると言うなら、俺には反対できなかった。だけど最後にあんな形で久美子を連れて行ったことだけはどうしても許せない」

ミチルはわけがわからなくなった。自分と久美子は常軌を逸するほど愛し合っていた

のではなかったか？　まぎれもない愛の記憶はまやかしか勘違いに過ぎなかったのか？

ミチルは激しく混乱し、これまでに見たフラッシュバックの断片をかき集めて、自分と久美子とのあいだにかよっていた感情について再検証をしなければならないと思いつめた。

「わたしは自分が久美子の恋人だと思っていた。とても愛し合っていたと思い込んでいた」

「だが久美子は俺の子供を妊娠してた。そもそも俺に久美子との結婚をすすめたのは、ミチルさん、あなただ」

「わからない。自分の気持ちがわからない。わたしは久美子を愛していたんだよね？」

「死ぬほど惚れてたさ。でも恋人にはならなかった。あなたは好きでもない女とはいくらでも寝るくせに、心底惚れた女には手を出さない。歪んでるんだよ」

「それなら久美子は？　久美子の気持ちはどうだったの？」

「久美子はとても情緒不安定なところのある人で、それがさらにネオナチの脅迫のせいで精神的にものすごく追い詰められて、壊れかかってた。彼女が俺とミチルさんとのあいだで苦しんでたことは確かだけど、本当はどっちが好きだったかなんて、誰にもわからないさ。たぶん本人にも」

「そんな人とわたしは心中をしたっていうの？」

「あなたはかわいそうな久美子と二人で逃げたんだよ。俺を置き去りにして、すべてを放り出して。そして久美子だけが死んだ」

ミチルはあらゆる言葉を失って沈黙した。そして闇の中に蠢く幻の猿の話を思い出していた。懲罰房には人の幻覚が生み出す幻の猿が棲んでいて、毎日少しずつ人の心臓を食べるのだという。まず心筋を食べ、線毛を突き破って弁を破壊し、大動脈と肺動脈から血を啜る。そのクチャクチャという消化音が、無音の世界で人が最後に聞く音なのだそうだ。ミチルは今まさにその音を聞いているような気がした。

「それなら本望でしょう。わたしが死んでいくのをそこで黙って眺めていればいい」

「それじゃ足りないんだよ。あなたにはもっともっと苦しんでもらわないと」

「一体何が望みなの？」

「こんなところで誰にも知られずにひっそりと死なれちゃ困るんだよ。王寺ミチルの死が世間に知られずに闇に葬られてしまう。役者なら役者らしく、もっと派手に死んでもらわないとね」

「どうすればいい？　あなたの気の済むようにするから何でも言ってよ。脱走を図って海に飛び込もうか？　それとも山に逃げて猟師に射殺されようか？」

「俺の望みは、あなたがもう一度芝居をやって、ネオナチに殴り殺されることだ。衆人環視のなかで殺されることだ。あなたが愛した劇場で、暴徒に襲われて死んでほしい。その死に顔を万人に見せつけてほしい。芝居の神様に愛された王寺ミチルは、生贄として芝居の神様に捧げられるべきなんだ。あなたはいつも言っていたよね、芝居は捧げものなんだ、って。だから王寺ミチルは劇場で闘って死ななければならない。こんなところで餓死するなんて、最も似合わない死に方なんだよ」

ミチルは自虐的な笑いを漏らした。

「ここにいてどうやって芝居をやれっていうの？」

「脱走しろよ。脱走して生き延びて、もう一度芝居をやるんだ」

「もう脱走は無理だよ。春遠さんのことでチャンスはなくなった。少しも後悔はしていないけどね」

「あなたは自分のかわりに春遠ひかりを逃がしたんだろう？　それくらい俺にはお見通しさ。もう一度やるんだ。あなたならできるはずだ」

「たとえうまく脱走できたとしても、もう役者がいない。久美子とトオルがいなければ、芝居なんかできないよ」

久美子とトオルがいなければ。そう言った途端、ミチルはこらえきれずに号泣した。なぜこんなに泣けてくるのか、自分でもわからなかった。

「たとえ記憶をなくしても、芝居のつくり方は忘れていないはずだ。もう一度劇団を作ればいい。あなたの芝居を見た人は、忘れてない。あなたが久美子と命懸けで踊った空飛ぶタンゴを、決して忘れない。あんな気が狂うような美しい芝居をつくれるのはこの世界でただ一人、王寺ミチルしかいない」

ミチルにはトオルの真意がわからなかった。憎しみをぶつけられているはずなのに、励まされているようにしか聞こえなかった。死ねと言いながら生きろと言われているようだった。

「トオルはそんなことを言うために、わたしにもう一度芝居をやらせるために、看守になったの？」

「あなたは三十歳までに死ぬと思っていたよ。二十五歳のとき劇団がつぶれて、これで王寺ミチルも終わったと思った。でも久美子を連れて芝居の世界に戻ってきた。三十歳からが本物の人生だったんだ。あなたには演劇人としての正しい最期を全うしてもらいたいと思う。反骨精神を貫いて、愛憎をすべて引き受けて、正しく野垂れ死にをしてもらいたい。やすやすと久美子のそばには行かせない。使命を背負って生まれてきた人間は、使命を果たし終えないうちは簡単に死ねないようになってるんだ。ここで死ねばその死は無意味だが、劇場で殴り殺されればそれは意味ある正しい野垂れ死にだ」

「もしかして……善通寺にいたのはわたしをつかまえるためじゃなくて、守るためだったの？　わたしが秘密警察につかまらないように？　ねえ、そうなんでしょ？　あなたが敵なのか味方なのか、わからないよ」

「思い上がるな。俺はあなたに復讐するために体制側の人間になった。そして劇団のビデオとひきかえにここの看守の仕事を得た。つまり俺は復讐のために良心を悪魔に売ったんだ。ありきたりな復讐じゃ満足できないんだよ。久美子なしに芝居をつくることが、あなたにとっては死ぬよりつらいことだってわかったんだ。だから楽に死なせてたまるもんか」

トオル、とミチルは懐かしい人に向かって呼びかけた。トオル、トオル、トオル、と何度も呼びかけた。声がかすれてもうほとんど出なくなっていた。

「それにあなたは大事なことを忘れてる。まだ久美子の劇団葬が済んでない。一緒に芝居をやってきた仲間や、久美子の芝居を愛してくれたファンの人たちに、久美子と別れを告げる場を用意するのが座長としての務めだろう。久美子は家族にも葬式を出してもらえなかった。このまましゃあんまり久美子がかわいそうだよ」

「劇団葬……ああ、そうだね……でもわたしにはそんな資格はないよ。わたし抜きでやってあげてほしい」

「座長以外に誰が久美子を送る言葉を言えるっていうんだよ。うちの座長は王寺ミチルだけなんだ。脱走すると約束してくれ。必ず生き延びると。頼むからこんなところで死なないでくれ」

「もうそろそろ……猿が、心臓を……食べちゃって……」

「ミチル、しっかりしろ、死ぬんじゃない」

「爪を切りたいんだ……死ぬ前に爪を切りたいんだ……」

トオル……トオル……と名前を呼びながら、ミチルは意識を失った。姫野トオルは懐中電灯を持って懲罰房の中へ入り、死体のように転がるミチルをその腕に抱きしめた。しばらくのあいだ抱いていてから、院長室に連絡を入れた。

「王寺ミチルが危険な状態です。すぐ処置室へ運びます」

　ミチルは容体悪化により予定より一日早く懲罰房を出されたが、処置室で丸二日昏睡状態にあり、人工呼吸器と点滴の管につながれていた。春遠ひかりが脱走したことで鼠鳴愛一郎の視察は中止となり、かわりに党の幹部が施設の総点検に送り込まれた。囚人への締め付けは以前にも増していっそう厳しくなった。外部からの車は出入りのさいに積み荷の隅々までを徹底的にチェックされ、看守も門番も倍に増やされた。

　ミチルが五日ぶりに房に戻ると、そこには変わり果てた姿の哲太郎がいた。彼は右足に包帯を巻かれ、傍らに杖が置いてあった。ミチルを見ると横になったまま顔を背け、壁のほうを向いた。

「その足、どうしたの？」

　哲太郎は何も言わなかった。

「拷問されたんだね。何をされたの？　まさか足を……」

「ええ、そうよ。折られたの。これでもうタンゴは踊れない。もう塀を飛び越えることも、脱走することもできない」

　哲太郎は背中を小刻みにふるわせて、声を出さずに泣いていた。ミチルは彼のそばに寄り、背中に手を当てて、ごめん、と言った。

「わたしのせいだね。ごめん」

「謝らないでよ」

「でも、ちゃんと治療すればまた踊れるようになるんじゃ……」

「ここでちゃんとした治療なんかしてもらえると思うの？　ほっといて」

この男からあらゆる希望を奪ったのは自分のせいなのか。彼だけではない。自分は姫野トオルからもあらゆる希望を奪った。おそらく自分の劇団の劇団員全員の希望を奪った。最も大切な久美子からは命まで奪った。それなのになぜ自分はまだ生きているのだ。

ミチルは突き上げるような自己嫌悪に苛まれて拳を握りしめた。

哲太郎がトイレを使おうと、杖を用いて立ち上がった。ミチルはさっとその体を支えた。

「触らないで」

「支えていてあげるから」

「ほっといて」

哲太郎はミチルを突き飛ばした。もはや紙のように薄く頼りない体になっているミチルはあっけなく吹き飛んで便器に激突した。その頼りなさに哲太郎は戦慄した。ミチルは便器のへりで眉間を切って血を流していた。哲太郎はトイレットペーパーをちぎって血を拭いてやった。トイレットペーパーはもう残り少なくなっており、次の配給までもたなくなるおそれがあった。

「紙がもうなくなりそうだから、いいよ」

さらにペーパーをちぎろうとする哲太郎の手をミチルが止めた。血はまだ止まらない。哲太郎はその血を舐めてやった。母猫が仔猫を舐めるように何度も舐めてやった。

「ありがとう」

ミチルは哲太郎の首にかじりついた。二人はこの世の果てで身を寄せ合うみなしごの兄妹のように互いの体を抱きしめあった。

「あんた、電気ショックを生がけされて、レベル3の懲罰房に入れられたんだって？よく生きて出てこれたわねえ。ほんと強い子」

「ごめんね……カップルになれなくて……哲子ちゃんを愛せたらよかったのにね……心と体の両方で……ごめんね……」

「でもあたしは、ミチルに会えてよかった。タンゴも踊れたし、もう毎日がスリルとサスペンスの連続で、ちっとも退屈しなかったわ」

哲太郎はミチルの眉間の傷に触れてそっと撫でた。ミチルは哲太郎の足に触れて撫でさすった。人のからだのぬくもりと、人の言葉のぬくもりを嚙みしめて、二人は穏やかに見つめあった。二人は同じことを考えていた。ただやさしくしてやりたい。ミチルは哲太郎に、哲太郎はミチルに、ただひたすらやさしくしてやりたいと思うだけだった。

「王寺ミチル、面談室へ呼び出しだ」

そのとき扉の小窓が開いて、看守がそう告げた。面談室？　と、ミチルは違和感を覚えながらふと哲太郎の顔を見た。一切の面会が禁じられているこの施設にそんな部屋があるのはとても場違いな気がした。看守は扉を開けて、ミチルに早く出るよう促した。哲太郎はかすかに微笑んでミチルを送り出した。大丈夫、面談室なら拷問じゃないわよ、と言っているような微笑みだった。じゃあちょっと行ってくるね、というようにミチルは微笑み返し、看守に連れられてその部屋へ向かった。

面談室という札のかかったその部屋には、スーツを着た、見るからに外部の人間と思われる男がソファに座ってミチルを待っていた。男の隣には院長が座っていて、ミチルを見ると手前のソファに掛けるよう言った。

「これが王寺ミチルです」

と院長がスーツの男にミチルを紹介した。

「ありがとう院長。あとは二人で話しますので、席をはずしていただけますか」

「かなり反抗的で、扱いにくい患者です。立ち会わなくてよろしいでしょうか？」

「結構です。ご苦労でした」

男の物腰には院長に対してピシャリと戸を立てかけるような傲岸さが感じられた。院長はミチルを忌ま忌ましげに見つめて、

「おまえはつくづく悪運の強い女だな」

と捨て台詞を残して部屋を出て行った。

二人になると、スーツの男はミチルの全身を検分するようにひとわたり眺めわたし、ようやく笑みらしいものを口元に浮かべた。

「はじめまして。私は内閣府参与の江藤先生のもとで特命委員をしている森という者です。江藤先生は総理のブレーンで、私は江藤先生のブレーンというわけです。いわば総理直属の相談役のような立場の者だと思っていただいて結構です」

内閣府参与に使われている人間なら官僚ではなく外部の民間人なのだろうが、ようするに政府側の回し者か、と思い、ミチルは不信感をあらわにして、それで？　というように相手を眺めた。

「まわりくどい挨拶は嫌いのようだね。私もだ。単刀直入に話させてもらうよ。実はあるお方が政府に抗議してハンガーストライキをしている。非常に高名な社会的立場のある方で、しかも高齢の女性だ。ハンガーストライキといってもそこらのエセ文化人がやってるような生ぬるいパフォーマンスとはわけが違う。徹底的に水と塩しか摂らない本格的なものだ。何しろ国際的な有名人だから、日本のテレビのみならず、海外メディアでも彼女のストライキの様子が毎日ニュースとなって流れている。彼女が水と塩しか摂らなくなってすでに二週間が経過した。人道的見地からして、政府としてはこのまま放っておくことはできない。これまで党の総務会長や国連関係者、僧侶や神父やプロのネゴシエーターまで動員してストライキをやめるよう説得に行ったんだが、彼女の意志はかたく、誰ひとり説得に成功した者はいなかった。総理自らが電話をかけて説得しようとさえしたが、彼女は電話に出なかった。とにかく筋金入りのばあさんなんだ。隈井静慧という尼僧だが、知っているかな？」

ミチルは頷いた。そして内心驚いていた。駆け込み寺を提供するだけではなく、彼女はとうとう正面切って政府に異議申し立てをおこなったのか。しかもその方法がハンガーストライキとは、いかにもあの方らしい気高いやり方ではないか。

「これ以上彼女が衰弱していくさまを世界中のテレビやインターネットで流されたら、我が国は国際的な非難を浴びることになる。万が一にも生命に関わるようなことにでもなれば、取り返しがつかない。一日も早く、いや一刻も早くハンガーストライキをやめさせなければならない。ついてはきみにその説得に行ってもらいたい。ただちにストライキをやめるよう、彼女を説得してもらいたいのだ」

「なぜわたしに？」

「実は、隈井静慧尼本人からのご指名でね。王寺ミチルを監禁から解放して説得によこすのであれば、聞く耳を持ってもいいと言ってきたのだ。ストライキをやめる、と言わないところがこのばあさんのタフで老獪なところなんだがね」

ミチルの胸に熱いものがこみあげてきた。静流尼だ。静流尼が自分をここから救い出すために奔走してくれたのだ。あるいはここを脱走してまっすぐ瑞香院へ向かったであろう春遠ひかりの力添えもあったのかもしれない。だがミチルはそのことを気取られぬようポーカーフェイスを崩さなかった。

「彼女はきみも知ってのとおり、尼僧でありながら人権活動家としてなかなかの辣腕の持ち主だ。国際社会における影響力ははかり知れない。政府としてはどうあっても彼女に死なれては困るのだ」

「だったら、政府が彼女の要求を聞き入れればいいんじゃないの？」

「彼女の要求は春遠ひかりの国会議員への復職、不法逮捕された政治犯の即時釈放、不法拘束された同性愛者の即時解放、隠蔽している収容所の情報開示および解体……到底聞き入れられるものではない」

「意味わかんないな。わたしは記憶喪失のしがない役者に過ぎないのに、そんな大役を押し付けられても……」

「たとえ今回の交渉条件がきみをここから出すための方便であったとしても、彼女が出してきた唯一の条件である以上、のまないわけにはいかない。政府としては彼女と対話する用意があることを示す必要があるんだよ。説得に行ってもらえるだろうか？」

「もし説得できなかったら？」

「そのときは残念だが、またここに戻ってもらうことになる。だがもし説得に成功したあかつきには、政府はきみの監視を解き、きみが新しい生活をはじめるためのまとまった資金を用意する。どこでも好きなところに行って暮らすがいい」

「そんなの信用できないね」

「嘘ではない。総理の念書もここにある」

「わたしなんかがそんな偉い人を説得できるわけないでしょう」

「ここに戻りたくなければ、どうあっても説得してもらうしかない。きみは言葉のプロだと聞いている。しかも女心をつかむスペシャリストだそうだね。ぜひその稀有な才能を役立ててもらいたい」

その言葉を聞いて、白鳥さやかもこの一連の救出劇に加担しているのではないか、とミチルは思った。みんながみんな寄ってたかって、わたしをこの地獄から助け出そうと一丸となってくれている。こんな生きる価値もない人間のために。ミチルは心の中で手を合わせた。が、顔では不信感をいささかも崩さず、そんなことにはまったく興味がないというそぶりを徹底的に貫いた。

「わたしの言葉は限定された狭い世界でしか力を持たないし、尼さんは女とは言えない。悪いけど断るしかない」

「これはきみにとっては千載一遇のチャンスだよ。この機会を逃したら、二度とここから出るチャンスはない。それに、一人の立派な人間の命がかかっている。断ったら人でなしと言われるだろう」

「人でなしに人でなしと言われても、別に心は痛まない」

「だが、あの高潔なお方が死ぬことは、きみの望むところではないはずだ」

ミチルの眉間の傷からまた血が流れてきた。政府の男はさっとポケットからハンカチとバンドエイドを出してミチルに差し出した。癪にさわるほどスマートな仕草だった。もちろんそんなチャンスを棒に振るつもりは毛頭なかったが、ミチルはバンドエイドを傷口に貼ってから、少し考えるふりをして、わざと大げさにため息をついた。

「もちろんわたしには監視がつくんだろうね？」

「脱走防止のため、それはやむをえない。それに尼僧がハンガーストライキをおこなっている現場の山寺へは片道七時間の本格的な登山になる。車では行けないところでね。山の中で遭難でもした挙句、きみに逃げられたら私はクビだ。申し訳ないが、私と私の部下二名が同行させてもらうことになる」

ミチルは目を瞑ってまた考えるふりをした。自分のほうが優位に立っていることは間違いないが、さらに有利に交渉を進めるために、多少もったいぶっておくことにした。

「明日まで少し考えさせて」

「何を考える必要がある？」

「今のわたしの体力は、七時間の登山には耐えられないと思う。それに説得できるかどうかもよくよく見極めてから決断したい」

「申し訳ないが、あまり時間がない。水と塩しか摂らない場合、健康な若い男性でも約一カ月から二カ月で死に至ると言われている。彼女は免疫機能の低下した七十二歳の老人だ。万一のときのために政府が派遣した医療チームは門前で待機しているが、近づかせないように弟子たちが彼女のまわりを厳重に取り囲んでいる。本気で死を覚悟しての抗議行動なのだよ。できればこの場で即決してもらいたい」

そんなすごい人をどうやって説得しろというのだろう。いや、たとえ無駄足になったとしても、ひと目そのお方に会ってみたいという気持ちは変わらなかった。この男はさっきから二度も「申し訳ないが」という言葉を連発している。かなり切羽詰まっていることは間違いない。ミチルは交渉のカードを切ることにした。

「わかった。でも二つだけ条件がある」

「何だね？」

「わたしの相棒が拷問で足を折られた。彼はダンサーだから、治らないと困る。きちんとした医療施設に運んで治療してもらいたい」

「拷問で？　それが本当だとしたら、ゆゆしき問題だな。約束するよ。明日にでも病院に搬送して治療をさせよう。院長にも厳重注意しておこう。もう一つは？」

「わたしに同行する監視に、ここの姫野という看守もつけてもらいたい」

さすがにこの男は即答はしなかった。興味深そうに目を光らせて、ミチルの目を覗き込んだ。

「看守を名指しするとは珍しい。極めて異例のことだ。それはまたどうしてかな？　理由を聞かせてくれないか」

「院長は知ってるけど、わたしの古い知り合いでね。山登りのあいだにじっくりと昔話がしたいんだよ。あなたたちと楽しい会話ができるとは思えないし、話し相手くらいいないと七時間はとても登りきれるものじゃない」

「百歩譲って院長が許可したとしても、もし本人が拒絶したら？」

「そのときは断るしかない。どうせ説得なんかできるわけないんだし、行くだけ無駄だからね。縁もゆかりもないおばあさんが死んだところでわたしには痛くも痒くもない。大体こちらの弱みにつけ込んだこんな取引は不愉快千万なんだよね。この二つの条件は絶対に譲れない。わたしに本気で説得に行かせたいのなら、まず姫野を説得していただきたい」

「わかった。少し待っていてくれないか」

彼は席をはずし、二十分後に戻ってきた。

「院長の許可も、本人の同意も取り付けた。急かして申し訳ないが、さっきも言ったように時間がない。これからすぐ出発してもらって、夜のうちに登山口に着き、夜明けとともに登りはじめる。着替えを頼む」

事務員風の男がミチルのリュックと服を持ってきた。ここにいるあいだにずいぶん痩せてしまったらしく、シャツもパンツもだぶついていたが、仄かにお香の匂いのする静流尼のアウトドアウエアを身に着けると安心することができた。トレッキングシューズの紐を結び終えるころ、別室で着替えを済ませた一団が入ってきた。リーダーの男は全身パタゴニアのウエアを、部下の男女はノースフェイスのウエアを身に着けていた。そしてその後ろから、モンベルのウエアを着たトオルが少し困惑したような顔つきで入ってきた。ミチルはフラッシュバックの中で何度も彼に会っていたから、すぐにその顔を見てトオルだとわかった。彼は一体どういうつもりなんだ、と言いたそうな表情を浮かべていたが、ミチルにもそんなことはわからなかった。自分はトオルと一体どんな話をすればいいのか、皆目見当がつかなかった。とにかく彼をこのままにしておくわけにはいかない、と本能が命じているだけだった。

「ではこれより、五人のチームで瑞香院へ向かう。みんな車の中で睡眠を取っておいてくれ」

ミチルは来たときと同じように裏口から収容所を出た。哲太郎と貞子さんに別れの挨拶をしたかったが、そんな暇もないほど慌ただしくミニバンに乗り込まなくてはならなかった。ミチルは胸の中で二人にさよならを言った。

午前五時に登山口で車を降りると、あらかじめ手配してあったのか、案内人が待っていた。

案内人は必要最低限しか口をきかない無愛想な四十代の男性で、ミチルたちのようにハイテク素材のアウトドアウエアを身に着けているわけでもなく、農作業のときに着るような作業着と長靴を履き、農協の名前が入った帽子をかぶっていたが、この山のことなら隅々まで知り尽くしていることがよくわかる歩きっぷりでミチルたちを先導した。普段は農業に従事していて、要請があればアルバイトで瑞香院への道案内をしているようだった。地元の人しか絶対にわからないような細いけもの道をかきわけ、藪を突き抜け、思いもよらないところから立ちあらわれる崖を這いのぼって、一行は黙々と歩き続けた。案内人なしには決してたどり着けないと静流尼が言っていたのは本当だったのだ。

案内人は野生動物のようにしなやかな足取りで軽々と登っていくが、五人はついていくのに必死で、言葉をかわす余裕もない。

「そこ、マムシがおるけん、気いつけてや」

案内人がぼそっとつぶやくと、枯れ草の塊を前にして全員が恐怖のために凍りつく。ミチルは青ざめて思わずトオルのジャケットの裾を握りしめた。

「変わってないな。まだヘビがこわいのか」

「昔もそうだった？」

「ああ」

車の中では一言もしゃべらなかったので、これで会話のきっかけになるかと思ったが、

「大丈夫、踏まなければ咬まれないから。万一踏んでしまったときは、踏んだ人間でなくその後を歩いてる人間を咬むそうだから、お先にどうぞ」

とリーダーが割って入ってきたので、それもかなわなかった。

一時間ほど歩いてようやく明るくなってきた頃、朝食を兼ねた休憩があった。部下の女がリュックからおにぎりを出して全員に配り、男のほうがペットボトルのお茶を配った。ミチルは他の三人から少し離れてトオルの隣に座った。

「なんで俺を連れてきた？」

食べながらようやくトオルが口をきいた。

「あんなこと言った以上、手伝ってもらう義務がある」

脱走して生き延びろと言った以上、脱走を手伝え、とミチルは言っているのだ。

「信じられない。マジかよ」

「あなたと山登りはしたことあった？」

「ないよ。芝居以外のことなんて何もしなかった。ストイックだったし、貧乏だったからな。俺なんか三十になるまで海外にも行ったことなかったよ」

「わたしも？」

「あなたはさんざんヨーロッパを放浪してたんだよ。どこでそんな金工面したのか知らないけど」

「そのとき久美子と出会ったんだね？」

政府の人間が注意深く二人の会話に耳を傾けている。とても昔話のはずむような状況ではない。十分もすると、そろそろ行こかや、と案内人が立ち上がって歩きはじめた。全員急いであとに続いた。

しばらく胸の破れそうな険しい登りが続いたあとで、沢を下る箇所にさしかかった。ミチルはめまいを覚えて足を滑らせ、岩場に腰をしたたかに打ちつけて、下流へ流されかけてしまった。後ろを歩いていた部下女が咄嗟にミチルのリュックをつかんだので流されずに済んだが、腰の打ち身と足首の痛みがひどく、とても歩けるような状態ではない。

「軽い捻挫だね」

リーダーはミチルの足首を見てそう言い、リュックから冷却スプレーを出して患部に吹き付け、テーピングを施した。その手慣れた様子から、この男が年季の入ったアウトドア野郎であることが見て取れた。

「歩けるか？」

「無理みたい。少し休んであとで追いつくから、先に行ってて」

「そうはいかない。きみから片時も目を離すわけにはいかないよ」

「こんな山の中で、捻挫してて、どうやって逃げるっていうの？」

案内人がミチルの前にかがんで背中を見せ、

「おぶっていくけん」

と言った。部下男がミチルのリュックを持ち、ミチルは案内人に背負われてその先を進んだ。三十分ほどそのまま進むと、

「交代しましょう」

とトオルが背負う役を申し出た。

「じゃあ、男全員で三十分ずつ交代しながら進もうか」

とリーダーが言った。

トオルに背負われているときは会話のチャンスだった。だがトオルの背中を感じているとミチルは胸がいっぱいになって、何も言葉が出てこなかった。いつかこんなふうにこの男の背中に背負われたことがあるような気がした。ほんの一瞬、そのフラッシュバ

ックがよぎっていった。

「前にもわたしをおんぶしたことある?」

「あるよ。すごく昔に。あなたが稽古場で倒れて、病院に運んだときに」

「まだ久美子がいなかったとき?」

「そう、久美子以前。若かった。あなたはまだ二十四、五の小娘で、ものすごく生意気で、世界一わがままで……」

きつい登り坂だったので、トオルの額から汗が滴り落ちていた。ミチルはその汗を手のひらで拭ってやった。ふと気がつくと、二人はみんなから遅れていて、前にも後ろにも誰もいなかった。降ろして、と言ってミチルはトオルの背中から降りた。前後左右を見極め、うまい具合に抜け道があるのを確かめた。

「なんだ、歩けるのか?」

「この瞬間を待ってた」

「芝居だったのかよ。まいったな」

「今しかない。一緒に逃げよう、トオル」

「無理だ。一人で逃げるんだ。お寺に着いたら、きっとレジスタンスが手を貸してくれる」

「一緒に逃げて、芝居をつくろう。あなたの望み通り、正しく野垂れ死にしてあげるから。だからもう一度、もう一度だけわたしと……」

「俺は行けない。ひとりで逃げるんだよ、ミチルさん」

それはせいぜい二分か三分に満たない束の間の時間だった。二人は絶望的に見つめあっていた。もう二度とやり直せない人生を、舞台の暗転のように鮮やかに場面転換して次のシーンにつなげないものかと夢想しながら。稽古場でダメ出しをしているときのように、もう一度同じ場面をやり直すことができたらと焦がれるように願いながら。二人のあいだを、十年という時間が、十年分の愛憎が、風のように砂のように吐息のように流れていった。

「ああ、よかった。見失ったかと思いましたよ」

部下女が後ろから息を切らして追いついてきた。その声で二人は呪縛から解けて現実に返った。前方からも部下男が様子を見に戻ってきた。

「予定より遅れています。急いでください」

それからはもうトオルと言葉を交わす機会はなかった。

胸突き八丁の登りがえんえんと続き、人ひとりがやっと通れるような狭い崖を這って登り、急な通り雨に降られ、猪や鹿といった本物のけものとすれ違いながらけもの道を進んで、ようやく
「瑞香院マデアト2キロ」

と書かれた古ぼけた立札のところにたどり着いたのは、登りはじめてから六時間が過ぎた十一時頃のことだった。

「ここまで来ればあと一時間くらいだろう。しかしよくもまあこんなところに寺なんか建てたもんだ」

「最後の二キロがきついけんね。空気も薄うなっちょるし」

「あの音は何でしょうか？」

深山にふさわしからぬ人工的な轟音が遠くから聞こえていた。

「あれはヘリの音じゃないかな。報道の」

とリーダーが言ったとおり、登るにつれてその姿が見えてきた。ミチルはもうほとんど意識が朦朧としていて、一歩一歩足を前に出すだけで精一杯だった。静流尼が言ったように、それほどの高地にありながらそこには畑もあれば田んぼもあり、沢や小川がいたるところに流れていた。

「着いたぞ」

だが目の前にひろがっていた景色は、ミチルが夢見ていた静謐な理想郷とはだいぶ趣が異なっていた。上空にはヘリコプターが旋回し、門前には報道番組のカメラマンやリポーターたちがたむろし、医師と看護師のチームが点滴を用意して待機していた。彼らのためのテントがいくつか張られ、アウトドア用の簡易トイレまでが設置されていて、取材が長期に及んでいることを示していた。山門には「拝観謝絶」と書かれた立札がかかっていた。受付の尼僧にリーダーが名を名乗り、用件を伝えると、ミチル一人だけが入場を許された。政府の人間といえども許可なく入ることはできないようだ。不法侵入

を防ぐためか、見るからに獰猛そうな大型犬が二頭、門のところに番犬として侍《はべ》ってい
た。五十代くらいの尼僧がやって来て、
「私は静慧さまの弟子の静山と申します。王寺ミチルさまですね。静慧さまがお待ちに
なっています。どうぞお入りください。ご案内いたします」
　とミチルを招き入れた。
「では王寺さん、どうかよろしくお願いします。我々はここでテントを張って待機して
いますから。食事が必要なときはいつでも来てください」
　と言ってリーダーはミチルを送り出したが、
「念のために言っておくが、裏から逃げようとしても無駄だよ。このあたりの山はもち
ろん、四国全域に公安が厳重配備態勢を敷いているからな」
　と耳打ちするのを忘れなかった。ミチルはトオルの目を見て何かを言おうとしたが、
結局は何も言わずに門をくぐった。
「新しい動きがありました。今、一人の女性が門の中へ入って行きました。説得に当た
る政府関係者でしょうか、今、一人の女性が門の中へ入って行きました」
　とマイクに向かってリポーターが話す声を背中で聞きながらミチルは中へ入っていっ
た。
「静慧さまのお体はどんな具合ですか？」
　ミチルは歩きながら静山尼に訊ねた。

「まだ意識はしっかりとしていらっしゃいます。お若い頃から激しい行をなさってきた方ですので、体力も精神力も普通の七十二歳とは桁外れに違いますが、一昨年大病をされてから免疫力が落ちたようです。おそらく、あと一週間前後しかもたないでしょう」

「もし政府が要求を聞き入れなければ、本当に亡くなるまで続けるおつもりですか？」

「静慧さまはすでに遺言状までご用意しておられます」

「万一のときには、お弟子さんたちはどうなるのですか？　まさかご一緒に？」

「いいえ。それは師がお許しになりません。誰も後を追ってはならないときつく申し渡されております」

あちらです、と静山尼が指差す方向を見てみると、本堂を前にして十人ほどの尼僧たちが円陣を組んで座り込み、一斉にお経を上げている異様な光景が目に飛び込んできた。尼僧たちに守られるような格好でその中心に座り込んでいるひときわ小柄な老女こそ、隈井静慧尼そのひとであった。

7

「院主さま、王寺ミチルさまが到着されました」

と静山尼が円陣の前でミチルを紹介すると、静慧尼は顔を綻ばせて、もっと近くへ来いというように手招きをした。その屈託のない天衣無縫な破顔はダライ・ラマを思わせた。そのお方は薄墨色の僧衣を通して見ても針金のように痩せ細っていたが、目だけはきらきらと輝いていた。無垢な少女か嬰児《みどりご》を思わせる透き通るような美しい瞳をして、このような激しい抗議行動のさなかにあっても、何ものにもとらわれない柔和なお顔をしていた。だがおそらくは絶食の影響なのだろう、目の下の隈は二度と消えないしみのように濃く深く刻み込まれていた。ミチルはいろいろと挨拶の言葉を考えていたのだが、そのお方の佇まいを目の当たりにした途端、すべての言葉を失って両手をあわせ、そのお方を生き仏のように拝んでいた。

「こんな山の上まで、ようこそおいでくださいました。大変でしたやろ？」

静慧尼がミチルに向かって両手を差し出すと、円陣がばらけて、尼僧たちがミチルのために道を開けた。ミチルは駆け寄って跪《ひざまず》き、その手を握りしめた。これも絶食のせいなのか、爪は紫色に変色し、手の冷たさはぎょっとするほどだった。

「まあ、ほんまに、静流が話していたとおりのお方や。弥勒菩薩さまによう似てはる」

「まっすぐここに来たかったのですが、途中で悪い寄り道をさせられまして、遅くなりました」

「あなたのおかげで春遠さんを獄から出すことができました。今、春遠さんは奥で匿っています。私たちは彼女の国会議員への復職をはじめとして、不当に踏みにじられている人権を取り戻すため、政府と闘っているところです」

「春遠さんの復職がかなえば、あとのことは少し時間がかかっても何とかなるのではないでしょうか。どうかひとまず春遠さんの件だけでハンストを思いとどまっていただけませんか？」

「今こうしているあいだにも、獄中で命を危険に晒されている人たちが大勢います。あなたもその一人だったではありませんか」

「しかしそのために静慧さまのお命を危険に晒すことには反対です。万が一のことがあれば、世界中でどれほどの人びとが悲しむことか。あなたはこの国の唯一の希望の光なのです。どうか春遠さんの復職だけで思いとどまってください。もしそうしていただけるなら、わたしが責任を持って政府と交渉を……」

「おやめなさい」

孫を諭す祖母のような言い方で、静慧尼はミチルをやさしくたしなめた。

「あなたは私を説得しにきはったんですか？」

その澄み切った瞳に見つめられると、ミチルの頭の中のすべての言葉が吹き飛んだ。この人を説得できるどんな言葉も自分は持ち合わせていない、何を言ったところですべての言葉は浅はかに滑って、おのれの浅薄さと生き恥が曝け出されるだけだろう、とミチルは観念した。

「私にはとても説得などできません」

とミチルは正直に言った。

「ただひと目、お目にかかりたくてここまで来ました。静慧さまはなぜ、わたしをお呼びになったのですか？」

「春遠さんと真っ暗な獄の中で一緒に歌を歌ったそうですね。彼女はあの歌で生きる力を与えられたと、あなたにとても感謝していました。もう一度闘う勇気をもらったと。その話を聞いて、私もあなたにお会いしてみたくなりました」

「わたしはそんなふうに言っていただくような人間ではありません。あなたの前に立つ資格さえないんです」

ミチルは静慧尼の前にいると自分の中の穢れをすべて見透かされているようで、こわくて恥ずかしくてならなかった。彼女の手は刻一刻とその冷たさを増していくように思われた。目の前にいる人が確実に刻一刻と死に向かっているのに、ただ手をこまねいていることしかできない無力感に打ちひしがれた。

「せっかくおいでになったのですから、少しおしゃべりしましょう。それはそうと、あなたお昼は食べましたか？　もしまだなら、奥におうどんの用意がありますから、どうぞ」

「とんでもない。静慧さまが断食していらっしゃるのに、自分だけ食べることはできません」

「私につきあうことはありませんよ。山登りはおなかが空くでしょう」

ミチルは朝の六時におにぎりを食べてから、何も食べていなかった。空腹を感じていたのを見抜かれてしまったのかもしれない。命がけのハンストをしている最中でありながら、他者への心配りが身にしみついてしまっているこの人の大きさにミチルは圧倒された。

「静慧さまが何か召し上がってくださるまで、わたしも何も食べません」

「ここまでくるとね、もう空腹感は感じないのです。体が食べ物を受け付けなくなっています」

「それは本当ですか？　それなら食べ物の話をしても苦痛は感じないのでしょうか？」

「ええ、まったく大丈夫だと思いますよ」

「では不躾な質問を失礼いたします。これまでの人生で食べたもののなかで、一番おいしかったものは何ですか？」

円陣を組んでいたまわりの尼僧たちが、なんと無神経な、という非難の目で一斉にミチルを睨みつけた。ミチルはもちろん顰蹙《ひんしゅく》を覚悟の上であえてそんな話題を持ち出したのだ。ただ手をこまねいているよりは、鋼鉄の鎧《よろい》を纏《まと》った立派すぎる心に小石を投じて波紋を起こしてみたかった。どんな聖人にもあるはずのかぼそい隙を突いて、人間臭いささやかな抵抗をしてみたかった。静慧尼は苦笑いしながら、

「あなたたちも食事に行ってきなさい。私はしばらくこの方とおしゃべりを楽しみたいと思います。この方と二人きりにしてください」

と尼僧たちを追い出した。尼僧たちが行ってしまうと、静慧尼はミチルを隣に座らせ、ほっとしたように愛嬌のある笑顔を見せた。

「この状況でそんなことを訊くなんて、あなたも大胆な方ですね」

「申し訳ありません」

「でも、そういう大胆な方は嫌いではありません。そうですね、それはなかなか難しい質問です。すこし考えさせてください。ちなみにミチルさんは何ですか？」

「わたしは記憶がないので、ごく最近食べたものの中からしか答えられないのですが……」

「そのことは静流から聞いております。大変な思いをされてきましたね」

「やはり何と言っても静流さまのお寺でいただいた、賀茂茄子の田楽でしょうか。賀茂茄子というのはコクがあってジューシーで、実においしいものですね」

「賀茂茄子は私も大好きです。ちょうど今がおいしい時期ですね」

「静慧さまの一番おいしかったものは何ですか？」

静慧尼はまだ少し考えていたが、やがてこれしかない、というように、

「レチャッソ・デ・コルデロ・アサードです。生後まもない、まだミルクだけで育った仔羊のローストです」

と夢見がちにつぶやいた。

「それはスペイン料理ですか？」

「はい。うんと若い頃に、カスティージャ地方で食べました。ほっぺたが落ちるとはこういうことかと思いました」

「少し意外です。精進料理しか召し上がらないのかと……」

「味覚というのは、思い出とセットになっていつまでも残るのでしょうね。レチャッソ・デ・コルデロ・アサードのことなんて今の今まで忘れていましたが、良い質問をしてくれました。おかげであんなにも昔に食べたおいしいものを思い出すことができました」

まるで追憶のなかに沈み込むように、静慧尼は長いあいだ目を閉じたまま動かなかった。ミチルの投げた小石は彼女の心の中に静かな波紋を作りだしたようだった。

「スペインには他にもおいしいものがたくさんあります」

目を閉じたまま、追憶のなかに身を浸しきったまま、その波紋を慈しむように眺めながら静慧尼がつぶやいた。

「たとえば？」

「鱒のナバーラ風とか……たこのガリシア風とか……それにスペインオムレツも……ガリシアといえば蜂蜜も忘れることはできません」

「ガリシアって、どのへんにあるんですか？」

「スペインの一番北西のはじ。雨が多いところだから緑も多くて、海が近いから魚介類がおいしくて、日本人には懐かしいところよ」

ミチルはその言葉を口の端にのせた。

「ガリシア……ガリシア……ガリシア……なんて美しい響きでしょう」

静慧尼ははっと夢から醒めたように目を開けた。その目に涙が滲んでいるのをミチルは見逃さなかった。断食の影響で意識の乱れがとうとうあらわれたのかと思ったが、そうでないことはすぐにわかった。彼女の瞳はいつものように慈悲の心を宿し、叡智の光を湛《たた》えて青く澄み渡るように輝いていた。ただミチルの投げた小石の波紋がほんの少しばかり大きく広がりすぎてしまったのかもしれない。ミチルはその涙に気がつかなかったふりをして先を続けた。

「甘いものはどうですか？　蜂蜜のほかにスペインでおいしかったものは？」

「あの修道院で修道女たちが作っている手作りのクッキー、あの素朴な懐かしいおいしさといったら……」

静慧尼は急に声を詰まらせ、胸に手を当てて、こみあげてくる感情を抑えるような仕草をした。なぜ波紋がそれほどまでに広がったのか、彼女の言葉のなかに潜んでいる追憶の秘密をミチルはどうにかして探らなければならないと思った。

「どちらの修道院のクッキーですか？　すぐに取り寄せますので」

「修道女たちが手作りで作っているクッキーですから、お取り寄せは無理だと思いますよ」

「では、現地まで行って買ってまいります。トンボ返りすれば最短三日で戻れると……」

そこまで言ったところで、ミチルは自分がパスポートを持っていないことに気がついた。自分の自宅さえ思い出せないことのつけがこんなところでまわってくるとは、久美子を殺した罰がこんなかたちで下されるとは、人生とはなんとシニカルな罠が張り巡らされている迷路なのだろう。

「すみません、わたしはパスポートを持っていませんでした。でも政府の者に行ってもらいます。静慧さまが召し上がってくださるなら、必ず買いに飛んで行くと思います。なんという修道院ですか？」

「国の税金を使ってそんなことしてもらうつもりはありません。それに、政府の人間は信用できません。あなたが買ってきてくれるというなら話は別ですが……」

「でも、パスポートが……」

静慧尼が少し離れたところに控えていた静山尼に合図を送ると、静山尼はすぐに茶封筒を持ってきた。最初から用意してあったとしか思えないほどてきぱきとした動きだった。茶封筒には演劇雑誌の名前が印刷されていて、その中には驚くべきことにミチルのパスポートが入っていた。有効期限もあと二年以上残っている。たくさんの国のスタンプが押されていて、とても若い自分の写真がそこにあった。見知らぬ他人のように現実味がなかった。

「なぜ、これがここに？」

「しばらく前に、あなたのお友達の木内さんという方が持って来られました。あなたがここに来たら渡してほしいと」

「なぜその人がわたしのパスポートを持っているんでしょうか?」

「それは良心のリレーのようなものですね。たくさんの思いやりが巡り巡って、ここにあなたのパスポートを届け、あなたをここに連れてきたのです。せやからあなたは、そのたくさんの思いを無にせんように、このパスポートを使ってこれからすぐにスペインへ旅立たねばなりません。そしておみやげにあの修道院のクッキーを買ってきてください」

「あなたはわたしを海外へ逃がすために、ここまでお呼びになったのですか? ……でも、なぜスペインなのですか?」

「レチャッソ・デ・コルデロ・アサードのことをあなたが思い出させてくれたおかげで、私はとても大切な約束を思い出すことができました。味覚はそれを食べたときの思い出とワンセットになっていつまでも残るんです。それなのに私は、長い長いあいだ仕事に追われ、修行や義務や責任に追われて、いつのまにかその約束を忘れてしまっていた。五十年前にある人と交わした約束です。死ぬ前に思い出すことができて、本当によかった。ミチルさん、どうもありがとう」

　静慧尼は再びミチルの手を握りしめた。さっきよりまた一段と冷たさが増しているようにミチルには感じられた。手だけではなく、おそらく体じゅうがぎりぎりの低体温になっているはずだ。ミチルはその手をさすり、腕をさすり、気がついたらその体を抱きしめていた。折らないようにと注意を払いながら、少しでも温もりが乗り移るようにと願いながら。さっきと同じように少し離れた位置から様子を見守っていた静山尼が心配して止めに入ろうとしたが、静慧尼は手でそれを制した。

「もういいんです。もうどこへも逃げたくありません。わたしもおつきあいさせてください。あなたと一緒にハンガーストライキをさせてください。せめて何か意味ある死を、わたしにも与えてください」

「それでは心中になってしまいますよ」

「あなたとなら心中しても本望です。どうか黄泉《よみ》の国までお供をさせてください」

「いけません。あなたにはやってもらいたいことがあります」

静慧尼はミチルの体を引き剝がして、そっと頰を撫でた。

「ほら、あなたに抱きつかれたらこんなに心拍数が上がってしまいました。こんな死にかけた老人をどきどきさせるなんて、いけない人ですね。少し待ってくださいね」

「ごめんなさい。少し横になりますか？」

ミチルは静慧尼の体が冷えないようにジャケットを脱いで地面に敷き、膝枕をして横たわらせた。

「ミチルさんは、女性の扱い方が本当にお上手ね。きっとたくさんの女性たちを膝枕してきたのでしょうね」

「それも覚えていないのです」

「あなたはお遍路をしたでしょう？」

「はい。ほんの一部だけですが、歩かせていただきました」

「お遍路はどうでしたか？」

「とても楽しくて、いつか全行程を歩いてみたいと思いました」

「私もお四国は三回歩きました。実はスペインにも、四国遍路によく似た巡礼の道があります。サンティアゴ巡礼の道です」

「ああ、それでスペインの隅々をよく御存じなのですね」

「この二つの巡礼の道はとてもよく似ているのよ。両方とも千年以上の歴史があって、歩く人の資格も宗教も問われないの。悩める人も、病める人も、ただ歩きたいだけの人も、いろんな人が歩いている。ところどころに難所が配されていて、それをクリアしたときの達成感も味わえるし、何日もひたすら単調な道が続いて、それに耐えるのもまた修行のひとつなの。まるで人生そのものみたい。それぞれに変化と特色に富んだ四つの地域を経巡っていく千キロ前後の道のりというところも、コンプリートまでに大体四十五日前後かかるところも同じね。みんな同じ道を歩いているから、人との出会いもたくさんある。お遍路はお大師様とともに歩き、巡礼は聖ヤコブをめざして歩く。自然の懐に抱かれて、自分が少しずつ解放されて、新しく生まれ変わっていくプロセスもそっくり。どう、よく似ているでしょう？」

「ええ、ほんとうに。驚きました」

静慧尼は起き上がって、地面に指でスペイン北部の地図をかいた。それを四つに区切り、ナバーラ、リオッハ、カスティージャ、ガリシア、とスペイン語で書いていった。そこを突っ切るまっすぐな一本の線を引き、一番西のはじに印をつけて、ここが終点のサンティアゴ・デ・コンポステーラ、と書き添えた。

「フランス国境のサン・ジャン・ピエ・ド・ポーという町から出発して、ピレネー山脈を越えていくルートが最も一般的で、この道自体が世界遺産になっているわ。スペイン政府は巡礼者をとても手厚く保護しているから、治安もいいの。私が歩いたのは五十年も前ですけど、たぶん道の美しさも治安のよささも変わってないんじゃないかしら」

静慧尼は一本の線の真ん中あたりに印をつけ、カストロヘリス、と書いた。

「ブルゴスの西、ちょうど巡礼路全体の真ん中あたりにあるカストロヘリスという小さな町のはずれにサンタ・クララ修道院があります。外部との接触を禁じられて、神への祈りに生涯を捧げた尼僧たちがここで集団生活を送っています。少し先のカリオンという町にも同じ名前の修道院がありますが、間違えないでくださいね」

「カストロヘリスの、サンタ・クララ修道院、ですね」

「ミチルさん、これまで誰にもしたことのない打ち明け話をあなたにするわね。私が生涯でたったひとりだけ愛した人は、そこにいるのよ」

ミチルは瞠目《どうもく》して息を呑んだ。

静慧尼はゆっくりと語りはじめた。

ベアトリスというのがその人の名前。でも彼女はイタリア風にベアトリーチェと呼ばれるのが好きだった。ダンテの『神曲』に出てくる永遠の淑女の名前だから。お父様が京都で神父をなさっていて、家族で京都に住んでいた。私はすでに得度を済ませ、尼僧専門の学校を卒業し、専門の道場で本格的な修行に入る前の時期だったけれど、その前にどうしても大学に行きたくて、師の許可を得てその大学にかよっていたの。僧侶になるという決心は揺らいでいなかった。でも仏教のことだけではなくて、世界中のいろんな宗教について学んでおきたかったのね。そんなことができたのは、私の後見人でもある老師が学問好きなおおらかな方で、そういう勉強は必ず僧侶の道に進むうえで役立つというお考えをお持ちだったからなの。当時の男僧にありがちな尼僧蔑視の傾向が微塵もない、勉強ならどんな勉強でもまあやってみなはれ、という方だったから、私はとても恵まれていたのよ。本当に有り難かったと師には今でも感謝しているわ。

＊

＊

＊

その大学の比較宗教学コースでベアトリーチェに出会った。彼女はキリスト教の尼僧の卵で、私は仏教の尼僧の卵だったけれど、大学では一学生としてみんなと同じように文学の話をしたり、音楽の話をしたり、ファッションの話をしたりした。ベアトリーチェは小学生の頃から日本に住んでいたから、日本語はペラペラだったのよ。私たちが唯

―みんなと違うのは、異性の話はしなかったことかしら。私も彼女も尼僧になることは決まっていたから、異性には関心がなかったというか、生身の男性より神様や仏様について考えるほうが好きだったのね。まわりの女の子たちはみんな男性の噂話をしたりデートしたりしていたけれど、そんな暇があったら一冊でも多く本を読んだり、ベアトリーチェと神や仏について話し合っているほうが楽しかった。

二人ともとても純粋で、熱心で、使命感に溢れていた。私がキリスト教の矛盾を指摘すると、彼女が仏教の欠点を突いたりしてね。逆に私がキリスト教にひれ伏したり、彼女が仏教に心酔したりすることもあった。とにかく相手を理解しようと必死だった。彼女を理解すればするほど、仏教もキリスト教も同じで、宗教に分け隔てはないということがわかってきた。そしてどうすれば世の中を少しでもよくすることができるか、この世界から戦争や紛争やテロや貧困をなくすことができるかを、毎日真剣に考えていた。一緒にいろんなボランティアもしたわ。私たちはとても気のあう、良き友だったと思う。他にも友だちはたくさんいたけれど、彼女は特別だった。何がどう特別なのかはわからなかったし、そんなこと考える必要もないほど当たり前のようにそばにいたのよね、あの頃は。

彼女は大学を卒業したら家族でスペインに帰ることになっていた。最後の春休みに、二人でサンティアゴ巡礼の道を歩いた。自分の故郷にはこんな巡礼の道がある、父も祖父も歩いたすばらしい道だ、宗教は問われないから一緒に歩こう、って彼女が誘ってくれたの。師はいつものように、まあやってみなはれ、と言ってくれた。けど旅費の面倒までは見られへんで、というので私はアルバイトをして旅費をため、ベアトリーチェと一緒にスペインへ旅立った。あんなに必死にアルバイトをしたのも、飛行機に乗ったのも、あれが初めてだったわね。

今、死を前にして思い返しても、あのときの四十五日間が私の人生において掛け値なしに一番楽しかったと思う。人生で最も美しい果実、青春と恋とを、私も一度だけ味わったの。それが恋だということに先に気づいたのはベアトリーチェのほうだった。私のほうは、そんな気持ちが自分の中に芽生えていることは受け容れ難いことだったから、気づかないふりをしていたのかもしれない。相手に触れたいと思う気持ちが募っても、それは友情のあらわれに過ぎないと思い込もうとした。彼女は途中から私を変に意識しすぎてしまって、普段の他愛もない抱擁を避けるようになったり、急に口数が少なくなって自分の中に閉じこもったり、巡礼宿でもわざと離れたベッドを選んで寝たりしていた。私はそれまで彼女のことを理知的で自制心の強い優等生だと思っていたけれど、実は驚くほど繊細で激しいところのある人なんだってことが、歩いているうちにわかってきたの。

巡礼の行程が進めば進むほど、私もだんだん平静ではいられなくなってきた。この巡礼が終わってしまえば、もう彼女と会えなくなる。離れ離れになってしまう。スペインと日本とに遠く離れて、それぞれの人生をそれぞれの神に仕えて孤独に生きていく日々がはじまる。そう、孤独という概念を私が初めて骨身にしみて知ったのはあのときだった。それは彼女を物理的に失うことだった。それがどんなに耐え難いことか、彼女がどれほどかけがえのない大切な存在であるかを今さらのように思い知らされることだった。

私たちは互いのどうしようもないほど強い気持ちに気づいて、その罪深さに怖れおののいた。『神曲』の地獄篇でも、ダンテは同性愛者に火の雨を降りかからせる劫罰を与えているほど、キリスト教では同性愛が罪であると考えられていたから、彼女の苦しみのほうが私の苦しみよりはるかに大きかったと思う。

「シズ、私は生まれて初めてイエス様を恨みたい気持ちになったわ」

道端の名もない小さな教会の小さなマリア像の前で、ベアトリーチェが言った。私の得度する前の本名はね、静《しず》というのよ。静慧は呼びにくいというので、彼女は私をそう呼んでいたの。

「あなたを愛することはイエス様を裏切ることになる。でも、あなたへの気持ちを封じ込めることは、自分自身を裏切ることになる。私はどうしたらいいかわからない」

イエス様を捨てて自分を選んでくれとは、とても言えなかった。私だって御仏を捨てて彼女を選ぶことはできなかったから。私たちの仕える神は、私たち自身を超えてあまりにも大きすぎた。もしどちらかが男であったなら、あれほどまでに悩まなくてすんだかもしれない。でもどちらかが男であればと思ったことはない。私は女であるベアトリーチェが好きだったのだし、彼女も女である私に惹かれたのだから。

「ベア、どんな形の愛であれ、それを禁じる神様は間違っていると私は思う。どんな愛も等しく尊いもののはずじゃない？」

「そうね、シズ。愛を区別したり、差別したりしてはいけないと私も思うわ」

私たちは互いへの気持ちをこらえきれずに、その小さなマリア像の前で一度だけキスをかわした。いつもの頬っぺたと頬っぺたにする挨拶のキスではなく、恋情を込めてくちびるに捧げる、ただ一度のキスだった。マリア像だけがその行いを黙ってご覧になっていた。でも、それ以上のことはできなかった。神を愛することは、神への愛に生きることは、生身の人への愛を禁欲することに他ならないから。『神曲』のなかで「この門をくぐる者は一切の希望を捨てよ」と書かれている地獄の門をくぐるだけの勇気を、私たちは持ち合わせていなかったのね。

巡礼を続けてカストロヘリスの町に入ったとき、私たちは他の巡礼者からサンタ・クララ修道院のことを聞いた。とても戒律が厳しく、外界との接触を一切禁じられていて、修道女たちは生涯を修道院から出ることなく過ごすというの。修道女たちが人びとの前に出るのはミサのときだけで、それも柵で仕切られた奥のほうから讃美歌を歌うだけなの。ここでは彼女たちが手作りしているクッキーを販売しているんだけれど、姿は見せずに回転扉越しにしか買えないというのよ。でもこのとき村人と会話をするから、世間のことは知っている、という話だった。

私たちは次の日、この修道院のミサに出かけたわ。そしてミサのあとで回転扉越しにクッキーを買った。クッキーにはいくつか種類があって、それぞれの値段が回転扉に貼ってあるの。これください、と口頭で伝えて扉の台にお金を置くと、扉が回転してクッキーとお釣りが出てくるの。グラシァス、という言葉は聞こえたけれど、シスターの姿を見ることはなかった。でも彼女たちの讃美歌はとても透明感に溢れていたし、クッキーは卵黄と上等の小麦粉をふんだんに使って焼き上げた素晴らしくおいしいものだった。ベアトリーチェと一緒に、あの修道女たちの人生を嚙みしめるように慈しんで食べたから、きっと忘れられない味になったのでしょうね。

ここまで来ればもう巡礼路も残り半分。私たちは別れを惜しむようにことさらにゆっくり歩いた。レオンの大聖堂で、あの全身に降り注ぐような美しいステンドグラスの光を浴びながら、ベアトリーチェが決意を告げた。サンティアゴに着いたら、自分は再びカストロヘリスに戻って、サンタ・クララ修道院に入るつもりだと。そこで生涯を神への祈りに捧げながら、ひそかにあなたのことを思って生きていく、と。そんなに重たい決意を、どうして反対することができただろう。そんなに激しい愛の言葉を、どうしてかわすことができただろう。それはまるで自分を罰するような覚悟であり、私への愛を貫くための覚悟だったのよ。私は彼女のその悲愴な覚悟を黙って受け止めるしかなかった。それはすなわち、私自身もまた、彼女以外の生身の人間は決して愛さないと誓うことだった。

「約束するわ、ベア。私は必ずあなたに会いに行く。ミサのときに柵の向こう側からしか見られなくても、回転扉越しにしか言葉を交わせなくても、いつか必ずあなたを感じるために会いに行く。十年後か、二十年後か、もしかしたら五十年かかるかもしれないけれど、自分のやるべき仕事を全うしたら、いつかきっとこの道に戻ってきて、あなたに会いに行く」

「待っているわ、シズ。あなたはきっと大きな仕事を成し遂げるでしょうから、五十年後になるかもしれないわね。それでも待っている。あの回転扉の向こうからあなたの声が聞こえてきて、クッキーください、と語りかけられるのを。いつまでも。いつまでも」

＊　＊　＊

静慧尼は語り終えると、深い深い息を吐いた。

「それがとうとう五十年間果たせなかった約束よ。帰国すると、私は彼女のことを忘れるために狂ったように激しい行に没頭し、さらに貪欲に勉強を続けた。仏教者でありながら、イスラム教のこともヒンズー教のこともユダヤ教のことも知りたくて、メッカやインドやエルサレムに何度もかよった。やがて住職となり、守るべき寺や檀家ができても、それは止まらなかった。縁あって人権運動にも携わるようになって、NPO活動にも足を突っ込んだ。老師が亡くなってからは他の偉い男僧たちに疎まれて、いじめを受けたり妨害されたりした挙句、僧籍を剥奪されたこともある。私には闘うべき敵が山ほどいたの。仏教界の因習だけじゃない、人の権利や命を踏みにじる世の中のありとあらゆる悪と闘っているうちに、気がついたらあっという間に五十年が過ぎていた。長いあいだ、ベアトリーチェだけが心の支えだった。あの牢獄のような修道院のなかで私を想ってくれている彼女のことを片時も忘れた日はなかったし、彼女への愛は年を経るごとに大きくなっていくようだった。でも、とうとう一度もスペインを、あの道を、カストロヘリスのあの修道院を訪れることはなかった。こんなにも仕事で世界中を旅して、ヨーロッパにだって何度も何度も行っていたのに、不思議なものよね。そうしていつのまにか、あの約束を忘れてしまったのよ。今の今まで」

「レチャッソ・デ・コルデロ・アサードは、ベアトリーチェさんと一緒に食べたのですね？」

「そう。あの小さなみすぼらしいマリア像の前でたった一度のくちづけを交わした晩にね。だから味覚の記憶には魔法がかかっていて、今同じものを食べたとしてもあれほどおいしいとは思えないのかもしれないわね」

「わたしにしてもらいたいこととは、サンタ・クララ修道院をあなたの代わりに訪れることでしょうか？」

「はい。私のかわりにベアトリーチェに伝えてほしいの。シズはようやく自分のやるべき使命を全うした、わけあって肉体は来られないけれど、魂は今やっとここを訪れることができた、と。そして今でも五十年前と変わることなく、あなただけを愛していると」

「静慧さまは本当にただの一度も他の方には心惹かれなかったのですか？」

「まあ正直に言えば、ダライ・ラマさんとアウン・サン・スー・チーさんにお会いしたときはかなりグラグラッときましたけどね」

静慧尼は朗らかに笑った。

「でもベアに対して抱いたような、相手のすべてを渇望し、すべてを赦す、あのまじりけのない、澄み切った、何があろうと揺るがない愛おしさは、どなたにも抱いたことはありません。ただの一度も。その約束だけは守り通すことができました」

「すごいですね」

ミチルは二人の尼僧の苛烈な人生に打ちのめされた。すごいという以外、なんの言葉も出なかった。

「やっていただけますね？」

「わかりました。そんなすごい愛の物語を聞いてしまった以上、何をおいてもやらせていただきます」

「ありがとう、ミチルさん」

「カストロヘリスまで行けば、その修道院の場所はわかりますか？」

「必ずわかります。小さな町ですからね」

「ではマドリッドまで飛行機を手配して、マドリッドからカストロヘリスまでの行き方を調べなくては」

「いいえ、飛行機はパリまで取ってあります。パリからTGVでバイヨンヌまで行って、そこからローカル線に一時間乗ればサン・ジャンに着きます。サン・ジャンの巡礼事務所でまずクレデンシァルという巡礼のパスポートを発行してもらってください。通り過ぎる町々のバルやアルベルゲや教会でスタンプを押してもらう必要がありますからね。歩いてサンティアゴへたどり着いたという、それが唯一の証明になるのです」

「ということは……全部歩くのですか？　サン・ジャンからサンティアゴまで？」

「もちろん。カストロヘリスへまっすぐ行ってどうするんですか？　巡礼をしながら立ち寄ることに意味があるのですよ」

「でもそれでは、とんでもなく時間がかかってしまいます」

「どうせ時間ならたっぷりあるでしょう？　あなたはしばらくのあいだ海外で身を潜めていなくてはなりません。この国にいるのはとても危険なのですよ」

「静慧さまのお命が間に合いません。わたしはあなたの墓前にではなく、生きているうちにクッキーを届けたいんです。そしてそれを召し上がっていただいて、命をつないでいただきたいのです」

だだをこねて困らせる孫娘を見るようなやさしい目で静慧尼はミチルを見ていた。

「空海は亡くなるとき、われ永く山に帰らん、と言い残しました。ですから高野山では今でも空海が生きていると信じられていて、彼のための食事が用意されているのです。私もまた、いつでもこのお山におります。あなたが巡礼を終えて持ち帰ってくれるクッキーは、必ず私の口に入ります。わかってくれますね？」

ミチルは頷いた。頷く以外に何ができただろう？

「サンティアゴの巡礼路は、この醜い世界に奇跡のように取り残された美しい道です。その道にはあなたの失った記憶を思い出させてくれる力が秘められていると私は信じています。できるだけゆっくり、ゆっくり、歩きなさい。きっと久美子さんが一緒に歩いてくれるでしょう」

ああ、この人は何もかもわかっているのだ、とミチルは思い、久美子という言葉を聞いただけでぼろぼろと涙がこぼれた。

「イェイツがこんなことを言っています。唯一おこなう価値のある旅とは、自分の中に入っていく旅であると。それこそが本当の巡礼なのです。久美子さんと語り合いながら、ゆっくり、ゆっくり、歩いてきてください」

ミチルがもう一度深く頷いたのを認めると、静慧尼は合図をして静山尼を呼び、何事か囁いた。静山尼はミチルを立たせて静慧尼から少しずつ引き離していった。他の尼僧たちが戻ってきて、静慧尼のまわりで円陣を作った。静慧尼は目を閉じて数珠を握りしめ、尼僧たちとともにお経を上げはじめた。彼女は再び戦闘態勢に入ったのである。

「裏口にレジスタンスが待っています。四国中の空港、ＪＲの駅、高速道路の出口には公安が張り付いていますから、ちょっと手間のかかる方法であなたを海外へ逃がします。まず高知の海から漁船で下関まで送り届けます。下関からはフェリーで韓国の釜山まで行ってください。釜山港から仁川国際空港へリムジンバスで移動し、そこからパリへ飛んでください。この方法が一番安全です」

と静山尼は説明した。

「これは静慧さまからあなたへの餞別です」

と言って渡された風呂敷包みをちらりと見ると、少なくはないお金が入っているのが見えた。

「このうえお金まで……いただけません」

「私どものNPO法人には有り難いことに、世界中の人権団体や財団から義援金が集まってきます。その義援金は主に迫害された方々を救い出すためのレジスタンス活動や反テロ活動のために使われます。ですからご心配には及びません。いつかあなたが自由の身になられたとき、世界のどこかにいる同じ立場の方々を助けたいと思うお気持ちがもしおありでしたら、道端の募金箱にいくばくかのお金をお入れくだされればそれで充分なのです」

さあお急ぎください、と急かされて、ミチルは裏口へと導かれた。ちらりと門のほうへ目をやると、何台ものテレビカメラが静慧尼の姿を中継し、カメラマンがフラッシュを浴びせかけていた。一時間に一回ずつ撮影が許可されているということだった。その人ごみのせいで政府の人間にミチルが裏口から出て行く姿を見られずに済んだ。静慧尼はそこまでちゃんと計算してくれているのだった。

来たときとはまったく異なるルートの山道を下って、ミチルは五時間かかって麓の村に下りた。先導してくれるレジスタンスの足はウサギのように素早く、ほとんど飛ぶように駆け下りていた。そこから車に乗り込んで高知の漁村に着いたときにはすでに真夜中近くになっていたが、カツオ漁船が灯りをつけてミチルを待っていた。

「月は明るく波は良好じゃき、すぐ出航するちや」

「よろしくお願いします」

龍馬よさこい団、と彼らは名乗った。あのトラック野郎と同じチームだった。月光が冴えわたるなかエンジン音を響かせながら船が岸を離れると、ミチルはようやくほっとして風呂敷包みを開けることができた。そこにはソウル発パリ行きの一年オープンの航空券と、2000ユーロの現金が入っていた。未曾有の円安で現在のレートは一ユーロ300円くらいだったから、かなりの大金だった。有り難くお借りいたします、と胸の中でつぶやいて、ミチルは風呂敷をリュックにしまった。

パスポートが入っていた茶封筒にはカワセミの写真と、木内雅野と署名された手紙が入っていた。夜の船の中で読むには灯りが足りなかった。それにあまりにも立て続けにいろんなことがありすぎて、ミチルの体と頭は飽和状態になっていた。この手紙はソウルからの飛行機の中でゆっくり読もう、と思いながら、ミチルはカツオの生臭い匂いのしみこんだ船の中で目を閉じた。そしてあっという間に眠りに落ちた。

下関に着いたのは翌日の昼頃だった。

フェリーの出航時刻は夜の七時で、翌朝八時に釜山に着いた。釜山港からリムジンバスに乗って仁川国際空港までは約五時間、その日に出る大韓航空のパリ行きはコードシェア便も含めすでに便がなく、翌日まで待たねばならなかった。翌日の午前発の便には空きがなかったが、午後一時過ぎの便を取ることができた。パリ行きの機内に乗り込んだときには、ミチルが瑞香院を出てからすでに丸三日が過ぎていた。

離陸後しばらくして機体が安定飛行に入ると、隣に座っていた日本人のビジネスマンがパソコンを開いてNHKのニュースを見始めた。何気なくその画面に目をやったミチルは、心臓に激しい痛みを覚えてその画面に釘付けになった。

「つい先ほど入ってきたニュースです。政府に抗議してハンガーストライキに入っていた僧侶であり人権活動家としても知られる隈井静慧さんが、先ほど亡くなりました。隈井さんは水と塩しか摂らず、自身が住職を務める瑞香院の本堂前に座り込み、政府に命がけの抗議行動をおこなってきましたが、18日目に突入した本日昼前に意識がなくなり、生前からの強い意志により救急搬送を拒んでいたため、そのまま帰らぬ人となりました。享年72歳でした。鼠鳴首相は哀悼の意を表するコメントを発表し、新女性党党首の春遠ひかりさんの国会議員復職を緊急に検討すると明言しました。しかしその決断があまりにも遅く、結果的に手遅れになってしまったことに対して、国際的な人権団体からは鼠鳴政権に対する激しい批判の声が次々と湧き起っています。国連の○○事務総長、アメリカの○○大統領、イギリスの○○首相、そしてフランスの○○大統領も立て続けに哀悼の意と鼠鳴政権を批判する声明を発表しました。今後さらに国際社会からの鼠鳴政権への風当たりが強まることは避けられない見通しです。隈井さんの勇気ある行動を国民誰もが固唾をのんで見守っていただけに、全国には大きなショックが広がっています。国会議事堂前には隈井さんの遺影を掲げ、喪章をつけて反政府デモに参加する人々が続々と集まりはじめました。追悼の動きも広がっています。隈井さんが息を引き取った直後から四国八十八ヶ所の霊場をはじめ、全国の寺で一斉に鎮魂の鐘を打ち鳴らす音が響き渡りました。各自治体も災害用のサイレンを鳴らして黙禱を捧げ、海では船舶が鎮魂の汽笛を鳴らしはじめました。各県庁をはじめ市役所や町役場では続々と半旗を掲げて弔意をあらわしています。ではここで、類まれなる人権活動家だった隈井静慧さんの足跡を振り返ってみましょう。隈井さんは……」

　気がつくと、機内のすべてのスクリーンに隈井静慧尼のニュース映像が映し出されていた。インドの空港でテロリストを説得しているときの若き日の映像、アフリカの内戦に赴き部族長と対話をしている姿、各国首脳や国連幹部と談笑している横顔、人質解放を求めてヨーロッパ東部の戦場に乗り込んでいく雄姿、そしてハンガーストライキに入ってからの刻々と瘦せ衰えていく衝撃的な映像……。ミチルは激しいふるえと嗚咽をこらえて手を合わせ、その魂とともにスペインの巡礼路を歩くことを誓いながら、長い長い祈りを捧げた。

第三章　カミーノ

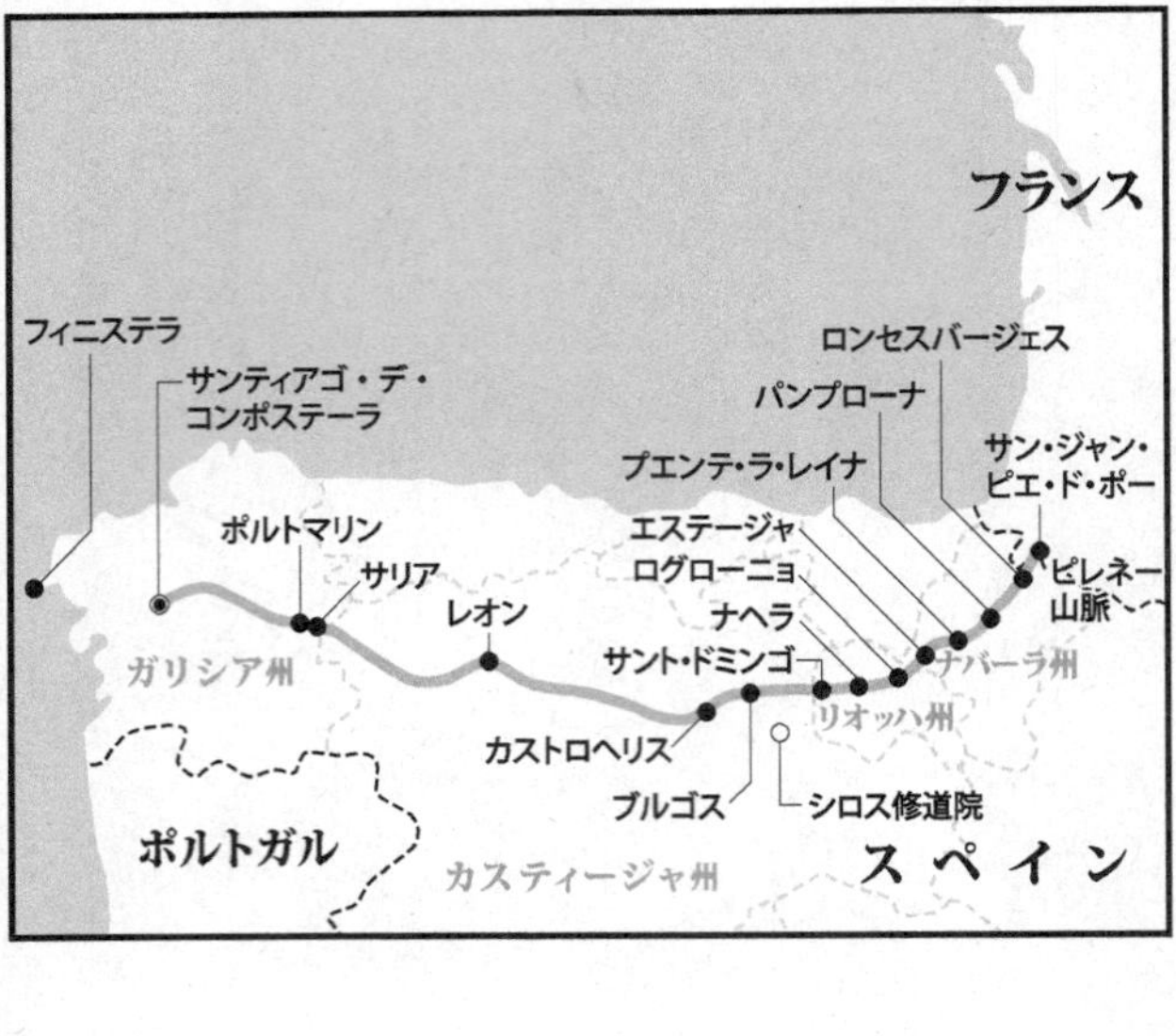
フランス
フィニステラ
サンティアゴ・デ・コンポステーラ
ロンセスバージェス
パンプローナ
サン・ジャン・ピエ・ド・ポー
プエンテ・ラ・レイナ
ポルトマリン
エステージャ
サリア
ログローニョ
ピレネー山脈
レオン
ナヘラ
ガリシア州
サント・ドミンゴ
ナバーラ州
リオッハ州
カストロヘリス
ブルゴス
シロス修道院
ポルトガル
カスティージャ州
スペイン

1

バルのオープンテラスの椅子にリュックを置いて、トイレを借りてからエスプレッソを飲み、ペットボトルの水を買って外に出ると、リュックの上に猫が丸くなっていた。ミチルは猫を抱き上げて首筋の匂いを嗅いだ。その瞬間、強烈なフラッシュバックとともに久美子の匂いがして、久美子の声が聞こえてきた。

「ミチルさん、スタンプを貰い忘れてるわよ。お店の人に言って、ちゃんと貰わなきゃ」

思わず振り返るほどリアルな声だったが、もちろんそこには誰もいなかった。

「久美子……そこにいるの？」

それがはじまりだった。それからたびたび、久美子はあらわれるようになった。姿は見えなかったが、ミチルははっきりとその存在を感じることができた。いたるところに久美子はいた。路傍の十字架に結ばれたリボンにも、エスプレッソのカップの底に残った黒いしみの中にも、巡礼宿の庭に干された色とりどりの洗濯物のあいだにも。汗まみれのリュックの上にちょこんと載っていることもあれば、葡萄畑を吹き渡るかぐわしい風になってあらわれた。朝の鳥の声を聞けば久美子が挨拶していると思い、教会の鐘の音を聞けば久美子が笑っていると思った。羊の鳴き声は久美子のあくびのようだった。

だからミチルはひとりで歩いているのではなかった。静慧尼が言ったように、久美子が一緒に歩いてくれているのだった。ここが巡礼路というスピリチュアルな道だからなのかどうかはわからない。ミチル自身は、自分にスピリチュアルな感覚が備わっているとは思えないし、キリスト教徒でもないから神の加護を受けているとも感じない。だからただのスペインの田舎道には違いないのだが、それだけでは片付けられない何かがこの道にはあるような気がしていた。

旅は初日から圧倒的だった。

サン・ジャン・ピエ・ド・ポーの町を出ると、いきなり標高差1250メートルのピレネー越えがはじまった。放牧地の脇を通り、羊や牛や馬を眺めながらピレネー山脈を登ってゆく。途中で拾った棒切れを杖代わりにしてゆっくりと歩くが、二時間もするとリュックが肩に食い込み、足が痛くなってきた。なんだかこのところしょっちゅう山登りをさせられているような気がする。体はきついが、収容所の息苦しさに比べたら景色は美しく、開放感に溢れている。

そもそもシャルル・ド・ゴール空港に着いたときから、ああここには来たことがある、とミチルは強い既視感を覚えていた。いくつかのフランス語の単語を理解することができたし、市内へ出るバスにもメトロにも難なく乗ることができた。カフェでコーヒーを飲むことも、ホテルを見つけることも、TGVの切符を買うことも当たり前のようにできた。日本にいるときよりも楽に息をして、寛いでいる自分を感じていた。ただ一ユーロ三百円の国から来ると物価の高さがこたえて、これからはアルベルゲという巡礼宿に泊まらざるをえないと覚悟した。安いホテルでも30ユーロはするが、アルベルゲなら10ユーロ以下で泊まることができる。

ピレネーを登るにつれてかなり冷えてきて、雨も降りだした。あたりは一面、霧の海である。レインウエアを着込み、朝パン屋で調達したクロワッサンと水で腹ごしらえをして、この世のものとは思えない幻想的な風景のなかを歩き続ける。ぬかるんだ泥道が続いて、靴とズボンが泥まみれになる。まわりには世界中から来た巡礼者たちが歩いているし、道順を示す矢印がそこかしこに立てられているからまず道に迷うことはない。

空気が薄い。体じゅうがばらばらになりそうだ。どう見ても七十歳は超えていそうなドイツ人やフランス人の老人たちに軽々と追い越されていく。もう歩けない、死にそうだ、とへたばって座り込んでいると、通りかかったフランス人のおじいさんの巡礼が、手を出しなさいと言って片手いっぱいの干し葡萄を分けてくれた。フランス語で声をかけてくれたおじいさんの言葉が、

「これ食べながら歩くといいよ。がんばって」

と久美子の声で聞こえた。おじいさんの足は速く、すぐに背中が見えなくなった。立ち上がり、干し葡萄を食べながら歩きはじめると、まだしばらくは歩けそうだった。干し葡萄はすばらしい行動食だった。あのおじいさんは久美子が姿を変えてあらわれたの

かもしれないとミチルは思った。

いつのまにか国境を越えてフランスからスペインに入っていたらしく、ナバーラ州の石碑が見え、道順の矢印が赤から黄色に変わっていた。獰猛そうなピレネー羊の群れとすれ違い、森を抜けて、ひたすら山道を下っていく。雨は降っていたかと思うとすぐに止み、晴れていたかと思うとガスが出る。一度、道に迷いそうになった。まわりに誰もいなくて、矢印もなくて、立ち込めるガスの中をふらふらと歩いていたら、

「そっちじゃないよ、こっちだよ」

という声が聞こえた。だがまわりには誰もいない。久美子の声だった。逆方向に戻ると、巡礼が歩いているのが見えた。あやうくピレネーの山中で遭難するところだった。ありがとう、とミチルは胸の中で久美子に礼を言った。

歩きはじめて八時間、やがてロンセスバージェスの修道院が見えてきた。道中で出会った面々が、リュックを降ろし靴を脱いで巡礼事務所の前に座り込んでいる。ここでスタンプを貰うためだ。シエスタで四時まで閉まっているらしい。ミチルはようやくここでシエスタのある国スペインに入ったことを実感したのだった。

「親愛なるミチル

この手紙を読んでいるということは、収容所から出て瑞香院まで来られたということですね。本当は直接会って話したかったのですが、あなたはこのままっすぐ海外へ行

くことになると思うので、あなたが自分のことを少しでも思い出す手助けになればと思い、こうして手紙を書くことにします。

　記憶をなくしている状態というのは、きっとおそろしく不安なものだろうと思います。木内雅野って誰、という状態なのかもしれませんが、私はあなたの友人であり、あなたの芝居の古くからのファンであり、あなたの芝居について劇評を書き続けてきた評論家でもあります。姫野くんや装置の横田さんの次くらいにあなたのことをよく知っている人間だと思いますので、どうか信用してこの手紙を読んでください。

　あなたが今一番知りたいのは、おそらくあの事故のことでしょう。インターネットで見ると心中事件などと書いているところもあるようですが、警察発表にあるように、あれはまぎれもなく事故だと思います。宙吊りの仕掛けを作って動かしていたのは横田さんです。横田さんの連絡先を書いておくので、彼に話を聞きたくなったら連絡してみてください。横田さんもミチルのことをとても心配していましたよ。

　あの事故についてマスコミが心中と言っているのは、姫野くんが劇団の公式発表として心中だと言ってしまったことがきっかけでした。なぜそんなことをしたか？　私が思うに、もし事故で命綱がはずれるようなことがあれば、装置の横田さんの管理責任が問われてしまうからではないでしょうか。げんに横田さんは書類送検され、結局は不起訴になりましたが、あやうく過失致死罪に問われるところでした。彼を守るために姫野くんはそう言わざるをえなかったのではないか、と私は思います。命綱は事故ではずれたのではなく、自分たちの意志ではずしたのだ、と。あの事故で久美子さんは即死、ミチルも意識不明の重体で、まず助からないだろうと言われていました。だから姫野くんは生きているスタッフのほうを守ろうとしたのではないでしょうか。

いいえ、それとも、もっと個人的な感情のためかもしれません。あなたと久美子さんと姫野くんとのあいだにどのようなことが起こっていたのかは私にはわかりません。とても複雑な三角関係だったのだろうということは想像できますが、あるいはそのことも関係しているのかもしれない。彼の中で何らかの感情のもつれがあって、心中という言葉を言わせたのかもしれない。

あなたも姫野くんも、久美子さんのことをとても愛していました。では久美子さんの気持ちはどうだったのか？　ミチルと姫野くんのあいだで悩んでいたことは間違いないでしょう。二人のことを同じように愛していたのかもしれない。それは誰にもわからないけれど、私の目には、姫野くんとつきあいながらもミチルに強く惹かれていたように見えました。もちろん劇作家・演出家としてのミチルに彼女は全幅の信頼を寄せていたし、あなたは女優・稲葉久美子の才能に惚れ込んでいた。でも二人はそれだけではなかった。もっと強く深い絆で結びついていたと思います。

私が驚いたのはあなたの愛し方です。これまでさんざんたくさんの女性たちとつきあってきたでしょうに、あれほど不器用に誰かを愛する王寺ミチルを初めて見ました。かつての女たらしとはまるで人が変わったようにストイックで、とても見てはいられないほど苦しそうでした。こんな時代だから、久美子さんを同性愛者にしてしまうことを恐れていたのでしょう。だから演出家であることを最優先にし、女優である久美子さんを崇拝するあまり、頑なに恋人になろうとしなかったのではないですか？　それなのに、そんなに愛したらいつか気が触れてしまうのではないかと思うほど、あなたは久美子さんを愛していました。でも本当に気が触れたのは、久美子さんのほうだったのかもしれない。もしあれが事故でないなら、命綱をはずしたのは久美子さんだったのではないかと私は思っています。これについては横田さんも同じ意見です。

あの最後の公演のとき、あきらかに久美子さんは普通の状態ではなかった。あのときは、劇団員全員がいくぶん普通の状態でなかったことは確かです。同性愛のプロパガンダ活動が厳しく取り締まられ、ネオナチによる反同性愛運動がピークを迎えていたあの頃、女同士のラブシーンを含む芝居を上演することはあまりにも危険なことでした。スタッフ全員が反対したと聞いていますし、特にプロデューサーの安井さん（後期カイロから劇団にくわわった、やり手のプロデューサーです）は何度も公演を中止するようあなたを説得したそうです。それでもあなたは諦めなかった。こういう時代だからこそ上演する意味があるのだと言って、上演を敢行した。公演中のものものしい雰囲気はかつてないほど独特なものでした。劇場のまわりは大勢のネオナチが取り囲んでシュプレヒコールを上げ、暴動に備えて警官隊が配備されていました。私服の公安もいやというほど目についた。それと同じくらい、観客の熱気もすごかった。チケットは即日完売、連日立ち見が出るほどの盛況でした。上演を敢行したあなたたちを支持するファンやレジスタンスの群れが劇場に集い、あなたと久美子さんをネオナチから守ろうとしていた。

熱狂の渦のなか、誰もがハイになり、役者は実力以上の集中力を発揮して芝居はすばらしい出来でしたが、あなたと久美子さんだけは少し違っていました。外の騒ぎなど眼中にないように冷静そのものだったのです。まるで二人だけの世界にいるかのようでした。私より近くで二人を見ていた横田さんは、

「あのとき久美子は壊れていた」

と言っています。ぎりぎりまで追いつめられて精神のバランスを崩し、何が起こっても不思議ではない状態だったと。ミチルはそんな彼女にどこまでも寄り添っていたのです。

ラストシーンの宙吊りのタンゴはとても衝撃的で、王寺ミチルの美意識がすべて詰まった素晴らしいシーンでした。あの宙吊りからの落下について、二人はネオナチの襲撃を受ける前に自ら磔刑のキリストになったのだ、と書き立てるマスコミもいましたが、それは違うと思います。あなたはそんな人ではない。そんな負け方をする人ではない。ガラスのように繊細に見えて、実はクリスタルのように強い人です。でも、久美子さんはあなたほど強くなかったのだと思います。

どうか自分を責めすぎないでください。あなたが生き残ったのは奇跡ですが、生き残った以上、どんなに苦しくても寿命と使命を全うしてほしいと願っています。王寺ミチ

ルの使命とは演劇以外にありません。この陰険きわまりない愛国党政権がいつか正しい見識を持つ勢力によって倒され、悪夢のような抑圧の時代が去って、この国が秩序と平安を取り戻す日が来たら、この国に、そして劇場に、帰ってきてくれることを心から祈っています。私にできることがあればいつでも連絡をください。待っています。

木内雅野」

ロンセスバージェスのアルベルゲは二段ベッドがずらりと並ぶ野戦病院のようなところで、今日一日だけはバスタブに浸かりたいと思ったし、一人になって考えたいこともあったので、ミチルはさらに一時間歩いてブルゲーテ村に宿を取った。目についた小さなホテルできいたらそう高くなく、清潔で、しかも偶然にもヘミングウェイの定宿だった。鱒のナバーラ風を食べたいのだが、と言うと、八時半から下のレストランで食べられるというので泊まることにした。

宿でスペインの遅い夕食を待ちながら、ミチルはこの手紙を読み返していた。パリ行きの機内で読んだこの手紙を、ミチルはそれから何度も読み返すことになった。命綱をはずしたのは久美子のほうだと思う、という雅野の言葉にミチルは衝撃を受けていた。何度読み返してもそのたび衝撃を受けずにはいられなかった。手紙の末尾には雅野本人や横田さんをはじめとして、劇団員やスタッフの名前と連絡先が書かれた一覧があった。さらに添付資料として、劇団カイロプラクティックの前・後期をつうじての活動の軌跡もまとめてあった。公演タイトル、期間、劇場、あらすじ、演出の特色まで仔細に書かれた、とても丁寧な内容だった。いかに演劇評論家とはいえ、これだけのものをまとめるのには結構な時間がかかっただろう。雅野や横田さんに電話をしてみようかとも思ったが、一体どのように話せばいいのかわからなかった。

皮肉にもあの収容所の電気ショックのせいで、記憶の断片が前後の脈絡なく突然甦ることが多くなっていたが、あまりにも脈絡がないのでいったん保存してから断片と断片との照合作業をおこなう必要があった。フラッシュバックにも増して、過去の夢を見ることも多くなっていた。目が覚めてから、あれは昔自分が体験したことに違いない、とわかるときもあれば、その確信が持てないときもあったが、過去の自分につながる何らかのピースであることは確かだった。ミチルは目覚めるとすぐにノートに夢を記録する習慣がついた。フラッシュバックについても同様に、明確に言語化して記録するようになった。芝居の戯曲を書く作業とはまったく真逆の、それは冷徹な自己検証作業だった。しかし自分の奥深くへ分け入っていき、自分自身を掘り起こす作業という意味では、あながち真逆であるばかりでなく、通じるところもあるのかもしれない、とミチルは思った。

スペインの夜は長い。夕食の時間が遅すぎるからだ。酒を飲まず孤独癖のあるミチルのような人間にとっては、いささか長すぎる。だからこのようなノートをつけて失った記憶を取り戻す作業に没頭できることは、長い夜をやり過ごすためのうってつけの時間潰しにもなったのである。そのようにしてミチルは、ばらばらに吹き飛んだジグソーパズルの一片一片を丹念にかき集め、その膨大なピースを必死に繋ぎ合わせて、複雑な紋様のタペストリー＝記憶が浮かび上がってくるのを息をひそめて待ち続けた。それは気の遠くなるほどの忍耐力と強靭な精神力、そして人生に立ち向かう勇気を要する、どこまでも孤独で果てしのない戦いだった。

＊　＊　＊

待ち合わせの喫茶店に着くと、すでにトオルやプロデューサーの安井さんをはじめ数人のスタッフが席についてミチルを待っていた。テーブルにはミチルが書き上げたばかりの戯曲が置かれている。安井さんが立ち上がってミチルを迎えた。この人は久美子とミチルのコンビネーションに惚れ込んで劇団カイロプラクティックに参加したフリーのプロデューサーで、マスコミへの売り込みやスポンサー獲得に独特のノウハウを持ち、劇団を以前の知る人ぞ知るマニアックな立場から一躍人気劇団にしてみせた手腕の持ち主である。

「ホン、文句なしにすばらしかった。あなたが書いたもののなかで最高傑作かもしれません。これをあなたの演出で、久美子の主演で上演したらどんなに凄い芝居が出来上がるか、僕にはありありと目に浮かぶ。鳥肌が立ちますよ。でも、時期があまりにも悪すぎる。とてつもない賞賛とひきかえに、嵐のようなバッシングを受けるでしょう。下手をすれば命取りになります。しばらく辛抱して、いつか上演できる機会が来るまでひきだしにしまっておいてくれませんか」

「そう言われるんじゃないかと思ってた。でも、この芝居は今やらなければ意味がない。役者は生ものなんだよ。久美子は役者として今が最高潮なの。まさに脂が乗りきってる。一年後にはあの輝きが損なわれてしまっているかもしれない。二年後にはすでに成熟がはじまっているかもしれない。それじゃ駄目なんだよ。ある時期の役者にしか持ちえない瞬発力、生命力、そういうものがこの芝居には必要なの。それに、こういう時代だからこそやる意味があるんでしょ。バッシングがこわくて芝居なんかできないよ」

「あなたはどこまでも闘う人なんですね。気持ちはわかりますが、これではスポンサーがつきません。また貧乏劇団に戻りたいですか？　確かにここ数年で知名度は上がり、固定客は増え集客力はアップしたけど、あなたの芝居はとてつもなく金がかかる。美意識が高すぎるんですよ。装置にも美術にも照明にも音響にも贅沢に金をかけすぎるから、チケット収入だけで製作費はペイできない」

「芝居が金食い虫なのはしようがない。他に金をかける価値のあるものなんてある？」

見かねて横田さんが口を出した。

「なあ、ミチル。今回だけはやめたほうがいい。もう一度劇団をつぶすだけならまだしも、下手したら命にかかわるぞ。我慢していろ。じっとしていろ。黙って待ってろ。時が来るまで。格好の血祭に上げられてしまうぞ」

どんな時でもミチルの言うことにノーと言ったことのない男までが、異を唱えている。

だがミチルは澄んだ目で、揺るぎのない声でこう答えた。

「芝居は命がけでやるものだよ。他に命をかける価値のあるものなんてある？」

スタッフは頭を抱えて黙り込んだ。

「久美子はどう言ってるんだ？」

と安井さんがトオルに訊いた。

「もちろんやるって言ってる。何があっても、ネオナチに襲われても、絶対にやりたいと」

「久美子を危険な目にあわせても平気なのか？　前回もバスの中でネオナチ野郎にナイフ突き付けられたんだぞ。女同士でラブシーンなんかしやがってって、横っ腹にナイフ突き付けられたんだぞ。一歩間違えば……」

「でも刺されはしなかった」

「今度は刺されるかもしれない。いつそういうことがあってもおかしくない状況なんだよ」

「あのときは一人でバスに乗せた俺が悪かった。久美子は俺が守るよ。稽古場から家までぴったり張り付いているから」

「ネオナチの憎悪がわたしだけに向かう方法があればいいんだけど」

「じゃあせめて、ラブシーンだけでもカットできませんか？」

苦し紛れといった感じで安井さんが言った。

「ラブシーンが売り物なのに、そんなことできるわけないでしょう」

「ミチルさんと久美子のラブシーンはエロすぎるんですよ。ネオナチどころか、一般市民も刺激しすぎる。大体、ラブシーンなんかしなくたって、ただ並んで立っているだけで滴るようなエロスが匂い立ってしまう。舞台の上で視線を交わすだけで、ただならぬ親密さが溢れ出てしまう。二人は絵になりすぎて目立ちすぎるんです」

「ふん、今のカイロのラブシーンなんて、昔に比べりゃお上品すぎるくらいだけどな」

と横田さんが口を出した。

「キスシーンもないしヌードもない。タンゴを踊るだけだろ？　そんなのラブシーンとも言えねえよ。ま、ミチルのダンスは女優の胸をつかんでうなじを吸う過激なダンスだけどな。それくらいはないとカイロとは言えんだろう。ファンはそれを見に来るんだからさ」

「今は女同士でタンゴを踊るだけでも大変な騒ぎになるんだよ。宝塚でさえ公演自粛せざるをえない時代なんだ」

「じゃあ安井さんはラストの宙吊りのタンゴをカットしろってのか？　この芝居の一番いいシーンなのに？」

「実は警察から中止勧告が来てます。ラブシーンさえなければ問題ないそうです。それに宙吊りは金がかかりすぎるし、タッパのあるでかい小屋も必要です。このシーンさえカットしてもらえたら、あらゆる意味でとても助かる」

「悪いけど、それだけはできない。横田さんが宙吊りのセットを作れないって言うんなら別だけど」

「見くびるなよ。プランはもう練ってある。俺を誰だと思ってるんだ。これまで俺が一度でもおまえの要求するセットを作れないって言ったことあるか？」

「そう言ってくれると思った。ありがとう」

ミチルはようやく笑顔を見せた。

次の日、ミチルは稽古場でスタッフと役者全員を集めて言った。

「この芝居を上演したら、身の安全は保証できない。劇場から一歩外に出たら、石をぶつけられるかもしれない。汚い言葉を浴びせられるかもしれない。脅しや暴力、警察による不当拘束、何でもありうる。少しでも怯む者がいたら、どうぞここから出て行って」

ミチルは目を閉じ、十数えてから、目を開けた。誰も出て行かなかった。それどころか、

「現実問題として一番危険に晒されるのはミチルさんと久美子さんですよね。みんなでできるだけ二人を守りましょう」

「そうだ。ネオナチなんかに負けないところを見せてやろう」

という声が上がって、ミチルの胸を熱くさせた。トオルは困ったような顔をし、安井さんは苦い顔をしていたが、横田さんは嬉しそうだった。何より久美子の目が輝いていた。

「みんな、ありがとう。では横田さんに宙吊りのプランを説明してもらいます」

「いや、プランっていっても宙吊りの基本をやるだけだぜ。ミチルと久美子には特注のフルボディーハーネスをつけてもらう。ワイヤーロープで天井のバトンとハーネスをつないで、俺とスタッフが四人がかりでワイヤーを手動で動かす」

「えーっ、手動で動かすんですか？」

「手動じゃないと細かい繊細な動きは無理なんだよ。空を飛びながらタンゴ踊るなんて、どんだけ高度なテクニックがいると思ってんだよ」

「そんな難しいこと、大丈夫なんですか？」

「一年も前からフライングやりたいってミチルに密命を受けてたから、フライングの専門家に弟子入りして徹底的に技を盗んできたんだよ。なんせミチルの要求は小劇場演劇を超えたレベルのフライングを、ときたもんだ。俺らもう、ピーターパンやディズニーシーの操演にでも転職できるくらいだぜ」

みんなのあいだにざわめきが起こった。

「あなたという人は、一年も前から着々と宙吊りの準備をさせてきたんですか？　戯曲を書き上げる前からこのラストシーンはできていたんですか？」

と、安井さんが驚きを隠さずに言った。

「やりたいシーンからふくらませて書いていくのがミチルのやり方だから。緻密にして大胆な確信犯なんですよ。長年つきあってる俺でも時々意表を突かれる」

とトオルが言うと、

「そういうわけなんで、ラストシーンは変えるわけにいかないから、よろしくね」

とミチルが安井さんにウインクをした。

「言っとくが空中できれいに見せるには背筋と腹筋を鍛えてもらう必要があるからな。ハーネスつけて浮かんだら締め付けられて吐きそうになるほど苦しいんだからな。体重は今より増やさないでくれ。それと、あの劇場の高さからして落ちたらまず死ぬからな。ミチルと久美子は覚悟しとけよ」

「文字通り命預けます、横田さんに」

とミチルは頭を下げた。

「よろしくお願いします」

と久美子も深々と頭を下げた。

「絶対に事故のないように頼みますよ」

と、観念したように安井さんが言った。

「おう、任せとけ。ただしフライングのためだけの稽古日が必要だから、一日余分に劇場押さえてくれよ」

久美子が熱い眼差しでミチルを見つめていた。ミチルはそれを痛いほど感じながら、わざと視線をはずして横田さんに話しかけていた。

＊　＊　＊

ノックの音で目が覚めた。

「マダム、お食事の用意ができました。一階のレストランへどうぞ」

宿の主人の声が聞こえた。すぐ行きます、と返事して、ミチルは今見たばかりの夢をノートに書きつけていた。

2

「ブエン・カミーノ！（よい巡礼を）」

と声をかけられ、後ろからカナダ人の二人連れに追い越されていく。

「ブエン・カミーノ！」

とにこやかに同じ言葉を返しながら、ミチルは足の痛みと肩の痛みをこらえながら歩いていた。ピレネー越えの疲れがまだ抜けてなく、体が鉛のように重くて、歩くのがどうしてもゆっくりになる。今日も森の中や牧草地を抜けていくのどかで美しい道だ。羊が逃げないようにと道のところどころに柵が設けられていて、いちいち鍵を開けて通り抜けるのにもすっかり慣れてきた。森の中の木の根元に這いつくばって何かを探している男がいる。今日何度か抜きつ抜かれつしている男だった。

「どうしたの？　何か落としたの？」

と英語で声をかけるが、上の空といった感じで必死に探し物に夢中の様子だ。次に会ったとき、

「さっき、これ落としたんだよ」

と大事そうにサングラスを見せてくれた。二人とも足が遅く、歩くペースがほぼ同じなので、このブラジル人のルイスとは何度も顔を合わせることになった。彼もひとりで歩いており、足が相当つらそうだった。

スピリ村のアルベルゲは満室で、紹介してもらったホテルへ行ってみるとルイスがいた。彼もここに泊まるという。夕食の時間になると彼が思いがけずミチルの部屋をノックしたので、一緒に夕食を取ることになった。日曜日のためか一階のレストランは村人でごった返しており、席につくまでしばらく待たねばならなかった。ルイスの片言英語は訛りがきつく、何を言っているのかほとんど理解できなくて、意思の疎通は困難だった。かろうじて、

「巡礼中は毎日一リットルの水を飲まなきゃ駄目だよ」

ということだけ理解できた。三十代後半くらいだろうか。あまり頭がよさそうには見

えず、ちょっと足りない感じさえする。太っていて、見た目も動作ももっさりして、どんくさい田舎の牛みたいだ。仕事は農業関係らしい。人柄にはなんとなく温かみのようなものが感じられ、ミチルは彼に好感を持った。

食事を終えてそれぞれの部屋に戻るとき、

「よかったら僕の部屋に寄らないか」

と誘われたが、

「おやすみ。また明日ね」

と断ってミチルは部屋に引き上げた。ルイスが女の子だったら迷わず部屋について行っただろうと思えるほど、孤独がしみて、巡礼のうら寂しさがつきまとう夜だった。


翌日は小雨がぱらついていて寒かった。

今日もルイスと抜きつ抜かれつしながら進む。なかなかバルのある村がなく、しんどい。途中で朝食にりんごとマドレーヌを食べてしまい、非常食を消化する。延々と泥道が続く。カミーノは泥との戦いなのか、と思う。ルイスは今日も足を引きずって歩いていて、とてもつらそうだ。リタイアが心配になる。ミチルが声をかけて励ますと、もう歩けない、先に行って、と何度も立ち止まっていた。すっかり座り込んでしまって他の巡礼者たちから取り巻かれているところも遠くから見た。道端に座り込んでしまって他の巡礼者たちから取り巻かれているところも遠くから見た。足に故障を抱えたまま歩いていたようだ。昼頃に橋のところで励ましの声をかけたのがルイスを見た最後になったから、そのまま医者へ行って数日休養していたか、あるいはそれきりリタイアしたのかもしれない。

夕方、城壁に囲まれた美しいパンプローナの街に入る。これまでの村と違って、ここは大都会だ。巡礼が通過する最初の大きな街である。これからのアルベルゲ泊に備えて、エル・コルテ・イングレスというデパートへ寝袋を買いに行った。聞くところによればアルベルゲのベッドにはマットしかなく、掛布団もシーツもないので、寝袋は必須らしい。基本的に男女同室で、みな平気で着替えをするが、下着だけは寝袋の中で取り替えるという話だった。もう九月に入っており、夜はかなり冷え込むので、厚手の靴下とフリースも調達した。シャワーを浴びるときに必須といえるゴム草履もやっと手に入れることができた。デパートのある大きな街はもうこの先ブルゴスかレオンあたりまでなさそうだった。ついでに薬局に寄って耳栓と洗剤とコンタクトレンズクリーナーを買い、本屋に寄って英語―スペイン語の小さな辞書を買った。カフェ・コン・レーチェはどんな田舎の村ででも飲めるが、街に出たときは街でしか買えない買い物が結構あるのだ。

＊　＊　＊

通常の稽古とは別メニューで、ミチルと久美子はタンゴ教室にかよってダンスのレッスンを受けていた。この芝居の全体をつうじて何度もタンゴを踊るシーンがあり、それが重要な見せ場になっているので、さまにならなければどうしようもないからだ。ミチルが久美子と二人きりになれるのはこのときだけだった。といっても先生がいるので、完全な二人きりというわけではない。行き帰りにはトオルが久美子の送り迎えをする。そのように仕向けたのはミチル自身だった。ミチルは決して久美子と二人きりにならないように心掛けていた。

「アヴィニョンの芝居のあとで、みんなでサント・マリー・ド・ラ・メールの海へピクニックへ行って、そこでタンゴを踊ったの覚えてる？」

レッスンのあと、ダンス教室の外でトオルの迎えを待っているときに久美子がミチルに訊いた。忘れるわけがない。あのとき踊ったただ一度のタンゴで、ミチルは久美子と恋に落ちたのだ。いや、アヴィニョンで久美子の芝居を見て、彼女の演技に打ちのめされた瞬間からもう無条件降伏だった。あのときからずっと、ミチルは久美子に魂を奪われ続けている。今でも、いつも、いつまでも。

「もちろん。フランソワもまだ元気だったね」

「あのときはミチルさんとまさか一緒に芝居をやることになるなんて、思いもしなかった」

「あのタンゴが忘れられなくて、こんな芝居を書いたのかもね」

「あれを見てフランソワが言ったの。きみたちはまるで恋人同士みたいにお似合いだ、って。こんなに美しいタンゴを見たことないって。今の私たちのタンゴを見ても、彼はそう言ってくれるかしら」

「恋人同士にはなれないけど、天国のフランソワに褒めてもらえるようにがんばろう」

「ミチルさんはどうしてそうなの？　どうしてそんなに頑なに私を避けるの？　どうして私にだけいつもきよらかで礼儀正しいの？　不自然だわ」

「あなたはわたしの大切な大切な女優だから。それに久美子にはトオルがいるでしょ？」

「何よ、それ。商売道具には手を出さないってこと？」

久美子は珍しく突っかかってきた。タンゴは体をぴったりと密着させて踊る前戯のようなダンスだから、踊ったあとで感情的になるのも無理はない。それでなくとも公演前の稽古中における久美子の集中力はすさまじく、触れれば切れるナイフのようにぴんと神経が張り詰めていて、おそろしく情緒不安定になる。他人にあたることはなくひたすら内にこもるタイプで、本番が近づくにつれてものを食べなくなり、眠らなくなり、安定剤や睡眠導入剤が手放せなくなるのだった。久美子が安心して心を開いて感情を露わにできるのはミチルとトオルだけだった。久美子のそんな不器用さを見るたび、ミチルはいつも胸を衝かれて、わけのわからない悲しみに打ちひしがれた。

「何とか言ってよ。私はミチルさんの演劇世界を具現化する道具でしかないの？」

「それは逆だよ。わたしの戯曲が役者としてのあなたを輝かせるための道具なんだよ。戯曲も演出も何もかも、すべて久美子に捧げるためのものなのに、それがわからないの？」

「わかってる。それは嬉しいし、感謝してる。でも私たちって、芝居だけなの？」

「芝居だけじゃ足りないの？　現世の幸福なら、トオルに求めればいい。わたしには何も与えてあげられない。芝居以上のものは」

「じゃあミチルさんの幸福はどうなるの？」

「わたしは現世の幸福なんか求めない。気が狂うような美しい芝居がつくれたら、他には何もいらないから」

「ミチルさんはいつもそう。熱い拍手も、冷たい黙殺も、過激な罵倒も、すべてを引き受けて舞台の上に立っている。誰からも遠く離れて。その背中を見ると、私はいつもたまらない気持ちになるの。あなたの背中を抱きしめてあげたい気持ちになるの。舞台を降りたあとで」

だから二人きりになることを避けているのに。トオルは遅れていた。早く来てくれ、と願いながらミチルは久美子の熱い眼差しに耐えていた。

「そんなもったいないこと言わないで。トオルが悲しむよ」

久美子が背後からそっとミチルの背中を抱きしめる感触がコート越しに伝わってきた。そこは中目黒の大通りから一本入った往来で、夜の十時をまわっていたが、点在するカフェや呑み屋に流れていく人通りもちらほらあるところだった。ああ、お願いだから、そんなにやさしい仕草で触れないで、とミチルは心の中で叫びだしそうだった。

「私、この背中が好き。一本のふるえる裸木みたいな、潔くて頼りないこの背中が。ミチルさんのエッセンスがぜんぶ凝縮されてる感じがするの」

「駄目だよ。ネオナチに見られたら、袋叩きにされるよ」

「ミチルさんは男の子に見えるから平気よ」

「それにもうすぐトオルが来るのに」

「トオルなら怒らないわ。それにこの手も好き」

久美子はミチルの手を握りしめた。

「あなたの冷たくてさびしい手が好き。でもとても表情が豊かで、いつも何かを訴えてる」

「そして何より、この目が好き」

「久美子、お願いだから……」

久美子は背後からミチルの瞼《まぶた》に触れて、掠《かす》めるように睫毛を撫でた。

「この目を通して世界を見ると、とてつもなく美しい膜がかかって、瓦礫《がれき》が宝石に、砂漠がお花畑に、戦場が天国に見えるのよ。ねえミチルさん、あなたは愛の国に住んでいるの？　だからあんなお芝居がつくれるの？　他の女の子たちにするように、私のこともこの目で視姦してほしいわ。舞台を降りたあとも、うんといやらしい目で私を見てほしいの」

「わたしはあなたの才能を敬い、ひれ伏してる。天才女優に畏《おそ》れ多くて視姦なんかできないよ」

「一度でいいから、ただの女として私を見てよ」

「そんなこと言っちゃ駄目だよ。久美子はトオルを愛してないの？」

「トオルのことは好きだけど、愛とは違う。私は心から全面的に尊敬できる人じゃないと、愛せないの。そんな人はこれまで、フランソワとミチルさんだけだった」

「フランソワは本当にすばらしい人だった。彼のようになりたいと、ずっと思ってる」

「私が好きになる人はみんなゲイなの。すぐれた芸術家はゲイばかり。私もゲイに生まれたかった……」

ミチルにはその手を振りほどくことができなかった。久美子の柔らかい乳房の感触を押しのけることができなかった。しかし、振り返ってその体を抱きしめることもできなかった。そんなことをしたらすべての均衡が崩れてしまうからだった。こらえにこらえてきた愛の言葉をとめどなくぶちまけてしまうからだった。跪《ひざまず》いて愛を乞い、彼女の心と体を貪るように求めて、ともに破滅するしかないからだった。同性愛が国家によって禁じられるこんな時代でなかったらふたりで幸せになれたのに。舞台の上でも、舞台を降りても、かたく結びついて離れずにいられたのに。ミチルは彫像のように固まったまま、息もできずに、久美子の愛の仕打ちに耐えていた。

「遅くなってごめん」

後ろからようやくトオルの声がした。ミチルは離れようとしたが、久美子はまだミチルの体を離さなかった。トオルは何も言わずにミチルの体から久美子の腕をほどき、久美子の肩を抱いて、二人の家に帰るために駅前に向かって歩いて行った。あとにはミチルだけが、夜の底に取り残された。ミチルはしばらく微動だにせずに、久美子の残り香を噛みしめながら、夜の路上に屹立していた。やさしい魔法をかけられて彫像にされてしまったから、動くことができないのだった。

やがて魔法が解けるとミチルはゆっくりと崩れ落ち、声を出さずに泣きはじめた。泣きながら携帯電話を開いて、今夜これから寝てくれそうな女の子を数えてみた。100％の確率で絶対確実なのは三人、80％の確率でたぶん大丈夫なのが二人、しばらく会ってないから微妙だが60％の確率でベッドに入れてくれそうなのが三人いた。でもどれだけ考えても、その中から一人を選ぶのは面倒だった。久美子に出会ってからは、昔ほどセックスに情熱が持てなくなってしまった。久美子とは寝ないと決めた以上、もう他の誰ともセックスなんかしたくなくなってしまったのだ。その悲しい決意を貫くために、久美子への欲情を罰するために、そして他の女への欲情をなだめるために、ミチルは太腿の内側に刺青まで入れた。トオルに久美子との結婚をすすめた夜のことだった。

結局はいつものように誰にも電話をかけることなく、演出プランを練るために、ひとりの部屋に帰った。

＊　＊　＊

パンプローナからひきはじめた風邪はプエンテ・ラ・レイナで急速に悪化の一途をたどり、エステージャに入るとピークに達した。

アルベルゲが寒すぎたことが原因だった。風邪をひきかけているのに、シャワーが水しか出ないところもあった。パンプローナで買った寝袋は夏用の安物だったため、底冷えの夜を暖めるには不充分だった。やはり無理をしてでもアウトドア専門店で本格的な山用の寝袋を買うべきだった。消灯後に余分の毛布を借りようと思ったが、到着の遅いミチルは二段ベッドの上段しか取れず、下の人を起こしてしまうのが申し訳なくて、我慢してしまったのがいけなかったのだ。寒さで眠れず、そのうえアルベルゲは朝八時前には出て行かなければならないから、体がつらくてもゆっくり寝ていることもできない。

喉が腫れて、咳が出る。おはよう、と挨拶する声が嗄れている。

「ミチル、顔が熱っぽいね。風邪ひいてるんじゃない？　病気ならもう一泊させてもらえるから、無理しないで休んだほうがいいよ」

「でも、ここは寒いから、次の町でホテルを探す」

「医者に行ったほうがいいんじゃない？　ペリグリーノ（巡礼者）はただで診てくれるって聞いたよ」

「エステージャを出るとすぐ登りがあって、きつそうだよ」

このところよく顔を合わせるドイツ人のトーマスとサビーナがガイドブックを見ながら教えてくれる。そこには各行程の標高差を示した図が載っていて、その日のアップダウンがひと目でわかるのだ。ミチルもサン・ジャンの巡礼事務所で同じ図が載っている紙を貰ったから、そのことはわかっていた。

それでも歩くつもりでリュックを背負って外に出た途端、めまいを起こしてミチルはその場に蹲《うずくま》った。悪寒がぞくぞくと攻め上ってくる。頭が割れるように痛い。背中も痛い。吐き気がして、どう見てもかなり熱がある。駄目だ、今日は一歩も歩けない。

「ホテルを探すのよ、ミチルさん。こういうときはちょっとだけいいホテルで一日ゆっくり寝ているのが一番」

と久美子の声が聞こえた。

「そうだね。そうしよう」

ミチルは立ち上がった。アルベルゲにはプライバシーがないし、お湯が出るとは限らないし、わさわさと人がいるうるさい環境にも疲れていた。耳栓をしてもそこかしこからいびきが聞こえてきて眠れない。声が嗄れているので話しかけられるのも億劫だ。とにかく一人になりたかった。だがその「ちょっとだけいいホテル」が果たしてこの町にあるのか、あるとしても一体どこにあるのか、探し回るのは無理だった。目についたバルに入ってカフェ・コン・レーチェを注文し、あまり高くなくて清潔でお湯の出るホテ

ルはないかと訊ねたら、

「僕はペンションを持っているんだ。ペリグリーノなら30ユーロでいいよ」

と主人が少し離れた建物まで連れてってくれた。看板は出ていなかったが、確かに手頃で清潔でお湯もちゃんと出た。朝九時からチェックインさせてくれるのも有り難かった。現在地がさっぱりわからないので主人にことバルとの地図を描いてもらい、すぐにベッドに倒れ込んだ。

静流尼が持たせてくれたリュックには薬袋が入っていて、風邪薬も抗生剤も胃腸薬も鎮痛剤もあった。そのすべてをのんで横になり、ウトウトしていたら、夜には多少具合が良くなったような気がした。

「起きられるなら、栄養をつけに行きましょう。このところろくなもの食べてなかったじゃない？　スペインには食の楽しみがあるんだもの。一日一回は温かいメニューを食べたほうがいいわよ」

と久美子が言うので、それもそうだと思い、さっきのバルの奥にあるレストランへ行って、ビーフステーキとホワイトアスパラガスを注文した。ペリグリーノ用の少し安くなっているサービスメニューで、デザートにはカスタードとコーヒーがついた。

だが、部屋に戻るなり激しい下痢に襲われた。十時にベッドに入ったが、するどい腹痛と吐き気にのたうちまわって一睡もできない。とうとう夜中の二時半に起き出して、便器のなかに盛大に嘔吐した。赤黒い吐瀉物のなかに肉の塊がいくつも混じっていた。

「さっきの牛肉がいけなかったのよ。食あたりを起こしてる」

久美子が背中をさすってくれている気がした。吐くだけ吐いてしまうと、すさまじい悪寒がやって来た。吐いたあともするどい腹痛と吐き気はまったくおさまらず、ほとんど一睡もできなかった。背中の傷跡が引き攣れるようにしくしくと痛んだ。さすがにつらくて泣けてきた。南無大師遍照金剛、とお遍路のお題目を何度もつぶやき、ミチルは久美子の顔と静流尼の顔を交互に思い浮かべながら耐えていた。今ではもう久美子の顔をはっきりと頭の中に描くことができるようになっていた。

朝の十時に掃除のおばさんがドアをノックしたが、ミチルはまだ起きれなかった。チェックアウトタイムは何時かと訊いたが、おばさんには英語が通じなかった。スペイン語の辞書を引きながら訊くと、十二時までいてもいいということがわかった。腹痛も吐き気もおさまらないが、上からも下からももう何も出なかった。やはり動けないと観念し、スペイン語の辞書をひきながら、「おなかが痛い」「だるい」「吐き気がする」「もう一泊したい」という例文をノートに書いて、隣の部屋で掃除機をかけているおばさんに見せた。おばさんは心配してミチルの額に手をかざし、医者へ連れて行こうかというようなことをスペイン語で言ったが、タオルを交換してもらい、トイレットペーパーの追加をもらって、ミチルはドアを閉めた。そしてその日一日、ベッドから出なかった。おととい スーパーで買っておいた桃一個とチョコウエハースを食べただけだった。

＊　＊　＊

稽古場で久美子が倒れ、安井さんの車で病院に運ばれた。

稽古のあとでミチルが病院へ行くと、付き添っていたトオルが沈痛な面持ちで待合室に座り込んでいた。

「久美子が妊娠した」

と、ミチルの目を見ないようにしてトオルが言った。

「ごめん」

ミチルはトオルから目を逸らして壁を見つめた。こうなることはわかっていたはずなのに、何も言葉が出てこない。頭の中が真っ白になって、何の感情も湧いてこない。くみこがにんしんした。クミコガニンシンシタ。久美子が妊娠した……。

「ミチル、ごめん」

気がついたらミチルはトオルの顔を殴りつけていた。ミチルごめん、と縋りついてくる男の頭をもう一度殴り、土下座する男の胸のあたりを蹴り飛ばして、さらに殴りつけるために胸倉をつかんで引き寄せた。自分が夜叉のような形相をしていることにミチルは気がつかなかった。缶コーヒーを買いに行っていたらしい安井さんが戻ってきて、慌ててミチルを止めなかったら、殴り殺していたかもしれない。

「本番まであと一ヵ月しかないのに、おまえはそんな計算もできないの？　役者のくせに、公演があるのわかってて、なんでちゃんと避妊しないの？　ふざけんなこの野郎！」

「落ち着いてミチルさん。稽古も本番も問題ないって。医者のオーケーも取ったから」

と安井さんが必死にとりなした。

「本当に？」

「本当です」

「久美子は出られるの？」

「出られますから」

ミチルはその言葉を聞いてようやくトオルの胸倉を離し、深呼吸をした。

「なら、いいよ。舞台に穴を開けずに済むんなら、何の問題もないじゃない。むしろおめでたい話じゃない、ねえ？」

「でも、宙吊りはまずいだろうって」

ミチルはトオルを殴るかわりに壁を殴って怒りをぶつけた。一番大事な見せ場なのに。あんなに長い時間をかけて準備してきたとっておきのシーンなのに。何度も何度も壁を殴るミチルの手をトオルが止めた。

「久美子は堕ろすって言ってる。宙吊りができないなら子供なんかいらないって」

「駄目だよ。それは許さない。久美子はもう三十四だよ。子供ができる最後のチャンスかもしれないんだから」

「彼女だってあのシーンにすべてを賭けてる。子供より芝居を選んだとしても、俺は受け容れるよ」

「何言ってんだバカ。芝居より人生のほうが大事だろッ！」

ミチルは一喝して再びトオルの胸倉をつかんだ。安井さんはヒヤヒヤしたが、今度は殴るためではなく、こんこんと説き聞かせるためだった。

「わたしがあなたたちに結婚をすすめたとき言ったこと忘れたの？　久美子に穏やかな現世の幸福を与えてあげてほしい。子供を産み育てる喜びを与えて、この世には芝居よりも楽しくて価値あるものがあることを教えてあげてほしい。そう言ったでしょ？」

「ああ、覚えてるよ。でも芝居よりも楽しくて価値あるものなんかないってことくらい、ミチルさんが一番よく知ってるだろ。久美子はあなたと同じ人間なんだよ。舞台の上でしか生きていけない」

「こんな時代にわたしの芝居が上演できるのはこれが最後だと思う。これ以上みんなに危険なリスクを強いることはできないし、久美子はもうすでに壊れかけてる。芝居と現実の区別がつかなくなって、ばらばらになりかけてる。この世界には、そういう天才がたまにいる。芝居の神様に愛されすぎたために、すべてを持っていかれてしまう人が。芝居の神様は貪欲で残酷で容赦がないから、見込まれたらあとには骨一本残らない。すべてを差し出して、捧げたあとは、廃人になるしかない」

「ミチルさんの言うことはよくわかります。僕も久美子は典型的な天才タイプだと思う。ネオナチにナイフ突き付けられてからいっそうナーバスになってるし、いつ壊れるかわからない危うさがある。役作りに没頭すると何も食べなくなってしまうしね。このままだと拒食症と神経症でぼろぼろになってしまう。久美子は前からあんなふうだったんですか？」

と安井さんが口をはさんだ。

「元々その傾向はあったと思うけど、わたしと組んでから特にそうなった気がする」

「ミチルさんの芝居と久美子の芝居の相性が良すぎたんだろうな、きっと。二人の惹きつけあうエネルギーってすごいものがあるんですよ。他の戯曲や演出家だったら、久美子はあそこまで狂気すれすれののめり込み方はしなかったと思う。もちろん、だからこそ凄い芝居がつくれたんですけどね」

そうだ、二人は最高のコンビだった。現実世界で恋人同士になるかわりに、舞台の上で恋人以上のパートナーになれた。観客だけが二人の愛を目撃し、そのことを認めていてくれたらそれでいいと、ミチルは思っていた。

「ミチルさんは気づいてたと思うけど、久美子は舞台の上ではのびのびと息をしているのに、舞台を降りるとたちまち呼吸困難になるんです。まるで自分自身をすり減らしていくような仕事の仕方をする。しかもそれがだんだん顕著になってる。痛々しくてとても見ていられない」

天使の骨を磨きすぎたのだ、とミチルは思った。わたしが彼女の天使の骨をあんまり一心不乱に磨きすぎたから、ひびが入ってしまったのだ、と。そしてさらに愛国党とネオナチが彼女の純粋な魂を追い詰めていったのだ。

「久美子はいつも言うでしょう。千秋楽の幕が下りた途端に消えてなくなれたらいいのにね、って。僕は久美子見てると、いつか本当に舞台の上で消えてなくなるんじゃないかって思うときがあるんです」

そのセリフを最初に聞いたのは、ミチルが初めてアヴィニョンで久美子の「ガラスの動物園」を見たあとだった。ローラになりきっていてうまく現実に戻れずに、とても悲しそうだった。自分はあの瞬間に久美子に決定的に恋してしまったのだ、とミチルは思った。それは自分とまったく同じ姿をした双子のきょうだいのようだったから。

「だからね、久美子は子供を産むのが一番いいとわたしは思う。いったん舞台を降りて、普通のお母さんになるのが一番幸せだと思う。そしてまたいつか時が来たら、舞台に戻ってくればいい」

「なんでそんなに子供にこだわるんだ？」

それまで黙っていたトオルが言った。

「芝居に勝てるのは子供しかいないから。それに……」

「それに？」

「子供がいれば秘密警察やネオナチに目をつけられることもなくなるし、わたしと同性愛関係にあるなんてデマも流されずに済むしね」

安井さんは黙って頷いたが、トオルはミチルにまっすぐ向き直って言った。

「ミチルはどうするんだよ？　久美子なしで芝居がつくれるのかよ？」

「久美子なしで芝居を続ける気はない。わたしがもう一度劇団をつくったのは、稲葉久美子と一緒に芝居をするためだけだから」

「じゃあこれからどうやって生きていく？」

「そうだね……自分でどうにか現世の幸福を見つけるよ……かたぎの仕事について、気立てのいい女でも見つけて、決して夢なんか見ないようにぐっすり眠るんだ」

今度はトオルが壁を殴る番だった。ミチルは透きとおるように青ざめながら立ち尽くしたまま、そんなトオルを眺めていた。こんなにも青ざめた顔の人間を見るのは初めてだと安井さんは思った。

「久美子は？」

「鎮静剤打たれて眠ってます。妊娠のこと聞いてちょっと取り乱したからね。体もだいぶ弱ってるし、今夜一晩入院させて点滴受けさせますから」

「少しだけ顔見て来てもいい？」

「眠ってると思うけど」

「うん、起こさないから。ちょっと顔を見るだけ」

「今夜はトオルが付き添うって。僕は宣伝の打ち合わせがあるからこれで失礼します」

「ありがとう安井さん。お疲れ様でした」

ミチルはひとりで久美子の病室に入った。

久美子は点滴の管につながれて、白い顔をして眠っていた。ミチルは顔よりもさらに白くこわばったその手を握りしめ、自らの額にこすりつけた。彼女の白い腕がぼくの地平線のすべてでした、と詠った詩人はマックス・ジャコブだっただろうか。たしかユダヤ系フランス人で、ナチスの収容所で死んだのだ。

「ミチルさん……泣いてるの？」

「あ……起こしちゃった？」

久美子はミチルの手の甲の痣を見て、そこにそっと唇をつけた。そして、ごめんなさい、と振り絞るような声で言って、激しく泣きじゃくった。

「ごめんなさい……妊娠なんかして、ごめんなさい……ごめんなさい……ごめんなさい……ごめんなさい……」

「なんで謝るの？　わたし、すごく喜んでるのに……よかったね。久美子とトオルの子供ならきっとメチャクチャ可愛いだろうなあ」

「子供なら堕ろすから。私、どうしても宙吊りはやりたいの。お願い、やらせて」

「宙吊りなんてまたいつでもやる機会はあるけど、子供ができる機会はもうないかもしれないよ。妊娠には年齢制限があるからね」

「子供なんて望んでなかったし、私には芝居のほうが大切なの。お願い、やらせて」

「わたし、子供って大嫌いなんだけど、久美子の子供は特別だよ。この世のものとも思えないくらい可愛くて、絶対メロメロになっちゃうよ。お願いだから、わたしに子供好きになるチャンスをくれないかな。久美子の子供を可愛がる楽しみをくれたら、とっても嬉しいんだけどな」

「ミチルさんとのあいだの子供なら、私だって気が狂うほど可愛がると思うわ。でも……私、子供なんか欲しくない……子供を育てる資格なんかないし、芝居を諦めたくないの……どうしてこんな大事なときに子供なんか……どうして……」

しゃくりあげる久美子の涙をミチルは手のひらで拭ってやった。昔、アヴィニョンの鉄道駅で別れるとき、車窓で泣きじゃくるミチルに久美子がしてくれたのとそれはまったく同じ仕草だった。

「わたしにも子育てを手伝わせてくれる？　トオルとわたしと久美子の三人で、一緒に芝居をつくりながら家族もつくろう。稽古場で子供を育てよう。劇団員みんなの子供にして、いつかその子も劇団員にしてしまおう」

久美子はそのとき少しだけ微笑んだと思う。その言葉に縋りつけば生きてゆけるかもしれないと、微かに顔を輝かせたと思う。でもトオルが入ってきて、

「劇団は家族じゃないよ、ミチルさん」

と言った。それは姫野トオルが王寺ミチルに対して言った言葉のなかで、最も残酷な言葉だったかもしれない。その言葉を聞いてミチルは凍りつき、いったん止まりかけた

久美子の涙は再び洪水のように溢れ出た。

「あなたがそう思いたい気持ちは痛いほどわかるけどね」

「出てって……私をミチルさんと二人にしてよ……」

「俺からも頼む。久美子に宙吊りをやらせてやってくれ。そうしないと、きっと久美子は生まれてくる子供を愛せないと思うんだ。宙吊りを諦めたことを子供のせいにして、その子を許せないと思うんだ」

「でも万が一、おなかの子に何かあったらどうするの？　流産なんかしたら、それこそわたしは自分を一生許せない」

「いや。宙吊りをカットするなら、流産か堕胎をするほうがましよ！」

「こうまで言ってるんだ。やらせるしかないだろう。そのかわり久美子、これを最後の芝居にしてほしい。これが終わったら引退して子育てに専念するって、約束してほしい。子育てが一段落したら、またいつかカムバックすればいいんだから。わかったね？」

男の沽券のかかった、有無を言わせぬ力強い迫力で、トオルは久美子とミチルを見渡した。わかった、と言って、久美子はこっくりと頷いた。その健気な顔を見ると、ミチルもわかった、と返事するしかなかった。

「もう行けよ。九時から雑誌のインタビューが入ってただろう。そのあとでいいから緊急に照明の打ち合わせしたいって大迫さんが」

「わかってる」

握りしめていた久美子の手をそっと離して、ミチルは立ち上がった。その手は折り紙の鶴のように儚く、決して叶うはずのない祈りの象徴のように見えた。折り紙の鶴は飛べないと、誰が決めただろう。千羽のうち一羽くらいは自らの意志を持って病室の窓辺から大空へ飛んで行ったかもしれない。風に乗って浮遊し、やがては地上に落ちて誰かに踏みつけられるとしても、束の間の飛翔を果たして本望だったかもしれない。久美子のかぼそい手の感触は、ミチルにそんなことを想起させた。そしてミチルにとってもまた、久美子の白い腕だけが地平線のすべてだったのだ。

3

ログローニョの街の手前から、リオッハ州に入った。

リオッハはスペイン随一の高級ワインで知られるところで、道中に葡萄畑が点在し、町なかの舗道のマンホールにも葡萄をあしらったマークが描かれている。ログローニョはリオッハ州の州都らしく、なかなか大きな街だった。このところまたアルベルゲ泊が続いていて人疲れしていたので、今夜はオスタルかペンションに泊まろうといくつかあたってみたのだが、軒並みフルと断られた。土曜日のせいだろうか。ツーリスト・インフォメーションに行ってみると、いまいましいことにシエスタで五時まで閉まっていた。インフォメーションの前にはドイツ人グループが待っていて、七軒のオスタルに電話したがすべてフルだったという。ようやく開いたインフォメーションでホテルリストと地図をもらって電話をかけまくるが、かなりのところがフルだった。キャンプ場の場所を訊いているイギリス人もいた。

「タクシーで次の町ナバレッテまで行けば?」

とすすめてくれるフランス人もいた。三ツ星ホテルならいくつか空きがあったが、高すぎてどうにもならない。三万円近くしてしまう。以前の健全なレートなら五ツ星のパラドールに泊まれる値段である。最近、日本人のペリグリーノはとても少なくなったと聞いた。たまに見かけてもみんなアルベルゲに泊まっている。ミチルも諦めてアルベルゲに行ったが、時間が遅いのですでにそこも満室だった。途方にくれていると、やはり満室だと断られたイタリア人の女の子が、

「土曜日っていつもこうなの?」

と声をかけてきた。

「さあ。ここは都会だから、何かイベントがあって混んでるのかも。学会とかワイン祭とかね」

「タクシーでナバレッテまで行って、タクシー代をシェアしない?」

「でもナバレッテはここより小さな町だから、宿が見つかる保証はない。それに、なるべく歩きたいから」

とミチルは断った。ここで車に乗ってしまったら、静慧尼に叱られそうな気がした。

「じゃあ、ホテルのツインを取ってシェアしない？　さっき電話したら、空いてる中ではここが一番安かったわ」

一応三ツ星で、62ユーロだった。他に選択肢もなかったし、彼女のことは前に何度か見かけていて、なかなか感じのいい女の子だったので、いいよ、とミチルは答えた。

「フィオレンティーナよ。フィオって呼んで」

そのホテルは町はずれにあり、二十分歩かねばならなかったが、近代的なチェーンホテルで、バスタブもついていた。旧市街のカテドラルを見に行こうとフィオに誘われたが、疲れてるからといって断った。じゃあ一人で行ってくるね、と言ってフィオは出かけてしまった。洗濯をしてシャワーを浴び、バスタブに湯をためてゆっくり浸かると、もう夜の八時になった。ミチルは夕食を取るために外に出た。

土曜日の夜なのでレストランはどこも混んでいた。どの店の窓辺にも家族連れかカップルが座っているのが見え、ミチルは気後れして中に入ることができなかった。

「おなか空いたねえ、久美子」

ミチルは久美子に語りかけて舗道に立ち尽くし、その暖かく幸せそうな夕餉の窓辺を眺めていた。

「ここ、おいしそうよ。入ればいいのに」

と久美子は言ったが、ミチルはどうしても入ることができなかった。そのうちに背中の傷跡がまたしくしくと引き攣るように痛み出した。この近くにカルフールがあったことを思い出し、サンドイッチとオレンジジュースとポテトチップスとヨーグルトを買って、部屋に戻った。

フィオレンティーナはまだ戻っていなかった。

食事を終えてベッドにもぐりこんだが、背中の痛みと寒さのためになかなか眠ることができない。アルベルゲに続けて泊まると人あたりがして必ず具合が悪くなる。ミチルは一人っ子のせいかどうしても集団生活に慣れることができないのだ。スペインに来てから背中の痛みがだんだんひどくなっていた。まだ九月なのでホテルのセントラルヒーティングは入ってなく、クローゼットには予備の毛布が二枚しかなかった。寝袋にくるまろうかと思ったが、久しぶりにぱりっとした清潔なシーツの上で四肢をひろげて眠りたかった。

やがてフィオが帰ってきて、シャワーを使う音が聞こえ、隣のベッドに入る気配がした。ワインを飲みながら本を読んでいるらしく、ベッドサイドの灯りはついたままだ。ミチルが寝返りをうつと、こちらをまっすぐに見つめているフィオと目が合った。それはミチルのよく知っている目だった。ミチルは少しうろたえて、

「寒くて眠れない」

と言い訳するように言った。

「ワイン飲む？　温まるわよ」

フィオがコップに注いでくれた赤ワインを飲み干しても、ミチルはまだ寒さにふるえていた。

「そういうときには、いいものがあるわ。下のバルへ行きましょう」

フィオに誘われるまま一階に下りてバルに入り、彼女が何やら注文すると、ショットグラスに入ったリキュールが出てきた。

「オルッホっていうハーブのお酒よ。葡萄の搾り滓でつくった蒸留酒で、イタリアではグラッパっていうの。ぐいっと一気に飲み干せば体が温まるから」

言われたとおりぐいっと一気に飲み干すと、口の中が燃えるような強烈なパンチがきて、体が内側からほかほかしてきた気がした。アルコール度数は50度くらいあるという。そのまま部屋に戻って、オリーブの実とイワシの酢漬けをつまみにフィオとワインの続きを飲んだ。

「私、ミチルのことずっと男の子かと思ってた」

「よく言われる」

「あのね、怒らないでね。素敵な男の子だなあって思ってて、会えるとときめいてたのよ、これでも」

「別に怒らないよ。ありがとう」

「ある日アルベルゲであなたが女性用のシャワーに入って行くのを見て、どんなにショックを受けたことか。それがね、私と同じことを思ってて、ショックを受けてた子が他にもいたの。あのイケてる日本人は女の子だったのかって、二人でがっかりしてたのよ」

「ごめんね、がっかりさせて」

「でも、こうしてすぐ近くにいても、やっぱりあなたは素敵な男の子みたいにしか見えないわね」

あはは、とミチルは照れ隠しにわざとらしく笑ってみせた。笑った途端にズキッと背中が痛んで、思わず顔をしかめた。さっき飲んだ強い酒がしみこんで、痛みがゆっくりと拡散していくようだった。

「背中が痛むの？　私、ホメオパシーのアーニカ持ってるわよ。打ち身によく効くから塗ってあげる」

打ち身ではないと言ったが、フィオはこのクリームは万能だからぜひ試してみてと言い張って、ミチルのシャツをまくった。そして傷跡を見て、オーマイガーッ、と呟いた。

「これ、どうしたの？　交通事故？」

「うーん……遺跡みたいなもの、かな。愛の」

「愛の遺跡？　意味がよくわかんないけど、なんかロマンティックね」

フィオはミチルをうつ伏せに寝かせて、背中にクリームを擦り込むように塗ってくれた。とてもやさしい手つきで、まるで愛撫されているようだった。彼女の指先から欲望が伝わってきて、やがてそれはミチルの体に乗り移った。彼女が何を欲しているのかはよくわかっていた。そしてそれを与えることはミチルには何でもないことだった。握手をするようにごく自然なことだった。さっき目が合ったとき、いや、ホテルをシェアしないかと言われたときから、こうなることはわかっていた。

「きれいな肌……きれいな傷……きれいな髪……」

フィオの手が髪の毛に伸びてきて、ゆっくりと愛撫をはじめた。だが、この期に及んでもミチルはまだ迷っていた。そんなことは初めてのことだった。

「ミチル……そのきれいな顔も見せて」

顔を見せたら、胸も見えてしまうだろう。男ではなく女なのだということを、いやでも思い知ることになるだろう。それによって彼女の欲情が鎮まればと、ミチルは起き上がってうすい胸を晒した。だが彼女の欲情は鎮まるどころかかえって火がついてしまったようだった。もうあとへは引けないとミチルは観念した。このまま何もしないで眠ってしまうのは礼儀に反する。光る眼でミチルの胸を見つめているフィオに、

「わたし、男の子じゃないよ？」

とミチルは念を押した。

「小さい胸と尖った腰を持ってて、ペニスはない。それでもいい？」

フィオはこくんと頷いて、唇を寄せてきた。ミチルは反射的にその唇を吸ってから、ごめん、と言って身を引いた。

「やっぱりできない。ごめんね」

「私のこと、好きじゃないの？」

「フィオはとても魅力的な女の子だと思うよ。そうじゃなくて、インポテンツみたいなもの」

「インポテンツ？」

「そう。精神的インポテンツ」

自分が誰かがわからなかったときにはさやかと何の問題もなくセックスできたのに、少しずつ記憶が戻ってきて、巡礼の道に久美子があらわれ、久美子と一緒に歩くようになってから、それができなくなった。それは一種のインポテンツのようなものだとミチルは思った。彼女と寝たいという気持ちはある。そうすれば楽しくなれることはわかっている。でも、そのあとでとてつもなく苦しく悲しい気持ちになることもまたわかっている。彼女は久美子ではないからだ。誰も久美子のかわりにはなれないからだ。だから、体が言うことをきかない。体を解放することができない。これはまさしくインポテンツ以外の何物でもないだろう。

「日本では同性愛者の人たちはファシスト政権に迫害されてるんでしょ？　イタリアの日本大使館前でもよく人権団体が抗議デモやってる。もしかしてそのせいなの？」

「そうかもしれない。わたしもつい最近まで収容所に入ってた。あれは本当におそろしいところだった。電気ショックをかけられて、嫌悪療法をされて……」

まさかあの忌まわしい嫌悪療法の影響もあるとは考えたくなかったが、まったくないとも言い切れないかもしれない、とミチルは思った。

「かわいそうに。ここは安全なスペインなのよ。だからもう罪悪感は感じなくていいのよ」

「ごめんね。とてもあなたを抱きたいのに」

「もし嫌じゃなかったら、私があなたを抱いてもいい？　セックスは罪悪なんかじゃなくて、とても気持ちのいい人間的な営みだってことを思い出させてあげたいの」

いいよ、とミチルは頷いた。女の子に誘われたり何かを頼まれたりしたらとりあえず、いいよ、と言ってしまうのがミチルの口癖なのだった。

「力を抜いて。目を閉じて」

フィオは灯りを消してから服を脱ぎ、ミチルのベッドに入ってきた。そしてミチルの服を脱がせ、顔からうなじに、首筋から鎖骨に、そして乳首に、ゆっくりとキスの雨を降らせた。濃密な女の香りにつつまれて、ミチルは頭の芯が痺れそうになった。こらえてもこらえても漏れ出てしまうかすれた喘ぎ声をとめることができなかった。

「東洋の神秘的な少年を抱いてるみたい。たぶん本物の男性だとこうはいかないのよね。その声を聞いてるだけでいきそう」

フィオの舌がミチルの性器に達すると、ミチルはびくん、と体を反らせた。それを快楽のしるしと取ったのか、フィオはさらに興奮してミチルのクリトリスに唇をつけ、架空のペニスを愛するように愛撫をはじめた。

「お願い、やめて……」

「とても濡れてるのに……気持ちよくないの？」

「とても気持ちいい。だから、やめて」

ミチルはとうとう泣き出した。快楽と苦痛の区別もつかなくなって、喘ぎ声と泣き声の区別もつかなくなって、久美子のことを一瞬忘れそうになって、それが悲しくて泣いていた。フィオが体を離すと、ごめん、とミチルはまた言った。いいのよ、とフィオは言って、背中を向けた。

「気にしないで。カミーノを歩いているあいだに、あなたの精神的インポテンツが癒えるといいわね」

＊　＊　＊

夜中にトオルから電話がかかってきたのは、公演を一週間後に控えた夜のことだった。ミチルは芝居で使う音楽を聴きながら演出プランの細部を練り直しているところだった。

「遅くにごめん。久美子が不安定になってて、ミチルの名前を呼びながらもう二時間も泣き続けてる。ミチルがネオナチに殴り殺される夢を見たらしくて、死んじゃったんじゃないかって思ってるみたいなんだ。ひと目顔を見れば落ち着くと思うから、悪いけど来てもらえないかな」

「わかった。すぐ行く」

電話を切ってから時計を見ると、一時をまわっていた。ミチルはコートを羽織ってすぐにタクシーに乗った。ミチルが到着するとトオルは寝室から出て、すまない、と言った。ミチルは冷蔵庫の製氷室から氷を出してタオルにくるみ、久美子の薬をもらった。そしてコートを脱いで二人の寝室に入り、ドアを閉めた。セミダブルベッドで久美子が泣いていた。ナイトテーブルには半分ほど空いたワインの瓶とグラスが置かれている。

ミチルはシャツ一枚になり、ベッドに入って久美子をそっと抱きしめた。

「ああ、ミチルさんのいい匂いがする……香水が汗の匂いと混じりあって、本当にいい匂い。私、この匂いが大好き」

「そんなに泣いたら、顔が腫れちゃうよ。主演女優が泣き腫らした顔で稽古場に行ったらみっともないでしょう？　眠るまでそばにいるから、もう泣かないで」

ミチルは久美子の目の腫れがひくように氷を当て、髪を撫でながら、涙にまみれている顔を舐めてやった。

「お願い、ミチルさん、抱いて」

「抱いてるよ」

「他の女の子たちにするように抱いてほしいの」

「駄目だよ。トオルが悲しむ」

シャツ一枚の隔たりが、ミチルの精一杯の愛のあかしだった。久美子への。そしてトオルへの。ドアを隔て、隣のキッチンで息をひそめているトオルの気配が痛いほど伝わってくる。久美子の手がミチルの胸に触れようとするのをミチルはやさしく止めた。

「夢の中で抱いてあげるから、眠って」

ミチルはワインと一緒に睡眠薬を口移しで久美子に飲ませた。久美子の柔らかい舌がミチルの舌を求めて生き物のようにせつなくのたうっていた。この絡み合う二枚の舌を嚙み切って今すぐ一緒に死ねたら、とミチルはふと思った。

「お願い、キスをして。百回目で私、眠りに落ちるから」

額に、耳たぶに、首筋に、髪の毛に、顔じゅうに、舌を入れないきよらかなキスを何度もしているうちに、久美子はおとなしく眠りに落ちていった。ミチルは自分が今にも気が触れるだろうと思った。こんなことをしていたら肉体と精神がズタズタに引き裂かれて、修復不可能な疵《きず》が魂の奥深いところに刻印されるに違いない。ふたりで一緒に壊れよう。ふたりで一緒に地獄に堕ちよう。しおれた花びらのように疲れきった久美子の寝顔を見ていると、その細い頸《くび》に手をかけて、柔らかい喉《のど》に指が強く食い込んで、ゆっくりと絞め付けていく感覚が頭から離れなくなったが、彼女の腹の中で少しずつ大きくなっている命のことを思い、慌てて打ち消した。

芝居はもうすぐ終わるからね。そうしたらもうこんなに苦しまなくていいんだよ。ミチルは久美子にそう言ってやりたかった。あの選ばれた恍惚とひきかえに自分のすべてを切り刻んで観客に捧げる捨て身の献身は、もうしなくていいんだよ。シャイで穏やかな一人の女性に戻って、これからはただの強い母になればいいんだよ。そう言って、久美子をおそるべき集中の苦しみと脅迫のストレスから解放してやりたかった。天使の骨がすりきれて、取り返しがつかなくなってしまう前に。

「眠ったよ」

寝室を出てトオルにそう告げると、彼はキッチンで酒を飲んでいて、ミチルを睨みつけながら酔った声で絡んできた。

「なぜ抱いてやらないいんだ。久美子だけがなぜそれほど特別なんだ」

「久美子のこともトオルのことも同じように愛してる」

コートを着て帰ろうとするミチルの手を荒々しく引き寄せ、トオルは力まかせに唇を奪った。ミチルは彼の頬を打ち、

「今度したら、殺す」

と刺すように言った。

「おまえになら殺されても本望さ」

なおも唇を奪おうとするトオルを突き飛ばし、テーブルの上のウイスキーの瓶を叩き割って、トオルの首に突き付けた。

「十年たっても、何も変わんないな」

トオルはへらへら笑っていた。笑いながら泣いて、泣きながら笑っていた。ミチルは割れた瓶を流しに叩きつけ、玄関を出た。

アパートの少し手前でタクシーを降り、コンビニに寄って明日の朝食を買ってからアパートの前にたどり着いたとき、ニット帽とマスクで顔を隠し、角棒やバットを持った数人の男たちに取り囲まれた。

「劇団カイロの王寺ミチルだな？」

ネオナチだ、と咄嗟に思い、久美子の夢が正夢だったことを知った。なぜか恐怖は感じなかった。ミチルは怯むことなく連中を見渡し、

「だったらどうする」

と一喝した。声は少しもふるえていなかった。我ながら惚れ惚れするほどよく通る、女殺しと謳われた、甘く濡れたいい声が出た。舞台と同じだ。第一声が完璧に出ればあとは自然と落ち着いてうまくいく。

「女同士のラブシーンを含む背徳的な芝居は中止してもらおうか。そんな気色の悪いもんを公衆の面前で見せることは倫理上問題があるんだよ」

「ふん、そっちこそ気色悪いわ。暴力しか能のないネオナチどもが徒党を組んで表現者を脅迫するなんて、倫理上問題があるんだよ。ネオナチがこわくて芝居ができるかっつーの。邪魔だよ。どけ！」

「おめえ、死にてえのか？」

「死にたいけど、それが何か？　ちょうどいいわ、今夜はまさにそんな気分だったんだよね。首でも吊ろうかって思ってたとこだったんだよねえ。どうせ先なんかないんだし、

もうどうなってもいいんだよこっちは！」

ミチルは不敵に連中を睨みつけてから啖呵を切ると、路上にあぐらをかいて座り込み、体をまるめて防御姿勢を取った。無抵抗をあらわすこの体勢は相手の意表を突いたらしく、一瞬怯む気配が伝わってきた。どのみち逃げる手立てはないと判断してやけくそに取った行動だったが、戦意をくじく効果は多少あったようだ。

「おい、立てよ」

「顔だけはやめてね。わたし役者だから」

「立たんかい、こら！」

ミチルは深呼吸して、目と口と心を閉じた。

「力ずくで立たせるか？」

「もういいや記録しろ」

リーダーらしき男が命じると、一人が前に出てビデオカメラをまわしはじめた。王寺ミチル襲撃の映像を動画サイトで流すつもりなのだろう。やれ、という低い声がして、肩と腰に鈍い衝撃が走った。ミチルはさらに体を折り曲げて顔を膝に埋め、頭部をコートで覆い隠した。そのとき、やめろッ、という怒鳴り声とともに鋭く長い警笛が聞こえた。やべえ逃げろッ、とネオナチが叫ぶ声がして、大勢の足音が走り去っていく音が聞こえた。

「ミチル、大丈夫か？」

ミチルがおそるおそる目を開けると、横田さんが立っていた。

「警察かと思った。でもよく考えたら警察が助けてくれるわけないよね」

「見せろ、どこをやられた?」

「おかげで肩と腰を少し殴られただけで済んだ。すごいタイミングで来てくれたね。ありがとう、助かったよ」

「警笛と催涙スプレーを肌身離さず持ち歩けって、いつも言ってるだろう。あいつら、いつ襲ってくるかわかんないんだぜ。特にひと気のない夜中は危ないって何度も言ったのに」

「なんでこんな時間にここにいるの?」

「特注のハーネスが出来上がったんで、試着してもらおうと思って持ってきたんだよ。たぶんまだ起きて仕事してるだろうと思ったからさ。おまえこそなんでこんな時間に外にいるんだ?」

「ちょっと夜の散歩に出てただけ」

「初日まであと一週間しかないってのに、大怪我したらどうすんだよ、まったく。命知らずもたいがいにしろよ。立てるか?」

ミチルはおずおずと立ち上がり、横田さんの手を取ってタンゴのステップを踏んでみた。痛みはあるが、致命的なほどではない。

「ああ、よかったあ……ちゃんと動けるよ……踊れるよ……芝居できるよ……ほんとによかったあ……」

ミチルはほっとするあまり涙を浮かべながら、棒立ちの横田さんを相手にくるくるとタンゴを踊った。横田さんは苦笑いを浮かべてそんなミチルを眺めていた。

「あいつら、またいつ襲いに来るかわかんねえぞ。芝居が終わるまで自宅は避けたほうがいい。しばらく匿ってくれる女の部屋くらいたくさんあるだろ？　そこから稽古場と劇場にかようんだ」

「あるけど面倒くさいや。横田さんちに泊めてよ。あっ、でも奥さんに怒られるかな。二人目産まれたばっかりだったっけ？」

「それはいいけど……おまえ変わったな。当代一と言われたあの女たらしはどこ行っちまったんだ」

「わたしも年を取ったということじゃない？」

「ミチルは年なんか取らねえよ。三十五になっても永遠の少年って言われるのはおまえだけだよ。むしろ十年前より顔も体も引き締まって美少年になってるくらいだぜ。年とともに凄みが増してきた。芸の力ってやつかな」

「さすがにもう少年とかやめようよ。あーあ、年を取りそこねちゃったなあ」

「久美子のせいだろ？　おまえが女遊びをやめたのは」

「ただ飽きただけ。たいして好きでもない女と寝るのは時間と体力の無駄だから」

「そんな暇があったら久美子のために一分一秒でも時間を使いたいわけか。すげえ純愛だな。おまえには最も似合わねえよ」

「この年になってせつない片思いの苦しみを初めて知ったよ。これぞ恋だよね。これでいい芝居がつくれるなら、片思い上等だよ」

「片思いなもんか。あいつだっておまえのこと好きなのに、なんで姫野に譲ったんだよ。かわいそうじゃないかよ」

「かわいそうって、誰が？」

「久美子が。姫野も。それにおまえもだ。つまり誰ひとり幸せになってないじゃん」

「久美子はヘテロだよ。げんにちゃんと子供までできてる」

「関係ないだろ。ガキなんて男と女なら、すればいくらでもできるんだよ」

「だからわたしに勝ち目はない。最愛の女を孕ませられない時点ですでに負けてる。子供を授けてやれることが一番偉いと思う。悔しいけど仕方ないよ……」

ミチルはついに横田さんの胸で泣きはじめた。座長であるミチルが涙を見せることができるのははるか年上のこの男だけだった。横田さんはミチルが泣き止むのを待って言った。

「スーツケースに二週間分の着替えを詰めてこい。万一のためにパスポートも入れておけ。ネオナチもやばいが、それよりも厄介なのは秘密警察だ。ゲイ狩りが本格的にはじまってる。いつでも海外に飛べるようにパスポートは肌身離さず持ち歩くんだ」

ミチルが荷造りをしてスーツケースを運んでくると、横田さんは工具や舞台装置を積み込んだ軽トラックに乗せてミチルを自分の家まで連れて行った。

＊　＊　＊

誰か大男に心臓を踏まれているような心痛を覚えて、目が覚めた。

明け方の仄暗い光の中で、フィオがミチルの鎖骨を撫でながら心配そうに顔を覗きこんでいた。自分も相手もまだ裸のままだったと気づく前に、ミチルは反射的に目の前にある乳房に吸い付いていた。夢とうつつのあわいで無意識にした行動だったが、フィオは胸を吸われているうちにだんだんその気になってきて、ミチルの性器に手を伸ばした。指を入れる前からすでにそこはしっとりと濡れそぼっていた。ゆっくりと掻き混ぜると、少年が射精をこらえるような低くするどい喘ぎ声が漏れはじめ、指の動きを速めると、ミチルの腰がせつない律動を刻みはじめた。ミチルはフィオの乳首を嚙みちぎりそうな勢いでしゃぶり続け、激しく腰を動かしながら、何かを小さく叫んでそのまま達した。フィオも同時に達した。ミチルは涎と一緒に涙を流していた。達したあともフィオの乳首から唇を離そうとせず、眉間に深い皺を寄せた苦しげな顔を無防備に晒して、乳首を咥えたまま再び短い眠りに落ちた。

フィオとはナヘラまで一緒に歩き、世界遺産のユッソとスッソの修道院を見に行ってからバスでブルゴスへ向かうという彼女とサント・ドミンゴでいったん別れた。

「サント・ドミンゴからブルゴスまでバスに乗ると三日のショートカットになるけれど、ユッソとスッソの修道院へはバスが一日一便しかないし、ブルゴスでは観光したり買い物したりして少しのんびりするつもりだから、すぐにミチルに追いつかれるわよ。またアルベルゲで会いましょう」

ここからブルゴスまでバスで行く巡礼者は結構多いらしい。ミチルも誘惑に駆られたが、急ぐ旅でもないし、静慧尼との約束もあるのでこのまま歩くことにした。ここまで来るともうすっかり歩くための体ができていて、自分のペースもつかんでいる。だいいちバスでショートカットをしてしまうにはあまりにももったいない道だった。一歩一歩、一日一日、舐めるようにカミーノを味わうことでしか失った記憶を取り戻せないような気がした。そしてやはりミチルにはひとりで、いや久美子とふたりで歩くのが一番性に合っていた。

4

サント・ドミンゴの町を出てしばらく歩くとリオッハ州が終わり、カスティージャの荒涼とした穀倉地帯に突入した。

シロス修道院はスペインで最も美しいと言われるロマネスク様式の回廊とグレゴリオ聖歌で知られている。ブルゴスからバスで行けるが、バス便が不便なうえ巡礼路をいったん離れることになるため、訪れる巡礼者はそれほど多くない。ミチルもどうしようか迷ったが、修道士たちの歌うグレゴリオ聖歌をどうしても生で聴いてみたかったので、行くことにした。ブルゴスは標高九百メートルくらいの高地にあって底冷えがすごく、屋内でじっとしているだけでも指先がかじかんでくるほどだったので、とても泊まる気はしなかったのだ。

オスタルを押さえ、七時からのグレゴリオ聖歌のミサを待つあいだ、回廊をまわってレリーフを眺めているとき、見覚えのある女の子の巡礼を見かけた。通り過ぎる村々にある小さな教会の聖母子像を眺めるのがミチルは好きだったが、そこでいつも聖母子像ばかりをスケッチしている彼女を見かけていた。まだとても若いフランス人の女の子で、他の巡礼者と交流しようとせず、いつもひとりでポツンと歩いている子だった。彼女からは「話しかけてくれるな」というオーラが出ているように見えた。ある暑い日に彼女が水も持たずに炎天下を歩いているのを見て、ミチルは自分の水を分けてあげようとしたことがあった。ペットボトルを差し出して、

「水飲まないと倒れちゃうよ。これ飲んで」

と言ったが、真っ赤な顔をして首を振り、走り去ってしまった。他人のペットボトル

に口をつけるのがいやだったのか、たぶんものすごく内気な性格なのだろう。ほっそりとした体にメガネをかけて、長い金髪を三つ編みにして、いつもマイペースで歩いていた。小さな声で歌を歌いながら歩いていることもある。彼女が誰かとしゃべっているのを一度も見たことはない。レストランに入るのも見たことはない。スーパーで食材を買って、いつもパンにチーズとハムをはさんだだけの質素なサンドイッチを自分で作って食べている。ミチルは彼女を見ていると若い頃の久美子を見ているような気がして、いつも何となく気になっていた。

「今日はお水持ってるね」

聖母子像を食い入るように見つめている彼女を驚かさないように、ミチルはそっと声をかけた。彼女はそれでもびくっと驚いて、白猫のように怯えた目で振り向いた。ミチルがにっこりしてミントキャンディを差し出すと、彼女はぱっと顔を赤くして、少し迷ってからそれを取った。そして小さな声で礼を言った。

「いつも聖母子像ばかり見ているね」

「私はそれが専門だから。大学で宗教画を学んでいるの」

「だからいつもスケッチしてるんだね」

「あなたこそ、いつも見てるわ。聖母子像が好きなの？」

「いろんな顔のマリア様がいて、いろんな顔の幼な子イエスがいるけど、わたしが一番好きなのはプラド美術館で見たゴヤの聖母子像で……」

そう口にした途端、するすると記憶の糸がほどけて、その絵と、その絵を見ているときの自分の絶望的な表情がくっきりと脳裏によみがえってきた。画題は忘れてしまったが、それはゴヤの作品で、マリア様の顔が久美子にうりふたつなのだった。まだ出会って間もない頃の、一緒に芝居をするずっと前の記憶に違いない。自分が絶望的な表情をしているのは、久美子にすでにもう絶望的なまでに恋い焦がれていたからだ。久美子がいなくなった今でも、あの息苦しいまでの慕わしさは何も変わっていない。そして今あの絵を見たら、自分はとても正気ではいられないだろう、とミチルは思った。

「ゴヤの聖母子像といってもいろいろあるけれど……どうしたの、大丈夫？」

「何でもない。名前は何て言うの？」

「マリア」

「わたしはミチル。ねえ、ところでハチミツは好き？」

「え……好きだけど」

「さっき売店でここの自家製ハチミツ売ってたんだけど、一壜買うと重たいし、食べきれないから、よかったら半分もらってくれないかな」

「いいけど……でもどうやって分けるの？」

「こうしない？　毎日十一時をおやつの時間にして、そのとき一緒に食べよう。別々に歩いてても、十一時にはどこかで落ち合って、このハチミツを一緒に食べる。おやつが済んだらまた別々に歩けばいい。どうかな？」

「でも、あなたのほうが歩くのが早いわ」

「ハチミツが重いから、ゆっくり歩くよ。で、マリアが追いついてくるのを待ってる」

「私、道端に教会があると、必ず入らずにはいられないの。だから本当に遅いのよ」

「知ってる。マリア様に挨拶しないではいられないんだよね？」

マリアはそばかすだらけの顔をまた真っ赤にした。透き通るように色が白いから赤面が顕著にわかるのだ。

「遅くてもいいよ。気が向いたときでいいから。じゃあね」

七時からのミサには、彼女もグレゴリオ聖歌を聴きに来ていた。黒ずくめの僧衣とフードで体を覆い、腕を前で交差させた姿勢の二十人ほどの修道士たちが、伴奏も旋律もない、抑揚のみの独特の唱法でささやくように聖歌を歌っていた。彼らが時々腰をかがめた姿勢で歌うのがひどく印象的だった。その装いとスタイルと包み込まれるような残響のせいか、彼らのひそやかな歌声を聴いていると、幽界に連れて行かれるような錯覚を覚えて、絡まっていた記憶の糸がまたひとつするするとほどけていった。

＊　＊　＊

フライングのための舞台稽古は一日しかなく、ほぼぶっつけ本番になった。

フルボディーハーネスをつけてワイヤーで吊られ、初めて宙に浮かんだときのことは忘れられない。久美子と宙を飛びながら、二人でケラケラ笑っていた。おそらく、地上十メートルの高さで浮遊することはあまりにも非現実的な感覚なので、恐怖感よりも先に笑うしかなかったのだろう。ハーネスは二点吊りで、吊り点は腰のところにあった。ミチルのワイヤーを動かすスタッフが上手の袖に二人、久美子のワイヤーを動かすスタッフが下手の袖《そで》に二人待機している。はじめは地上で踊っていて、踊りながらだんだんと宙に浮いて上昇していき、最後は地上十メートルのところまで登り切って、浮いたまま踊り続けて幕が降りるという演出である。操演スタッフにとっては、上下の動きはまだいいとしても、タンゴの振り付けにあわせて左右と前後の微妙な動きをつけるのが難しく、吊られたままの体勢での稽古が何時間にもわたって行われた。

空中での振付は地上のときと比べてそれほど激しい動きではないが、衣装の下につけたハーネスの胸と股の締め付けが予想以上に苦しく、運動量もあるので、呼吸困難になって吐きそうになってしまう。笑っていたのは最初の数分だけで、すぐに二人とも悲壮な表情に変わった。空中ではこの動きは無理、ということがわかると、振付師と相談しながら振りを変えていく。時間がないので装置の横田さんも操演スタッフも振付師も全員の目が血走っている。翌日には芝居全体の舞台稽古があり、その翌日にはもう初日が開くのだ。

「久美子、体は大丈夫か？　少し降ろして休憩しようか？」

横田さんが妊娠中の久美子を気遣って何度も声をかけるが、久美子は大丈夫だから続けてと言うばかりだ。久美子はどんなにきつくてもスタッフに絶対に弱音を吐かない。ミチルやトオルにさえ滅多に愚痴ひとつ言わない。

「ミチルさんのほうが何倍も大変だから」

と、かえって気遣ってくれるくらいだ。だからミチルはつねに先回りして久美子の体調を慮《おもんぱか》る必要があった。姿勢と動きをあとで客観的にチェックするために、ミチルはトオルにビデオカメラをまわさせていた。

「ひゃー、すごーい！　かっこいい！」

夕方から取材と陣中見舞いを兼ねて顔を出した木内雅野が、休憩のため宙吊りから降りてきたミチルに感嘆の声を上げた。

「空中のタンゴなんて初めて見たわ。よくこんなのできたわね」

「いや、まだやっと形ができただけで、これからもっと細かい動きを詰めるから」

「いいなー、私も飛んでみたーい」

「やってみる？　このハーネスつけていっぺん飛んでみ、そんなこと二度と言わなくなるから。これってほとんど拷問だよ」

「これ、落ちたら死ぬわよね？　生命保険とかちゃんと入ってんの？」

「落ちるとか、そういう縁起の悪いことは口にしないで。横田さんには絶対の信頼を置いてるから、保険なんか入ってないよ」

「入っといたほうがいいんじゃない？」

「どうせわたしには受取人もいないしね」

雅野は興味をそそられたらしく、横田さんに安全の仕組みを根掘り葉掘り質問している。

「じゃあ、ワイヤーが切れるか、ハーネスとワイヤーをつないでいるカラビナがはずれるかしない限りは絶対落ちないってこと？」

「そう。そのどちらもまずありえない。ワイヤーが何年も使って摩耗してりゃ別だけど、今回はほぼ新品同様だからな。自分でカラビナをはずさない限りは落ちようがない」

「カラビナって勝手にはずれたりしないの？」

「これは安全装置つきのやつだから大丈夫」

「カラビナって自分ではずせるの？」

「腰の後ろに吊り点があるから、慣れればはずせないことはないよ。でも結構難しいぜ。カラビナの脱着もハーネスの装着も俺らスタッフがちゃんとやるから、記者さんはそう心配しなさんなって」

「完璧主義の横田さんの仕事だから、全然心配はしてないけどね」

休憩のたびにビデオをチェックしなければならないし、照明・音響・操演・振付・舞監の全スタッフがかわるがわるミチルに指示を仰ぎに来るので、ミチルは久美子のことが気になりながらもほとんど会話を交わせずにいた。トオルはトオルで役者と制作を兼ねているのでやることが山ほどあり、久美子にべったりと張り付いているわけにはいかない。

「久美子さんがトイレで吐いてます」

とスタッフの一人から耳打ちされて、ミチルは打ち合わせを中断してトイレに走った。

「大丈夫？　ハーネスのせいだよね？」

「うん。吐いても何も出ないから」

「もうだいぶ形になってきたから、あと少しだよ」

苦しそうに身をかがめている久美子の背中を撫でさすってやっていると、誰かが外からミチルを呼ぶ声が聞こえた。

「ミチルさーん、チェックお願いしまーす」

「ほら、行って。あなたを独り占めにはできない」

「ごめん」

「ミチルさんと二人きりになれるのは、宙に浮かんでいるときだけね」

「すぐにまた宙吊りがはじまるよ。できる？」

「大丈夫。すぐ行く」

久美子の頰をさっと撫でて、ミチルはトイレを出て舞台に戻った。ハーネスにはコルセットみたいに金属の補強が入っているので、つけたままだとろくに腰を曲げることもできない。本番に入ってしまえばラストシーンにつけるだけなので、リハーサルの今日が一番しんどいだろう。

「じゃ、また吊りまーす！　ミチルさんと久美子さんスタンバイよろしく」

二人でまた吊り上げられている途中で、ワイヤーが絡まっているのが見えた。

「ストップ！　ワイヤー絡まってるよ！」

「あ、悪い！　すぐ直すからそのままそこで待っててくれ」

宙ぶらりんのまま、久美子と二人で微笑み合った。現場の喧騒から少しだけ離れて、そこは奇妙に静かな空間だった。

「ほんとだ。浮かんでいるときだけ、久美子と二人きりだね」

「ずっと浮かんでいられたらいいのに」

「それはきつすぎるよ」

「ダンスもしないで、浮かんだままこうしてじっと見つめあっていられたらいいのにな」

「何か変な感じだね。みんながはるか下にいて、わたしたちだけ空の上にいるみたい」

「天国に登っていくときって、こんな感じなのかしら。ゆっくりとみんなを見下ろしながら、だんだん離れていくのかな」

「こんな感じだったら、楽しいかも」

「ミチルさんと一緒に天国に行けたら、きっと死ぬのもこわくないわね」

オッケーです、ワイヤー直りましたんでまた上げまーす、という声が下からして、束の間の会話は断ち切られた。

「悪かったな、ミチル。本番では絶対絡まないから安心してくれ」

と横田さんがマイク越しに言った。

「はーい。命預けてまーす」

「じゃ音楽入りまーす！」

タンゴ・ロクサーヌが流れ、ミチルは久美子と組手をつくって振りのきっかけを待った。ミチルの右手がしっかりと久美子の背中を抱き、左手が久美子の右手を取っている。久美子の左手もミチルの背中に添えられているが、時には踊りながら腰や髪に触れたりして表情を出す。地上で踊るときのミチルはかなり扇情的に久美子の胸をつかんだり太腿にキスしたりするのだが、空中では基本形を踊るので精一杯だ。ハーネスで締め付けられているせいで背筋を伸ばす姿勢を取るだけでも大変なのだ。

「ミチルさん、今のとこまだ猫背になってる」

振付師の声がマイクで飛ぶ。

「わたしの猫背は一生治らないよ」

音楽が終わってポーズが決まると下から一斉に拍手が起こった。久美子がようやくほっとした顔を見せた。

「だいぶ良くなってきた。あとは明日のゲネで詰めるとして、今日はここまでにしないか、ミチル？」

横田さんがそう声をかけてきたのは、夜中の十二時を少しまわった頃だった。下に降ろされてようやくハーネスをはずされると、ミチルも久美子もほとんど同時に舞台の上に倒れ込んでしまった。もう全身の感覚がなくなっていた。

「ネオナチが劇場のまわりをうろうろしてる。あいつらポスター全部破りやがって。やつらの目につかないようにミチルさんと久美子を裏口から出しますから」

安井さんが破れたポスターを持ってミチルに耳打ちしに来た。

「ホテルを二部屋押さえましたから、今夜から公演が終わるまではそこに泊まってください。これから毎日、僕とトオルが交替で二人を送迎します」

「ありがとう。わたしはまだ高橋くんと客入れ音楽の打ち合わせがあるから、久美子を先に連れてって」

だが息をつく間もなく、トオルの下で制作助手をしている女の子が痺れを切らした顔で仕事の催促にやって来た。

「ミチルさん、プログラムの挨拶文の最終締切、明日の朝イチですからよろしくお願いしますね。これ以上遅れるともう無理ですから！　プログラムなしですからね！」

ああ、忘れていた。客入れ音楽の選曲もやらなければならないし、今夜は徹夜になりそうだ、とミチルは思った。いつものことだが初日を開けるまでは戦場だった。知力も体力も時間も、ときには生命さえもぎりぎりまで捧げ尽くさなければ初日は開かない。このうえさらに別の戦いをネオナチ相手にしている余裕は一分たりともないのだった。

＊　＊　＊

翌日バスでブルゴスに戻り、また巡礼路を歩きはじめた。

道は平坦かつ単調そのもので、まったく何もないメセタの大地だ。歩いていると眠たくなってくるようだ。こういう変化のない道だからみんなバスでショートカットしたくなるのだろう。マリアとはアルベルゲで会うことができ、次の日にマリアが先に歩き出したが、途中でミチルが抜いて、十一時に道端でマリアを待って、無事おやつをともにすることができた。ほぼ迷うことのない一本道だからこういうことができるのだろう。木陰に腰を下ろしてミルクパンにハチミツをつけたものを食べているとフィオが通りかかって、微妙な表情を浮かべるのがわかった。マリアはそそくさと立ち上がり、ごちそうさまとミチルに言って、歩きだしてしまった。

「あの誰ともしゃべらない子とおやつを食べてるなんて、びっくりだわ。男の子たちがどんなに話しかけても全然心を開かないって聞いたわよ」

「いい子だよ。ただちょっとシャイなだけ」

「でもすごく変わってる。ちょっと足りないんじゃないかって言う人もいる」

「人とうまく話せないだけだよ」

「今夜、パスタを作るの。あとでペーターやトーマスたちと買い出しに行くけど、ミチルも一緒に行かない？」

「ごめん。カストロヘリスで大事な用があるから、今夜はひとりでオスタルに泊まるよ」

「そう。じゃ、またね」

フィオは拗ねたような顔をして先に行ってしまった。しかし今のミチルは人づきあいをしている場合ではなかった。今日いよいよカストロヘリスに入るのだ。ベアトリーチェさんはまだ生きているだろうか。サンタ・クララ修道院にまだいるだろうか。彼女と会って、静慧尼の伝言を伝えることができるだろうか。ミチルはだんだんどきどきしてきて、何度も深呼吸をしながら歩いていった。


翌朝八時半から、ミチルは町はずれにあるサンタ・クララ修道院のミサに参列した。修道女たちは二十人ほどいて、中には若い娘も何人かいた。静慧尼が言っていたように、柵で仕切られた奥まったところから讃美歌を歌っていた。まるで柵の中に閉じ込められているような印象を与え、それはとても奇妙な光景だった。ミサのあとで裏口にまわると、修道女たちが手作りしているというクッキーを買える回転扉はすぐに見つかった。エクスキューズ・ミー、と英語で語りかけると、意外にも窓が開いて中年のシスターが顔を見せたのでミチルは拍子抜けしてしまった。外界との接触を禁じられてこの修道院の中に閉じ込められ、厳しい戒律を守って暮らしているという悲愴な雰囲気はまったくなく、明るくてごく普通の感じだったのだ。メイ・アイ・ヘルプ・ユー、とシスターはきれいな英語で言った。

「このクッキーと……このパウンドケーキをください」

商品の見本を指差してお金を置くと、窓が閉まって扉が回転し、商品とお釣りが出てきた。そしてサンキュー、という声が奥から聞こえた。

「あの、すみません。訊きたいことがあります」

とミチルがさらに言うと、再び窓が開いた。

「何でしょうか？」

「こちらにベアトリスさんというシスターはいらっしゃいますか？」

「ベアトリス？」

「はい。七十歳くらいのお方です」

「ベアトリス……何？」

「すみません、ベアトリスさんというお名前しかわかりません」

「どういったご用ですか？」

「日本の友人からの伝言を伝えにまいりました。ベアトリスさんがお若い頃、日本に住んでいらっしゃったときに親友だったお方です。どうしてもお会いしたいのです」

シスターはミチルの姿をじっと眺めた。

「あなたは巡礼者ですね？」

「はい」

「ちょっと待ってね」

窓が閉まり、しばらく待っていると、今度はドアが開いて別の若いシスターが出てきた。

「あなたの言っているのがベアトリス・デ・ラ・ペーニャのことでしたら、それは私の大叔母です。彼女は確かに大学時代まで日本に住んでいました。そのあとここで修道女になったと聞いています」

「お目にかかれますか？」

「申し訳ありません。彼女は長いこと重い病を患っていて、病院で寝たきりになっています。ここ一年くらいは痴呆もはじまって、つねに意識が混濁している状態なのです。もう長くはもたないだろうとドクターは仰っています」

ミチルは思わず激しい落胆の表情を浮かべた。でも、まだ彼女は生きていた。

「せっかく日本からおいでいただいたのに、本当に申し訳ありません」

「せめてお見舞いをさせていただくことはできませんか？」

「でも、たぶん話をすることはできませんよ。家族が行っても誰だかまったくわからないようですから。たまに意識が戻ることはあるそうなんですけど、そういうときに当たるかどうか……」

「ひと目だけでもいいんです。たとえお話ができなくても、わたしはどうしても彼女の親友の伝言をお伝えしなくてはなりません。その方は先日亡くなられたので、遺言になってしまいましたが……」

ミチルは涙を浮かべて必死に訴えた。若いシスターは心を動かされてミチルの手を取った。

「わかりました。少々お待ちください」

シスターは中に引っ込んで紙片を持ってきた。そこに病院の名前と住所が書かれていた。

「ここからそう遠くないところです。タクシーに乗ってこの紙を見せれば連れてってもらえます」

「ありがとうございます」

「ご一緒できなくてすみません。遠くからのお見舞いに感謝いたします」

シスターは軽くミチルを抱擁して、奥に引っ込んだ。一瞬の抱擁だったが、しなやかな弾力のある乳房の生々しい重みがミチルの痩せたあばら骨にしっかりと伝わって、ミチルの胸をくるしくさせた。あの乳房は生涯、生身の人間に向かって開かれることはなく、愛撫されることもない。谷間で揺れるロザリオだけが、封印された乳房の張りを知っているのだ。彼女のさびしい乳房を思い、ベアトリーチェさんのさびしい乳房を思うと、胸が掻き毟られるようだった。ミチルはもうひとつのさびしい乳房のことを思って泣きそうになった。クッキーを大切に胸に抱えて修道院を出ると、町の中心部まで急ぎ足で戻り、バルに飛び込んでタクシーを呼んだ。

ベアトリーチェさんは緑の濃い中庭に面した静かな個室で、さまざまな機器や管に体をつながれて眠っていた。

聖なんとかという名前のついた教会系の病院で、近代的な設備の整った清潔な病院だった。あらかじめ話が通っていたのか、ベアトリスさんに面会したいと受付で告げると、

「重篤な状態ですから本来は家族以外は面会謝絶ですが、特別に十分間だけですよ」

と言われてシスターが病室に案内してくれた。シスターに礼を述べ、ミチルはひとりになって彼女のベッドサイドの丸椅子に腰かけた。そしてリュックから新聞を出して彼女の胸元に置いた。それはパリに着いたとき空港で買ったもので、隈井静慧尼がハンスによって死亡した記事が大きく載っているフランスの新聞だった。そこには静慧尼の最近の写真と若い頃の写真が載っていたから、ベアトリーチェさんに見てもらうにはちょうどいいと思ったのだ。彼女の顔には、若かりし頃にはさぞやと彷彿させる気品に満ちた淑やかな美の片鱗が浮かんでいたが、苦悶のために刻まれた無数の皺としみのせいで静慧尼よりもずっと老け込んでいるように見え、そのことが病の重さと孤独の深さを物語っていた。ミチルは彼女の干からびた冷たい手を握りしめ、ささやくように語りかけた。

「ベアさん、シズさんからの伝言です。肉体は来られなかったけれど、魂は今やっとあ

なたの元に帰ってきました。シズは五十年間あなたのことを片時も忘れず、生涯で愛した人はあなただけでした」

ベアトリーチェさんの手がぴくりと動き、その目がゆっくりと開かれた。鷲を思わせる、賢く近寄り難そうな深いグレーの瞳だった。彼女は天井を見つめたまま、スペイン語で何かをつぶやきはじめた。何を言っているのかはわからない。苦痛を訴えているのかと、ミチルが枕元のボタンを押して看護師を呼ぼうとすると、ふいにミチルを一瞥し、理不尽な怒りを述べ立てるかのようにいきなり怒鳴り声を上げはじめた。シズさんが会いに来るのに五十年もかかったことを怒っているのかとミチルは思った。ミチルが新聞をかざして見せると、彼女は怒鳴るのをやめて新聞に見入った。そして静慧尼の若い頃の写真にそっと触れて、シズ、とたったひとりの恋人の名前をつぶやいた。続いてミチルに向かって、もっと強い声で、シズ、シズ、と呼びかけた。

「ああ、シズ……とうとう来てくれたのね……約束を守ってくれたのね……」

しっかりとした日本語でそう言って、彼女はミチルの手を強い力で握り返した。どうやらミチルのことを静慧尼だと思い込んでいるようだった。とすると、彼女の意識はあの若い頃に戻っているのだろうか。ミチルは静慧尼のふりをすることにした。

「遅くなってごめんなさいね、ベア」

「あなたなのね、シズ……本当にあなたなのね……ああ、私の愛しいひと……」

「間に合ってよかった」

「今、あなたの夢を見ていたのよ。目を開けたら、本当にいるんだもの、びっくりするじゃない」

「どんな夢だったの？」

「二人で巡礼の道を歩いている夢よ。もうすぐサンティアゴに着いてしまいそうで、それがとても悲しくて、泣きながら歩いているの」

「わたしもいつも同じ夢を見る。ベアと歩いている夢ばかり」

「楽しかったわね。There is nothing, there is everything. ……もう一度、あなたとあの道を歩けたらねえ……」

「もう一度歩きましょう。ふたりで」

「私はもう歩けないわ。起き上がってあなたを抱きしめることもできないの。ねえシズ、私にもう一度だけキスをしてちょうだい。安らかに天国へ行けるように……あの魔法のキスを……お願いよ」

ミチルは、静慧様おゆるしください、と胸の内でつぶやいて、ベアトリーチェさんの唇に恭しくキスをした。そしてその短い銀髪を撫でて頬ずりをし、ベッドの上に覆いかぶさるように彼女の体を抱きしめた。機器につながっている線がはずれないように注意を払いながら、シズのかわりに、シズになりきって抱きしめた。死にかけていたさびしい乳房がミチルの胸の下で弾力を取り戻し、ほんのつかのま華やいで、顔にもわずかに赤みが差したようだった。顔を覆い尽くしていた皺としみが一瞬消えて、そのひとは朝露を湛えて開きかけている花びらのように微笑んだ。

「愛してる……ベア……愛してる」

「来てくれて、ありがとう」

ベアトリーチェさんは目を閉じて、スペイン語でうわごとのように何かをつぶやき、ひとすじの涙を流した。そのとき彼女の心臓がゆっくりと止まるのがミチルにはわかった。天国のシズが今、恋人の手を取って、華やいだ乳房を抱いて連れてゆくのがはっきりとわかった。それを引き留めようとして枕元の機械がけたたましいブザー音を発し、赤いランプを点滅しはじめた。すぐに数人の看護師たちが飛んできた。

「どいてくださいッ!」

ベアトリーチェさんを抱きしめているミチルをベッドから引き剝がしたところで、医師が飛んできた。そして慌ただしく心臓マッサージを施し、しばらく続けてから、マッサージをやめた。医療の力では、シズからベアを引き離すことはできなかったのだ。看護師がそっとミチルの肩に手を置いた。医師はおそらく心停止とか、ご臨終とかいう意味のスペイン語を口にしたのだと思う。それから時計を見て、時刻を告げた。ミチルに軽く会釈をすると、医師たちは部屋を出て行った。

誰もいなくなるとミチルはベアトリーチェさんが最後に流したひとすじの涙を拭いてやった。入れ替わりにさっきのシスターがやって来て、ミチルの肩を抱いた。

「ほら、見て。なんて満ち足りた安らかなお顔をしているんでしょう。まるでお元気だった頃に戻ったみたい。もう何日もひどく苦しんで苦悶の表情を浮かべておられたのに、奇跡のよう。あなたは一体、何をしたの？」

「わたしはただ、そばで手を握っていただけです」

「ベアトリスを見送ってくださってありがとう。彼女は幸せそうに微笑みながら、今、主の御許にゆかれました。苦しみもなく、ひとりぼっちで旅立っていかなくてよかった。どうもありがとう」

「こちらこそ、会わせてくださってありがとうございました」

ミチルは深々と頭を下げて、病室を出て行った。

5

カストロヘリスを出ると、急な登りがはじまった。山の上から眺めると、あの町は天空の城塞みたいに見えた。何かこの世のものではない、古代の風が運んできた、あるいは映画のセットのような、一夜明けたら跡形もなく消えているのではないかと思われる、幻のような佇まいに見えた。

カストロヘリスで遅れを取ったため、しばらく顔見知りのカミーノには会わなかった。ミチルはひとりで黙々と歩きたかったから、そのほうが都合がよかった。ひとりで歩いていると、自分が他人の存在を必要としない、とことん孤独を愛する人間であることを思い知らされた。時々背中の痛みのために、そして風景に見とれて何度も足を止めずにはいられなかった。風にそよいでさざなみのように揺れる黄金色の麦の穂の、なんと美しいことだろう。四国の田んぼの稲穂のように、こんな何でもないありふれた自然の景色が胸に沁みて仕方がない。立ち尽くして眺めていると、隣に久美子がいて、少し離れたところに二人の女性が座って麦畑を眺めているのがわかった。まだ二十代の、輝くように若いベアとシズだった。二人は仲良く並んで修道院のクッキーを食べていた。ああ、一緒に来てくれたのだ、とミチルは思った。

「ねえ久美子、ベアさんは息を引き取るとき、スペイン語で何て言ったのかな？」

「きっとお祈りの言葉を言ったんだと思う。修道女なんだから、最後の最後は生きている人より神様への言葉が口に出たのよ」

「わたしがしたことは正しかったのかな？」

「王子さまのキスで彼女を死の淵から一瞬蘇らせるなんて、あなたにしかできない芸だわ。でも本当にミチルさんって生まれながらの女たらしなのね。フィオのときとまったく同じようにベアさんにキスしてた。女性に対して底なしに愛が深いのね。あなたの前では女性はすべて平等なの？」

「久美子以外はね」

日が暮れて寒くなり、眠れそうにないときには、バルに行ってオルッホを飲むのがすっかりミチルの習慣になった。ロシア人が寒さをやり過ごすためにウオッカを飲むように、ミチルは風邪薬と睡眠薬がわりにオルッホを飲んだ。

マリアは少しずつミチルに慣れてきて、おやつの時間以外にも時々一緒に歩くようになった。でも彼女はとても無口だったし、ミチルもわざわざ話しかけたりはしなかったから、ひとりで歩いているのと大して変わらず、気が楽だった。フィオや他の人たちだとこうはいかない。

「たまにはレストランでちゃんとした食事をしない？」

いつものように手作りサンドイッチで簡単に済ませようとするマリアをミチルはある日食事に誘った。

「私は必要以上の贅沢はしないようにしているの。命をつなぐのに必要な最低限のものだけを食べていれば充分なのよ」

「たまにはおいしいものを食べたくないの？」

「このサンドイッチはおいしいいし、神様が与えてくれる尊い日々の糧よ」

「実はカスティージャにいるあいだにどうしても食べたい羊料理があってね。ひとりでレストランに入りたくないから、マリアがつきあってくれるととても助かるんだけど。もちろんわたしがご馳走するよ」

マリアはそれについて少し考え、いいわ、と言った。

「三日後ならいいわ。しあさってなら」

「どうして？」

「私の誕生日だから。誕生日くらいは神様も贅沢を許してくださるでしょ？」

「それはいい。そうしよう。いくつの誕生日なの？」

「二十歳になるの」

「じゃあ特別な誕生日だね。奮発しなくちゃ」

三日後の午後遅く、着いた町の一番いいレストランにマリアを連れて行った。コシードスープとサラダを取り、メインにレチャッソ・デ・コルデロ・アサードを注文し、ワインで乾杯した。

「これは生後まもない、まだミルクしか飲んでいない仔羊のローストだよ。これをどうしても食べたかったんだ。どう？」

「生まれてすぐの仔羊を殺しちゃうのは残酷な気もするけど……でもとてもおいしい。こんなにおいしいものを食べたのは初めてかもしれない。ありがとう、ミチル」

「マリアの二十歳の誕生日をお祝いできてわたしも嬉しい。何かプレゼントをあげたいんだけど、何がいい？　途中にあまり気の利いたお店がなかったから、レオンに着いたら買ってあげるよ」

マリアは一生懸命考えていた。もし何でもいいと言われたら、エル・コルテ・イングレスで暖かいフリースでも買ってあげようと思っていた。だんだん秋が深まってきて寒くなってきていたが、マリアは薄着で歩いていて、とてもサンティアゴまでアルベルゲの寒い夜をもちこたえられそうになかったからだ。

「じゃあ、ミチルが身に着けているものを何かひとつちょうだい」

「それじゃお古になっちゃうから、新しいものを買ってあげるよ」

「それならいらない。ミチルがいつも使っているものがいいの」

「たとえば、どんなもの?」

「歩くときいつも頭に巻いてるバンダナとか……いつも聴いてる iPod とか……いつも使ってるボールペンとか……いつも着てるTシャツとか」

Tシャツだけは静流尼からの借り物だからあげるわけにはいかなかったが、ミチルはその場でバンダナと iPod とボールペンをバッグから出してマリアに差し出した。

「こんなものでよかったら、どうぞ」

「じゃあ、iPod をもらってもいい?」

「わたしの iPod に入ってるのはタンゴとクラシックばかりだよ。しかも結構マニアックな」

「いいの。ミチルの好きな音楽を好きになりたいから。どうもありがとう。とてもいい記念になるわ」

デザートはフランと洋ナシの赤ワイン煮を取って二人で分けた。最後にエスプレッソを飲んでレストランを出た。マリアは早速アルベルゲのベッドで iPod を聴いていた。

フィオがバルへ一杯やりに行かないかとミチルを誘いに来たが、背中の痛みがひどくて断った。ここへきてリタイアがちらりと頭をかすめるほど、背中の異物感と引き攣るような痛みはだんだんとひどくなっていたのだ。でもここまできてリタイアするのはあまりにも悔しすぎる。レオンに着いたら何をおいてもまず病院へ行かなくては、とミチルは思った。

＊　＊　＊

「おはようございます。初日の朝です。すばらしいお天気です。起きてますか、ミチルさん？」

ミチルがトオルのモーニングコールを聞いたのは劇場近くのビジネスホテルの部屋だった。トオルの声でこの言葉を聞かないと初日が開かないのも昔と同じだ。そして後期カイロプラクティックがはじまってからは、この電話を切ってからミチルが久美子に同じフレーズのモーニングコールをかけることになっている。久美子がトオルと暮らしはじめてからもこの習慣だけは続けたほど、それは大切な儀式だった。ミチルは隣の客室で寝ている久美子に電話をかけて起こしてからカーテンを開けた。少し曇っているが、雨は降らないだろう。

「劇場のまわりはネオナチと当日券を求める客とで、大変なことになってます。お客さんはもうすでにかなり並んでますよ」

ミチルと久美子を迎えに来た安井さんが興奮気味に言った。

「えっ、まだ朝の九時前なのに？」

「最後の公演だという噂が流れてますからね。この国で女同士のラブシーンを見られるのもこれが最後だっていう付加価値までついて、ヤフオクでも結構チケットが高騰してるみたいですよ」

すでに前売りチケットは売り切れており、当日券はわずかしか出さないから、ほとんどが立ち見になるだろう。消防法の規定で立ち見にも限りがあるので、争奪戦になるのだ。

「二人をネオナチから守ろうとするファンの親衛隊も劇場の出入り口をしっかり固めてくれてます。女性六割、男性四割ってところですかね。もうすでにネオナチと一触即発って感じでピリピリしてますよ」

「親衛隊なんて、ナチみたいだからやめて」

「そうでした。レジスタンスですね」

安井さんの車で劇場の楽屋口に着くと、あたりには異様な熱気が立ち込めていた。ネオナチとファンのグループが睨み合っていて、罵声を浴びせあっていた。

「上演反対！　同性愛者は劇場から撤退せよ！　変態芝居は国を滅ぼす！」

「ネオナチこそ出て行け！　劇場を暴力で汚すな！」

「おまえらも同類の変態だ！　おまえらも出て行け！」

その様子を撮影しているマスコミのカメラマンもいる。制服警官が何人か、そのまわりに立っていた。ドアの前で待っていたトオルが、車を見ると駆け寄ってきた。

「僕とトオルで脇を固めますから、走って通り抜けましょう。ファンの人たちも壁を作ってくれますから」

まずファンがミチルと久美子に気づき、歓声を上げた。

「ミチルさーん！　久美子さーん！　ネオナチなんかに負けないで！」

「私たちはあなたがたの勇気を支持します！」

「上演してくれてありがとう！」

続いてネオナチが罵声を浴びせ、ファンの歓声と混じりあった。

「上演反対！　変態はここから去れ！」

「即刻公演を中止しろ！　変態王子は血祭に上げろ！」

「同性愛者は皆殺しにしろ！」

久美子は気絶しそうなほど青ざめている。

「他に入り口はなかったっけ？」

「客用の正面入り口ならありますが、あっちも同じようなものです」

「じゃあ仕方ないね。腹をくくろう」

ミチルは久美子の目を真っ直ぐに見据えて、

「しっかりしなさい！」

と活を入れた。

「ネオナチを見ないで、お客さんだけ見て。わたしたちは今夜これから、あの人たちを異次元へ連れてゆく。誰も見たことのない凄い芝居を見せる。あなたにはわたしがついている。何があっても守ってあげる。さあ、幕を開けよう。自信を持って、胸をはって、ここから舞台まで歩いて行こう」

ミチルが先に車を降り、久美子に手を差し伸べた。久美子はようやく落ち着きを取り戻したかのように頷いて、車を降りてその手を取った。脇を固めようとする安井さんとトオルに、

「いい。二人で行く」

と断って、ミチルは久美子の手を握ったまま歩き出した。すぐにファンのグループが壁を作り、通路を作った。まるで道行きのシーンのようにミチルが先に立って久美子を導き、しっかりと手をつないで、見つめあいながら歩いて行った。それはこれから上演する芝居のデモンストレーションのようなものだった。ただ歩いているだけなのに、すでに二人の姿からは凄絶な色気が沁み出していた。ファンのあいだからため息と歓声と拍手が湧き起こった。カメラマンがフラッシュをたいてその道行きを連写した。その威厳に満ちた堂々とした態度の前では、ネオナチは威圧されて喚き散らすことしかできなかった。警官でさえ二人に見とれていた。

「千両役者だねえ」

と安井さんが感心してトオルにつぶやいた。

「まるでレッドカーペットを歩くハリウッドスターみたいに落ち着き払ってるよ」

「いや、近松の心中ものの道行きシーンみたいじゃないか」

劇場スタッフがドアを開け、ミチルと久美子は無事に中へ吸い込まれていった。

午後からの最後の舞台稽古ではワイヤーの動きとダンスの動きにまだズレが生じていたが、夜七時からの本番初日ではぴたりと合って、袖で固唾をのんで見守っていた全員がガッツポーズをするのが見えた。幕が降りてからいったん下に降ろされたあと、続くカーテンコールでみんなの最後に登場した二人は再び浮き上がって宙を舞った。客席ぎりぎりまで飛んで、久美子と空中でハイタッチしてから交差し、浮かんだまま手をつないでお辞儀をすると、すさまじいスタンディングオベーションが地鳴りのように湧き起こった。久美子の体を考えてカーテンコールのフライングは一分で終わる予定だったが、熱い拍手が鳴りやまず、二分たっても三分たっても舞監の矢島くんは幕を降ろそうとせず、二人は上下左右に何度も飛んで、五分近くたってからようやく地面に降ろされた。

全員が舞台に並んでミチルが初日の挨拶をするべくマイクを持って語りはじめたとき、客席からペットボトルが投げつけられた。

「女同士のラブシーンはやめろ！　この変態野郎の売国奴！　国を滅ぼす同性愛者は日本から出て行け！」

「そうだそうだ！　おまえら気色悪いんだよ！　こんな芝居やっていいと思ってんのかレズ野郎！」

客席にまぎれこんでいたネオナチだった。ペットボトルは久美子の肩に当たり、中の液体がわずかにかかって衣装の表面が焼け焦げた。激昂したファンがネオナチにつかみかかって場内は騒然となり、矢島くんは慌てて幕を降ろした。

「何これ、劇薬なの？」

「たぶん塩酸じゃないか。何てことしやがる。当たり所がもうちょっとずれてたら、顔に大やけど負ってたぞ」

「許せない……あの連中に言うことがあるから、もう一回幕開けて」

「よけい騒ぎが大きくなるだけです。我慢してください、ミチルさん」

幸い衣装が焼け焦げただけで久美子にやけどはなく、衣装の下のハーネスも無事だった。久美子は平然としていたが、トオルがミチルに食ってかかった。

「だから止めるべきだったんだよ。今回はたまたまこの程度で済んだけど、顔に当たってたらどうなったと思ってるんだ。ミチルさんに投げつけたものが久美子に当たったんだぞ。これ以上ネオナチを刺激してエスカレートさせるべきじゃない。今からでも遅くないから、中止すべきだ」

「何バカなこと言ってるのよ。私は何ともなかったんだし、チケットも売り切れてるのよ。ここで止めたら暴力に屈することになるじゃないの。絶対に続行すべきだわ」

そんなに強い口調で毅然とした態度で意見を述べるのは、久美子にしてはとても珍しいことだった。トオルの怒りは今度は舞監に向かった。

「それに何だよあのカーテンコールは？　フライングは一分だけっていう話だったろ。それが五分も続けやがって。久美子の体に何かあったらおまえ責任取れるのかっ！」

「すみません、次からは一分以内で幕降ろしますから」

「次なんてないんだよ。公演は中止するか、でなきゃ久美子と俺は降ろさせてもらう」

「もうやめてよトオル。あの状況で一分で幕降ろせるわけないってことくらい、あなたにもわかってるでしょ。私は絶対に降りないわ。あんなことくらいで取り乱さないでよ、みっともない！」

「あんなことくらいって何だよ？　大事な顔がお岩さんみたいになるとこだったんだぞ」

「夫婦喧嘩はそのへんにしろよ」

横田さんが割って入ると、久美子が間髪入れずに、

「やめてよ、夫婦なんかじゃないから」

と冷ややかに言い放った。ぞっとするような冷たい声だった。トオルはその一言に打ちのめされて黙りこくった。

「おいミチル、黙ってないで何とか言ってやれよ」

横田さんに促されて、ミチルはようやく口を開いた。

「久美子さえよければ、できれば公演はこのまま続けたい。千秋楽までチケットはすべて売り切れてるし、楽しみにしてくれてるお客さんをがっかりさせたくない」

「もちろんよ。続けましょう」

「トオル、わかってくれるよね？」

　トオルは何も言わなかった。

「ネオナチは絶対に客席に入れないように僕らが責任を持って目を光らせますし、荷物検査は無理でも、受付でわけを話してペットボトルの持ち込み禁止をお願いさせてもらいますから、このまま続けましょう」

　と安井さんが請け合ってくれたことで続行が決まった。さすがに初日の打ち上げは中止になった。衣装担当者は徹夜で久美子の新しい衣装を縫うことになった。

「トオル、ちょっと話をしよう」

　メイクを落としたあとでミチルが声をかけたが、

「話すことはないよ」

　と言い捨てて、彼は劇場を出て行った。

「やれやれ、ネオナチのせいでせっかくの初日が台無しだな。でも大ごとにならなくてよかったよな。フライングもうまくいったし、カーテンコールも最高に盛り上がったじゃん」

　横田さんがミチルを慰めるように言った。

「でも久美子のことが気になる」

「さっきのあれ、すごかったな。結婚する気も籍入れる気もないって、みんなの前ではっきり宣言しちゃったようなもんだろう。姫野もかわいそうに。誰が見ても久美子があいつよりミチルに惚れてるのは明らかだったのにおまえが余計なことするから、こんなにややこしいことになっちまって」

「あんなのはただの夫婦喧嘩でしょ。それよりわたしが心配なのは、塩酸がかかったときに久美子が何も感じないみたいにけろりとしてたことだよ。普通もっと怯えるはずだよね」

「ああ、それは俺も気になった。何も感じてないんじゃなくて、感じすぎてキレてたんじゃないのか」

焼け焦げた衣装は、まるで久美子の感じすぎる柔らかな心に直接塩酸がかかって溶け出していく象徴のように見えた。崩壊の一歩手前のぎりぎりのところで踏みとどまっていた久美子の心が、声にならぬかぼそい悲鳴を上げてばらばらになっていく、それが最初の兆候だった。

＊　＊　＊

レオンに着くなり、ミチルは大きめの病院を探して、整形外科を受診した。

医師はミチルの背中を見ると、

「この縫合跡は？」

と訊ねた。

「舞台の宙吊りから二人で一緒に落下して、そのときの傷です。もう一人は亡くなりました」

「高さはどれくらい？」

「たぶん十メートルくらい」

「それはよく生き残ったね。中を見たいからCT検査をするよ」

検査のあとしばらくすると、医師はCT写真を示しながら、できるだけわかりやすい英語表現を心がけて説明を試みた。

「これを見てごらん。ここに写っているのは、きみの骨じゃない。別の人間の骨のかけらだ。二人で一緒に落下した、ときみは言ったね。これは僕の想像だが、おそらく落下のさいに一緒に落ちた人間がどこかの骨を開放粉砕骨折して、飛び出した骨がきみの背中に突き刺さって、そのかけらが取り切れずにまだきみの体内に残っているんだろう。痛みの原因は、この骨のかけらだと思うよ」

ミチルはその言葉に衝撃を受けた。久美子の骨が自分の体の中にまだ残っている、とこの医師は言っているのだ。

「痛みがひどいなら、手術で取り除くこともできるよ。もしきみがカミーノの途中なら、カミーノが終わってからまた手術のために戻ってきてもいいよ。あるいは日本に帰ってから主治医に相談して手術するかどうか決めればいい。どうする？」

「放っておくとどうなりますか？」

「そうだね、異物感はあるし、時々は痛むだろうね。たとえば巡礼のように重たいリュックを背負って長い距離を歩き続けるような過酷なことをすれば、ね。でもまあ、普段の生活を送る分にはそれほど問題はないと思うよ。この小さな骨のかけらは、すでにきみの体の一部になってしまっているからね」

「それなら、取り除く必要はありません」

ミチルはほとんど反射的にそう言っていた。ここにまだ、久美子がいた。私を忘れないでと久美子が言っているのだと思った。

「わたしはこの骨と一緒に生きていきます」

医師は微笑んで頷いた。

「とりあえず痛み止めを出してあげよう。ここまで来たらサンティアゴまでは速い人であと二週間、遅い人でも三週間くらいだろう。でもこの先にきつい峠越えが二ヵ所あるから、くれぐれも無理はしないようにね。ブエン・カミーノ！」

医師は治療費を受け取ってくれなかった。巡礼者は無料で治療を受けられるというのは、本当だったのだ。

病院を出ると、ミチルは電話局に入って日本の木内雅野に国際電話をかけた。もう雅野の顔も友情もすっかり思い出せるまでになっていた。ミチルです、と言うと、雅野は少し驚いたようだったが、すぐに声を上ずらせて、今どこにいるの元気なの私のことわかるの、と立て続けに訊いてきた。ミチルは苦笑して、スペインのレオンにいる元気だよ雅野のことわかるよ、と答えた。

「手紙ありがとう。とても役に立った。あの事故のこと訊きたいんだけど……」

「うん、いいわよ。何でも訊いて。わかる範囲でできるだけ答えるから」

「落ちたとき、久美子の骨がわたしの背中に刺さったの？」

「そうよ。幕切れの寸前に命綱のカラビナがはずれて、二人は抱きあったまま落ちていったの。今でもまるでストップモーションのように覚えてる。私は客席の前から五列目で観ていたんだけれど、音楽が大音量で鳴っていたにもかかわらず、肉と骨が地面に叩きつけられるグシャッという音がはっきりと聞こえた。落ちてくる途中で二人の体がばらけて、久美子さんのほうが若干先に落ちたのね。そのあとに落ちてきたミチルの背中に、久美子さんの肋骨が突き刺さったのよ。病院の先生の話では、開放骨折って言ったかしら、肋骨が折れて体の外に飛び出したところへ、ミチルが体をひねって仰向けに落ちてきて背中に突き刺さったんだって。とても珍しいケースだということだったわ」

　ミチルの足が竦《すく》んで体がふるえ出した。腋の下から冷たい汗が流れていた。

「救急隊員には抜けなくて、骨が刺さったままの状態で、二人は繫がったまま救急車で運ばれた。まるで久美子さんがミチルを離すまいとしてるかのようだった」

「わたしが上に落ちたせいで久美子は死んだの？」

言いながら泣けてきた。ミチルは受話器を握りしめて嗚咽をこらえた。

「ううん、久美子さんは首の骨も折ってて即死だったらしい。いい、わかる？　ミチルが上に落ちようが横に落ちようが関係なく、首の骨を折って即死だったの。ミチルも脊椎と大腿骨と骨盤と上腕骨を骨折して意識不明の重体だった。脊椎は何本も折れたけど幸いにも脊髄の損傷はなかったから、半身不随にならずに済んだのよ」

「もしわたしのほうが先に落ちてれば、わたしの体がクッションになって、久美子は助かったかもしれないよね？」

「そんなこと考えちゃ駄目よ。久美子さんの体がクッションになってあなたは助かったと思ってるの？　それは違うわよ。久美子さんの飛び出た肋骨はあなたの背中を突き破って内臓を破壊したのよ。クッションになんてならなかったの。わかった？」

「わたしが死ねばよかったのに……久美子じゃなくてわたしが死ねばよかったのに……わたしが死ねばよかったのに……」

「そんなこと言わないで。あなたが助かってくれて、私は本当に嬉しかった。二人とも死なれたら、立ち直れない人がたくさんいたと思う」

「わたしは一緒に死にたかった。久美子と一緒に……」

「驚いたのはね、繋がったまま救急車で運ばれるとき、あなたも久美子さんも、うっすらと微笑んでいるように見えたことよ。舞台の上は血の海で、阿鼻叫喚の地獄絵みたいだったけど、あれだけの大怪我を負っても二人の顔には大きな傷もなく、これでやっとひとつになれたと言ってるみたいに、かすかな微笑を浮かべてるようだった」

ミチルは手の甲を噛んで嗚咽をこらえたが、それでも獣の咆哮のような泣き声を押しとどめることはできなかった。電話局の中にいる人が何人かミチルを見た。雅野も電話の向こうで鼻を啜っていた。

ミチルの嗚咽がひとしきりおさまるのを待って、

「もうすっかり記憶は戻ったの？」

と雅野は訊いた。

「まだところどころだよ。歩きながら少しずつ戻ってる感じ」

「静流さまに聞いたけど、ミチル、スペインで巡礼をしてるんだって？　その前はお遍路もしたんでしょ？　そんなに元気になったなんてまだ信じられないくらい。劇団の人たちはみんなあなたの死を覚悟したんだから。あなたが巡礼やお遍路をしてるのは、久美子さんの供養のためなの？」

「供養？　そんなこと考えたこともない。わたしにそんな資格なんかないよ。神も仏も信じてないのに。ただ成り行きで歩いてるだけ」

「ひとりでずっと？」

「時々、久美子が一緒に歩いてくれる」

「そう……それならやっぱり、供養になっているんだと思うよ」

「ただ恋しくて……恋しくてたまらないから、無理やりにあの世から呼び戻してるだけなのかも……」

「巡礼が終わったら、どうするの？」

「わからない。終わってみないと、まだ何も」

「ま、そうよね。何かしたいこととかないの？」

「したいこと？……久美子に会いたいよ……もう一度会って、ただの恋人になってやり直したい。芝居なんかしなくても、迫害されても、子供を授けられなくても、恋人になりたかった。恋人になればよかった。一日でいいから、久美子の恋人になりたいよ……」

「あなたと久美子さんは、恋人以上だったと思うけどね」

ミチルは涙を拭いて深呼吸をし、話題を変えた。

「ねえ、トオルのこと何か知ってる？ 今でもまだ収容所で看守をしてるのかな」

雅野は心なしか声を潜めた。

「姫野くんのことは私も驚いた。あなたが瑞香院から海外へ高飛びしたあと、静流さまのお寺を一度訪ねてきたって聞いたわ。看守はクビになったのか、自分で辞めたかはわからないけど、収容所にはもういないそうよ。でも静流さまのお話だと、ミチルとどこかで接触するかもしれないからって、彼には警察の監視がつけられているとか」

「わたしがまた余計なことをしちゃったのかな」

「あなたたちの関係は複雑すぎてよくわかんないわ。愛と憎しみがグチャグチャになりすぎてて」

「わたしは愛しか感じたことはないよ」

何か他にもっと訊くべきことがあるような気がして言葉を探していると、あっそういえば、と雅野が別の話題を切り出した。

「春遠ひかりさんが国会議員に復職したわよ。鼠鳴が隈井静慧さまの一件で国際社会からのバッシングに耐えかねて、って感じでようやく復職を認めたの。やはり春遠さんの求心力はすごくて、新女性党はまた前のように、ううん、前以上に精力的に愛国党と闘ってるわ」

「それはよかった。本当によかった」

「私も微力ながら静流さまのレジスタンス運動をお手伝いしてるの。時々お目にかかるから、あの方に何か伝言があれば伝えるわよ」

「じゃあ、チルチルは元気でスペインを歩いている、と。それだけ伝えて」

「わかった」

ミチルは電話局を出ると、大聖堂へ行った。シズさんとベアさんが五十年越しの約束を交わした大聖堂だ。仄暗い大聖堂のなかをゆっくり歩いてステンドグラスを一枚一枚眺めながら、久美子があらわれてくるのを待った。背中はまだ痛んだが、久美子の一部が自分の体の中にいると思うと、その痛みさえ愛おしく感じられるのだった。

6

レオンを出て数日後、難所のイラゴ峠を越え、さらに数日歩いて最後の難所セブレイロ峠を登っている途中で「これよりガリシア州」という石碑があらわれた。とうとう巡礼路最後の州に入ったのだ。すでに十月に入り、朝晩の冷え込みがひときわ厳しくなっていた。

途中の村にある小さな私営アルベルゲで、オスピタレイロ（管理人）として働いている日本人男性に会った。富田さんは定年退職後に何度もカミーノを歩き、ついにはオスピタレイロとして巡礼者の世話をすることに生き甲斐を見いだしている人だった。よほどカミーノというものに惚れ込んでいるのだろう。在職中に海外赴任歴が長かったせいで英語とスペイン語がペラペラだった。私営アルベルゲは公営アルベルゲよりいくぶん料金は高めだが、その分清潔で食事もおいしく、居心地のいいところが多い。富田さんのアルベルゲもとても居心地のいいところだった。それはおそらく富田さんの明るく開放的な人柄のせいなのだろう。若いスタッフが三、四人働いていて、合宿所のように楽しそうだった。

食事のあと、富田さんがキッチンでミチルにワインと手作りのいかの塩辛をふるまってくれた。

「そういう生活をしていて、ご家族が恋しくはならないんですか？」

とミチルがきくと、

「いや全然。家族とはたまに会うほうが新鮮でいいんだ。それに今、日本はけったいなことになってるでしょ。あの国にいたら神経がおかしくなっちゃうからね、ここのオウナーが僕の友人だから、雇ってもらっているんですよ」

という。

「富田さんはゲイなんですか？」

「違うよ。でもゲイじゃなくたって今の日本には住みたくないね。ゲイの人たちはもっと深刻で大変だろうなと思うよ。アメリカとフランスに続いてイギリスとドイツも亡命受け入れをはじめたみたい」

「そうですか。でも今の円安だと、よほどお金持ちじゃないと外国では暮らせませんよ」

「そうそう。日本人の巡礼者も昔はすごくたくさんいたんだけど、今はめっきり少なくなっちゃってね」

「亡命するならどこの国がいいかなあ」

「ということは、ミチルちゃんはゲイなの？」

「ええ、まあ」

「そっか。そりゃ大変だ。しばらく日本に帰らないほうがいいよ、ほんとに」

「といっても、所持金には限りがありますしね」

「よかったら、カミーノが終わってからここでバイトしない？　お給料は出せないけど、食費と滞在費はかからないし、仕事もそんなに大変じゃないから、しばらく身を潜めるには悪くないんじゃないかな。ちょうど一人バイトの子が大学に戻るっていうんで、人手が足りなくなるところなんだ」

それはとても魅力的な話だった。このアルベルゲも好きだったし、巡礼者のための労働とひきかえに食べるものと寝る場所を与えられるのは有り難かった。緑の多いガリシアの自然も気に入っていた。何より、ミチルがゲイだとわかっても一切の偏見を持つことなくまったく自然なこととして受け止め、相手に負担を感じさせることなく居場所を提供しようとしてくれる富田さんの懐の大きさを感じた。

「サンティアゴに着くまでにゆっくり考えたらいいよ。その気になったら、電話して」

「はい。ありがとうございます」

「アルベルゲはカミーノ経験者しか働けない規則でね。全部歩いてるミチルちゃんなら大歓迎だ。来てくれたらこっちとしても助かるんだよ」

これで巡礼後の選択肢がひとつできた、とミチルは思った。

「ガリシアはいいでしょう。いたるところ家畜の糞だらけだけど、特にカスティージャのあとだと緑が沁みるでしょ？」

「はい。昨日、スペインに来てから初めて苔を見ました。雨が多くて湿気があるから苔が生えるんですね。景色もどこか日本の田舎みたいで、落ち着きます」

「あっ、噂をすれば雨が降ってきたかな？　洗濯物、取り込んでおいたほうがいいんじゃない？」

確かに雨の音がする。みんながベッドから飛び出して、庭に干していた洗濯物を取りに駆け出した。ミチルも走っていくと、マリアがミチルのシャツと靴下と下着を一緒に取り込んでくれているところだった。ガリシアに入ってからなかなか洗濯物が乾かなくなってきた。そして巡礼者の数も急に増えてきたようだった。最後の百キロだけ歩く人も多いらしい。それはサンティアゴが近づいてきていることを意味していた。

＊　＊　＊

あの初日の一件以来、ネオナチが客席にまぎれ込むことはなくなったが、劇場を取り囲んで公演中止を訴える抗議行動は日を追うごとに人が膨らんで激しくなっていき、ファンのレジスタンスの数も警官隊の数もマスコミの数も増え、ただならぬ異様な雰囲気が漂うようになった。劇評は絶賛する記事が相次ぎ、当日券を求める行列もうなぎのぼりに膨れ上がっていた。まるで天国と地獄が同時に降臨してひしめきあっているような狂騒状態が劇場の周囲で繰り広げられていた。

一番神経をすり減らすのは楽屋口への出入りで、車を降りてから楽屋口までの数メートルのあいだに何が飛んでくるかわからないため、熱血漢のレジスタンスたちが片側十人ずつで隊列を組み、機動隊が使っているような盾を構えながらミチルと久美子を完全ガードしてくれた。初日に客席から塩酸ペットボトルを投げつけられた事件はファンのあいだにも知れ渡っており、それでも公演をやめようとしなかった二人への賞賛の声は高まる一方で、身を挺してでも守ろうとしてくれる熱狂的なファンがたくさんいたのである。

とはいえ、どんなにレジスタンスの盾に守られていても、ネオナチの投げつける汚い言葉の暴力までは防ぎきれず、久美子の心にズタズタと突き刺さっていたのだろう。手をつないで歩きながら、そのふるえと怯えは如実にミチルに伝わってきた。こういうことに人はいつまでも耐えられるものではない。やはりあの初日のあとで止めるべきだったただろうかと、久美子の青ざめた横顔に滲んだ涙を見るたびにミチルは何度も本気で思うことになった。

だが久美子はいったん舞台に立てば人が変わったように落ち着き払い、すさまじい集中力を発揮して演技に没頭した。いや、演技以前の圧倒的なパワーが体の隅々から溢れていた。余分な装飾をすべて剝ぎ取って、あばら骨を無防備に晒して舞台に立っているかのような立ち姿。その孤独、その虚無、その絶望が、彼女の一挙手一投足から匂い立つように立ちのぼってくる。濡れた瞳をわずかに動かすだけで、かすかな吐息を漏らすだけで、観客の胸はせつなさに掻き毟られた。役を演じているというよりは、本人の生命そのものが息づき、躍動して、輝いているような生々しい存在感が舞台の上に張りつめていた。袖から、あるいは同じ板の上からそんな彼女を見るたび、内側から発光する眩い光に目が潰れそうになり、この人はやはり本物のダイヤモンドだ、とミチルは驚嘆し心酔し惑溺せずにはいられなかった。

「私、いま人生で一番幸せかもしれない」

あるとき袖で、出を待っているときに久美子が言った。

「うん、わたしも。でも、子供が生まれたらまた別の幸せがきっとあるよ」

「今のこの瞬間に勝てるものなんて何もないって、わかってる。だって私たち、今最高の舞台をつくってるのよ。これってたぶん、一生に一度あるかないかの奇跡だわ。もうこんな芝居は二度とつくれない。時を止めて、この舞台を永遠に保存できたらいいのに」

「いや、一瞬で消えてしまうから美しいんだよ」

「幕が降りた途端に役者の肉体も消えてなくなれたらいいのにね。マジシャンの煙みたいに」

そう言うと久美子は役の顔になって、光のなかへ吸い込まれていった。

十日間の公演期間中、ミチルと久美子はビジネスホテルに泊まってそこから劇場にかよっていたが、隣の久美子の部屋からは夜中にたびたびトオルと激しく言い争う声や物を投げつける音が聞こえてきた。壁が薄いので聞きたくなくても聞こえてしまう。トオルが久美子に暴力を振るうわけはないので、久美子がヒステリーを起こして暴れていると考えるのが妥当だった。ミチルが久美子のそんな面を知ったのは初めてだった。

ある夜、久美子がヒステリックにトオルを責め立てる言葉がえんえんと続き、深夜二時にガラスの割れる音が響き、久美子の泣き喚く声が聞こえてきて、ミチルはたまりかねて隣のドアをノックした。

「いいかげんにしなよ、こんな時間に。明日はマチネがあるっていうのに。声が出なくなったらどうするの？　顔が腫れたらどうするの？」

ミチルは久美子にではなくトオルに雷を落とした。

「ごめん、うるさくして」

トオルは額を少し切って血を流していた。割れたグラスが床に転がり、久美子がその破片を握りしめてふるえていた。カーペットには血痕のように赤ワインのしみがひろがっていた。

「久美子が不安定になってて……薬も飲んでくれないし……眠ってくれないし……」

トオルは疲労困憊した様子で床にへたり込んだ。ミチルは久美子の手からガラスの破片を取り上げて、顔を抱き寄せた。久美子はミチルの体にしがみついてきた。髪の毛から涙の匂いがして、その体は降ったはしから溶けてゆく淡雪のように儚かった。ミチルに抱きついていると久美子は少しずつ落ち着いてくるようだった。

ミチルは久美子をベッドに寝かせ、自分も隣にもぐり込んだ。それを見るとトオルは何も言わずに隣の部屋に行った。

「おなかに触ってもいい？」

「いいよ」

ミチルは久美子の腹を撫でて耳を押し付けた。そこにいる胎児の鼓動を聞こうとするかのように。

「きみはお母さんと一緒に空飛ぶタンゴを踊ったんだよって、いつかこの子に教えてあげるんだ」

「ミチルさんって本当は子供好きなんじゃないの？」

「大嫌いだよ。でもこの子は特別」

「この子に会いたい？」

「すごく会いたい。トオルよりも先にこの子を抱きたい」

「私は会いたくない」

「えっ、どうして？」

「子供は好きじゃないの。作るつもりはなかった。この妊娠は本当に予定外だったのよ」

「じゃあ、生まれたらわたしにちょうだい。かわりに育ててあげるから」

　久美子はやっと少し笑ってくれた。

「稽古場で赤ん坊をおんぶして演出してる姿が目に見えるようだわ」

「いつかそんなふうになるといいな」

「でもこの子は生まれてこないかもしれない」

「どうして？」

「母親に望まれていないから」

「父親は望んでる。ミチルおばさんもすごく望んでる」

「産むのは母親にしかできないし、それがどんなに苦痛を伴うものか知らないでしょう」

「久美子は出産がこわいの？　大丈夫だよ、わたしとトオルが両方から手を握っていてあげるから」

「トオルは父親のエゴをむき出しにして、きっとミチルさんにそんなことさせてくれないわ。独占欲が強くて、バカみたいに子煩悩になるタイプよ。うんざりする」

「子供に無関心な男よりはいいと思うけど」

「子供はまわりにどんなに望まれても、母親に望まれなければ生まれないの」

　ミチルはその言葉を聞くとどうしようもなく悲しくなって、久美子の腹から顔を離し、涙を見られないように背中を向けた。久美子を幸せにするために自分なりに一生懸命考えてきたのに、何が間違っていたのだろうか。やさしい夫とかわいい子供さえいれば芝居を忘れられるなんて、そういう考えが間違っていたのだろうか。久美子はベッドの中で腕を伸ばしてミチルの背中を抱いた。

「ミチルさんと二人だけで子供を育てられたらよかったのに」

「じゃあ、トオルを殺す？」

「そうね、殺しましょう。二人で彼を殺しました。二人で子供を育てました。二人で幸せに暮らしました。おしまい。なんてね」

「トオルはわたしのたった一人の親友だよ。お願いだから二度とそんなこと言わないで」

久美子は静かに泣き出した。ミチルはあのときのように、口移しでワインと一緒に睡眠薬を久美子の口に流し込んだ。ミチルの涙もワインと一緒にこぼれ落ちていった。絡みついてくる舌を今度はゆっくりと何度も吸った。長い長いキスをしているうちに、久美子は眠りに落ちていった。

自分の部屋に戻ると、トオルがベッドに横たわって天井を睨みつけていた。

「久美子は眠ったよ。ちょっと花見に行かない？」

「え？　今から？」

「すぐそこの児童公園の桜が見ごろだったから。行こう」

「でも、夜中に外に出るのは危険すぎるよ。ネオナチがうろうろしてるかもしれないし」

「三十分だけ。警笛も催涙スプレーも持ってるから。ほら、行こうよ」

ミチルはワインの瓶を持って強引にトオルをホテルの外の児童公園に連れ出した。桜は七分咲きといったところで、他に花見の客はいなかった。ワインを交代でラッパ飲みしながら、二人はしんみりと深夜の花見をした。

「久美子は子供が好きじゃないんだね。ちょっと想定外だった」

「誰にも言うなよ。実は久美子は一度、子供を産んでる」

トオルがまったく意外なことを言ったので、ミチルは腰が抜けそうなほど驚いた。

「えっ？」

「とても若い頃、フランス時代に。ものすごい難産で、出産の恐怖がそれでしみついてしまったらしい」

「ちょっと待ってよ。そんな話、わたし何も聞いてない」

「俺も彼女が妊娠してから初めて聞かされたんだ。あまりに何度も堕ろしたいって言うからさ、根気よく問い詰めたら、やっと話してくれた」

「じゃあ久美子は結婚してたの？」

「それが、相手は既婚者だったそうだ。つまり不倫ってこと」

「その子供はどうなったの？」

「相手の男が引き取ってフランスで暮らしてるらしい。二十三、四のときだっていうから、もう十歳くらいになってるんじゃないか」

「よく手放したね」

「自分が育てるよりそのほうが子供のためになるって。そんなに若くて貧乏で、しかも外国にいて、子育てと芝居の勉強が両立できるわけないもんな。結局のところ、彼女には芝居が一番大事だったんだろう」

「それにしても、そんなに苦しい思いをして産んだのに？」

「本当に好きな男はゲイだったからまったくの片思いで、その相手はパトロンみたいな存在だったらしい。バイト先の経営者で、久美子のパントマイムの才能を見込んでチケットをまとめて買ってくれてたのが、そのうち恋愛感情を抱かれて……って、まあ役者の卵なら普通によくある話だよ。久美子はパリで生きていくだけで必死で、そんな隙を突かれて男にいいようにされちゃったんだろう。ていうか、あんないい女をフランスの男がほっとくわけないよな」

「どうして堕ろさなかったんだろう」

「もちろんそうしようとしたらしいけど、相手の男が久美子にとことん惚れてて、どうしても産んでくれ、子供は自分が育てるから産んでくれって、絶対に堕胎を許さなかったそうだ。妻とのあいだに子供ができなくて、四十歳にして初めて子供ができたから、どうしても跡取りが欲しかったんだろうって」

「その子とはそれから一度も会ってないの？」

「向こうの家に会わせてもらえなかったみたいだよ。でも罪悪感はあったんだろうね。

だからこそなりふりかまわずに芝居にのめり込んで生きてこられたのかもな」

ミチルはその話に強いショックを受けていた。あれほど陰翳の深い芝居をする人だから、過去に何かしらのものを抱えているとは思っていたが、そんなものを背負っていたとは知らなかった。自分は久美子のことを本当には何ひとつ知らなかったのではないか。彼女の光の部分にのみ目を奪われていて、闇の部分を見ないようにしてつきあってきたのではないか。才能は光の恩寵だけではなく闇の土壌なくしては豊かに育たないということくらいわかっていたはずなのに。そしてその話を打ち明けてもらえなかったことにミチルは途方もない敗北感を覚えていた。

「さっきは何を揉めてたの？」

「久美子はもうぼろぼろだよ。ほとんどアル中だし、何も食べないし、精神力だけで舞台に立ってる。まともなのは舞台の上にいるときだけ。公演が終わったら一体どうなってしまうのか、考えるとぞっとするよ。腑抜けになるだけならいいけど、攻撃的になってて、しかもその攻撃が子供と自分自身に向かいそうで……どうあっても産みたくないみたいだ」

「それを支えるのがトオルの役目でしょ」

「もちろん支えるさ。何があっても。もっと俺に依存して、俺を攻撃してくれればいいんだけど、いつものように自分の中に閉じこもるばかりでね。舞台が終わったら専門医のところへ通わせるつもりだよ。もう先生も見つけてあるんだ」

「何かわたしにできることはある？」

「久美子の前から消えてくれることかな」

その言葉を聞いて、ミチルの心臓に杭《くい》を打たれたような痛みが走った。

「こういう三角関係が一番よくないのかもしれない。なまじすぐそばにいるから、余計につらいんだ。どうせもう当分芝居はできないんだし、彼女の心の病が治るまで、どこか遠くに行ってくれないか。ミチルが久美子に与えてやれるのは、芝居だけなんだよ。でもそばにいれば久美子はどうしても愛を求めるだろう。生殺しにするのは久美子がかわいそうすぎるよ」

さすがに即答はできなかった。ミチルはふいに目の前で咲き誇っている桜がバランスを欠いた暑苦しくけばけばしいものに思えてきて、耐え難いほどの息苦しさにつつまれた。自分はこの桜のように無神経に最愛の女の前に立ちはだかり、これこそが愛だと言わんばかりにその鼻先に爛《ただ》れた腐臭を突き付けて、やさしい手のひらで撫でさするようにじわじわとその首を絞め続けてきたのではないのか。間違った愛は、暴力と同じだ。成就しない愛をどんなに芝居にすり替えても幸せにはなれないのだ。ミチルはようやく言葉を絞り出した。

「わかった。約束する。この芝居が終わったら、久美子の前から消えるよ」

「わかってくれ。俺は久美子を守らなきゃならないんだ」

「わかってる」

「明日はマチネだ。もう寝ろよ」

トオルは先に立って振り返らずにホテルのほうへ歩いていった。ミチルはいつまでも桜の樹の下にいた。風が吹いて花吹雪に打たれるのを待っているかのように、長いあいだ桜の樹の下でじっと蹲《うずくま》っていた。

＊　＊　＊

明け方に目を覚ますと、アルベルゲのベッドの隣でマリアが腕を伸ばしてミチルの手を握っていた。ここは八人部屋で、他のみんなはぐっすり眠りこんでいる。

「ミチル、眠りながら泣いてたよ。こわい夢でも見たの？」

子供を産んだ頃の久美子はマリアとさほど変わらない年恰好だったのだ、と思い、まだ幼さの残るマリアの顔をミチルはぼんやりと眺めた。あまりにも若くて無垢な顔はどこか痛ましい感じがする。特に夜中に見ると、痛ましすぎて涙がでそうになる。久美子の不倫相手のフランス人も、こんなふうに思って久美子の顔を眺めたことがあっただろうか。

「うん。とても悲しい夢だった」

「かわいそうに」

マリアはベッドから出てミチルのベッドに腰を下ろし、ミチルの髪の毛を撫でた。

「マリアは恋をしたことはある？」

「あると思うわ」

「どんな人？」

「時々大人で、時々子供になるの。いつも私を守ってくれるけど、ほんとは私のほうが守ってあげたくなるの。いつのまにか無意識に女の子にもてるの。たぶんちょっとワルかも。私が知っている誰よりも孤独で、かわいくて、いけない人よ。自分の罪深さに全然気づいていないの」

「ふうん、あまりよさそうな人じゃないね。そんなやつ、やめときなよ。絶対不幸になるから」

「でも人を好きになる気持ちって、どうすればやめられるのかわかんない。私にとってはこれが初恋なんだもの」

「マリア様より好きなの？」

「マリア様は観念だもの。その人は生きてて、よく眠りながら泣いてる。ハチミツが好きで、猫背のオオカミみたいに歩く。もうじき会えなくなる」

いきなりマリアの唇が近づいてきて、ミチルの唇にキスをした。次の瞬間、もうマリアはぱっと体を翻して自分のベッドに潜り込んでいた。ほんの一瞬のことだった。自分は罪深い人だと思われているのか、と思って苦笑が漏れ、今のは蚊に刺されたような不意打ちのキスだったと思い、微笑が漏れた。でも初恋のファーストキスは自分のような人間が捧げられるにはもったいないような気がして、夢の続きを見たのだとミチルは思うことにした。

7

サリアの町を過ぎると、「サンティアゴまであと100キロ」という石の道標があり、みんながその前で記念写真を撮っていた。

道標には自分の名前と国籍と通過した日付を記したたくさんの落書きがしてあり、その上に小石が積み上げられていた。小石を重しにして顔見知りの巡礼者にメッセージを残していく者もいた。サン・ジャンの町を出てから700キロの道のりを歩いてきた者にとっては、誰もがその道標を感慨深くしみじみと眺めずにはいられない。そのなかにフィオもいて、ミチルも一緒に写真を撮られた。

「サンティアゴまであと五日くらいかな。なんだか寂しいね。今夜のポルトマリンには久々に三ツ星ホテルがあるみたい。それを過ぎるとラバコージャかサンティアゴまでもういいホテルはなさそうよ。今夜ポルトマリンで一緒に泊まらない?」

とフィオに誘われ、いいよ、とミチルは答えた。フィオの持っているガイドブックにはホテル情報も詳しく載っているのだ。ミチルとしてもサンティアゴに入る前にバスタブに浸かって長旅の垢を落としておきたかった。

野性的な森を抜け、家畜の糞を踏まないように注意しながら、名もないこまかい村々を無数に通り過ぎていく。トラックで通りかかったおじさんが、

「これ食べなよ」

と、両手いっぱいのクルミをくれた。カミーノでもたまにこういうお接待を受けることがある。

「嬉しいな。私、クルミ大好きなの」

とマリアが顔を綻ばせた。彼女もミチルもあのキスのことなどなかったように接しているが、歩いているときはミチルとつかず離れず、教会のマリア像への挨拶もそこそこに、決して遅れないようにしているのがいじらしかった。

「ちょうどよかった。おやつ休憩にしよう」

不器用なマリアのために、ミチルが石でクルミを割って、身をほじくり出して、口の中へ運んで食べさせてやった。マリアは小鳥のように口を開けておとなしく木の実を待っていた。二十個分のクルミ全部これをやると、結構な時間がかかる。レオンあたりからよく顔を見かけるアメリカ人の中年女性が、ミチルにウインクを投げて通り過ぎていった。フィオがジェラシーをあらわにして通り過ぎ、トーマスとサビーナが変な野次を飛ばして通り過ぎていった。

「こんなことされると、自分がお姫様になったみたい」

「自分では気がついてないかもしれないけど、マリアは誰よりも高貴なお姫様だよ。自

分がどんなにきれいか知ってる？　いつか本物の王子様があらわれて、きっと熱烈に愛してくれる。わたしにはそれがわかる」

「あなたは本当にいけない人だわ。私にこんなことしても、今夜はフィオとホテルに泊まるんでしょ？」

「はい、これでおしまい」

最後のクルミを口に入れると、マリアはミチルの手首をつかんで、その指を舐めた。ミチルはひょいと手首を抜いて立ち上がり、お尻の土をぱんぱんと払った。そしてまたリュックを背負って、歩き出した。進行方向に自分の影が細く長く伸びていた。


ポルトマリンの三ツ星ホテルはとてもきれいで設備も広さも申し分なく、ミチルとフィオに思わず歓声を上げさせた。バスタブに湯をためてフィオと一緒に浸かっていると、フィオがミチルの鎖骨に触れて物欲しそうな目で見つめてきた。

「私、あなたの鎖骨大好き。ジョージア・オキーフの作品みたいに美しいわ」

それが合図だった。フィオがミチルの股のあいだに足を入れると、ミチルはフィオの胸に足を伸ばし、足の指で乳首をつまんだ。フィオはその指を口に含んで一本ずつ時間をかけて味わった。バスタブの中でしばらく抱き合って火をつけてから、ベッドに移り、夜まで何も食べずに夢中でセックスをした。フィオはマリアへのジェラシーを隠そうともせず、積極的にミチルの体を攻め立てた。セックスの快楽に我を忘れることは神に近づく最も原始的な手段ではないかとミチルは時々思う。人間が最も赤ん坊の状態に近くなっているからだ。つまり赤ん坊ほど神に近い人間はいないのだ。

「ねえミチル、マリアに何かしたの？」

フィオの太腿のあいだでうたた寝に落ちようとしているミチルにフィオが訊いた。

「別に。何も」

「あの子、最近なんだかきれいになったね。少しずつみんなともしゃべるようになってきたし、変わったよね。あなたが何かしたんでしょ？」

「マリアを変えたのはわたしじゃなくて、カミーノだよ。わたし自身もずいぶんカミーノに変えてもらった」

「どんなふうに？」

「ここに来るまではほとんど死んでた。心中の生き残りで、記憶喪失で、ファシスト政権に迫害されて収容所に入ってた。でもカミーノを歩いているうちに、少しずつ人間に戻っていったような気がする。食べること、話すこと、愛することがまた少しだけできるようになった」

「それに、インポテンツも治ったし？」

「そう、インポテンツも治ったし。それはフィオのおかげでもあるけど」

「ミチルは時々、近づきがたい顔をして孤独に沈み込んでいたけれどね」

「そうだね、カミーノでは孤独の本当の意味も思い知らされる。人と深いところで関われない自分の本質とか。誰ともわかりあえない絶望とか。死にたくなるような悲しみも」

「背中に刻まれている愛の遺跡とやらのせいかしら、あなたをそんな顔にさせるのは？」

フィオは少し妬いて、逞しい太腿でミチルの小さな頭をぎゅっと挟み込んだ。

「ちっちゃい頭……太腿で捻り殺せそうだわ」

「女の太腿のあいだで死ねたら最高に幸せだ」

「まだ寝ないで、ミチル……おなかが空いたよう……ごはんを食べに行こうよう……」

だが睡魔に勝てなくなって、ミチルはフィオの股のあいだで眠りに落ちた。三十歳のスタイルのいいイタリア人の女の子の太腿というのは、およそこの世で一番ゴージャスな枕と言えるだろう。だから性的な夢を見るかと思ったのに、その贅沢な枕が運んできたのは人生で最も残酷な過去の一日、あの千秋楽の日の記憶だった。

＊　＊　＊

四月四日の千秋楽は桜が満開だった。

チケット収入も劇評も絶好調だから本来なら上機嫌のはずの安井さんは朝からピリピリしていた。昨夜、とうとう劇場のまわりにネオナチによる殺人予告のビラが撒かれたのだ。対象となっているのはミチルと久美子で、公演を中止しなければ千秋楽の幕が降りるまでに必ず殺害する、と書かれており、二人の写真の首のところに出刃包丁が刺さっている絵がついていた。ただの嫌がらせにしてはあまりにも悪質なものだった。それを見ると久美子はまったく口をきかなくなった。最終日の今日はマチネとソワレの二公演あるが、彼女の精神力が最後までもつかミチルは不安でたまらなかった。さすがにこの日だけは楽屋口からの出入りを避け、裏口にある大道具用の搬入口から入ることになった。

「わたしと一緒に芝居をしたばっかりに、久美子にまでこんな嫌な思いをさせてごめん」

久美子と二人でむき出しの床に照明と音響の機材が置かれた裏口から入り、ホリゾントの幕の裏を通り抜けながらミチルが言った。

「あなたが謝ることじゃないわ。こんないい芝居に出られるならネオナチに脅されるくらい何でもないわよ」

「でも、もう今日で最後だからね」

「これほどの芝居を再演もできないなんて、間違ってる。パリでもロンドンでもニューヨークでもいい、この国から出てこの芝居を海外に持って行きましょうよ。スポンサーなら安井さんが見つけてくれるし、これならどこへ行っても必ず評価されるわ」

久美子はホリゾントの裏の狭いところに立ち尽くして、いきなり熱に浮かされたように言った。久美子の妊娠がわかるまではそんな話が出たこともあったが、妊娠の発覚とともに立ち消えになっていた。

「パリの知り合いがちょうど来日してて、昨日観に来てくれたの。彼も太鼓判を押してくれた。この国で活動するのは危険すぎる、しばらくパリに来ないか、って」

「知り合いって誰？」

「前にいたカンパニーの仲間よ。今は役者をやめてマネージメントの仕事をしてる。ミチルさんに紹介しようと思ったけど、あなたはもう先に帰っちゃったから。芝居を見る眼も確かだし、信用できる人よ。ねえ、私と一緒にパリへ行かない？　こんな国にいたらいつか本当に殺されちゃうわ。彼が映画の仕事も取ってきてくれるって言うし、生活費なら何とでもなるわよ。私はもともと日本にいるよりパリにいるほうが性に合ってたんだし、ミチルさんだってそうでしょ？」

嘘だった。昨日、そんなフランス人は来ていない。ミチルと久美子は安井さんの車で一緒にホテルに帰ったのだ。現実と妄想がごっちゃになっているのだろう。

「トオルはどうするの？　それに子供は？」

「トオルのことなんてどうだっていいじゃない。なんで彼のことがそんなに気になるの？　私、別に彼と結婚してるわけじゃないし、そうする気なんてさらさらないから。私はミチルさんさえいればいいのよ。あなたと芝居をするためなら何だってする。どこにでも行く。トオルも殺すし、子供も殺せるわ」

久美子は発作のうわごとのように言い募った。ミチルは久美子を落ち着かせるためにそこに座らせた。ホリゾントの幕の裏の狭い空間は昔からミチルのお気に入りの場所だった。狭くて誰も来ないから、こっそりセリフの確認をしたり、泣きたいときにも便利だった。

「初めて久美ちゃんと一緒に芝居をしたとき、よくここに隠れてセリフの練習をしたね。覚えてる？」

「うん。役者が演出も兼ねてると自分の芝居が後回しになるから、不安だったのよね」

「わたしはあのときが人生で一番幸せだったかもしれない。無一文だったけど、あなたとトオルさえいればもう一度芝居ができるんだって思った」

「私はミチルさんさえ一緒なら世界中どこででも芝居をやっていく自信があるわ。あなたがその自信を与えてくれた」

「わたしはトオルがいてくれないと駄目なんだよ。彼がいてくれたからやってこられた。彼なしの芝居人生は考えられない。日本を出てどこかへ行くんなら、彼と三人で行こう」

「ミチルさんがそこまで思ってくれてるのに、彼はミチルさんと離れたがってる。私とミチルさんを引き離したがってる。くだらない男のやきもちのために」

「違うよ。彼は久美子を守りたいだけだよ。わたしと久美子が一緒にいたら破滅するしかないんだよ。わたしとあなたはあまりにも……」

「似すぎているし、それに……」

「愛し合いすぎてるから。そうよね？」

ミチルは頷くかわりに顔を両手で覆って涙をこらえた。芝居のエネルギーと愛のエネルギーが沸点に達して混じりあっている。たとえネオナチがいなかったとしても、この二つのエネルギーを狂気に向かわせずに収束させることなどミチルには到底できなかっただろうと思われた。狂気の愛は人を熱すぎる炎で焼き焦がし、尖った刃でめった刺しにする。人を血まみれにし、灰の塊にしてしまう。

「彼は何もわかってないのよ。ううん、誰にも何もわかってない。私から芝居とミチルさんを取り上げたらすぐに死んでしまうのに。本当にすぐに死んでしまうのに」

「久美子が死んだら、わたしもすぐに死んでしまうよ」

いつのまにかトオルがすぐそばに来ていた。

「ミチルさん、ちょっといいかな。昨日のビラのことで警察が来てる。ミチルさんと話したいって」

「警察？　ふん、市民を守ってくれない警察なんかと話す時間はないよ。帰ってもらって」

「劇場主があのビラを心配して、爆弾でも仕掛けられたら大変だっていうんで、通報したらしい。念のために警察が劇場の中を調べて爆弾を探してる。だから、ちょっとだけ顔出してくれ」

「うるさい、今それどころじゃないッ！」

怒鳴りつけたが、トオルの後ろにひと目で刑事とわかる目つきの悪い男が立っていた。

「お取込み中すいませんねえ。こっちとしても仕事なんでね、お話聞かせてもらわないと困るんですよ」

その刑事が土足であることがわかると、ミチルは逆上した。

「土足で舞台に上がるなッ！　警察なんか誰が入れたんだ！　神聖な舞台が穢れるんだよ！」

刑事は顔色ひとつ変えず、

「こんな狭いとこじゃ話もできませんから、下の客席で待ってますから。稲葉さんもお願いしますよ」

と言って表にまわった。久美子はミチルの激情をなだめようとして背中をさすった。ミチルは涙を拭いて、舞台の裏から客席にまわった。数人の刑事たちが客席の椅子の下、出入り口、受付、楽屋、トイレ、オペルームなどに爆弾が仕掛けられていないか探し回っていた。

「ただの悪質な嫌がらせだとは思うんですが、一応念のためにね」

とミチルを見て劇場主が言い訳するように言った。安井さんが恐縮した面持ちでその隣に立っていた。役者とスタッフの全員が客席に集められていた。

「中止勧告をしたのに、あんたらは上演を強行した。だからネオナチに何されようが当局としては関知したくはないんだが、劇場主さんの通報は無視できないんでね。言っとくがうちらは表でうろうろしてる公安の秘密警察とは違う。ただの生活安全課だ。まっとうな警察だ」

「で、話って？」

「殺害予告されてもまだやるの？」

「やりますよ」

「あのねえ、あんたのこと捕まえたがってる公安たくさん知ってんだよ。なんですぐに捕まえないかわかる？　ネオナチ煽って、騒ぎを大きくして、世間の注目を集めてから捕まえようって腹なんだよ。同性愛者が派手に公演なんかしたらこんなに危険ですよって、警告を与えるための宣伝に利用されてるわけだ。だからあんた、千秋楽が終わったらいよいよやばいよ。やつら、本気で捕まえに来るよ。今のうちに保護して安全なところに匿ってあげるから、今日は中止しないかね？」

「どっちみち捕まるなら芝居やってからにしますよ」

「あんたもわからん人だねえ。こっちは親切で忠告してやってんのに。芝居なんか命懸けでやるもんかね？」

「あなたもまっとうな警察官なら、命懸けで仕事してるでしょう。それと同じですよ。ご親切はありがとうございます。みんな準備がありますので、もうよろしいですか？」

刑事は苦虫を嚙み潰したような顔をして、

「一応仕事なんでね、あんたらのバラシが終わって劇場を引き上げるまでは警備してやるよ。客席に何人かまぎれこませるから、チケット用意してくれる？」

と言った。すかさず安井さんが、

「申し訳ありませんが、一枚たりとも余分なチケットはございません。立ち見でよければご用意させていただきます」

と切り返して、思わず全員をニヤリとさせた。結局爆弾はどこからも見つからなかった。

「ミチルさん、ちょっと」

しばらくあとでミチルはトオルにオペルームに呼び出された。安井さんと横田さんも待っていた。

「さっきの刑事の話、まんざらただの脅しじゃないよ。公演が終わったらすぐにでも秘密警察に拘束されるかもしれない。バレエダンサーの××とか、ミュージカル俳優の××とか、ゲイを公言してるやつらがみんな捕まってるのは知ってるだろう。打ち上げのあとで安井さんが成田まで送るから、すぐに日本から脱出するんだ。俺も見送りたいけど久美子をほっとけないから。パスポートは持ってるよね？」

トオルは封筒をミチルに握らせた。そこにはバンコク行きの片道航空券が入っていた。航空券は翌朝の便になっていた。

「この円安でヨーロッパやアメリカは滞在費がかかりすぎて長くいられないだろう。とりあえずバンコクまで行って、あとはどこにでも好きなところで身を潜めているんだ。政権が代わって安全になったら必ず呼び戻すから、携帯で連絡が取れるようにしておいてくれ」

「ずいぶん手回しがいいね。この前の約束を果たせってこと？」

「見くびるな。おまえの命を守るためだ。久美子は俺の十字架だけど、俺はおまえのためなら何だってしてやる。今さらそんなひねくれたことを言うんじゃない」

トオルはいつになく男らしい顔をしていた。ミチルが思わず自分の言葉を恥じるほどだった。

「よく聞け、ミチル。安井さんも横田さんも同じだ。みんなおまえの命を守りたいんだよ。四国に同性愛者を収容する施設を建設中って噂もある。いいか、ナチの収容所だぞ。鼠鳴はマジでファシストなんだよ。もし秘密警察に捕まれば、海外へ逃げることもできなくなる。今はこうする以外、選択肢はないんだよ。そんなこと自分でもよくわかってるだろう？」

心の準備はできていたつもりだった。公演が終わって疲れが取れたら日本を出るしかないだろうということは自分でも漠然と考えていた。久美子の前から姿を消すにはそれしかないと思っていた。だが、いざとなると航空券を受け取る手がふるえた。久美子から離れようとする心がふるえた。ふいに目の前が真っ暗になって、うまく呼吸ができなくなった。

「そんな顔しないで。アジアでしばらくゆっくりして、新作でも書いていてください。上演できる日は必ず来ます。その頃には久美子も女優業に復帰できているかもしれない。僕は諦めませんからね。ミチルさんと久美子のゴールデンコンビを必ず復活させてみせますからね」

安井さんの言葉にミチルは涙腺が緩みかけた。そうだ、そんな夢を見ていればいいのだ。時間と距離を置きさえすれば狂気の愛もいずれは冷めるに違いない。何年かかっても、死ぬほどつらくても、最後に芝居への愛だけが残ればいいのだ。いつかもう一度久美子と芝居ができるなら、この先に待ち受けているどんな地獄にも耐えられるだろう。そして久美子も耐えてくれるだろう、とミチルは思った。

「ミチル、金はあるか？」

と横田さんが心配してくれた。

「安宿に逗留しながらアジアを一年くらい転々とするくらいのお金は銀行に入ってる」

「金が尽きたら連絡しろ。みんなでカンパして送ってやるからよ。どうせおまえのことだから行く先々で現地妻作って、食うには困らないだろうけどな」

「今回は思ったより黒字になりましたから、安宿ばかりじゃなくてたまには高級ホテルで羽根を伸ばせるくらいのギャラを後日振り込めそうです。楽しみにしていてください」

「ありがとう。みんなのお心遣いに感謝する。でもまさかいきなり明日の朝バンコクに発つことになるとはね」

「ミチルは芝居が終わるまでは他のこと何も考えられないから、手遅れにならないように俺たちで手配したんだよ」

「でもあまりに急すぎて……」

「急かして悪いけどな、劇場の外に張り込んでる秘密警察の数がどんどん増えてんだよ。打ち上げのあとじゃ遅いかもな。バラシの途中で秘密警察をまいて出て行くほうがよくないか？　人や物がとっちらかって出たり入ったりしてるから目を眩《くら》ませるにはうってつけだろう」

「いや、念には念を入れて、バラシよりカーテンコールのあいだにいなくなるのが一番安全かもしれない」

「待って。座長として千秋楽の挨拶はさせてほしい。みんなとも別れを惜しみたいし、打ち上げのあとでいいよ」

「じゃあ感動的な挨拶を頼みますよ。アイ・シャル・リターン、って感じのやつを」

そう言ったとき、オペルームの扉が開いていて、久美子がそこにいるのが見えた。ミチルと目が合うと久美子はさっとその場を離れた。たぶん今の話を聞かれてしまっただろう。

「いやいや、何か悪い予感がするな。やっぱりバラシがはじまり次第決行したほうがいい。みんなには打ち上げの席で姫野から説明してもらうから、なるべく気取られるなよ。劇場の中には生活安全課の刑事どもまでうろうろしてるんだ。こっちの動きがバレたらパーだからな」

ミチルは現実感のない頭で決行の打ち合わせをした。久美子にどう言えばいいのか、いや何も言わずに消えるほうがいいのか、まだ決めかねていた。

危険物の劇場への持ち込みを未然に防ぐため、あの刑事たちの手によって観客全員の荷物検査が行われ、午後二時からのマチネの開演は四十五分も遅れた。さらに当日券にも立ち見券にもあぶれて中へ入れなかった客の何人かが騒ぎ立てて受付に食ってかかり、看板を壊したので、器物破損の現行犯で署に連行された。楽屋に配達されてくる花籠もすべて解体されて爆発物をチェックされた。すでにマチネから異様な熱気が立ち込めていた。刑事たちは立錐の余地もない通路に立ったまま客席に目を光らせていた。マチネのあいだ、ミチルはセリフを交わす以外、久美子とは言葉を交わすこともできなかった。それどころか目を見ることすらできなかった。

マチネのカーテンコールが終わって幕が降り、ミチルが久美子に微笑みかけると、久美子は微笑み返そうとして、隣に立っていたミチルの胸をめがけてゆっくりと落ちてきた。慌てて抱きとめようとするミチルの腕の中に、撃ち落とされた小鳥のようにふんわりと落ちてきた。全身が冷たい汗でぐっしょりと濡れそぼり、鼻から少し血が出ていた。極度の緊張で一瞬気を失ったようだった。

「救急車呼びますか？」

と誰かが言うと、久美子は自分で、

「いいの。しばらく横になれば良くなるから」

と答えた。

「楽屋へ運ぼう。俺が抱いていく」

とトオルが言ったが、久美子はそれを拒絶するようにミチルの腕にぎゅっとしがみついた。ミチルは久美子の体を離そうとしなかった。トオルに触れさせようともしなかった。

「楽屋には横になるスペースがないから、ここで寝かせるよ。誰かタオルとわたしのコートを持ってきてくれる？　それから、しばらく久美子と二人きりにしてほしい」

ミチルは衣装のマントを脱いで舞台の上に敷き、久美子の衣装を脱がせてハーネスをはずしてから、久美子をマントの上に横たわらせて膝枕をした。緞帳の向こう側ではまだ客出しの音楽が流れていて、観客の吐息とざわめきが渦のように溢れ返っていた。ミチルはタオルで久美子の汗を拭いてやり、コートを掛けてやった。

「ミチルさん……舞台が終わったら、どこかへ行っちゃうの？」

何も言葉が出ない。言葉のかわりに涙がこぼれ落ちた。

「私から芝居とミチルさんを取り上げたら、すぐに死んでしまうって言ったでしょう」

「久美子が死んだら、わたしもすぐに死ぬよ。たぶん遠くにいても、テレパシーみたいに伝わって、時間差なしにすぐに死ぬと思うよ」

「あなたは死なないわ。死なないように私が守ってあげる」

「この国からネオナチと秘密警察がいなくなったら、必ず帰ってくる。そしたらまた一緒に芝居をしよう」

「そんなの十年はかかるわ。私、おばあさんになっちゃう」

「そんなに長い時間じゃないよ。たぶん一年か二年くらいだよ」

「あなたを失うのなら、一年も十年も同じことよ。一年もあれば私をおばあさんにするのに充分だわ。ううん、たぶん私は一日で年老いる。この芝居がはねたら一気に白髪になって皺だらけになって腰が曲がるのよ」

「おばあさんでも好きだよ。皺だらけでも腰が曲がっても愛してる」

ミチルは久美子の体を抱きしめて号泣した。緞帳の外の客席に漏れるのではないかと思われるほど大きな声だった。袖から様子を窺っていた舞監の矢島くんが音響の高橋くんに合図して客出し音楽のボリュームを上げさせた。袖では全員がはらはらして二人を眺めていた。トオルと横田さんは貰い泣きをしていた。久美子は起き上がってミチルの手を握った。

「そんなに泣いたら顔が腫れるでしょう？　まだあと1ステージ残ってる。お客さんはあなたの姿を通してこの世界のどこかにあるかもしれない愛の国を見に来るんだから、涙できれいな目を曇らせないで」

「愛の国？　前にもそんなこと言ってたね」

「神なき時代の、愛なき世界に、愛の国はあるか？　私とあなたが作った芝居は、ただそれだけを渾身で問いかける営みだった。それがこの板の上に実在することを信じさせるのが役者の仕事よ」

久美子は心の乱れをまったく感じさせない理知的な強い光を放つ瞳で言い切った。劇団を作って間もない頃、まだ世の中にネオナチがあらわれる前の、穏やかで安定した芝居をしていた頃と同じ目だった。たったひとつのセリフだけで目の前に世界を現出させる、すぐれた役者にしかない張りのある声音だった。久美子の目はどこまでも澄み切ってミチルの弱さを叱咤し、ミチルの生を鼓舞していた。久美子はおそらく別れを受け入れ、聞き分けて、呑み込んでくれたのだとミチルは思った。

「ミチルさんと一緒に芝居ができて、本当に幸せだった。あなたが私のために書いてくれた美しいセリフはひとつ残らず忘れない。あなたのホンはあの世まで持って行く。そうすればあっちでも芝居ができるから。ありがとう、ミチルさん」

それが久美子の別れの言葉だった。久美子は袖で鈴なりになっているギャラリーをものともせずに、むしろ見せつけるように大胆に、ミチルの唇に唇を重ねた。役の上ではなく、ただのひとりの女として、久美子が自分からミチルにキスをしてくれたのはそれが初めてだった。

その瞬間、ミチルの中からすべての雑音が消えた。このときから最後のステージの幕が開いてあの落下にいたるまで、客席のざわめきも楽屋のおしゃべりもネオナチのシュプレヒコールも客入れ音楽もありとあらゆる熱狂もすべてが掻き消え、久美子の心音、久美子の吐息、久美子の声しか聞こえなくなった。それは久美子も同じことだった。二人は二人にしか聞こえない深い静寂のなかにいた。

七時からのラストステージは、やはり警察による荷物チェックのせいで約一時間遅れではじまった。痺れを切らした観客は足を踏み鳴らし手拍子を打って幕開きを促し、もうこれで最後なのかという悲愴感が劇場全体を覆い尽くして、せつないため息が充満していた。生活安全課の刑事たちは人数を倍に増やして配置についた。それとは別に劇場の正面出入り口、楽屋口、大道具搬入口に公安の秘密警察たちが舞台を終えたあとの王寺ミチルを拘束するべくひそかに配置についていた。

客入れ音楽がいったんボリュームを上げてから徐々に小さくなっていき、客電が消えると、それだけで啜り泣く客もいたほどだった。やがて叩きつける音楽と目の潰れそうなライトで幕が開いた。そこにはおのれの肉体を骨一本、肉一片にいたるまで供物として芝居の神様に捧げ尽くし、極限まで集中して内側から神々しい光を放っているミチルと久美子が立っていた。

「なんか今日すごくない？　ミチルさんと久美子さん。いや、いつもすごいけど、特別すごいな。芝居の密度が」

オペルームでは大迫くんが照明のオペレーションをしながら、隣で音響のオペレーションをしている高橋くんに思わず声をかけていた。

「楽日だからねえ。でもそれにしてもすごいな。鬼気迫ってるよ」

「お客さん、もう幕開きから泣いてるのがわかるもんな」

「やべえ、俺も泣きそうだ。なんなんだよ、あの二人。スタッフ泣かせんなよ、もう」

「ああ、後光が差してるよ。俺の明かりのせいじゃなくて。こんなの初めて見たな」

「ほんとにネオナチに殺られるんじゃないだろうな。なんか俺、手ふるえてきたよ」

舞台の袖では出を終えて引っ込んだトオルがワイヤー操作のため控えている横田さんと同じような会話を交わしていた。

「すごいすごいすごい！　今日の久美子は神がかってる。あんなミチルさんも見たことないよ。あの二人のまわりだけ全然違う空気が流れてる。こわいくらいだよ」

「でも、なんか久美子の様子が変じゃないか？」

「普通じゃなく集中してるんだよ」

「そうじゃなくて……いや、そうなのか？」

「まるで血を吐きながらセリフ言ってるみたいだ。それにあのダンスのキレを見ろよ。殺陣《たて》かっていうくらいの迫力だぜ」

「うわっ、踊りながらミチルが久美子を犯してる。いつも以上にすさまじくエロいな。これってほとんど本番じゃないかよ。二人とも目がいっちゃってるよ」

「あっ、舌入れた……糸引いてる……太腿に嚙みついた……二人の息遣いが荒くなってきた……ほんとにやってるみたいだ」

「ほんとにやってんだよ、今、あの二人は」

ミチルと久美子は舞台の上でタンゴを踊りながら何かがふっきれたように互いのなかに没入し、激しく貪りあっていた。それは前戯すら超えて本物のセックス以上にセックスそのものだった。濡れた息遣いとかすれた喘ぎ声を押し殺そうともせず、相手の体の隅々を味わい、とろかしあい、視姦しあって、何度も達しながらまた求めあい、際限なく欲望をぶつけあっていた。しかし音楽とダンスと劇的世界の拮抗のうえで繰り広げられる真剣きわまりない性交は観客にいささかも猥らな印象を与えることなく、むしろこれ以上ないほど清冽でエレガントに見えた。

客席の刑事たちは度胆を抜かれていたが、弾丸のように撃ち放たれる詩のように美しいセリフの洪水のあいだにこのようなダンスが挟まれているせいなのか、わけもわからず泣きそうにさせられ、感情の奥の奥まで揺さぶられて、ただひたすら見入るしかないのだった。彼らはいつのまにか仕事を忘れて二人の一挙手一投足に目を離せなくなり、わけがわからないから尚更に胸を鷲摑みにされて、なすすべもなく心を奪われていった。

「さあ、いよいよラストの宙吊りだ。とどめの魔法を見せてやる。観客全員を天国へ連れてってやろうぜ」

横田さんが操演スタッフに声をかけた。出番を終えた全員が二人の最後の見せ場を見るために両袖に集まってきた。ミチルと久美子が上手と下手の袖に分かれてハーネスをつけはじめた。誰も一言も声をかけられなかった。いつもならミチルの緊張をほぐすために軽口を叩く横田さんでさえ何も言えなかった。声をかけたところで二人には聞こえなかっただろう。ミチルには久美子の、久美子にはミチルの吐息しか聞こえなかっただろう。ハーネスを着込み衣装をつけ、ハーネスのカラビナにワイヤーを通してセッティングが完了すると、ミチルは横田さんをちらりと見て、行ってくる、というように目礼を送った。横田さんは、行ってこい、と頷いて送り出した。久美子が下手袖から出てくるのを確認すると、ミチルも上手袖から出て立ち位置についた。

「さあ聞け、タンゴ・ロクサーヌの雄叫びを」

高橋くんは小さな声でそうつぶやいて曲を出した。音の一音一音が粒立って、天から降り注ぐように、そして観客の耳に突き刺さるように、というミチルの厳命を受けて丹念に調整された痺れるような深い音がアンプとスピーカーを通して客席になだれ込んだ。大迫くんが精魂傾けて作り上げた繊細な照明が舞台の上の二人を照らし、やがてそれは観客の胸と役者の肌を灼き焦がすクライマックスの極みの閃光となって劇場全体をつつみ込んだ。

二人は踊りながらゆっくりと天に昇っていった。弾む息を整えるために漏れてくるハッ、ハッ、という低く押し殺した獣の息継ぎのようなブレスが、肉を打ちつけあう恋人同士の行為の音のように腹の底から響いてバンドネオンの音と共鳴しあい、観る者の脳髄を麻痺させた。だがそのダンスはもはやセックスをとうに超えていた。最高地点に達するとワイヤーの上下の動きが止まり、前後・左右の動きだけになった。地上十メートルの高みまで駆け上がった二人は穢れた地上から離れてようやく二人だけの空間に浮かんだことを喜んで微笑みあった。最高の芝居を演じきったという達成感と、愛の交歓にうちふるえ、二人は今まさに幸福の絶頂を嚙みしめていた。二人の顔は滝のように流れ落ちる汗で光り、ステップを踏むたびにシャワーのように汗が飛び散って、舞台の床に雨のように降り注いだ。

幕切れ間近、ミチルは久美子が何かを語りかけながら自分で腰の後ろのカラビナをはずすのを見た。その口の動きは、あいしてる、と言っているように見えた。あるいは、さようなら、と言っているようにも見えた。久美子の目は穏やかに澄んで、すべてを委ね信じきってミチルを見つめていた。カラビナのはずれる金属的な音がミチルの耳に届いた。その一瞬のあいだに久美子の意志がミチルに伝播し、狂熱が乗り移り、彼女の思いにつき従って運命を共にする覚悟が固まった。

ひとりでは行かせない。

おそれや迷いを感じている暇はなかった。ミチルの手は磁石が吸い付くように反射的に動いただけだった。ミチルの頭は無心に、そしてミチルの目も澄みきったまま、自分の腰の後ろにあるカラビナをはずしていた。すべてはわずか一秒か二秒の出来事だった。最初のカラビナがはずれる音と、次のカラビナがはずれる音とのあいだにはそれだけの時間差しかなかったのである。

二人は浮遊から解き放たれて重力を取り戻し、踊りながら同時に跳んだ。ミチルが久美子の首筋に唇をつけ、うなじの香りを吸い込みながら。しっかりと抱きしめ、マントでくるんで。上半身を隙間なくぴたりと密着させ、離れがたい下半身をステップを踏むためにやむをえず一足ずつ引き剝がしながら。袖にいた全員が凍りついて劇場全体を切り裂くような悲鳴が響き渡ったが、魔法をかけられて芝居に釘付けになっていた観客はしばらくのあいだそれを演出だと思っていた。音楽も照明もそのまま進行していた。二人は至福の微笑みを浮かべながら抱き合ったまま落ちていった。だから観客は誰ひとりそれが芝居の演出であることを疑わなかった。やがて肉と骨が地面に叩きつけられる断末魔のようなあの音が聞こえてくるまでは。

「おい救急車呼べ……救急車ッ！　幕降ろせ！　早く幕だッ！」

横田さんが絶叫したが、矢島くんの手がふるえてなかなか緞帳を降ろすことができなかった。大迫くんも手がふるえてスイッチを切ることができず、高橋くんはパニックに陥って曲を止めることができなかった。一部の観客はこの期に及んでも、それが予期せぬ落下であることを信じようとはしなかった。二人は微笑んだまま、かたく結びつけられてそこに倒れていたからだ。血の海は薔薇の褥《しとね》のようにしか見えなかった。ミチルの足はステップを踏んでいるかのようにまだかすかに動いていた。二人の姿はどこから見ても、死によって想いを遂げた恋人同士を迫真の演技で演じている最中にしか見えなかった。トオルは二人の骸《むくろ》を客の目から隠すために舞台に走った。他のみんなも彼に続いた。

て舞台に駆け寄り、人垣を作った。流れる血が舞台から客席に滴って、音楽と照明が消され、勢いよく緞帳が降ろされたとき、ようやく客席に疾風《はやて》のように衝撃と悲痛な叫び声がひろがっていった。

8

ミチルは全身にぐっしょりと汗をかいて、フィオの太腿の上で真夜中に目覚めた。象に心臓を踏みつけられているような重苦しい痛みを覚えて息ができなかった。フィオは健やかな寝息を立ててぐっすりと眠りこんでいた。

ああ、あれはやはり心中だったのだと、ミチルはようやくすべてを理解した。ミチルのカラビナをはずしたのが久美子ではなく自分自身であることがわかって、ミチルは深い安堵を覚えていた。久美子のカラビナをはずしたのが自分ではなく久美子自身であったことも。どちらかがどちらかを殺したのではなく、二人がそれぞれ自らの意志で落ちたのだとわかったことは、たったひとつの救いだった。どれだけ考えても、あの刹那に久美子がカラビナをはずすのを止めることはできなかったのであり、だからあのときはそうするよりほかなかったのだということを、もしまた同じ状況が訪れたら自分は何度でもそうしていたに違いないということを、ミチルははっきりと確信することができた。あの瞬間にほんの少しでも躊躇してカラビナをはずすタイミングを逃していたら、と思うとぞっとした。久美子ひとりだけが落ちてゆくのを見てしまったら、自分はその場で発狂していただろう。ほとんど無意識のうちに下した咄嗟の判断のおかげで、自分は最愛の女と抱きしめあって落ちることができた。ミチルはそのことに感謝した。

だが自分だけ生き残ってしまったことは、やはりどうしてもゆるせなかった。そしてトオルのことを思った。二人の落下を見ながら彼が突き落とされていった地獄のことを思った。意識不明になって体じゅうの骨が粉々に砕けた自分より、彼の苦しみのほうが比べものにならないほど大きかったに違いない。あの暗い収容所で自分を待ち続けていたトオルの気持ちを思うと、繋がった骨を再びばらばらにしてこの心臓に突き刺したい衝動に駆られるのだった。

天井を眺めていると無数の水滴が浮き上がり、やがてそれは夥しい滴りとなり、洪水となってミチルの上に降ってきた。次いで激しいめまいのために部屋全体がぐるぐると廻りはじめ、速すぎる回転に弾き飛ばされないようにミチルはフィオの太腿にしがみついた。それは暖かく、皮膚の下でさらさらと血が流れている音が聞こえるようだった。生きている女の太腿はしかし、死んだ女の太腿を鮮やかに思い出させ、その懐かしさにミチルは戦慄した。自分が記憶を失ったのは必然だったのだと思った。久美子への振り絞るような懐かしさがこの頭と体に詰め込まれていたら、とても正気を保つことはできなかっただろう。そして彼女のそばへゆくために、自分は何度でも同じ過ちを繰り返しただろう。

死神がすぐ近くで待ち構えている。

わたしの手を取って、連れてゆけ。

ミチルは発作的に起き上がり、ふらふらとした足取りでバルコニーに駆け寄っていた。自分が全裸であることも、巡礼者であることも、頭からすっぽり抜け落ちていた。ただトオルへの罪悪感と久美子への痛いほどの懐かしさだけがミチルを支配していた。錠をはずして窓を開け、ひんやりとした夜気を吸い込んだ。窓枠をつかんで右足をかけ、目を閉じた。左足をかけようとしたとき、背後から強い力でそれを止める者があった。

「こういうクラシックなバルコニーはね、ロミオとジュリエットがきぬぎぬの別れを交わすためにあるのよ。飛び降りるためなんかじゃない」

豊かな乳房がミチルの痩せた背中に押し付けられ、フィオの大きな手がミチルのからだを抱きしめていた。乳房の柔らかい感触とぬくもりでミチルははっと我に返った。

「あなたの翼はもう、もがれてる。飛んでも墜落するだけよ」

フィオはミチルの背中の傷跡に触れて言った。その途端、傷跡にピリピリと電気が流れたような痛覚が走った。この背中のなかに取り残された久美子のかけらが、フィオの姿を借りてミチルの錯乱を鎮めてくれているのだと思った。あとを追うことは許さないと、やさしく窘《たしな》めてくれているようだった。

「だからこの地上で生きていくしかないの。愛の遺跡を抱えていても、あなたはあんなに素敵なセックスができるじゃないの。私を骨の髄までとろかせる素敵な体を持っているじゃないの。もう一度こっちへ来て、ミチル」

フィオは窓を閉めてミチルをベッドに連れ戻した。ああ久美子……久美子……ミチルはフィオの乳房のあいだに顔を埋めて、赤ん坊のように泣きじゃくった。乳房は太腿と同じように暖かく、皮膚の下でさらさらと血が流れている音が聞こえるようだった。夜の川の流れのようなその音に耳を傾けようとしているうちに、ミチルは正気と落ち着きを取り戻し、やがてゆっくりと泣き止んでいった。

＊＊＊

ミチルが久美子の死を知ったのは、集中治療室を出て一般病棟に移され、入院生活が半年を過ぎた頃のことだった。

しきりに久美子の容態を気にするミチルに、

「久美子はまだ集中治療室を出られない。それに事故のとき顔にひどい傷を負ったから、顔の傷がきれいに治るまではミチルの前に出たくないって言ってる」

と、トオルや雅野は医師や看護師たちも巻き込んで嘘をつき続けていた。だがそんな嘘をいつまでも信じさせることはできない。車椅子を使わずに杖だけで歩けるまでに恢復すると、ミチルは久美子の姿を求めて病院じゅうを探し回るようになった。

「これ以上騙し続けるのは無理よ。本当のこと教えたほうがいいんじゃない？」

「駄目だ。そんなことしたらミチルはどうなるかわからない。気が狂うか、あとを追うか、どっちかしかないよ」

付き添う家族のいないミチルのために、そして秘密警察の手からミチルを守るために、雅野とトオルを中心にして、劇団員やミチルのガールフレンドたちが交代で病院に詰めていたが、付き添った者は久美子の居場所をミチルにえんえんと問い詰められ、何度も病室を脱け出して久美子を探し回るミチルに振り回されて、誰もがへとへとになっていた。秘密警察は劇場から救急搬送されたこの病院を当初から突き止めていて、容態が安定するのを待って拘束しようとつねに監視を続けていたから、一般病棟に移された時点で危険度は高まり、トオルたちはひそかに転院を検討しはじめていた。ミチルが手なずけていた看護師を責め立てて真相を聞き出し、病院から姿を消したのはそんな矢先のことだった。

「あの人はうすうすわかっていたと思います。私にはどうしてもこれ以上嘘をつき通すことはできませんでした。申し訳ありません」

「財布と iPod 以外、ほとんど何も持ち出してないみたいだ。まだあんな体だし、そんなに遠くへは行ってないはずだよ」

「自殺の可能性もあるし、秘密警察につかまるおそれもあるんだぞ！　あんた、ミチルにキスでもしてもらったか？　それとも当直の夜に抱いてもらったのかよ！」

逆上してひどい言葉をぶつけるトオルを、安井さんが窘めた。看護師はそれについては否定せずに泣き出してしまった。

「まさかあんな体で病院からいなくなるなんて思わなかったんです。普段と変わらない感じで、ちょっとそこのコンビニへ雑誌やお菓子を買いに行くように出て行ったので。久美子さんがもういないとわかっても、私が支えになるつもりでした。これからはずっとそばにいて、どんなことでもしてあげるつもりだったのに……。申し訳ありません。申し訳ありません……」

真相を知るためならミチルは看護師の一人や二人、平気でたぶらかすだろうということをトオルはよくわかっていた。劇団員たちは手分けして周辺を探し回った。トオルと安井さんは都内の病院に電話をかけまくり、横田さんは鉄道駅の線路にそれらしき人影がないかくまなく探して歩いた。自殺と同じくらいみんながおそれていたのは、秘密警察に拘束されて収容所に送られることであり、ネオナチどもに見つかって襲撃されることだった。ミチルが頼っていきそうな、かつて深い関係にあったガールフレンドたちにも協力を仰いだが、その数はあまりに多く、誰もそのすべてを把握していなかった。警察に捜索願を出すわけにもいかず、トオルと安井さんはかすかな望みをかけて劇団のホームページに王寺ミチルの情報を求める呼びかけを掲載することしかできなかった。

だがトオルにはひとつだけミチルの行きそうな場所に心当たりがあった。それは京都の寺にある稲葉家の墓だった。まだ久美子が生きていたとき、こんなことになるとは夢にも思っていなかった頃に、トオルはミチルにその寺の名前を教えたことがある。ミチルがもしそれを覚えていれば、そこへ行くかもしれない。だが久美子の兄である稲葉和彦に連絡を取ってみたところ、久美子はそこには埋葬しなかったと言われた。それどころか葬式も出さなかったと言われ、ネオナチからの嫌がらせにほとほと迷惑を受けていると嘆かれて、稲葉家に連絡を取ることはもうやめようと決めた。

もしこのまま何ヵ月も行方不明になってしまったら、ミチルを探し出す方法はおそらく最後のひとつしかない。それはいつかミチルが必ずたどり着くであろう場所、収容所にもぐり込むことだ。姫野トオルはそう覚悟を決めた。

ミチルは何も考えられない頭とふらつく足取りで病院を出るとタクシーに乗り、適当なJRの駅で降りると、適当に列車に飛び乗った。あとをつけている秘密警察をまくためにローカル線を何度も乗り換えては北上と南下を繰り返し、そのたび駅ビルを出たり入ったりして攪乱させながら、気がついたら本州最北端の津軽にいた。寒いところは苦手のはずなのに、なぜこんな寒いところに来てしまったのか、自分でもわからなかった。JRのどこかの駅の待合室のテレビでかかっていたニュースで、青森県に初雪が降りました、と言っているのを聞いて、それが頭の隅にあったのかもしれない。八甲田や賽《さい》の河原や恐山など、死をイメージする場所がそこにはたくさんあったせいかもしれない。あるいはただ単に、寺山修司と太宰治というミチルの敬愛してやまない二人の天才がその出身だったからかもしれない。まだ十一月だから地吹雪とは言えないまでも横殴りの激しい雪が降っていて、列車のなかで聞こえてきた津軽弁がじわじわと心に沁みて、ああ津軽で死のう、とミチルは思った。

五能線に乗って、死に場所を探した。津軽の雪の降り方はまことに独特で、激しく降っていたと思ったら急に止み、止んだかと思うとまた激しく降ってくる。まるで南国のスコールのようだった。できるだけひと気のない、海の見える駅を選んで降りた。人の気配が完全に途絶えるところまで歩き、うら寂しい番屋がポツンと建っているだけのうってつけの場所を見つけた。鉛色の日本海にスコールのような吹雪が降りしきっていた。うまく溺死できないとしても凍死はできるだろうということに一縷の望みをつないで、ミチルはコートを脱ぐと凍てつく海の中へ入っていった。

誰にも見られていないはずだったのに、番屋の片付けをしていた漁師の未亡人が、一片の迷いもなくまっしぐらに海へ入って行く人影を見てしまった。夫を海で亡くし、拾い昆布漁をしながら暮らしの糧を海からいただいて生計を立てている四十代の未亡人は、神聖な海で命を捨てようとしている人間が許せなくて、すぐに海に飛び込んであとを追いかけた。すでに意識を失って沈みゆくミチルの髪の毛を引っ張り上げて救い出し、浜に寝かせて水を吐かせると、腕に抱いて番屋に運び込んだ。その人は女の身でも軽々と抱き上げられるほど軽かった。ストーブの火を熾《おこ》し、熱い湯を沸かして着ているものを脱がせると、体じゅうに無数の縫合跡が散らばっていて、背中にひときわ大きな傷跡があるのが見えた。熱い湯で体を拭いて何度もこすり上げ、自分も裸になって布団に入り、体温で暖めた。痩せこけた傷だらけの体は真冬のつららのようだった。降った雪が凍りついて行き場を失い、空中に刃のように突き刺さる、するどいつららのようだった。

氷のような体に血潮がよみがえり、肌に赤みが戻ってくると、自分の服を着せ、ミチルをひょいと抱き上げて車に乗せて、真冬のあいだだけパートをさせてもらっている近くの観光ホテルへ連れて行った。天然温泉の大浴場へ直行し、ぬるめのお湯に入れて抱きかかえながらじっくりと時間をかけて暖めると、ミチルがゆっくりと目を開けた。

「気がついたか。なしてあったことしたんだ？　もうなも心配いらねよ」

ミチルは一時的な失声症にかかっていて何も言葉を発することができなくなっていた。津軽弁でいろいろと女に話しかけられても外国語のようで何を言っているのかほとんどわからなかったが、津軽弁の響きには彼女の肌と同様の泣きたくなるようなぬくもりがあり、ミチルのぼろぼろになった神経にやさしく寄り添う言葉だったので、そこから逃げ出そうとは思わなかった。何を訊いても何も答えないミチルに、

「おめ、言葉がしゃべれねの？　かわいそうさね。わの言葉、わがねかの」

と言って女はため息をついた。ミチルが涙を浮かべてふるえていると、女は
「海で死んだきゃ駄目だし。わがたね？」

とだけ言って、それ以上は何も訊いたりしようとはしなかった。

「何が食べね？　こばらっこ減らねが？」

ミチルが首を横に振ると、

「せば帰るが。わの名前は礼子だ」

礼子はミチルを車に乗せて、数キロ離れた自宅へ連れて行った。礼子に子供はなく、家には一日中テレビの前のこたつに座っている年寄りが一人いるだけだった。ミチルが起きられるようになるまで彼女はつきっきりで看病した。風邪薬や生姜湯を口移しで飲ませ、お粥やスープを口元まで運んで食べさせた。風呂に入れて隅々まで丁寧に洗ってやり、風呂から上がるとバスタオルをひろげて待っていて、体を拭いてから下着を穿かせてやった。これほど情の深い女は初めてだった。ミチルは何もしゃべらず何も感じなかったが、津軽の言葉と人情のぬくもりだけは感じることができた。海で死んではいけないと諭されたことも、心の奥深いところで理解した。

ミチルは言葉と一緒に感情まで失ってしまったようだった。久美子の夢を見て夜中に突然跳ね起き、隣に寝ていた礼子の胸に縋りついて言葉にならぬ叫び声を上げることもしばしばだった。泣くことができれば楽になれるのに、涙も言葉も出ないのだった。礼子はそんなミチルを見るたび、体は恢復しても魂は決して恢復しないことを、ミチルの魂は吹雪の海に沈んだまま、引っ張り上げることはできなかったのだと思い知らされた。そしてあのとき彼女を海から救い出したことは間違いだったのではないかと後ろめたい気持ちになった。

礼子はミチルを好きなだけ叫ばせたあとで、求められるまま好きなだけ抱かせてやり、抱いてやった。それはセックスというよりは、どこまでも動物的な皮膚と皮膚との摩擦運動に近いものであり、この世の淵にとどまるための必死のあがきに他ならなかった。礼子の皮膚一枚がミチルをこの世につなぎとめる、たったひとつのかぼそい糸だった。ミチルはほとんど何も食べず、何もしゃべらず、ただセックスのことしか知らない赤ん坊のようなものだった。雪よりも白いミチルの肌がピンク色に染まっていき、男よりも淫乱なミチルの舌と指が勤勉に動いて礼子の体の上を跳ね回るとき、この哀しくて美しい生き物をあの海から掬い上げたことはやはり間違いではなかったのだと礼子は思った。

病院へ連れて行くと、ミチルは心的外傷後ストレス障害、いわゆるPTSDと診断され、抗うつ薬と睡眠薬が処方された。

「声はそのうち出るようになりますが、これから心理療法にかよってください。すでに一部、記憶障害も起こっているようです。このまま悪化すればさらに記憶障害が進むでしょう。放っておけばいずれ自分の名前もわからなくなってしまうかもしれませんよ」

と医師は言った。

ミチルは礼子が浜で昆布を拾ったり洗ったり干したりするのを手伝いながら、時々病院にかよって治療を受けた。声は出るようになったが解離の症状は一進一退を繰り返し、記憶障害も少しずつ悪化していった。拾い昆布漁ができなくなる真冬には観光ホテルへ仲居として働きに行く礼子にくっついて行った。ミチルは片時も礼子から離れようとしなかった。母親から離れない子供のようなので、

「おめ、いつのまにこったら大きなわらし産んでたの」

とみんなにひやかされるほどだった。この観光ホテルには春先まで旅芸人一座の巡業がきており、ミチルは礼子の仕事が終わるのを待つあいだ、広間にもぐり込んで湯上りの観光客と一緒に泥臭い「国定忠治」や「清水次郎長」を見ながら時間を潰した。時代劇と歌謡ショーの二本立てで、長期公演なのでプログラムは毎週変わった。感情の装置が壊れてしまっているのに、ミチルは芝居を見ているときだけはにこにこと微笑んでいるのだった。

「んだか、ミチルはそったら芝居好きか」

めったに笑わないミチルのそんな笑顔を見ると礼子は喜んだ。しかし破調は思いがけないところからやって来た。歌謡ショーではいつも演歌や歌謡曲が流れるのだが、一曲は肌合いの違うラテンやロックを入れて趣向を変えており、プログラムが変わったある日のこと、突然タンゴ・ロクサーヌが流れたのである。

映画で使われていたのをそのまま使っていたからミチルが芝居で使ったバージョンとは違っている。しかしそれはまぎれもなくタンゴ・ロクサーヌであり、その曲が流れてきたとたん、ミチルはあの瞬間が生々しく目の前によみがえって息ができなくなった。スポットライトもミラーボールも実に安っぽいもので、ミチルの芝居の凝った照明とは比べものにもならなかったが、その安っぽさがかえってリアルな記憶を増幅し、旋律と光線が怒濤のように襲いかかって、ミチルの病んだ神経をめった刺しにした。役者が下手くそなステップを踏みしめるたび、久美子とともに宙に浮かんでいく浮遊感とともに落ちていく墜落の感覚が一挙に押し寄せ、見えぬ手に胸倉を摑まれて、おまえはなぜまだ生きているのだ、と揺さぶりをかけられるようだった。曲が最後のクライマックスにさしかかると命綱のはずれるカチリ、という金属的な音が耳元ではっきりと聞こえた。それはミチルをこの世につなぎとめていたかぼそい糸がぷつりと断ち切られる音であり、早く来てミチルさん、とあの世から久美子が囁きかける合図だった。ミチルはもつれる足でそこから逃げ出し、外に出るやいなや激しく嘔吐した。

　全身に汗をかき、がたがたとふるえながらどこを歩いているかもわからずにふらふらと歩き続け、国道を猛スピードで走るトラックに轢かれそうになって、そのときふいに啓示のように久美子の墓がある京都の寺の名前を思い出した。コートのポケットには朝病院でもらったばかりの薬が大量に入っていた。その二つのことをミチルはまたとない僥倖と思い、約束された祝福に違いないと思って感謝した。ミチルは礼子にさよならも言わずに津軽を離れ、そのまま京都に向かった。駅の待合室のテレビが、京都でソメイヨシノが満開になりました、と言っていた。

＊　＊　＊

それからの四日間は、残りを惜しむかのようにゆっくりと歩いた。

フィオは早く辿り着きたい気持ちのほうが強いらしく、いつものペースで先へ行き、マリアはミチルの少しあとを距離を置いて歩いていた。時々、ベアさんとシズさんが残りを嚙みしめるような足取りでミチルの脇を通り過ぎていった。久美子はあまりあらわれなくなった。そのかわりジグソーパズルのまだ埋まっていないピースが、歩きながら走馬灯のように頭の中を流れて行った。長い入院生活の一場面や、子供の頃こっそり見に行った母の舞台や、さまざまな女たちとのベッドでの様子などが、前後の脈絡なく歩く速度でよみがえり、ミチルを微笑ませたり赤面させたり独り言を言わせたりした。マリアはそんなミチルをとても不思議そうに眺めていた。

ミチルの足が速くなったのは、ラバコージャの町から歓喜の丘を抜けて大きな街に入ったときだった。巡礼向けの見慣れた石の道標ではなく、「Santiago」というただのありふれた道路標識が目に飛び込んできたとき、一気にこみあげてくるものがあった。とうとうサンティアゴの街に入ったのだ。ミチルはマリアが後ろから追いついてくるのを待ち、その標識を指差した。マリアも泣きそうになっていた。

「大聖堂まで競争だよ、マリア」

「いやよ、まだ着きたくない。いつまでもカミーノを歩いていたいの」

マリアは駄々をこねるように言ったが、はやる気持ちを抑えられずに、ミチルと一緒に飛び跳ねるように駆け出した。だがサンティアゴはとても規模の大きな街だった。ここからが長いのだということを二人は知らなかった。街の中に入ってからは案内板も少なく、さんざん道に迷いまくり、人に何度も道を訊かなくてはならなかった。

「あったわ、あの尖塔がそうじゃない？」

石畳の舗道を踏みしめてミチルとマリアはよろめきながら込み入った路地を進んでいった。しかしやけにすれ違う巡礼が少ない。それもそのはず、二人が入ったのはサンティアゴ大聖堂の裏口だったのだ。そのせいなのか、思い描いていた感動はなく、ミチルの巡礼の旅はひどく淡々と終わったのである。

大聖堂の正面前でフィオが待っていた。フィオやマリアと静かに抱擁を交わすと、それでもじわじわと達成感のようなものがこみ上げてきた。トーマスやサビーナやペーターもいた。ブルゲーテの宿で一緒だった夫妻もいた。歩いている道中で顔見知りになった面々が広場で再会し、到着を喜びあっていた。到着日に時間差があっても、巡礼道のどこかで会った人たちとは最後に必ずここでもう一度会うことになっているのだろう。正午からのミサに出たあと、巡礼事務所でコンポステーラという巡礼証明書をもらい、フィオたちと祝杯を上げ、何人かとアドレスを交換した。

「フィオはこれからどうするの？」

「休職中の会社に戻る。明日の飛行機で帰って、もうあさってから出社よ。ミチルは？」

「富田さんのアルベルゲでしばらくバイトさせてもらおうかと思ってる。日本にはまだ帰れないから」

「イタリアに来ればいいのに。私のパスタでもっと太らせて、離れられなくしてあげるのに。気が向いたらいつでも遊びに来てね、私の素敵な鎖骨さん」

「必ず行くよ、ゴージャスな太腿さん」

翌日、マリアに誘われてバスに乗り、フィニステラの岬まで足を伸ばした。フィニステラは「地の果て」という意味で、巡礼を終えたあとオプションとして大西洋の西の果てにあるこの岬を訪れる巡礼者は多いという。が、あいにくの雨で巡礼者の数はそれほど多くなかった。バスの中ではファドが流れていて、バスターミナルにはリスボン行きのバスが停まっていて、ポルトガルが近いことを教えてくれた。でもせっかく片道三時間もバスに揺られて、そこからさらに四十分歩いて岬の突端まで行ったのに、濃い霧が出ていて海なんか何も見えなかった。霧のカーテンの向こうから地鳴りのような野太い汽笛がうら寂しく聞こえるだけだった。悪天候のせいかミチルとマリアのほかには誰もおらず、こまかい霧雨が降っていて、強い風が吹いていて、凍えるように寒かった。まるでこの世とあの世の境界にいるようだった。もしかしたら今見ているこの光景こそがThe end of the world なのかもしれないとミチルは思った。

「マリアは大学に戻るの？」

「ええ。またマリア様と向き合う生活に戻るわ。面白みはないけど静かで穏やかな日々に」

「人は人とつながることでしか生きていけないのかもしれない。だから、たまには生身の人間とも話をするんだよ」

「ミチル、あなたはちゃんと人とつながることができているの？」

「わたしにはそれが一番難しい。だからこの人の世でいつも迷子になっている」

冷たい霧雨に打たれながら二人は岬の突端に立ち尽くし、そこにあるはずの青い海を頭の中に思い浮かべた。風に吹き飛ばされないように体を寄せ合っていると、マリアがミチルの腕を取って海のほうへ一歩足を踏み出した。

「この海岸は死者の海というのよ。黄泉の国への入り口なの」

ミチルがもう一歩踏み出せば、マリアは黙って一緒に海に入ってくれたかもしれない。マリアが心の底でそれを望んでいるのが伝わってきた。しかしミチルはもう、心中の生き残りにはなりたくなかった。マリアが強い力でミチルを引っ張り、もう一歩踏み出そうとするのを、ミチルは自分でも信じられないくらいの力で抱き寄せ、荒々しく唇を奪った。この聖処女の衝動を宥《なだ》めるにはそれしか方法がなかった。

「私は一生、神様に貞節を捧げるつもりだった。でもあなたになら処女を捧げても罰は当たらないでしょう。なぜならあなたは男性でも女性でもない気がするから。もしかしたらあなたはマリア様や天使のように存在自体が観念なのかもしれない。そう考えればあなたがたくさんの女性と愛を交わしても私は傷つかないし、この先二度と会えなくなっても寂しくはない。だから私を好きにしていいのよ」

マリアのその言葉を聞いて、自分はとうとう観念になってしまったか、とミチルは苦笑した。ミチルはマリアの冷え切った指先に息を吹きかけて暖め、真っ赤な頰を擦ってやった。

「ここは寒すぎる。サンティアゴに戻って、温かい食事をしよう。オルッホを飲んで、プルポを食べよう」

サンティアゴの街に戻って、マリアと巡礼最後の食事をした。帰りに広場を通りかかったとき、一組のタンゴダンサーが路上でカセットデッキをかけてタンゴを踊っていた。彼らの前には小銭を入れる帽子が置いてあり、何人かが輪になって彼らのパフォーマンスを眺めていた。コンチネンタルではなく、本場仕込みのアルゼンチンタンゴだった。まさかこんなところでタンゴを見るとは思わなかった。ミチルは引き込まれ、石段に腰を下ろして二人のダンスに見とれた。哲太郎はどうしているだろうかと懐かしくなった。そのうちに我慢できなくなって、マリアの手を取っていた。

「踊っていただけますか、姫？」

「私、踊れないわ」

「基本的な足の動きを教えるから、それを繰り返していればいい。あとはリードしてあげるから大丈夫」

ミチルが一番簡単で基本的なステップを教えると、マリアはすぐに吞み込んで、おずおずと踊りはじめた。マリアのすぐ後ろで、久美子がその動きを助けながら一緒に踊っているのが見えた。やがてマリアの体に久美子の姿が乗り移り、二人の女はひとつになった。ミチルは気が遠くなりそうになるのをこらえながら久美子と踊り続けた。オルッホの酔いとダンスの酩酊のために意識が朦朧としてきても、こまかい秋雨が降り出しても、音楽が鳴っているかぎり、いとしい女の体を抱いて、その眼にゆらめく真珠を見つめて、いつまでもタンゴを踊り続けた。

エピローグ

ミチルが富田さんのアルベルゲで働きはじめて数ヵ月が過ぎようとしていた。

掃除や食事作り、配膳や後片付け、食糧の買い出し、宿泊受付など、仕事はたくさんあったが、慣れてしまえばそれほど大変ではなく、巡礼者の少ない冬場になると一気に暇になって、自由になる時間がたくさんできた。ミチルは哲太郎との約束を果たすため、暇な時間には机に向かってタンゴダンサーを主人公にした戯曲を書いていた。上演のあてはまったくなく、哲太郎との再会も望めなかったが、ガリシアの田舎町でそれ以外に暇を潰す方法といえば仲良くなったアルバイト仲間の女の子からスペイン語を習うか、時々フランスから会いに来るマリアとデートするくらいのもので、他にすることもなかったのだ。それに何と言っても約束は約束だった。

「ミチルちゃん、日本はすごいことになってるよ。ちょっとこれ見てごらん」

夕食の片付けが済んでいつものようにみんなとワインを飲んでいると、富田さんがパソコンの画面を見せてくれた。そこには日本のインターネットニュースが映し出されていた。ミチルはひと目見るなり強い衝撃を受けて画面に釘付けになった。画面には

「春遠ひかり氏、暗殺される」

のテロップが流れ、その瞬間を捉えた生々しい映像が何回もスローモーションで映し

出されていた。

「新女性党党首の春遠ひかり氏が昨夜、何者かに暗殺されました。地元の講演会で講演中、壇上に乱入した不審な男から数回刃物で切り付けられ、病院に運ばれましたが、出血多量でまもなく死亡しました。五十四歳でした。男は現行犯逮捕され、警察で取り調べを受けていますが、愛国党やその関連団体との関係は否定しているとのことです。春遠氏は国会議員に復職後、以前にも増して精力的に鼠鳴政権への対決姿勢を強めていましたが、愛国党の独裁政策に対する国際社会からの批判にくわえ、国内に広がっている愛国党への支持急落の流れを受けて、新女性党が急速に支持勢力を拡大している矢先のことでした。春遠氏は来週にも鼠鳴内閣への不信任決議案を提出する見込みになっており、賛成多数で可決される見通しが強まっていました。このことから、愛国党の事件への関与を疑う市民らによって、真相究明と鼠鳴総理の退陣を求める抗議デモが各地で一斉に行われました」

ああ春遠さん……とミチルは絶句して天を仰いだ。獄中で一緒に歌った「夏は来ぬ」の澄んだ歌声を思い出し、闇の中で壁越しに握手して励まし合ったときのことを思い出して胸がいっぱいになった。

「こんなの鼠鳴がやらせたに決まってるよねえ。唯一のまともな政治家だったのに、ひでえことしやがるな」

「そんなに愛国党は切羽詰まってたんですか？」

「このところは結構追い詰められてた感じだね。隈井静慧さんがハンストして亡くなってから一気に反政府運動に火がついて、春遠さんが復職してからさらに勢いがついて、この人なら政権交代も夢じゃないって言われてた。なんせ彼女の下にいるレジスタンスがものすごく優秀だって話だね。元々は隈井さんが育て上げたレジスタンスのグループをひとつにまとめて統率したのが春遠さんなんだよ」

「じゃあ、春遠さんは頑張ったんですね。ずいぶん頑張ってくれたんですね」

「ああ、あの人はよくやってたよ。手腕もさることながら人柄も誠実で、何よりクリーンなとこがよかった。人気もかなりあった。鼠鳴を倒して新女性党が自民党と連立政権を取れば次期総理確実だったのに。日本初の女性総理誕生もありえたかもしれないのになあ」

「そんな人を暗殺するなんて……やっぱり政権交代なんてまだまだ無理なんでしょうか」

「いや、むしろその希望はかなり出てきたんじゃないか。今回のことは悪党の息の根が止まる寸前の最後のあがきってとこじゃないかな。ナチスも滅びる直前はなりふりかまわずだったから、まあ愛国党もそう長くはないだろう」

それからはミチルもインターネットで日本のニュースを気をつけて見るようにしていた。愛国党の最後のあがきはさらに泥沼化の様相を呈していた。過激さを増していく反政府デモを武力で制圧して何人もの死者を出したり、警察の組織改革を大胆におこなって秘密警察の権力をいっそう拡大させたりした。以前から令状なしの家宅捜索や逮捕は公然とおこなわれていたが、さらに国家による手紙の検閲や電話の盗聴までおこなわれるようになった。敵対勢力への締め付けや同性愛者への迫害はあからさまで容赦がなくなり、収容所ではついに虐殺がおこなわれたらしいという噂もネット上で流れていた。

ミチルが静流尼の姿をニュース映像で見たのはそんなときだった。

「ああ、また尼さんがハンストしてるよ」

と富田さんがつぶやくのを聞いてパソコンをひったくるようにして覗き込むと、そこに静流尼が映っていたのだ。

「この人、隈井さんのお弟子さんらしいね。まだ若くてこんなに美人なのにハンストするなんてすごいな。師匠と同じように水と塩しか摂ってないみたいだよ。勇気あるなあ」

その懐かしいお顔の中に決死の覚悟を汲み取ったとき、ミチルは体がかっと熱くなり、わけのわからない激情に駆られて心臓が早鐘を打ち始めるのをどうすることもできなかった。彼女は春遠さんの仇《かたき》を討とうとしているのだ。

「これはひょっとしたら鼠鳴打倒の決定的な起爆剤になるかもしれないよ」

「それはつまり……この方が隈井さんのように亡くなってしまったら、ということですか？」

「うん。隈井さんの弟子なら肚《はら》が据わってるから死ぬまでやるだろう。エセ文化人のパフォーマンスとは次元が違うからね」

「しかしいくら鼠鳴でも二度も続けてそんなことはさせないでしょう。決定的なダメージを避けるために要求を呑むのでは？」

「この尼さんの要求はね、ちょっと待ってね……あった、これだ。春遠ひかり氏暗殺に関する真相説明、収容所での虐殺に関する情報開示、および収容所の即時解体、収容者の即時解放、秘密警察の解体、そしてこれが最大の目玉だが、鼠鳴総理の即時退陣だ。うーん、鼠鳴がこれを聞き入れるとは思えんな」

「聞き入れても聞き入れなくてもどのみち潰れるのなら、どう出るでしょうね？」

「国際社会での評判はすでに地に堕ちてるし、今さら挽回しようとも思わないだろうから、この尼さんのことも見殺しにするんじゃないのかな。この尼さんが死ねばその時点で時限爆弾のスイッチが入って、鼠鳴政権崩壊のカウントダウンがはじまるだろう。この人はそれをわかって人柱になってるんだ。本当にすごい勇気だよ。餓死なんて一番苦しい死に方なのに……」

「すみませんが、一日だけ休ませてください」

ミチルは部屋にこもって何も食べずに丸一日考え、部屋を出たときにはすでに荷造りを済ませていた。考えるまでもなく、あの体がかっと熱くなった瞬間にもう心は決まっていた。それを一日かけてじっくりと確認したにすぎなかった。いささかの心の迷いもなくブレもなかった。

「突然ですみませんが、これから日本へ帰ります。長いあいだお世話になりました」

「何言ってんの、ミチルちゃん。いま日本へ帰るなんて自殺行為だよ。収容所を脱走した同性愛者は手配中になってて、捕まればすぐに処刑されてしまうよ。そうでなくても鼠鳴はなりふりかまわず虐殺をはじめてる。地獄への道連れにするつもりなんだよ。せめてあと半年、いやそんなにもたないかもしれないな、三ヵ月我慢したほうがいい」

「人は水と塩しか摂らなくなれば一ヵ月から二ヵ月で死に至ります。この静流尼さまはわたしの命の恩人なんです。すぐにおそばに行かなくてはならないんです」

「説得しに行くの？　ハンストをやめるように」

「いいえ。こういう人たちは、凡人には説得などできません」

「じゃあ何しに行くの？　自分の身を危険に晒してまで」

ミチルは言葉を呑み込んで、無言で富田さんを見つめた。すでにリュックは彼女の背中にあり、靴の紐も結ばれていた。出立の支度を整えている旅人の足には羽根が生えているから引き留めることはできないということを、富田さんはよく知っていた。

「ラバコージャの空港まで送るよ。マドリッドに行くならスパン・エアーが安いよ。ネットで予約してあげるからちょっと待ってて」

「ありがとう」

「そのかわり機内食は有料だけどね。おーいイザベラ、ぱぱっとミチルにボカディージョ作ってやって！」

チケットのネット予約を待つあいだ、いつもスペイン語を教えてくれるイザベラが生ハムとチーズのサンドイッチを作ってくれて持たせてくれた。

「あまりにも突然行っちゃうのね。明日あなたのフランスのお友達が来る日だけど、何て言う？」

「マリアにはさよならと伝えて。もう二度と会えないけど寂しがらないようにと」

だがイザベラのほうが寂しがって泣き出してしまった。ミチルはせっかく背負ったリュックを下ろして、彼女が泣き止むまで抱いていてやらなければならなかった。

ラバコージャの空港で車を降りると、

「気が変わったらまたおいで。いつでもきみのベッドは空いている」

と富田さんが言った。

「さようなら」

とミチルは答えた。

マドリッドからパリを経てソウルの空港に着くと、ミチルは木内雅野に電話を入れた。もし自分が指名手配中であれば関空の入国審査でひっかかり、収容所へ逆戻りになるのは間違いない。なんとしても安全に京都にたどり着く必要があった。雅野はミチルの真意を察するとたちまち怒り出して翻意を迫ったが、ミチルの頑固さをよく知っている彼女はついには根負けしてレジスタンスの手配をしてくれた。ミチルは出発したときと同じようにソウルから釜山に出て、釜山からフェリーで下関に渡り、下関からレジスタンスの漁船に乗り込んだ。神戸港で漁船を降りると、そこから一般道を通って京都までのレジスタンスのリレーがはじまった。最後のドライバーはあの京都カワセミ同盟の武市さんだった。

「おかえり、チルチルさん。ずいぶんと長い旅してきはりましたなあ」

京都弁を聞いただけで泣きそうになった。京都市内に入り、鴨川を越えて高野川が流れるあたりまで北上すると気温が二度ほど低くなるのがはっきりとわかり、いっぺんに底冷えが深まったようだった。

「庵主さまの具合はどんなですか?」

「今日で十日目やけど、まだ意識はしっかりしとるようや。静流はんもひと目あんたの顔見たら喜ばはるやろ」

来たときと同じ地点で車を降りると、みっちゃんが待っていた。みっちゃんはミチルとの再会を喜びたいのだがそうもいかないという微妙な表情を浮かべて、それでも少し照れくさそうに微笑んだ。

「おかえりなさい、ミロクさん」

ミチルは静かにみっちゃんを抱きしめた。

「私もよっちゃんもお暇を出されたんやけど、庵主さまのことほっとかれへんのです。せめて最後までおそばにいさせてもらうつもりです。誰かがそばにいないとマスコミやら政府の人間やらがうるそうてかなわんし」

「庵主さまはおひとりでハンストをしているの？」

「はい、おひとりだけで。昼間は本堂の前で座ってはって、夜は雪が降るような寒さやから本堂の中に入りますけど、座ったまま眠ってはります。一日にコップ一杯の水とお塩を少し舐めるだけです」

　みっちゃんの案内でけものみちと藪を抜け、墓地の裏手からお寺に入った。正門前には多数のマスコミが押し寄せ、彼らがみだりに中に入らないようにレジスタンスたちが交替で門番を務めていた。門前には救急車とパトカーが横付けされて待機していた。上空からのヘリコプターの音がないぶん、瑞香院のときより静かだった。だがマスコミの数はあのとき以上で、周辺を警備する警官隊がものものしく配置についていた。ハンストをやめるよう説得に来る政府関係者や人権団体の人間がひっきりなしに訪れているようで、レジスタンスがその仲介をおこなっていた。

　静流尼は本堂の前で座禅を組み、数珠と経本を手にして敷物の上に座り込んでいた。まわりには彼女を守る円陣はなく、政府への要求項目を箇条書きにした立て看板が立てかけられているだけだった。みっちゃんに連れられて近づいていったミチルを認めると、すっかり瘦せこけた頰をゆるめて一瞬微笑んだ。だが微笑みは一瞬しか与えられなかった。次の瞬間にはもう冷ややかな怒りの表情を浮かべていた。

「ただいま戻りました、庵主さま」

「あなたを呼んだ覚えはありません。誰が戻っていいと言いましたか」

「出発するとき、完成した絵を見に来てもよいかとわたしが訊いたら、いつでもよろこんで、と仰いました」

「そんなら、絵を見たら早くお行きなさい。絵は本堂の中にあります」

「わたしにはもう行くところがありません」

「武市さんには三十分だけ待つように言うてあります。またレジスタンスのリレーをして、下関からソウルへ逃げなさい。そこから先はどこへなりと好きなところへお行きなさい」

「今日はご機嫌が悪いんですね」

「当たり前や。あなたを安全に海外に逃がすために、どんなにたくさんのレジスタンスたちが手間と時間をかけてくれたか、そんなことも忘れてのこのことまたこんな危ない国に帰ってくるなんて、どこまでアホなお人や」

「そんなに怒らないでください。ニュースを見たらいてもたってもいられなくなって、気がついたら飛行機に乗っていたんです。わたしはとてもあなたに会いたかった。四国を歩いているときも収容所に閉じ込められているときもスペインを歩いているときも、ずっとずっと、あなたに会いたくてたまらなかった」

ミチルは跪《ひざまず》いて彼女の手を握りしめ、その手に恭しく唇をつけた。骨と皮ばかりになった手は黒ずんでひび割れ、冷え切って、爪は紫色に変色していた。

「ミロクさん、いえ、ミチルさん……すっかり日焼けして、逞しくなって……でも痩せすぎているところは変わりませんね」

静流尼の顔は一瞬綻んだが、すぐに厳しい顔つきに戻ってミチルを突き放した。

「ここは政府の人間がうろうろしています。早く行ったほうがいい」

「さっきも言いましたが、わたしにはもう行くところがないのです。もう一度このお寺に、あなたのおそばに、置いていただくよりほかないのです。おゆるしください」

「私が亡くなったあとは、この寺にはよそから住職が来ます。みっちゃんにもよっちゃんにも暇を出しております。申し訳ないけれど、あなたの面倒を見てあげることはもうできません。さあ、もう聞き分けて行ってください。お願いやから早く行って」

「わたしにも春遠さんの仇討ちを手伝わせてください。助太刀をさせてください。あなたと一緒に戦わせてください」

「助太刀など不要です。これは私の戦いです。あなたはあなたの武器を持って、あなたなりの戦いをしてください」

「わたしの武器？」

「ペンを持って芝居を書きなさい。書くべきことはたくさんあるはずです。あなたが収容所で見てきた地獄のことを、ファシストに迫害されている人々の苦しみを、レジスタンスたちの勇気を……。そしてそれを上演するのです。それがあなたの本分ではありませんか？　真の表現者ならハンストで戦うのではなく、おのれの本分を全うしなさい。

ハンストは尼に任せておけばよいのです」

静かに語られる強い言葉はミチルの胸を打った。まったく彼女の言う通りだと思った。だが自分にはもう表現者の資格はない。表現の手段を、最愛の天才女優を、永遠に失ってしまったからだ。ミチルは力なく言った。

「久美子を失った今、わたしの武器はもう力を持ちません。戯曲の言葉を具現化してくれる役者がいなければ、戯曲は芝居にはならないのです」

「あなたにはまだ姫野さんがいるではありませんか」

「そういえば、彼に会われたそうですね。雅野から聞きました」

「彼は今、レジスタンスをしています。ファシストを倒す手伝いをしながら、あなたが再び芝居をはじめるのを待っています。彼が収容所の看守になったのはあなたを探すためだったのですよ。殺されないように見張るため、ひそかに守るためだったのですよ」

「はい、それはよくわかっています」

「わかっているなら、早く行きなさい。あなたは戦うべき戦場を間違えています」

ミチルは静流尼の手を自らの額にこすりつけ、声にならない嗚咽をあげた。

「静流さま、あなたの仰るとおりです。でも、どんなに正しいことを言われても、このまま帰るわけにはいきません。わたしはどうあっても、あなたをおひとりで死なせるわけにはいかないのです」

静流尼はミチルの頬をそっと撫でて、ため息をついた。

「あなたも私を説得に来はったんですか？」

「いいえ。それが無駄なことだということは、静慧さまのとき身にしみております」

「そんなら、わざわざ危険を冒して何をしに来たのですか」

「説得ではなく、口説きに参りました」

ミチルは静流尼の目を熱い目で見つめながら堂々と言い放った。静流尼は笑ってその視線を跳ね返した。

「尼を口説いてどないするおつもりや」

「添うことが叶わぬのなら、せめてあの世までご一緒させていただきたく」

ミチルが静かに言い切ると、静流尼は凄みのこもった目でミチルを睨みつけた。

「私と心中するおつもりか」

「はい」

「せっかくこの手で助けた命、無駄に捨てることは許しません」

「無駄死にだとは思いません。わたしにとっては最も意味ある、尊い死に方だと思っています」

「久美子さんと果たせなかった心中を、私相手にやり直すおつもりか」

「まさか……そんな久美子にもあなたにも失礼なことをするつもりはありません。あなたとここで死ぬことは、久美子とあのとき死のうとしたこととはまったく意味が違います」

「どこがどう違うのや」

「これは心中というより、殉死というほうが近いでしょうか。あなたが信ずるもののために命を落とすなら、わたしもともに殉じたいのです」

「殉死だなどと、時代錯誤な……私はあなたの主君ではありませんよ」

「こんなときにこんなことを言うべきではないかもしれませんが、今言わないと一生後悔すると思いますから申し上げます。わたしはあなたをお慕い申し上げております。今この瞬間もわたしの魂は久美子とともにありますが、この気持ちに一点の曇りもありません。どうか慈悲の心でわたしの心情をお汲み取りください」

　ミチルは一歩も引かず、どこまでも真っ直ぐにそのひとの目を見つめ返していた。

「愛を乞われても、何も与えることはできません。私は御仏に仕える尼僧なのですよ」

「愛はいりません、慈悲だけをお与えください。ともに殉じる許可だけをください。ただ隣に座らせていただき、あの世へのお供をお許しいただくだけで、わたしには無上の光栄です。どうか一生のお願いです。わたしにお供をさせてください」

「ええ、もう、勝手にしよし。一生のお願いとまで言われて断れるほど私は冷血漢やあらへん」

　静流尼はとうとう癇癪を起こしたように匙を投げた。

「あなたというお方はほんまにもう……駄々っ子みたいなお方や。そんな弥勒菩薩さまみたいなお顔をして、ほんまにおそろしいお方や。その強引さでどれだけの女の人を口説き落としてきたんや」

「嫌味に聞こえるかもしれませんが、わたしは自分からはあまり女の人を口説くことはありません。たいていは相手の好意や欲望を感じ取ってただ受け容れてきただけです」

「そういうところが狡いと言うているんや。いつまでもそないに跪いていられたら格好がつかんわ。早よ隣にお座りなさい」

「すみません。失礼いたします」

ミチルはリュックをみっちゃんに預けると、静流尼の隣に座り込んだ。一斉にカメラのフラッシュがたかれ、テレビのリポーターが何やら話し出すのがかすかに聞こえてきた。レジスタンスの青年が庵主の隣に座ったミチルを見咎めて近づいてきた。庵主は片手で彼を制し、

「この方はいいのです。我々の同志、王寺ミチルさんです」

と言った。同志と言われてミチルの胸は熱くなった。その名前を聞くと彼の表情に尊敬の眼差しが浮かぶのがわかった。

「あの春遠さんを脱獄させた王寺さんですか？　握手していただいてもいいですか？」

青年が差し伸べる手をミチルは恥ずかしそうに握った。

「王寺さんは私が亡くなるまでストライキにつきあってくださいます。あとのことはよしなに」

青年のミチルを見る眼差しは尊敬から畏怖に変わり、深いお辞儀をして立ち去った。

「あとのことって、どういう意味ですか？」

「私を見送ったらすみやかにストライキを中止して表の救急車に乗ると約束してくださ い。あなたの意識がないときは、レジスタンスが乗せます。それを条件に許可します」

「そんな……それでは話が違います」

「あの世へのお供は、三途の川の入り口まででで結構です。あなたはそこで引き返しなさい。このストライキの目的をはき違えてはなりません。静慧さまと春遠さんのおかげですでにもうコップの水は溢れる寸前まで溜まっています。私が死ぬだけでコップの水は勢いよく溢れ出し、あっという間に鼠鳴政権の息の根を止めるでしょう。あなたまで死ぬ必要はないのよ」

「いやです。三途の川を渡るとき、わたしが手を取ってさしあげたいのです。あなたが寒くないように、落ちて濡れたりしないように、しっかり抱いていてあげたい。そのためにわたしはここにいるのです」

「ミチルさん、僧侶というのはね、三途の川を渡るときの約束手形を持っているのよ。だからあなたと一緒に渡ることはできないの。それだけはどうにもならないことなの。わかってくれるわね？」

　静流尼は子供を諭すように辛抱強く説き聞かせた。狡い論法だと思ったが、それを唯一の条件だと言われればミチルは呑むしかなかった。ミチルは少々ふて腐れたように、わかりました、と言った。

「ええ子や。よう聞き分けてくれました」

「あなたのほうがよっぽど狡いお人ですね」

「ここに座っているかぎりは医者を近づけんようにしてあります。もし途中で苦しくなってやめたくなったら、静かにここを離れて表の救急車にお乗りなさい。それは決して恥ずかしいことではありませんから。いいですね？」

「途中でやめるくらいなら、最初からこんなことしませんよ。子供の頃から一度決めたことは最後までやり通す性格なんです。それでいつも母にあきれられていました」

「ミチルさん、あなた、記憶が戻ったの？」

「はい。まだ八割ほどですが」

「よかった。前の記憶が戻っても、ここのことは忘れなかったんやね」

「あなたのことを忘れるわけはありません」

「ご家族がいたのね。お母様はまだご健在？」

「さあ、事情があってめったに会えない人なんです。でも死亡記事は出ないから、まだ生きているんじゃないでしょうか」

静流尼はミチルの複雑そうな家庭事情に立ち入るまいと口を噤んだ。そしてこの人に親がいるなら、少しでも早く自分が先に逝かねばならないだろうと心に決めた。ミチルはミチルで、十日分遅れているハンデを取り戻して彼女のレベルに追いつき、同時に逝くにはどうすればよいかを考えていた。二人が思いついたのは奇しくもまったく同じ方法だった。水だけを摂り、塩は舐めるふりだけをして摂らないことにしたのである。

地面に直に座っていると、尻の下からしんしんと底冷えが立ちのぼってきて脳天を突き抜けていった。そこからは真正面に池が見えたが、目を凝らしてもカワセミの姿を見つけることはできなかった。

「カワセミはもういないのですか？」

「いつも来ていた個体がいつからか来なくなってしまってね。それでもたまに、その雛と思われる個体が来てくれてたんやけど、最近は門の前に大勢人がいはるから、めったに来てくれません」

「それは寂しいですね」

「愛しいものは、いつも突然いなくなります」

話したいこと、話すべきことは山ほどあったが、十日間も食べていない静流尼の消耗を防ぐため、ミチルはあまり話しかけないようにつとめた。洛北の寺には日が傾くにしたがって身を切るような寒さが押し寄せてきた。餓死に至る前に凍死するのではないかと思えるほどだった。日が暮れると本堂の中に入ったが、暖房を入れず毛布一枚を纏《まと》っているだけなので、底冷えのつらさに変わりはなかった。庵主は小さな声で読経をし、座禅を組んだままの姿勢でみじかい眠りについた。

夜が明けると二人はみっちゃんが運んできたコップ一杯の水を飲み、塩を舐めるふりをしてから、また外に出て座り込みをはじめた。

「はじめの一週間くらいが一番つらいですよ。そこを過ぎると、いくぶん耐えやすくなるでしょう」

庵主はミチルが隣にいてもいないかのようにずっとお経を上げ続けていた。ミチルも経本をもらって読経と瞑想を繰り返した。特に会話を交わさなくても心はつうじあっていると信じることができた。レジスタンスが一日に何回も面会を取り次いだが、庵主は誰にも会おうとしなかった。驚くような大物が来ても、首を横に振るだけの仕草ひとつで帰らせた。テレビのニュースを見て自分もハンストに参加したいと言ってくる女性たちも後を絶たなかったが、庵主は許可しなかった。

ある日、大勢のSPに囲まれてとうとう鼠鳴愛一郎本人がやって来た。護衛なしでなら会うと庵主が伝えると、レジスタンスに暗殺されるおそれがあるからそれはできないと言ってきた。だから彼も門の中に入ることは許されなかった。門前払いされてすごすごと帰っていく鼠鳴の映像はその日のトップニュースとなって全国に流され、地に堕ちていたその威信をさらにどん底に落とすことに役立った。

「首相を門前払いしたのはあなたと静慧さまくらいのものでしょうね」

「あの男はただの人殺しです。首相にふさわしいのは春遠ひかりさんだけでした」

ミチルがハンストにくわわってから五日目に雪が降り出した。それでも静流尼はいつもの僧衣に頭巾を被っただけの姿で本堂の前に座り続けた。彼女はみっちゃんに命じてミチルがここに置いていったネイビーブルーのコートを持ってこさせ、ミチルに着させた。

「この寒さのせいで、思っていたより少し早く逝きそうです。そのときが来ても取り乱すことなく受け容れてください。そして約束は必ず守ってくださいね」

「そのときが来たらしばらくお体を抱かせていただいてもいいですか？」

「愛とお金は生きているうちに使うものですよ。そんな嬉しいことを言うてくれはるなら、今のうちにそうしてください」

「よろしいのですか？」

「ずっと待っていたのですよ。あなたはほんまに自分からは手を出さへんお人なんやね」

淡い月明かりのなかで、大切な壊れ物を扱うようにおずおずと、ミチルはその体を抱きしめた。かつてミチルを悩ませた豊かな胸はしぼんで紙のように薄くなり、見るたびため息をつかせたうなじは張りを失って深い皺が刻まれていたが、その体はまだ暖かく、皮膚の下でかぼそく血が流れる音が聞こえそうだった。ミチルは彼女に負担をかけぬよう、できるかぎりそっと体をさすった。

「あなたがここにいたときからずっと待っていたのですよ……死ぬ間際になってこんなこと言わせるなんて……ほんまに罪なお方や」

「畏れ多くて、罰が当たると思ったのです。でも罰が当たってもいいから、そうすればよかった。わたしだってどんなにそうしたかったことか……どんなにあなたをお慕いしていたことか……」

「冥途のみやげや。くちづけを」

ミチルは躊躇せずに唇を重ねた。彼女はそのますうっと眠りに落ちた。まだ息はしていたから、眠りに落ちたのだとわかった。だがもうじきこの人は息をしなくなる。皮膚の下でかぼそい血が流れる音もしなくなる。急に色っぽい言葉を繰り出してミチルをうろたえさせることもできなくなる。ミチルにははっきりとそれがわかった。今夜だけは座ったままではなく横になってもらおうと思った。苦しげな寝息を耳に刻みつけておくために、ミチルは彼女の隣で添い寝をした。それからは毎晩、腕に抱いて添い寝をした。

幸いにも雪は一日だけで降り止み、次の日も、その次の日も暖かい冬晴れに恵まれた。さらにその翌日、ミチルが来てから八日目の明け方に、ミチルは静流尼が本堂の中で座り込んだままこときれているのに気づいた。ミチルが眠っている間にミチルの腕を脱け出して座禅に戻り、戦闘態勢を取ったまま息を引き取ったのだろう。最後は自分の腕の中でなく、戦う姿を見せつけて逝った彼女の強さにミチルは打たれた。少しも乱れた様子はなく、まるで老木がゆっくりと朽ちているような気高い佇まいだった。最も過酷な死に方をした人にしてはとても穏やかな死に顔をしていた。よほどの意志の力がなければこのような整然とした姿にはならないに違いない。もし自分ならどれほど苦しみ悶えて醜態を晒し、みっともない死に方をすることだろう。ミチルは着ていたコートを脱いでその亡骸《なきがら》をつつみ込み、心ゆくまで抱きしめた。崇高とはこのようなかたちをしているのかと思って何度もその姿を目に灼きつけた。やがて視界がかすんできて、ほとんど目が見えなくなった。それは涙のためばかりではなく、断食による衰弱のためだった。

「おゆるしください、どうやら約束は守れそうにありません。わたしもすぐにあなたと久美子のおそばに参ります」

　ミチルは最後の力を振り絞って庵主を外まで抱いていき、定位置に座らせると、背後から抱くような格好で支えながら目を閉じた。そのときカワセミが朝の挨拶をするように一瞬するどく、チィ、と鳴いた。最後に見送りに来てくれたのだと思った。ひと目姿を見たかったが、声が聞けただけでも嬉しかった。背中の傷にそっと触れ、久美子が迎えに来てくれるのを待った。朦朧としていく意識のなかで浅い眠りに落ち、ミチルは懐かしいカミーノの夢を見ていた。

　両隣に麦畑がひろがり、見渡す限りまっすぐな一本道が続いている。ミチルは歩き疲れ、石の道標にもたれてうたた寝をしている。その髪の毛に蝶々がとまっている。ミチルは幸せな夢でも見ているかのように微笑を浮かべている。そのすぐそばに久美子がいて、誰かがミチルの眠りを妨げたりしないように番をしている。

　そんな夢を見て、ミチルは幸せそうに微笑んでいた。

　カワセミがもう一度、チィ、と鳴いた。

【参考文献】

『写真で見るヒトラー政権下の人びとと日常』　マシュー・セリグマン、ジョン・ダヴィソン、ジョン・マクドナルド著　松尾恭子訳（原書房）
『ヒトラーを支持したドイツ国民』　ロバート・ジェラテリー著　根岸隆夫訳（みすず書房）
『世界史リブレット 49　ナチズムの時代』　山本秀行著（山川出版社）
『四国遍路ひとり歩き同行二人』　宮崎建樹著　へんろみち保存協力会編（へんろみち保存協力会）
『《新版》四国八十八ヵ所を歩く』　吉田智彦著　へんろみち保存協力会監修（山と溪谷社）
『サンティアゴ巡礼へ行こう！　歩いて楽しむスペイン』　中谷光月子著（彩流社）
『Confraternity of Saint James Pilgrim Guides to Spain 1 Camino Frances』William Bisset
『Camino de Santiago Maps』John Brierley

文庫特別収録

台湾版前書き

親愛なる台湾の読者へ

王寺ミチルは、わたしのなかで特別な意味を持つ登場人物である。わたしが書いたすべての作品の原点であり、この人物を造形することからわたしの作家としてのキャリアはスタートした。わたしはまるで自分自身について書くように、ミチルについて書くことができた。彼女はわたしの分身のようなものであり、もう一人のあるべき自分のような存在だった。わたしは演劇の道に挫折したが、彼女は必死に芝居にしがみついていた。デビュー作『猫背の王子』だけでは足りなくて、続く二作目の『天使の骨』でも彼女の物語を書いた。

そのあとでわたしはいったん王寺ミチルについて書くことを封印したが、ある時期までは何を書いてもミチルの影がつきまとい（前期代表作である『白い薔薇の淵まで』『感情教育』『マラケシュ心中』における主人公のキャラクター造形にその影響があらわれている）、わたしは彼女の呪縛から逃れるために大変な努力をしなければならなかった。たとえばサリンジャーがフラニーやゾーイーを愛するように特権的に、神が愛する以上に、わたしは王寺ミチルを愛していたのかもしれない。もちろんそれは作家にとってはあまりよくないことに違いない。多彩な人物とテーマを書けるようになることが作家としての成長につながるからだ。

だから意識的にミチルの影を振り払い、決別するという強い意志を持ちながらでしかわたしはその後の作家活動を続けることはできなかったし、それは間違ってはいなかったと思う。ミチルがわたしの中から姿を消してくれたおかげで、後期代表作と自負している『弱法師』も『ケッヘル』も『サイゴン・タンゴ・カフェ』も書くことができた。わたしはもう彼女の力を借りなくても物語を紡ぐことができるようになったのである。三部作にする予定ではあったが、いつしかもうミチルのことは書かなくてもいいかなと考えるようになっていった。というより、もうミチルのことはわたしには書けないだろう、と思うようになっていった。王寺ミチルの物語は本質的に青春小説であり、それも青春の渦中にいなければ書くことのできない類の青春小説だったからだ。生きることの痛みを剝き出しにして、つらい苦しいと喉から血を流すようにして叫び、涙も鼻水もみっともなく垂れ流しながら、懸命に何かと——孤独や、貧乏や、報われぬ愛や、かなわぬ夢と——闘うのが青春なら、ミチルはまさにその象徴のような人だからだ。そのような人について書くことは、もはや青春時代を遠く離れて、人生の苛酷さに打ちのめされ、ある種の哀しい諦念が身にしみついてしまっている自分の任ではないと思った。そう、わたしは、ミチルより先に大人になってしまったのだ。

それなのに、処女作から二十年近くもたってから王寺ミチルシリーズ完結篇である『愛の国』を書かなければならなかったのには理由がある。わたしは売れっ子作家ではなく、マイナーでマニアックな作家という位置づけがなされている。そのうえ寡作だから、この二十年間、細々と作品を書き続け、細々と発表し続けてきたのだが、数年前から深刻なスランプに陥って何も書けなくなってしまった。さらにはこの国にたちこめていた出版不況の暗雲が次第に濃くなり、過去の既刊が次々に絶版になっていく時期とも重なって、このまま新作を発表できなければ、わたしのようなマイナー作家はたやすく息の根を止められるところまで来ていた。ここで起死回生の長篇を出さなければあなたはもう終わりだと、編集者にも冷酷に最後通告を突きつけられた。

すでに巡礼と遍路の長期取材を終え、しかしどうしても書けなくて長いあいだ放置していた長篇小説を書くために、わたしは原点に戻る必要があった。自分の中から放逐し、闇の彼方に置き去りにしてきた王寺ミチルを再び呼び戻して、彼女の力を借りる必要があったのだ。ミチルはわたしの最後の切り札だった。これが世の中に発表できる最後の作品になるかもしれないというところまで追い詰められたとき、わたしはこれまで王寺ミチルを愛してくれた読者への礼儀として、そして作家としてのけじめをつけるためにも、彼女をきっちり送ってやる責任があると思った。

『愛の国』でミチルを三十六歳という年齢設定にしたのは、まだ青春の残滓が体の奥に残っていて、すべてを失ってもなおこの世界に絶望しすぎることのない、そしてわたしが彼女と同化して物語の森を歩いていけるぎりぎりの年齢だと思ったからだ。２０１３年6月、ロシアで同性愛プロパガンダ禁止法が成立し、事実上の反同性愛法が施行されたことでミチルの（そしてわたしの）反骨精神に火がついて、物語の舞台設定が固まった。ミチルは底なしに愛し、どこまでも闘う人なのである。結果としてはこのことがミチルの闘争本能をかきたて、二十年の時を越えて物語のなかで息を吹き返す原動力になったのだから、思えば皮肉なことである。

忌まわしいことだが、世界における反同性愛の風潮は悪化する一方のようだ。イスラム圏やアフリカ諸国、とりわけイランやウガンダで報道されている悲惨な状況には強い憤りを覚えずにはいられない。わが国に関していえば、表面的にはそのような動きはないものの、意識下でのホモフォビアは依然として根強く、社会の保守化が進み閉塞感が増すとともにその傾向は深まっているように感じられる。この小説で描いたおそろしい近未来社会は決して絵空事ではなく、いつ起こっても不思議ではないという危惧をわたしはつねに持ち続けている。音もなく降る雨がいつのまにか大地を侵食し、山を切り崩し、河を濁流に変える。悪意とはそのようにしてひそやかに人びとの心に侵入し、無自覚なまま少数者や弱者を傷つけ、疫病のように蔓延していく。絶対にそうなってはならないという警鐘を込めて、祈るような気持ちでこの小説を書いた。

多様な価値観を認めようとしないこの国で、わたしのような作家が執筆活動を続けていくのはいばらの道を行くようなものだ。薄っぺらで中身のない、毒にも薬にもならないお手軽な小説しか売れない時代であり、売れないもの＝悪、という図式が成り立つ余裕のない荒んだ社会で日本人は生きている。それでも、自分にしか書けない小説があると信じて、待ってくれている読者がいる限り、なんとか発表の場を探して書き続けたいと思っている。

台湾へは２０１４年の2月に初めて旅をし、同年9月に再び訪れるほど好きな国になった。きっとこれからも何度でもかよい続けるリピーターになるだろう。アジアで最もＬＧＢＴに理解があり、権利容認が進んでいると言われる台湾でわたしの作品が紹介されるのはとても嬉しい。この作品を必要としている台湾の読者の手に、そして胸に、この本が届くことを心から願っている。いつか旅の途中であの居心地のいい誠品書店に立ち寄ったとき、日本文学のコーナーでこの本と再会できる日が来るのを、わたしはわたしのささやかな闘いを続けながら、楽しみに待っている。

２０１５年1月

中山可穂

文庫版あとがき

2015年8月に台湾でこの作品が翻訳出版されるにあたり、熱心な版元から「台湾の読者のためにぜひ前書きを」と依頼された。そのとき書いた文章はわたしがこの作品に込めた思いをよくあらわしていると思うので、日本の読者のみなさんにも読んでいただきたく、特別にここに収録させていただいた次第である。

この小説を書いたあとで、長年封印していた芝居への止むに止まれぬ思いが噴出してしまって、ああ芝居やりたい、もう一度だけ芝居をやりたい、と熱病のように思いつめ、悶々としていた時期があった。ミチルさんが成仏しきれずに、まだそのへんを彷徨《さまよ》っていたのかもしれない。たとえば目の前に一人の素敵な女優さんがいて、わたしに戯曲を書いてほしいと頼まれたら、わたしは小説のことなんかどこかに抛《ほう》り捨てて、喜んでまた芝居へとこの身を持ち崩していたことだろう。芝居をやめてから三十年近くたっているというのに、自分の奥底にまだそんな燠火《おきび》が燻《くすぶ》っていたことに、わたしは驚いた。

実際わたしは、第二章で描いたミチルと哲太郎の獄中のタンゴレッスンを、一篇の独立した二人芝居の戯曲として書こうとしたことがある。タイトルも決まり、劇中で使うタンゴの曲もいろいろとアイディアが湧いてきて、ノートを取りはじめてさえいた。しかし、書いてしまえば上演したくなり、自分で演出をしなければ気が済まなくなり、本業の小説が疎かになってしまうのは目に見えている。何より、わたしにはトオルも久美子も横田さんもいないのだ。芝居は小説と違ってひとりではつくれないから、どうにかしてこの思いをなだめ、それをエネルギーに変えて次の小説に向けることで、この悪い夢を振り切ることができた。わたしにとって芝居とは、永遠に片思いの相手なのかもしれない。

でも小説は違う。わたしにとって小説は生業であり、すべてを捧げて献身するにふさわしい天職であり、おこがましいのを承知で言わせてもらえれば、多少なりとも思いがつうじあった間柄になれたのではないかと思う。劇作家にはなれなかったけれど、小説家になってこの小説を発表できたことは、わたしの人生における数少ない、意味ある達成のひとつである。「遺作になったとしても悔いはない」と単行本あとがきに書いたが、「これが遺作じゃ、まだまだ甘いわ」と今では思っている。

「わたしは現世の幸福なんか求めない。気が狂うような美しい芝居がつくれたら、他には何もいらないから」

というミチルさんのセリフがある。わたしもまた、現世の幸福はとうに諦めた。気が狂うような美しい小説を書きたいと、ただそれだけを心底から願って日々粛々と机に向かっている。

ミチルさんを愛してくださった読者のみなさま、長い間ありがとうございました。彼女は舞台から降りましたが、意外と生命力が強いので、いつかまた忘れた頃にスピンオフの短篇とかで甦ることがあるかもしれません。いやどうかな、あれでとても潔い人だから、もうカムバックはないかもしれませんね。

――さようなら、ミチルさん

また会う日まで――

2015年秋

長年のご愛顧に感謝を込めて

（王寺ミチルの宿主たる）中山可穂

本書は、二〇一四年二月に小社より刊行された
単行本を文庫化したものです。

愛《あい》の国《くに》

中《なか》山《やま》可《か》穂《ほ》

平成28年 1月25日 初版発行
令和7年 6月30日 6版発行

発行者●山下直久

発行●株式会社KADOKAWA
〒102-8177 東京都千代田区富士見2-13-3
電話 0570-002-301(ナビダイヤル)

角川文庫 19548

印刷所●株式会社KADOKAWA
製本所●株式会社KADOKAWA

表紙画●和田三造

●お問い合わせ
https://www.kadokawa.co.jp/（「お問い合わせ」へお進みください）
※内容によっては、お答えできない場合があります。
※サポートは日本国内のみとさせていただきます。
※Japanese text only

ISBN978-4-04-103176-6 C0193

角川文庫発刊に際して

角川源義

第二次世界大戦の敗北は、軍事力の敗北であった以上に、私たちの若い文化力の敗退であった。私たちの文化が戦争に対して如何に無力であり、単なるあだ花に過ぎなかったかを、私たちは身を以て体験し痛感した。西洋近代文化の摂取にとって、明治以後八十年の歳月は決して短かすぎたとは言えない。にもかかわらず、近代文化の伝統を確立し、自由な批判と柔軟な良識に富む文化層として自らを形成することに私たちは失敗して来た。そしてこれは、各層への文化の普及滲透を任務とする出版人の責任でもあった。

一九四五年以来、私たちは再び振出しに戻り、第一歩から踏み出すことを余儀なくされた。これは大きな不幸ではあるが、反面、これまでの混沌・未熟・歪曲の中にあった我が国の文化に秩序と確たる基礎を齎らすためには絶好の機会でもある。角川書店は、このような祖国の文化的危機にあたり、微力をも顧みず再建の礎石たるべき抱負と決意とをもって出発したが、ここに創立以来の念願を果すべく角川文庫を発刊する。これまで刊行されたあらゆる全集叢書文庫類の長所と短所とを検討し、古今東西の不朽の典籍を、良心的編集のもとに、廉価に、そして書架にふさわしい美本として、多くのひとびとに提供しようとする。しかし私たちは徒らに百科全書的な知識のジレッタントを作ることを目的とせず、あくまで祖国の文化に秩序と再建への道を示し、この文庫を角川書店の栄ある事業として、今後永久に継続発展せしめ、学芸と教養との殿堂として大成せんことを期したい。多くの読書子の愛情ある忠言と支持とによって、この希望と抱負とを完遂せしめられんことを願う。

一九四九年五月三日

角川文庫ベストセラー

泣かない子供　江國香織

子供から少女へ、少女から女へ……時を飛び越えて浮かんでは留まる遠近の記憶、あやふやに揺れる季節の中でも変わらぬ周囲へのまなざし。こだわりの時間を柔らかに、せつなく描いたエッセイ集。

冷静と情熱のあいだ　Rosso　江國香織

2000年5月25日ミラノのドゥオモで再会を約したかつての恋人たち。江國香織、辻仁成が同じ物語をそれぞれ女の視点、男の視点で描く甘く切ない恋愛小説。

泣く大人　江國香織

夫、愛犬、男友達、旅、本にまつわる思い……刻一刻と姿を変える、さざなみのような日々の生活の積み重ねを、簡潔な洗練を重ねた文章で綴る。大人がほっとできるような、上質のエッセイ集。

アンジェリーナ　佐野元春と10の短編　小川洋子

時が過ぎようと、いつも聞こえ続ける歌がある――。佐野元春の代表曲にのせて、小川洋子がひとすじの思いを胸に心の震えを奏でる。物語の精霊たちの歌声が聞こえてくるような繊細で無垢で愛しい恋物語全十篇。

妖精が舞い下りる夜　小川洋子

人が生まれながらに持つ純粋な哀しみ、生きることそのものの哀しみを心の奥から引き出すことが小説の役割ではないだろうか。書きたいと強く願った少女は成長し作家となって、自らの原点を明らかにしていく。

角川文庫ベストセラー

角川文庫ベストセラー

角川文庫ベストセラー

あしたはうんと遠くへいこう　角田光代

泉は、田舎の温泉町で生まれ育った女の子。東京の大学に出てきて、卒業して、働いて。今度こそ幸せになりたいと願い、さまざまな恋愛を繰り返しながら、少しずつ少しずつ明日を目指して歩いていく……。

愛がなんだ　角田光代

OLのテルコはマモちゃんにベタ惚れだ。彼から電話があれば仕事中に長電話、デートとなれば即退社。全てがマモちゃん最優先で会社もクビ寸前。濃密な筆致で綴られる、全力疾走片思い小説。

いつも旅のなか　角田光代

ロシアの国境で居丈高な巨人職員に怒鳴られながら激しい尿意に耐え、キューバでは命そのもののように人々にしみこんだ音楽とリズムに驚く。五感と思考をフル活動させ、世界中を歩き回る旅の記録。

恋をしよう。夢をみよう。旅にでよう。　角田光代

「褒め男」にくらっときたことありますか？　褒め方に下心がなく、しかし自分は特別だと錯覚させる。ついに遭遇した褒め男の言葉に私は……ゆるゆると語り合っているうちに元気になれる、傑作エッセイ集。

薄闇シルエット　角田光代

「結婚してやる」と恋人に得意げに言われ、ハナは反発する。結婚を「幸せ」と信じにくいが、自分なりの何かも見つからず、もう37歳。そんな自分に苛立ち、戸惑うが……ひたむきに生きる女性の心情を描く。

角川文庫ベストセラー

西荻窪キネマ銀光座　角田光代　三好銀

ちっぽけな町の古びた映画館。私は逃亡するみたいに座席のシートに潜り込んで、大きなスクリーンに映し出される物語に夢中になる——名作映画に寄せた想いを三好銀の漫画とともに綴る極上映画エッセイ！

幾千の夜、昨日の月　角田光代

初めて足を踏み入れた異国の日暮れ、終電後恋人にひと目逢おうと飛ばすタクシー、消灯後の母の病室……夜は私に思い出させる。自分が何も持っていなくて、ひとりぼっちであることを。追憶の名随筆。

狂王の庭　小池真理子

「僕があなたを恋していること、わからないのですか」昭和27年、国分寺。華麗な西洋庭園で行われた夜会で、彼はまっしぐらに突き進んできた。庭を作る男と美しい人妻。至高の恋を描いた小池ロマンの長編傑作。

青山娼館　小池真理子

東京・青山にある高級娼婦の館「マダム・アナイス」。そこは、愛と性に疲れた男女がもう一度、生き直す聖地でもあった。愛娘と親友を次々と亡くした奈月は、絶望の淵で娼婦になろうと決意する——。

赤×ピンク　桜庭一樹

深夜の六本木、廃校となった小学校で夜毎繰り広げられる非合法ファイト。闘士はどこか壊れた、でも純粋な少女たち——都会の異空間に迷い込んだ彼女たちのサバイバルと愛を描く、桜庭一樹、伝説の初期傑作。

角川文庫ベストセラー

推定少女　桜庭一樹

あんまりがんばらずに、生きていきたいなぁ、と思っていた巣籠カナと、自称「宇宙人」の少女・白雪の逃避行がはじまった――桜庭一樹ブレイク前夜の傑作、幻のエンディング3パターンもすべて収録!!

砂糖菓子の弾丸は撃ちぬけない
A Lollypop or A Bullet　桜庭一樹

ある午後、あたしはひたすら山を登っていた。そこにあるはずの、あってほしくない「あるもの」に出逢うために――子供という絶望の季節を生き延びようとあがく魂を描く、直木賞作家の初期傑作。

少女七竈と七人の可愛そうな大人　桜庭一樹

いんらんの母から生まれた少女、七竈は自らの美しさを呪い、鉄道模型と幼馴染みの雪風だけを友に、孤高の日々をおくるが――。直木賞作家のブレイクポイントとなった、こよなくせつない青春小説。

道徳という名の少年　桜庭一樹

愛するその「手」に抱かれてわたしは天国を見る――エロスと魔法と音楽に溢れたファンタジック連作集。榎本正樹によるインタヴュー集大成「桜庭一樹クロニクル2006―2012」も同時収録!!

GOSICK
―ゴシック―　全9巻　桜庭一樹

20世紀初頭、ヨーロッパの小国ソヴュール。東洋の島国から留学してきた久城一弥と、超頭脳の美少女ヴィクトリカのコンビが不思議な事件に挑む――キュートでダークなミステリ・シリーズ!!

角川文庫ベストセラー

ブルーもしくはブルー　山本文緒

派手で男性経験豊富な蒼子A、地味な蒼子B。互いにそっくりな二人はある日、入れ替わることを決意した。誰もが夢見る〈もうひとつの人生〉の苦悩と歓びを描いた切なくいとしいファンタジー。

きっと君は泣く　山本文緒

美しく生まれた女は怖いものなし、何でも思い通りのはずだった。しかし祖母はボケ、父は倒産、職場でも心の歯車が嚙み合わなくなっていく。美人も泣きをみることに気づいた椿。本当に美しい心は何かを問う。

ブラック・ティー　山本文緒

結婚して子どももいるはずだった。皆と同じように生きてきたつもりだった、なのにどこで歯車が狂ったのか。賢くもなく善良でもない、心に問題を抱えた寂しがりたちが、懸命に生きるさまを綴った短篇集。

絶対泣かない　山本文緒

あなたの夢はなんですか。仕事に満足してますか、誇りを持っていますか？　専業主婦から看護婦、秘書、エステティシャン。自立と夢を追い求める15の職業の女たちの心の闘いを描いた、元気の出る小説集。

みんないってしまう　山本文緒

恋人が出て行く、母が亡くなる。永久に続くかと思ったものは、みんな過去になった。物事はどんどん流れていく——数々の喪失を越え、人が本当の自分と出会う瞬間を鮮やかにすくいとった珠玉の短篇集。

角川文庫ベストセラー

紙婚式　山本文緒

恋愛中毒　山本文緒

ファースト・プライオリティー　山本文緒

眠れるラプンツェル　山本文緒

あなたには帰る家がある　山本文緒

一緒に暮らして十年、こぎれいなマンションに住み、互いの生活に干渉せず、家計も別々。傍目には羨ましがられる夫婦関係は、夫の何気ない一言で砕けた。結婚のなかで手探りしあう男女の機微を描いた短篇集。

世界の一部にすぎないはずの恋が私のすべてをしばりつけるのはどうしてなんだろう。もう他人を愛さないと決めた水無月の心に、小説家創路は強引に踏み込んで——吉川英治文学新人賞受賞、恋愛小説の最高傑作。

31歳、31通りの人生。変わりばえのない日々の中で、自分にとって一番大事なものを意識する一瞬。恋だけでも家庭だけでも、仕事だけでもない、はじめて気付くゆずれないことの大きさ。珠玉の掌編小説集。

主婦というよろいをまとい、ラプンツェルのように塔に閉じこめられた私。28歳・汐美の平凡な主婦生活。子供はなく、夫は不在。ある日、ゲームセンターで助けた隣の12歳の少年と突然、恋に落ちた——。

平凡な主婦が恋に落ちたのは、些細なことがきっかけだった。平凡な男が恋したのは、幸福そうな主婦の姿だった。妻と夫、それぞれの恋、その中で家庭の事情が浮き彫りにされ——。結婚の意味を問う長編小説！

角川文庫ベストセラー

群青の夜の羽毛布　山本文緒

ひっそり暮らす不思議な女性に惹かれる大学生の鉄男。しかし次第に、他人とうまくつきあえない不安定な彼女に、疑問を募らせていき――。家族、そして母娘の関係に潜む闇を描いた傑作長篇小説。

落花流水　山本文緒

早く大人になりたい。一人ぼっちでも平気な大人になって、自由を手に入れる。そして新しい家族をつくる、勝手な大人に翻弄されたりせずに。若い母を姉と思って育った手毬の、60年にわたる家族と愛を描く。

結婚願望　山本文緒

せっぱ詰まってはいない。今すぐ誰かと結婚したいとは思わない。でも、人は人を好きになると「結婚したい」と願う。心の奥底に巣くう「結婚」をまっすぐに見つめたビタースウィートなエッセイ集。

そして私は一人になった　山本文緒

「六月七日、一人で暮らすようになってからは、私は私の食べたいものしか作らなくなった。」夫と別れ、はじめて一人暮らしをはじめた著者が味わう解放感と不安。心の揺れをありのままに綴った日記文学。

かなえられない恋のために　山本文緒

誰かを思いきり好きになって、誰かから思いきり好かれたい。かなえられない思いも、本当の自分も、せいいっぱい表現してみよう。すべての恋する人たちへ、思わずうなずく等身大の恋愛エッセイ。